W0072058

rowohlt

MATTHIAS NAWRAT

DIE VIELEN TODE UNSERES OPAS JUREK

Roman

Rowohlt

Die Arbeit an diesem Roman
wurde im Rahmen des Grenzgänger-Programms
von der Robert Bosch Stiftung gefördert.

1. Auflage September 2015
Copyright © 2015 by Rowohlt Verlag GmbH,
Reinbek bei Hamburg
Satz aus der Adobe Caslon Pro, PageOne,
bei Dörlemann Satz, Lemförde
Druck und Bindung
CPI books GmbH, Leck, Germany
ISBN 978 3 498 04631 6

... denn kein Augenblick
der Zeit geht verloren, noch ist ein Ereignis des Raumes
  unbeständig,
sondern es bleibet alles: jedes Gewebe der Sechstausend Jahre
bleibet beständig, wenngleich auf Erden, wo Satan
stürzte und enterbt ward, alle Dinge schwinden & nicht
  mehr gesehen werden,
schwinden sie nicht von mir und den Meinen, wir wahren
  sie zuerst und zuletzt.

WILLIAM BLAKE

Wenn ich an die Weltgeschichte denke, – ich finde sie nicht
ungerecht, aber arm. Sie muss sich darauf beschränken, nur
das Sagbare für Erlebnis zu halten. – Sie ist ein Kind, das
auf der Landkarte reist: da ist es von Italien nach
Dänemark so nah und nicht beschwerlich.

RAINER MARIA RILKE

DIE ALTE SCHMIEDE

Wie wichtig die Geschichten unseres Opas Jurek sind, hat man spätestens bei seiner Beerdigung gesehen. Bei dieser Beerdigung, zu der wir mit unserer Mutter aus Deutschland angereist sind, waren alle Persönlichkeiten der Stadt Opole anwesend: der Bürgermeister, verschiedene Redakteure und Redakteurinnen der *Trybuna Opolska*, der gute Freund unseres Opas und Vorstand des Fußballclubs OKS Odra, Edek Baumann, aber auch Herr Meisner vom Maximilian-Kolbe-Werk, der unseren Opa Jurek oft nach Deutschland eingeladen hat in den letzten Jahren, damit er Vorträge in Schulen halte über seine sogenannte schwierige Zeit.

In der Kirche, in der wir als Familie ganz vorne sitzen durften, haben sogar die alten Frauen geweint, in einem Meer aus Köpfen, bis nach hinten zur großen Orgel. Auch wenn unser Onkel Wojtek, der Bruder unserer Mutter, behauptet hat, die alten Frauen würden immer weinen, egal, wer gestorben sei, die seien täglich hier, und heute hätten sie eben Glück. Glück im Unglück, sozusagen, hat unser Onkel gesagt, er hat gelacht, aber dabei ist ihm eine Schweißperle die Schläfe hinabgelaufen.

Vor der Mauer der Friedhofsstadt haben Holzbuden mit Blumen gestanden, direkt am Eingang parkte ein alter blauer Nysa-Transporter mit einer Grabkranzauslage. Unsere Mutter hat unsere Oma Zofia in ihrem schönen schwarzen Kleid beim Gehen gestützt. Beim Voranschreiten der Prozession durch die Allee F und dann durch den Gang D hat der Pfarrer, der in seinem weißen Gewand aussah wie Johannes Paul II. höchstpersönlich, kla-

7

ckernd mit seiner Lampe aus Silber an einer Silberkette gewedelt, und der Weihrauch schwebte über alle Köpfe.

Die meisten Gräber in der Friedhofsstadt sind mit grauen Steinplatten abgedeckt, aber nicht so das Grab, in das nach ein paar Reden die Urne unseres Opas Jurek hinabgelassen wurde. Es befindet sich in einem Außenbezirk der Friedhofsstadt, wo noch viele Grundstücke unbebaut sind, unweit der Mausoleen der Zigeuner, eigentlich schon auf den Feldern. Die Prozession stand lange vor diesem Doppelgrab mit Marmorplatte, auf dessen Stein die Inschrift «Familie Mrożek» zu lesen ist. Die schönste Marmorplatte ist es, schwarz glänzend, da kann jeder hinfahren und nachschauen, sich überzeugen.

Der Bürgermeister, der eine schwere Eisenkette mit dem Schlüssel der Stadt um den Hals getragen hat, zitierte am Ende ein Gedicht des großen polnischen Poeten Adam Mickiewicz, mit dem Titel «Im Stammbuch»:

Glückseligkeit dem, der in deine Erinnerung hinabsinkt
wie diese Koralle oder jene Heidelbeere aus Perle,
die das baltische Wasser in seinem klaren Schoß
unter azurblauer Farbe auf Jahrhunderte bewahrt.

Wir standen noch um das Grab, als die Öffnung mit der Urne schon längst wieder zugedeckt war und der Pfarrer und seine Ministranten sich verabschiedet hatten. Und auch dann noch, als der Bürgermeister, Edek Baumann, Herr Meisner, die vielen Direktorenfreunde unseres Opas Jurek und die Redakteure und Redakteurinnen gegangen waren. Und sogar dann noch, als die alten weinenden Frauen verschwunden und wir alleine waren, unsere Oma Zofia, unsere Mutter, unser Onkel Wojtek, die Warschauer, die Krakauer, die Danziger, die Posener und wir. Wir standen

8

schweigend um das Grab, und der Wind rauschte in der Wiese hinter dem Zaun. Und man konnte über die Felder bis in eine große Ferne schauen, wo Wälder und Seen beginnen.

Später, am Tisch in der Alten Schmiede, erinnerten wir uns alle zusammen an unseren Opa Jurek und seine Witze. Zum Beispiel fragte unser Halbonkel Gustav den alten Schmied und dessen Töchter, als sie endlich mit den Hauptgerichten hereinkamen, ob das alles sei. Es sehe ihm nämlich nur nach einer ersten Vorspeise aus oder nach einem ersten Vorgeschmack auf eine erste Vorspeise.

Wir hatten sogar den Tisch im Erker bekommen, in dem zwanzig Personen Platz finden und neben dessen Fenstern Holzräder und verschiedene Blasebälge an den Wänden hängen.

Jetzt, am Abend, liegen wir noch lange wach, im ehemaligen Arbeitszimmer unseres Opas Jurek, wo in der Vitrine seine Pokale und Direktorenauszeichnungen stehen, neben der grünen Schränkchenwand mit dem ausklappbaren Schreibtisch. Und da müssen wir an unser letztes Gespräch mit ihm denken, schon an dem Bett in seinem Zimmer in der Katowicka Straße.

Dieser Besuch in Opole ist drei Monate her. Seit drei Jahren darf man einfach so nach Polen fahren, dank des großen Wandels der sogenannten Weltlage, weshalb wir, als unser Opa Jurek in sein letztes Zimmer in der Katowicka Straße umziehen musste, mit unserer Mutter einfach so nach Opole fahren konnten, wir mussten nicht einmal besonders lange an der Grenze warten, höchstens eine Stunde.

Bei diesem Besuch fragte er, wann die nächste Straßenbahn Nummer 9 unter dem Fenster halte, damit wir zusammen nach Hause fahren könnten, zu einem mehrgängigen Mittagessen unserer Oma Zofia, das hoffentlich nicht zuletzt aus Żurek bestehen werde oder wenigstens aus Kuttelnsuppe, im schlimmsten

9

Fall nur aus Pierogi. Als wir sagten, dass in Opole gar keine Straßenbahnen fahren würden, geschweige denn unter dem Fenster seines letzten Zimmers in der Katowicka Straße, da sagte er, dass er das natürlich wisse.

Dann bat er uns, im Kleiderschrank etwas nachzuschauen. Er habe dort die 30 000 Złoty, die er in seinem Leben gespart habe, versteckt, weil der Chefarzt in der vergangenen Nacht in sein Zimmer gekommen sei, um ihn zu bestehlen. Aber als wir im Schrank nur seine Kleidung fanden, nickte er und sagte: Ach so. Und dann äußerte er die Vermutung, dass alle Leute, die nachts an sein Bett kämen – seine Cousine Janka mit der Augenklappe und der junge deutsche Soldat mit dem eher undeutschen Namen Adam, der ihn seinerzeit in Oświęcim bewacht hat, und der Leiter von Oświęcim, Herr Höß, und auch seine späteren Direktorenkollegen und unsere Oma Zofia mit unserer Mutter und unserem Onkel Wojtek als Kindern und leider auch viele Russen, darunter sowohl Soldaten als auch die gesamte Fußballmannschaft des RD Oryol mitsamt dem Mann in dem schönen schwarzen Anzug und mit dem merkwürdigen ausländischen Akzent, ja sogar der große Feind unseres Opas, den wir bis heute nur unter dem Namen T. kennen –, vielleicht gar nicht wirklich da gewesen seien, in der vergangenen Nacht und in den Nächten zuvor, in seinem letzten Zimmer, an seinem Bett.

Und dann sollten wir uns an sein Bett stellen, und unser Opa legte uns jeweils eine Hand, deren Haut kühl war und wie verholzt, auf den Unterarm. Er sagte, dass er uns sehr dankbar sei, weil wir ihm immer zugehört hätten. Und dass er uns sehr liebe. Und wir sagten, dass wir ihn auch sehr liebten, und wir umarmten ihn, weil er weinte. Aber er weinte, ohne ein Geräusch zu machen oder die Augen zu schließen, er weinte einfach nur und schaute

10

uns dabei an. Und dann sagte er, dass wir uns merken sollten, was er uns erzählt habe. Dass wir ab und zu an ihn denken, dass wir ihn und sein Leben in Erinnerung behalten, dass wir ja nichts vergessen sollten.

DAS PLÖTZLICHE ENDE DES
SOMMERS IN ZIELONKA

Unter den vielen Geschichten, die wir von unserem Opa Jurek kennen, ist diejenige über seine sogenannte schwierige Zeit wohl die spannendste. Auch wenn sie gleichzeitig eine der traurigsten Geschichten aus seinem Leben ist, was aber andererseits zu einer guten Geschichte ja auch dazugehört. Um sie zu verstehen, muss man aber zunächst ganz woanders beginnen, nämlich einige Jahre zuvor, als unser Opa noch nichts von seinen späteren Erlebnissen ahnte.

Unser Opa Jurek hat sich sehr gern an sein Leben vor dem Krieg erinnert. Er hat oft erzählt, dass er ein Kind gewesen sei wie viele andere Kinder in seinem Alter auch und dass sich in Polen erst mit dem Krieg alles verändert habe.

Wir können uns genau vorstellen, wie es in der Kindheit unseres Opas in Warschau gewesen ist. Polen gab es gerade erst wieder seit ein paar Jahren, und seit dem Rauswurf der Russen im Jahr 1920 durch Generalfeldmarschall Józef Piłsudski im Rahmen des Wunders an der Wisła, bei dem die polnischen Legionen ganz Europa gerettet haben, waren die Menschen erleichtert, es gab Schulen und Theater, und man konnte in einem Café sitzen und plaudern, und überall fuhren Straßenbahnen, auch wenn diese meistens aus einem einzelnen Wagen bestanden. Und obwohl es aus einem Rinnstein nach Pferdemist stank und man oft auf die Seite springen musste aufgrund von Hufgetrappel, fuhr schon bald hier und da ein Auto.

Unser Opa Jurek wohnte mit seinen Eltern in einem Handwerkerviertel im Stadtteil Wola, das es heute nicht mehr gibt. Und das ist laut unserem Opa das beste Viertel der Stadt gewesen, in jedem Haus gab es eine Werkstatt, und abends streute immer jemand Sägespäne auf die Straße, und aus einer Gaststätte erklangen Geigen- und Akkordeonmusik und Gelächter, und manchmal lehnte sich ein Mann an eine Wand und schlief dabei kurz ein oder legte sich in die Sägespäne, um sich bis zum nächsten Morgen auszuruhen. Und unser Opa Jurek durfte nicht nur in die Schule gehen, sondern er hatte auch das Glück, dass ihm sein Vater, unser Uropa Stanisław, nachmittags in seiner Tischlerei ein paar handwerkliche Geheimnisse verriet, und diese sollten ihm später nicht selten das Leben retten.

Aber gerade weil er später in so gefährliche Situationen geraten sollte, hat er sich bis zuletzt besonders gern an seine Kindheit in Warschau erinnert. Es gab zum Beispiel in der ganzen Stadt nur enge Gassen, in denen man kleine Geschäfte besuchen konnte. Überall Gewimmel, ein rufender Zeitungsjunge in einem Jackett und mit Ballonmütze, und dann legt man die Hand auf die Klinke, ein Glöckchen schellt und endlich – Stille. Nur der Duft von Leder oder von Krakauer Würsten. Und eigentlich hört man erst jetzt, durch ihr Ausgesperrtsein, die Stadt.

In der übrigens helle und große und dadurch besonders interessante Gebäude standen, mit Türmchen, Säulen und Erkern. Überhaupt ist das damals in Warschau eine andere Zeit gewesen, viel kultivierter als heutzutage. In einem Park oder auf der Straße unter den Kastanien sind, wie unser Opa Jurek es uns beschrieben hat, Männer in Anzügen spazieren gegangen, mit einem Spazierstock mit silbernem Knauf, und bei einem solchen Mann hat sich stets eine Dame mit Federschal eingehakt, und der Mann hat sich, wenn ihm ein anderer entgegengekommen ist, mit dem Knauf des Spazierstocks gegen die Krempe seines Huts getippt. Gezwirbelte

13

Schnurrbärte haben die Männer gehabt, und die Mädchen haben Schleifen unter dem Kinn getragen und die Frauen kompliziert gestaltete Hüte mit Federn und Broschen und Tüll.

In den Gassen der Altstadt hingegen ist ein Mann mit einem Brotkorb herumgelaufen, für den Fall, dass jemand ein gewisses Hüngerchen verspürte. In diesen Gassen haben Leute gewohnt, von denen im Krieg dann die meisten gestorben sind, vor allem jüdische Händler sind das gewesen, in schwarzen Anzügen und mit langen Bärten, die laut unserem Opa eine witzige Sprache gesprochen haben.

Der Lieblingsort unseres Opas Jurek aber war der Buchladen Gebethner und Wolff in der Krakowskie Przedmieście, denn er war dafür bekannt, die besten Abenteuerromane in Warschau zu führen. Und einer von diesen war *Herr Wołodyjowski* von Henryk Sienkiewicz, über den großen polnischen Helden, der mit seinem Säbel nicht nur eine ganze schwedische Division abschlachtete während der sogenannten schwedischen Sintflut 1655, sondern später auch die Festung Kamieniec Podolski vor den Türken verteidigte, wobei er leider durch den größenwahnsinnigen Burgkommandanten Hetman Hejking im Munitionslager in die Luft gesprengt wurde.

Das einzige Problem mit dem Buchladen Gebethner und Wolff war, dass er von dem tauben, blinden und ohne Beine in einem Rollstuhl sitzenden Herrn Makułski betrieben wurde. Und dass Herr Makułski trotz Blindheit, Taubheit und Beinlosigkeit alles sah und hörte und mit seinem Stock jeden unerlaubt Blätternden sofort aufspießte.

Was er da mache, fragte Herr Makułski eines Tages unseren Opa.

Nichts, sagte dieser, neben dem Regal kniend, mit einer Ausgabe von *Herr Wołodyjowski* in der Hand.

14

Ob er ihn für einen Blinden halte, fragte Herr Makułski.

Eigentlich schon, sagte unser Opa.

Und für einen Tauben halte er ihn wahrscheinlich auch, sagte Herr Makułski.

Auch das, sagte unser Opa.

Und für einen Beinlosen auch, sagte Herr Makułski.

Während unser Opa auch Drittes bestätigte, tastete er bereits nach dem Gardinenstab, den er zu seiner Erleichterung im Halbdunkel neben dem Fenster erspäht hatte.

Und schon kam der erste Angriff seitens Herrn Makułskis. Den unser Opa mit Leichtigkeit parierte. Und auch den zwei folgenden Stichen wich er aus. Mit *Herr Wołodyjowski* unter dem Arm sprang er auf die Holztreppe einer Balustrade und balancierte auf dem Geländer, schwang sich an einem Kronleuchter über Herrn Makułskis Kopf auf die andere Raumseite, parierte, auf einem Tisch stehend, um kurz darauf auf die Lehne eines Stuhls zu hechten, von dem er mit einer Rolle vorwärts wieder auf den Beinen landete, um einem letzten Schwertstich auszuweichen und sich endlich mit einem finalen Sprung durch die offene Tür auf die sonnige Straße zu retten.

Ausschließlich weltberühmte Romane hat unser Opa Jurek damals gelesen, bevor die ersten Filme im Warschauer Kino Splendid ausgestrahlt wurden, kurz vor dem Krieg. Er las *Moby Dick* von Herman Melville, *Der letzte Mohikaner* von James Fenimore Cooper, *Die drei Musketiere* von Alexandre Dumas und außerdem *Quo vadis, Die Kreuzritter, Mit Feuer und Schwert* und *Die Sintflut* von Henryk Sienkiewicz, der für seine Bücher 1905 den Nobelpreis bekommen hatte.

Gern wären wir in dieser Zeit in Warschau gewesen, denn es gibt heute nur noch Schwarzweißfotos, und in Dokumentarfilmen sieht man immer bloß dieselbe Ecke der Straße der «Neue

15

Welt» oder der Marszałkowska Straße oder ein paar Leute, die vor dem Schaufenster einer Apotheke stehen und einen anlachen.

Einmal hat unser Opa Jurek sogar einen Verkehrsunfall beobachtet, und das war ein großes Ereignis, denn die Unfälle hatten bis zu diesem Augenblick ganz anders ausgesehen, und zwar in den meisten Fällen so, dass die Leute von einer Pferdekutsche überfahren wurden. Zuerst wurden sie vom Pferd zertrampelt, wonach sie noch ein bisschen weiterlebten, um dann von den Rädern der Kutsche überrollt zu werden, und danach sind sie tot gewesen oder haben höchstens noch ein paar Worte flüstern können zu jemandem, der sich zu ihnen runterbeugte, und sind dann gestorben, aber immerhin weich, weil sie im Pferdemist lagen.

Dieser eine Verkehrsunfall war jedoch zum ersten Mal von einem Auto verursacht worden, und der Überfahrene, ein Junge etwa im Alter unseres Opas, lag auf dem Kopfsteinpflaster und flüsterte nicht einmal mehr etwas, weil genau auf seiner Brust einer der Reifen des Autos stand. Um die Unfallstelle herum hatte sich eine Menschenmenge gebildet, und alle europäischen Sprachen konnte man in dieser Menge hören, und dann waren auch schon Journalisten da und ein Fotograf, und am nächsten Tag stand alles in den Zeitungen, und ganz Europa war in Aufruhr. Wo solle das, so fragten die Leute, noch hinführen?

Die allerschönsten Erinnerungen unseres Opas Jurek aus dieser Zeit waren aber diejenigen an seine Sommerferien in Zielonka bei Warschau, wohin ihn seine Eltern jeden August schickten. In Zielonka hatte seine Tante einen Bauernhof, und er hat uns oft erklärt, warum das besondere Sommerferien gewesen seien, und das habe bestimmt nicht an seiner Cousine Janka gelegen, die wie ein Pirat ausgesehen habe mit ihrer Augenklappe, die sie seit einem Unfall beim Holzfällen mit ihrem Vater, im Birkenwäld-

16

chen hinter dem Haus, habe tragen müssen. Auf keinen Fall wegen dieser Janka, die er einmal als die größte Nervensäge Polens bezeichnet hat und die wir uns, obwohl er dabei auch etwas traurig wirkte, in Wahrheit ein bisschen blöd vorstellen und eingebildet und eigentlich nur mäßig hübsch.

Das Schöne an diesen Sommerferien in seiner Kindheit sei laut unserem Opa Jurek keinesfalls nur gewesen, dass er mit seinen Cousinen und Cousins bei der Kartoffelernte habe mithelfen dürfen. Ein solcher August vor dem Krieg sei auch unendlich lang gewesen, die Tage hätten nicht zu Ende gehen wollen. Überhaupt sei die Zeit vor dem Krieg eine andere gewesen als nach dem Krieg, sie sei nämlich die schönste Zeit seines Lebens gewesen. Und das Leben auf dem Land habe außerdem nichts mit dem Leben in der Stadt zu tun, die meisten Menschen wüssten heute nicht mehr, wie es sei, in der Dunkelheit geweckt zu werden, Brot in warme Milch zu tunken oder in der kühlen Luft auf dem Feld zu stehen, während der Himmel sich rosa über einen spanne und die ersten Vögel zu singen begännen. Und dann erst die Abenteuer im Wäldchen, das Lagerfeuer am Abend, die dampfenden Kartoffeln, die man mit einem Stock aus der Asche rolle und in zwei Hälften breche, bevor man eine dieser Hälften seiner, wohl leider etwas blöden, Cousine überreiche. Man brauche laut unserem Opa nichts anderes als Kartoffeln und warme Milch, aber davon hätten die Leute heutzutage keine Ahnung mehr.

Und so ist seine Cousine Janka dann wohl doch nicht ganz so unerträglich gewesen, und selbst als sie ihn einmal, als sie sich gemeinsam im Birkenwäldchen versteckten, einfach auf den Mund küsste und damit nicht aufhören wollte, hat er das wohl über sich ergehen lassen. Insgesamt muss man sagen, dass vor allem der letzte August in Zielonka, als unser Opa schon seinen

17

Realschulabschluss hatte, der schönste gewesen ist in seinem Leben.

Denn als er nach Warschau zurückkehrte, da begannen erst die Probleme.

Die Deutschen waren damals noch ganz anders, als man sie heute kennt, und wir würden ja, sagte unser Opa Jurek während unserer ersten Besuche in Opole nach unserem Wegzug nach Deutschland oft, etwa an unseren neuen Freunden oder an den neuen Freunden unserer Eltern oder auch an den sogenannten Leuten von der sogenannten Straße sehen, dass es jetzt Leute seien wie wir, wenn auch vielleicht nicht ganz so kluge Leute wie in Polen, aber im Grunde normale Menschen.

Die Deutschen von damals hingegen seien ein bisschen so gewesen, wie sie als Ordensritter gewesen seien im Mittelalter, unter ihrem Großmeister Ulrich von Jungingen, und sie hätten in Wahrheit nie die Schlacht von Grunwald gegen den polnisch-litauischen Großkönig Władysław Jagiełło und den litauischen Herzog Vytautas verwunden, im Jahre 1410, bei der sie vernichtend geschlagen worden seien, sodass sie Großpolen hätten verlassen und später sogar Teile des Landes Ostpreußen an den König von Polen hätten abtreten müssen.

Seit dieser Zeit seien die Deutschen sehr gekränkt in ihrem Stolz gewesen, weshalb sie nichts sehnlicher gewünscht hätten, als sich allumfassend zu rächen. Diese Rache hätten sie jahrhundertelang geplant, immer im Geheimen, bis ihnen endlich die perfekte Gelegenheit gekommen zu sein schien, und allen voran dem schon damals berühmten Politiker, der in seiner Uniform und mit dem gestauchten Schnurrbart auf den Fotos ein bisschen so aussieht wie Charlie Chaplin in dem späteren Film *Der große Diktator*. Und leider habe es dieser noch heute weltweit

18

bekannte Politiker geschafft, alle Deutschen gegen Polen aufzustacheln.

Und deshalb empfand unser Opa Jurek, der inzwischen ein besonders gut aussehender junger Mann mit dunklen Haaren und großen Augenbrauen war, was er uns auf einem aus dieser Zeit stammenden Schwarzweißfoto in seinem Arbeitszimmer gezeigt hat, die Ankunft der Deutschen in Warschau als unangenehm, und viele seiner Freunde waren der gleichen Meinung. Und das, obwohl die Stadtbewohner von Warschau, wie die Bewohner aller anderen Städte in Europa, in vielerlei Dingen sehr unterschiedlicher Meinung waren, auf allen Gebieten der Politik.

Denn es gab damals auch in Warschau, was die Zukunft des Landes anbelangte, unterschiedliche Überlegungen, die in den Jahren zuvor nicht selten zu Streit und großen Versammlungen auf den Straßen und zu eingeschmissenen Schaufenstern geführt hatten. Die einen meinten, man müsse unbedingt alles Geld den polnischen Soldaten und ihren Generälen geben. Was die anderen lächerlich fanden – ihrer Ansicht nach sollte man alles Geld den Arbeitern in den Fabriken geben, und zwar jedem genau gleich viel. Woraufhin die Dritten zu bedenken gaben, dass das Geld am besten in der polnischen Kirche und bei den Priestern angelegt wäre. Was die Vierten wiederum streng von sich wiesen, denn der sogenannten Menschennatur folgend sei Geld am besten angelegt bei den Fabrikbesitzern, das sei eine moderne wissenschaftliche Tatsache, nur polnisch müssten diese Fabrikbesitzer sein, auf keinen Fall aber ukrainisch oder, Gott bewahre, jüdisch.

Aus diesem Grund hatte die Ankunft der Deutschen in Warschau anfangs wohl auch ihr Gutes, denn die Streitigkeiten waren sofort beendet, und alle waren sich einig, was zu tun sei. Weshalb sich unser Opa Jurek und seine zwei Freunde Włodek Sołtyński und Lutek Kurek in eine der Schlangen in der Stadt stellten, und unser Opa hatte das Glück, eine Uniform und ein Gewehr zu bekommen, wenn auch nur ein französisches Modell aus dem letzten Krieg, nämlich das Ein-Schuss-Vorderladergewehr der Marke Lebel.

Und so erlebte er in den folgenden zwei Wochen viele interessante und auch spannende Dinge, zum Beispiel Schießereien vom Stadtteil Praga aus über die Wisła hinüber, und seine Freunde und er haben einige deutsche Panzer in die Luft gesprengt und den einen oder anderen deutschen Soldaten, und sie waren sogar einmal in der Nähe, als eine Kompanie polnischer Ulanen gegen deutsche Panzer mit bloßem Säbel angeritten ist und den einen oder anderen Deutschen abgeschlachtet hat wie einst Herr Wołodyjowski die Schweden oder die Türken. Unsere Lieblingsgeschichte aus dieser Zeit ist aber diejenige mit den Pfannkuchen und dem Kirschsaft.

An einem der ersten Tage nach dem Einmarsch der Deutschen fand unser Opa Jurek nämlich in einem leeren Haus im Viertel Praga unter dem Schutt ein Säckchen Mehl und in einem Schrank daneben ein Einmachglas mit dem süßesten Kirschsaft. Man kann sich vorstellen, wie er und seine Freunde sich über diesen Fund freuten, denn damals galten Pfannkuchen mit Kirschsaft als Delikatesse. Sofort begannen sie, aus dem Mehl Teig zu machen, und formten die schönsten Küchlein. Diese legten sie dann auch gleich in eine Pfanne, die sie in einem anderen Haus gefunden hatten, und die Pfanne stellten sie auf ein Metallgitter über einem Lagerfeuer direkt am Flussufer, und dann warteten sie und freuten sich schon sehr, denn wie herrlich begannen die Küchlein bald zu duften.

Aber leider schwebte der Duft auch über die Wisła zum gegenüberliegenden Ufer, wo sich die Deutschen versteckten. Die

20

deutschen Soldaten sind damals zwar nicht besonders schlau gewesen, weshalb sie im Allgemeinen nur Dinge riefen wie «Halt, was soll das?» oder «Hände hoch!» oder höchstens noch «Stehen bleiben! Stehen bleiben!», wovon man sich heute in vielen Filmen überzeugen kann. Aber dass es sich bei dem, was da so duftete, um eine Delikatesse handelte, das bemerkten sie sofort. Und so begann auch gleich ihr Angriff.

Über den unser Opa Jurek und seine Freunde anfangs nur lachten, denn sie und ihre Mitsoldaten waren gut geschützt, sie versteckten sich in zwei Metallbooten.

Andererseits gestaltete sich die Verteidigung dieser zwei Metallboote aber komplizierter als gedacht, weil die Deutschen plötzlich zwei schwere Maschinengewehre hatten und dazu noch die passenden Patronen, die Metallwände durchschlagen konnten, während unser Opa und seine Freunde wie auch viele ihrer Mitsoldaten zu ihren Gewehren, wie sich bald herausstellte, größtenteils Patronen bekommen hatten, die zu anderen Gewehrmarken viel besser gepasst hätten. Und so musste unser Opa nach einigen Minuten feststellen, dass nur immer einer seiner Freunde getroffen wurde, nicht aber einer der Deutschen am anderen Ufer, und dass die Verteidigung der zwei Metallboote länger dauern würde als geplant und dass die Pfannkuchen in der Pfanne am Ufer bald verbrannt sein würden, weshalb er seine Freunde dazu anspornte, schneller und genauer zu schießen.

Man könne daran sehen, erklärte unser Opa Jurek uns am Ende dieser Geschichte, wie sein und auch das sogenannte große polnische Kriegsabenteuer insgesamt geendet hätten. Denn zwar seien die Pfannkuchen schließlich schwarz gewesen wie Kohle und auf einer Seite gummig – sodass man sich immerhin vorstellen kann, wie die Deutschen aus diesem Reifengummi ihre Zähne ziehen und fluchen und wie ihnen der rote Kirschsaft von

21

den Händen tropft –, und auch habe die polnische Armee bei der Verteidigung der Straßen in Warschau zunächst einige Erfolge gefeiert, woraufhin vielen der Sieg bald sogar so nahe schien, dass sie vorschlugen, man solle nach der Vertreibung der Deutschen direkt weiter nach Litauen marschieren, das seit der Zeit von Władysław Jagiełło lange zu Polen gehört hatte, und wenn die polnische Armee schon dabei sei, dann könne sie gleich auch für die Wiederherstellung der ursprünglichen Verhältnisse sorgen. Aber am Ende stellte sich heraus, dass die Deutschen durch die polnischen Soldaten nicht ganz so leicht aus Warschau vertrieben werden konnten wie noch einige Jahre zuvor die Russen durch Herrn Generalfeldmarschall Piłsudski. Streng genommen konnten sie gar nicht vertrieben werden, und das war wohl wiederum nicht zuletzt der besonderen Gemeinheit des schon damals weltberühmten deutschen Politikers zuzuschreiben.

Denn dieser deutsche Politiker, der heute noch immer sehr berühmt ist, ließ so viele deutsche Panzer nach Warschau bringen, dass, wo immer ein polnischer Soldat es schaffte, einen zum Explodieren zu bringen, sofort zwei neue hinter dem brennenden auftauchten und zu schießen begannen. Sodass es nach nur vier Wochen aus dem polnischen Radio hieß, unser Opa Jurek und seine Freunde sollten ihre Uniformen lieber wieder ausziehen und verstecken oder noch besser verbrennen und die Gewehre in einem Loch vergraben, am besten in einem Krater im Inneren irgendeines leerstehenden Hauses.

Das Schlimme am Krieg sei, wie unser Opa Jurek oft gesagt hat, nicht etwa nur, dass hier und da ein Soldat erschossen werde, manchmal sogar auf offener Straße. Schlimm sei insbesondere, dass alles auf einmal und von allen Seiten passiere, und das sei geradezu die Spezialität der Deutschen gewesen, denn sie hätten in diesen ersten Tagen in Warschau nicht nur Maschinengewehre und Panzer, sondern auch Handgranaten, Flammenwerfer und sogar Flugzeuge eingesetzt, und da sei nicht selten eine Familie beim Abendessen überrascht worden, weil auf einmal eine Wand des Esszimmers gefehlt habe und jeder von der Straße aus habe sehen können, was es bei den Sołtyckis, Błaszczyks oder Bryks zum Abendessen gebe.

Und so war unser Opa wie alle seine Freunde sehr enttäuscht, dass die Verteidigung Warschaus binnen so weniger Tage missglückt war und er seine Uniform hatte vergraben müssen. Aber er hat uns auch erklärt, warum er wiederum nicht allzu lange bekümmert gewesen ist, denn er war noch sehr jung, und wenn man jung ist, dann will man einerseits sofort kämpfen, sobald ein Kampf fürs polnische Vaterland ansteht, doch man kann andererseits von diesem Kampf auch sehr schnell wieder zum Alltäglichen übergehen.

Und so kehrten schon nach wenigen Wochen wieder ruhige Zeiten ein, und unser Opa konnte seine Arbeit wieder aufnehmen, die er vor den Sommerferien angefangen hatte, nach dem Abschluss der Realschule, als Elektromechaniker in der Zündkerzenfabrik der Gebrüder Bierkowski. Denn offenbar bemühten sich die Deutschen darum, dass in Warschau alles schnell wieder in gewohnten Bahnen verlief. Und zwar war der Leiter der Zündkerzenfabrik der Gebrüder Bierkowski jetzt ein gewisser Herr Huber und nicht mehr Stanisław Bierkowski, aber ansonsten war alles wie früher, und unser Opa konnte jeden Morgen mit dem Fahrrad in die Opatowska Straße fahren und mit seinen Mitarbeitern an der Fräse stehen und passgenaue Löcher in die für eine Zündkerze besonders wichtigen Anschlussmuttern fräsen. Und so schien anfangs alles wieder gut.

Allerdings waren in Warschau jetzt viele Dinge nicht mehr

möglich, wie etwa ein Spaziergang nach 21 Uhr auf einer Straße oder ein Kinobesuch, außer man war ein Deutscher. Aber dafür muss es viel ordentlicher gewesen sein, denn die deutsche Polizei ließ die Stadtbewohner den auf den Straßen angehäuften Schutt wieder aufräumen, und es gab jetzt auch tagsüber weniger Passanten, sodass vermutlich auch die Zahl der Unfälle mit einem Pferdewagen oder einem Auto zurückging, und das Angebot der Läden in den engen Gassen wurde kleiner und damit übersichtlicher, und niemand mehr rief auf der Straße, dass er dieses oder jenes zu verkaufen habe. Und zwar begegnete man jetzt hier und da einem deutschen Offizier, der dann aber an seine Mütze tippte und zu einer Dame guten Tag sagte, denn in dieser Zeit sind die Deutschen noch kultiviert gewesen, und nur gelegentlich gab es Probleme, weil der eine oder andere Händler in einem schwarzen Anzug und mit einem Bart seinen Laden noch weiterführen wollte.

Unser Opa Jurek ging in dieser Zeit nach der Arbeit oder an den Wochenenden oft zum Tennisspielen oder traf sich mit seinen Freunden, aber am häufigsten besuchte er verschiedene Kurse, denn er war schon damals talentiert auf vielen Gebieten. Als junger Mann betrieb er nicht nur verschiedene Sportarten wie Leichtathletik, Fußball, Tennis, Volleyball, Rudern mit einem Doppelzweier oder Bridge, sondern er lernte auch Fremdsprachen wie etwa Englisch, Französisch oder Deutsch, und wie wichtig diese vielen Talente unseres Opas schon in jener Zeit waren, zeigt ein Abenteuer, von dem er uns oft berichtet hat, weil er in dessen Verlauf zum ersten Mal sterben sollte.

Diejenige Fremdsprache nämlich, die er am besten beherrschte, war Deutsch, das er von dem in Warschau lebenden Türken Kazim Sabri Kefar Zade in dessen Wohnung lernte. Unser Opa sprach so gut Deutsch, dass er mehreren Mädchen Nachhilfeunterricht geben konnte, auch seiner ehemaligen Schulfreundin Judyta Sprzęgłowska, die übrigens in ihn verliebt war wie damals auch andere seiner Freundinnen, denn er hatte schon als junger Mann großen Erfolg bei den Frauen.

Jedenfalls war er eines Abends nach der Nachhilfe etwas zu lange bei dieser Judyta geblieben, und ihre Mutter, die ihn ebenfalls sehr mochte, lud ihn noch zum Abendessen ein, und dann war es schon nach 21 Uhr. Die Sprzęgłowskis wohnten in der Nowogrodzka und unser Opa Jurek in der Łucka, die Straßen waren leer, und er schlich an den Mauern entlang nach Hause, als er in der Mazowiecka plötzlich hörte, dass ihm zwei Männer entgegenkamen und sich auf Deutsch unterhielten, und schon bogen sie um die Ecke, mitten in den Kegel einer Laterne, sodass er ihre Uniformen erkennen konnte. Und diese Uniformen hatten ägyptische Zeichen an jeder Seite des Kragens, und die Hosen steckten in glänzenden schwarzen Stiefeln.

Dann sahen die zwei Männer ihn.

Halt!, riefen sie und beschleunigten ihren Schritt.

Es war aus.

Das zumindest dachte unser Opa Jurek in diesem Augenblick, denn die Deutschen waren damals auch schon bekannt für verschiedene unangenehme Verhaltensweisen. Er spürte seine Beine nicht mehr, während die beiden uniformierten Herren ihm entgegenkamen, er musste sich mit der Hand an der Hauswand abstützen.

Aber dann dachte er, dass er unmöglich stehen bleiben könne. Und was dann geschah, hat er uns genau beschrieben. Er stieß sich nämlich von der Wand ab, beschleunigte seinen Schritt und ging direkt auf die beiden Deutschen zu, mit vorgereckter Brust, und er ging zwischen ihnen hindurch, sodass sie zur Seite treten mussten. Guten Abend, die Herren, sagte er in perfektem Deutsch. Und natürlich: Heil Hitler!, denn man grüßte damals meistens nicht die zu grüßende Person, sondern den berühmten deutschen Politiker mit dem Charlie-Chaplin-Bärtchen. Unser Opa Jurek ging zwischen den beiden Herren hindurch und einfach weiter, als wäre es das Normalste auf der Welt.

Wir können uns vorstellen, was er in den nächsten Sekunden gefühlt hat. Die Straßenecke war zwanzig Meter entfernt, und ihm schlug das Herz bis in den Kopf hinauf, und eigentlich sei er, so erzählte er, bereits tot gewesen, zum ersten Mal in seinem Leben, und das sei ein sehr merkwürdiges Gefühl gewesen.

Aber überraschenderweise dachte er in diesem Moment gar nicht an sich selbst. Er dachte an seine Mutter und daran, dass sie in der Einzimmerwohnung saß und nicht wusste, wo ihr Sohn war. Sie hatte vielleicht schon das Abendessen vorbereitet, und dieses stand warm auf dem Herd, und sie wartete und fragte sich, wo wohl ihr Sohn blieb.

Und dann war er an der Ecke und bog ab und fing an zu rennen. Er rannte durch leere Straßen und um Straßenecken, die ihm unbekannt vorkamen, und hinter ihm hallten die Schritte von schwarzen Lederstiefelabsätzen. Er blieb erst stehen, als er vor der Haustür in der Łucka Straße angekommen war, und dass er nun hier stand, schien ihm ein glücklicher Zufall zu sein, denn er hätte nicht sagen können, welchen der möglichen Wege er genommen hatte. Er rettete sich in den Hausflur, und als er die Treppe erreichte, wurde ihm so schwarz vor Augen, dass er sich setzen musste.

Wir haben unseren Opa Jurek an dieser Stelle stets gefragt, wie es sei, tot zu sein. Es sei schrecklich, sagte er, denn es gebe einen nicht mehr. Man sehe sich selbst am Boden liegen, und man beobachte, wie einen ein Deutscher in der Uniform mit ägyptischen Zeichen am Kragen mit einer Stiefelspitze in die Seite stupse. Man schwebe gewissermaßen über sich selbst, und dann schwebe man auch über der eigenen Mutter, die in der Küche warte und sich ärgere, dass man nicht pünktlich sei, und man höre, wie sie den Vater frage, ob man erwähnt habe, dass man in der Nacht nicht nach Hause kommen werde, was eher unwahrscheinlich sei, denn bisher sei man ja stets nach Hause gekommen, und wo solle man auch hin, mitten in der Nacht?

Man sieht also, dass unser Opa schon in dieser Zeit eine erste Begegnung mit dem Tod gehabt hat. Aber so gut dieses spannende Abenteuer auch ausgegangen ist, so zeigt es vor allem, wie wichtig gute Fremdsprachenkenntnisse sind, was unser Opa uns gegenüber mehrmals wiederholt hat, und er hat dann jedes Mal unsere in Deutschland neu erworbenen Deutschkenntnisse abgefragt, wobei deutlich wurde, dass er über die vielen Jahre, die er nach dem Krieg in Polen gelebt hat und ein wichtiger Direktor gewesen ist, viel von seinen guten Fremdsprachenkenntnissen wieder verloren haben muss. Zum Beispiel hatte er vergessen, dass es im Deutschen *die* Butter heißt anstatt *das* Butter wie im Polnischen oder dass man im Deutschen, wenn die Enkel zu Besuch kommen, eher sagt: Nimm noch ein bisschen *Puderzucker* anstatt: Nimm noch ein bisschen *Zuckerpuder*.

Aber vielleicht haben die Deutschen früher ein anderes Deutsch gesprochen als heute, denn immerhin ist das alles schon lange her, und die Sprache verändert sich bestimmt mit den vielen Jahrzehnten ihres Gebrauchs, und die Deutschen sind heute ja offenbar ganz anders als damals, heute sind sie eigentlich das friedlichste Volk in ganz Europa, und unser Opa Jurek hat uns das gut erklären können, denn er ist noch bis kurz vor seinem Tod, wie gesagt, viele Male eingeladen worden von der Maximilian-Kolbe-Stiftung zu Vorträgen in deutschen Schulen, wegen jener sogenannten schwierigen Zeit, die kurz auf seine erste Begegnung mit dem Tod folgen sollte.

DER AUSFLUG MIT DEM
MERCEDES-TRANSPORTER

Nach ein paar Monaten der Anwesenheit der Deutschen in Warschau hatten, so erzählte es unser Opa Jurek, die meisten Geschäfte zugemacht, und selbst in den wenigen offenen gab es eigentlich nichts mehr. Dafür konnte man in den Straßen bald verschiedene andere Dinge kaufen, die es zuvor in den Geschäften nicht gegeben hatte, etwa Schmuck mit eingravierten Vornamen, Porzellan und Kristalle, Besteckkästen und sogar manchmal ein Sofa oder einen schönen alten Holzschrank mit interessanten Verzierungen. Und auch waren viele Leute besonders erfinderisch im Betrügen geworden und verkauften an einer Straßenecke oder in einem Hinterhof Marmelade, Tee oder Krakauer Würste, aber zu Hause stellte unser Opa Jurek – der von seiner Mutter, unserer Uroma Stefana, oft zum Einkaufen geschickt wurde – fest, dass die Marmelade aus Roter Bete, der Tee aus grün gefärbtem Papier und die Krakauer Würste aus violett gefärbten zerschnittenen Damenstrumpfhosen und rot gefärbten Sägespänen bestanden.

Und so zeigt die Tatsache, dass er an den Wochenenden in dieser Zeit sehr gerne mit dem Fahrrad nach Zielonka fuhr und seine einäugige Cousine Janka besuchte, nur, wie blöd sie gewesen ist, denn sie hat wohl gemeint, er komme allein wegen ihr. Dabei ging es unserem Opa unserer Meinung nach um die dampfenden Kartoffeln mit Buttermilch und erst in zweiter Linie um die Stille in dem Birkenwäldchen, wenn Janka neben ihm auf der Picknickdecke mal nichts sagte, sondern mit ihm über eine Lichtung schaute, und um den schönen Geruch in Zielonka und auf den Feldern rundherum, nach Kuhdung, aber auch nach gemähtem Gras.

Eigentlich war aber diese erste Zeit in Warschau während der Anwesenheit der Deutschen im Nachhinein noch gar nicht so schlimm, und bald sollte die Erinnerung an das Birkenwäldchen und an seine Cousine Janka unserem Opa Jurek sogar zum ersten Mal ganz besonders schön vorkommen, in einem anderen Wäldchen bei Warschau, als ein Mercedes-Transporter mit ihm und seinen Mitarbeitern von der Zündkerzenfabrik für eine angebliche Pinkelpause auf einem Waldweg hielt.

Damals gab es in Warschau nämlich viele Leute, die mit der neuen Lage unzufrieden waren und die es unbedingt darauf anlegten, die Unzufriedenheit ihren Mitbürgern mitzuteilen. Das übliche Mittel hierfür waren Zettel, auf denen Gründe für die Unzufriedenheit aufgelistet waren mitsamt möglichen Änderungsvorschlägen, die gelegentlich auf eine grundsätzliche Änderung der Situation zielen konnten, und diese Zettel wurden von den unzufriedenen Leuten auf der Straße verteilt. Und als wäre das nicht genug, wurden die Zettel auch in den deutschen Betrieben verteilt, was wenig sinnvoll war, denn auch wenn die Argumente in vielen Fällen, wie unser Opa Jurek uns erklärt hat, tatsächlich bedenkenswert waren, so konnte das Verteilen solcher Zettel nicht selten zu einem vollständigen Produktionsstillstand führen, was in letzter Konsequenz nicht der Sinn der Sache sein konnte, denn es traf am Ende ja nur den unzufriedenen Arbeiter selbst und gefährdete unnötig seine berufliche Zukunft und die der zufällig in der Nähe stehenden Mitarbeiter, wenn man bedachte, dass es in dieser Zeit in Warschau ein Leichtes war, eine unzufriedene Arbeitskraft gegen eine zufriedene auszutauschen, das sei damals nämlich geradezu die berühmteste Fähigkeit der Deutschen gewesen, vor der man durchaus Angst haben konnte.

29

Jedenfalls passierte unserem Opa Jurek an einem Montagmorgen genau das Schlimmste, denn als er pünktlich um sechs Uhr in der Zündkerzenfabrik im Namen von Herrn Huber als dessen persönlicher Dolmetscher seine Mitarbeiter begrüßte, traten eine junge Frau und ein junger Mann in schwarzen Mänteln ein und baten um Verständnis, dass sie innerhalb der nächsten Stunde versuchen würden herauszufinden, welcher der anwesenden Angestellten soeben noch Zettel auf der Straße ausgeteilt habe, auf denen eine gewisse Unzufriedenheit mit der Gesamtsituation zum Ausdruck komme, zum Teil gestützt auf falsche Überlegungen, welche zu widerlegen sie jedoch nicht hier seien, sondern es gehe lediglich darum, die fragliche Person zu einem Gespräch aufs Präsidium einzuladen, der Wagen stehe bereits vor der Tür.

Nach längerem Hin und Her war die fragliche Person immer noch nicht gefunden, und obwohl alle neun Angestellten der Zündkerzenfabrik inklusive unserem Opa Jurek wussten, dass es sich dabei um den an der Stanze arbeitenden Stanisław Perczyński handelte, der schon öfter besagte Beschwerdezettel herumgezeigt hatte, ohne freilich auch nur einen loszuwerden, wollten sie das lieber nicht sagen, denn zu diesem Zeitpunkt konnten sie ja noch nicht ahnen, was sie erwartete. Außerdem kamen ihnen die junge Frau und der junge Mann in den schwarzen Mänteln inzwischen auch etwas unsympathisch vor. Und so hieß es am Ende von seiten der jungen Frau und des jungen Mannes, dass am besten alle mitkommen sollten, was Herrn Huber, der aus seinem Büro hinzugetreten war, bekümmerte, woraufhin die junge Frau im schwarzen Mantel versicherte, dass er schon bald wieder Angestellte haben werde, und dann wurden unser Opa Jurek und seine acht Mitarbeiter auf die Straße und auf eine Bank im hinteren Teil eines der Lkws gebeten, die Türen wurden geschlossen, und man fuhr los.

30

Sehr zum Leidwesen unseres Opas Jurek gab es im Laderaum bis auf eine Luke zum Fahrerhaus keine Fensteröffnungen, sodass die Fahrt durch die Stadt kaum als interessant bezeichnet werden konnte, und nach einer Weile, als man schon besonders lange gefahren war, kamen unter seinen Mitangestellten wohl auch allmählich erste Zweifel auf, ob man wirklich ins Präsidium fahre und was überhaupt dieses Präsidium sein solle, denn keiner der Anwesenden hatte jemals von einem solchen in Warschau gehört.

Und tatsächlich huschten, als unser Opa Jurek durch die Fahrerhausluke spähte, jetzt Baumkronen vorbei, gelegentlich auch ein Kirchturm, aber dann wieder Baumkronen, was den allgemeinen Zweifel nur noch schürte. Und so verlegte er sich darauf, dem Gespräch der jungen Frau und des jungen Mannes in den schwarzen Mänteln im Fahrerhaus zu lauschen, um so vielleicht das Ziel ihrer Fahrt oder zumindest einen vagen Hinweis auf dieses Ziel in Erfahrung zu bringen, nicht zuletzt auch dem Drängen seiner Mitfahrer nachgebend, die kein Wort Deutsch verstanden.

Je mehr Details unser Opa von dem Gespräch der beiden aber mitbekam, desto bedenklicher schien ihm das ganze Unternehmen, dessen Teil er durch die Begebenheit an jenem Montagmorgen geworden war, denn zwar war die Rede auch von schönen Dingen wie etwa von einem Verlobten in Bayern mit dem Namen Horst oder von einem Abschiedsabend für einen Kollegen mit dem Namen Heinz und sogar von der neuen Hutmode in Berlin, aber nach ein paar Schlenkern mündete das Gespräch in Gelächter und vor allem in den diesem Gelächter zugrunde liegenden Einfall, dass man irgendwo eine ruhige Stelle suchen und das Problem auch gleich an Ort und Stelle lösen könnte, unter dem Vorwand einer Pinkelpause.

Prinzipiell war unser Opa Jurek Problemlösungen gegenüber

31

nicht abgeneigt, und auf diesem Gebiet sprach er den Deutschen sogar eine gewisse Meisterschaft zu, in diesem Fall aber habe er, wie er uns erzählt hat, plötzlich ein flaues Gefühl im Bauch gehabt, eine Art inneres Unwohlsein. Um aber die Zweifel im Laderaum nicht weiter zu schüren, ließ er diesen Teil der Unterhaltung zwischen der jungen Frau und dem jungen Mann in den schwarzen Mänteln in seiner Übersetzung aus. Ohnehin huschten die Baumkronen jetzt immer langsamer vorbei, der Laderaum ruckelte, man war zum Stehen gekommen.

Pinkelpause, sagte die junge Frau im schwarzen Mantel auf Polnisch, nachdem sie die Tür geöffnet hatte, und ein Aufatmen ging durch den Laderaum, denn tatsächlich mussten die Mitfahrer unseres Opas inzwischen sehr auf die Toilette, und so wurde als zufriedenstellend anerkannt, wie immerhin auf die Bedürfnisse der Passagiere Rücksicht genommen werde, wenn der Sinn der Reise auch immer noch nebelhaft blieb, denn man war offenbar in einem Wald bei Warschau und nicht in dem anfangs angesprochenen Präsidium, was auch immer dieses sein mochte. Unser Opa Jurek aber wurde sein mulmiges Gefühl auch dann nicht los, als er zu einem Baum geführt und mit dem Gesicht zum Wald gedreht wurde, in einer Reihe mit seinen Mitangestellten, und man ihm sagte, er solle seine Hose aufmachen.

Und so stellte er sich neben einen Baum und wollte schon seine Hose öffnen. Und genau in dem Moment, da sich ihm etwas Kaltes in den Nacken bohrte, erinnerte er sich an Zielonka und an das Birkenwäldchen dort und an den Duft des Heus und an seine Cousine Janka, und weil ihm der letzte August vor dem Krieg plötzlich wie ein August vor hundert Jahren vorkam, überfiel ihn eine gewisse Trauer, sodass ihm der Hals eng wurde.

Und dann musste er zu allem Überfluss wieder an seine Mutter denken, und es schien ihm wieder das Traurigste auf der Welt,

32

dass sie gerade in ihrer Küche in der Łucka Straße beim Schälen von Kartoffeln fürs Mittagessen saß und davon ausging, dass er, ihr Sohn, in der Zündkerzenfabrik bei der Arbeit sei.

Das Nächste, woran unser Opa sich erinnern konnte, war das weiche Moos, in dem er kniete, und das Gelächter der jungen Frau im schwarzen Mantel in seinem Rücken, eigentlich eher eine Art Pferdegewieher, und die Feuchtigkeit seiner Hosenbeine, und dann war als verschwommene Farbfläche der Wald wieder da, und in seinem Nacken hatte der Druck des kalten Gegenstands nachgelassen, und es hieß auf Deutsch, dass es auch von Nachteil sein könne, Fremdsprachen zu beherrschen, vor allem wenn man eine Spitzelnatur sei, und dass eine Pinkelpause üblicherweise darin bestehe, dass man aus seiner Hose hinaus und etwa in einen Wald pinkle und nicht umgekehrt in die Hose hinein, ob er das nicht gelernt habe, und warum er denn nicht lache, ob er keinen Humor besitze und dass er den durchaus brauchen werde, dort, wo er hingehe, aber dass man dort vielleicht auch erst Humor entwickle und dass jetzt aber Schluss sei mit den Späßen, es sei schließlich Montag und damit ein regulärer Arbeitstag, wenn auch die Polen als ein eher weniger arbeitswütiges Völkchen bekannt seien. Auf sie warte jetzt jedenfalls eine neue Stelle.

Man kletterte wieder zurück in den Laderaum des Transporters, und beim Einsteigen machten einige der Mitangestellten unseres Opas Jurek sogar noch klugerweise ein paar Gymnastikübungen, und drinnen holte unser Opa dann endlich wieder Luft und lehnte sich mit dem Rücken gegen die Blechwand und wartete, bis diese Blechwand nicht mehr ofenheiß war und die ihn umgebende Welt sich nicht mehr um sich selbst drehte, wie eben noch bei einem Blick in die Kiefernkronen hinauf und in den Himmel.

Der Zwischenfall in der Zündkerzenfabrik der Gebrüder Bierkowski und die Fahrt mit dem Mercedes-Transporter ist, so muss man heute sagen, der Beginn eines der schlimmsten Erlebnisse unseres Opas Jurek gewesen, nach dem er niemals mehr derselbe sein sollte wie zuvor, und eigentlich sind viele seiner späteren Erfolge im Leben, beispielsweise als Direktor, das hat er uns an dieser Stelle oft erzählt, auf die nun folgenden Begebenheiten zurückzuführen.

Nach ein paar Tagen Warten im Innenhof einer alten Fabrik am Rande eines Dorfes, in deren Verlauf er zum ersten Mal die Verpflegung miserabel fand, sodass er, trotz der Kleinigkeiten, die ihm die nach zwei Tagen neu Dazugestoßenen aus ihren Taschen und Koffern zusteckten, eine gewisse Unzufriedenheit sich entwickeln spürte, wurden unser Opa Jurek und seine Mitangestellten sowie seine neuen Bekannten mit Lkws zu einem Bahnhof gefahren. In der Gruppe, zu der übrigens keine Frauen oder Kinder gehörten, ließ sich ein gewisses Aufatmen wahrnehmen, verbunden mit der laut geäußerten Vermutung, die ganze Angelegenheit habe sich nun endlich aufgeklärt, und man fahre, gewissermaßen wie nach einem Kurzurlaub in der ländlichen Umgebung, nun endlich nach Warschau zurück, pünktlich zum Anfang der neuen Woche und zum Arbeitsbeginn am Montagmorgen.

Und auch unter den Neuen bedauerte man höchstens noch ein bisschen, dass die Verpflegung nicht die beste gewesen sei im Innenhof der alten Fabrik und dass man sich vorher zu Hause nicht besser eingedeckt habe, aber wie hätte man andererseits, so argumentierte man weiter, damit rechnen sollen, so lange im Innenhof einer Fabrik warten zu müssen? Und wie hätte man derart miserable Missstände auch vorhersehen können, denn dass es nur entweder Suppe oder einen zweiten Gang geben würde, das hätte man sich im Traum nicht vorgestellt, wie unser Opa uns erzählte, schließlich gehörten zu einem Mittagessen seit je sowohl eine Suppe als auch ein zweiter Gang, ganz zu schweigen davon, dass ein Tag normalerweise mit einem Frühstück beginne und mit einem Abendessen ende, das sei schon immer so gewesen, und das werde immer so sein, alles andere sei auf lange Sicht fahrlässig, weil in höchstem Maße ungesund. Ganz abgesehen davon, dass eine derart miserable Verpflegungssituation im Körper auf Dauer ein nur schwer in Worte fassbares Gefühl hinterlasse, eine Art Sehnsucht, eine Art körperliches Vermissen, schlimmer noch als das Vermissen einer nahestehenden Person.

Die allgemeine Erleichterung über den Aufbruch aus dem Fabrikhof wurde allerdings bald von einer neuen kollektiven Bedrücktheit verdrängt, denn nach einer Weile in einem der Zugwaggons, in die man an dem besagten Bahnhof hineingebeten worden war – einem Bahnhof übrigens, an dessen Gebäude merkwürdigerweise kein Ortsschild hing –, stellten nicht nur unser Opa Jurek, sondern bald auch andere, die gelegentlich einen Blick zwischen den Holzstreben der Waggonwände hindurch nach draußen riskierten, fest, dass man zwar durch einige Ortschaften rollte und sogar einmal durch eine Stadt, dass aber auch plötzlich die Zeit sehr schnell verging, denn es wurde draußen dunkel und dann auch schon wieder hell und bald darauf wieder dunkel.

Bedenklich war daran aber vor allem, dass dieselbe Zeit im Inneren des Waggons ganz anders verging, denn hier, zwischen den Reisenden und ihren Koffern, schien sie sich, nachdem auch die letzten mitgebrachten Verpflegungskleinigkeiten aufgeteilt worden waren, besonders langsam vorwärtszuschleppen, sodass sich bald sogar Ungeduld breitmachte. Und so habe sich jedermanns Hoffnung, erzählte unser Opa Jurek, schnell darauf gerichtet, dass man nun endlich bald in Warschau ankommen werde, auch

35

wenn der Sonnenstand annehmen ließ, dass man sich der Hauptstadt wohl von einer anderen Seite näherte, als zu erwarten gewesen war.

So etwas wie Sorge habe sich aber unter den Reisenden spätestens dann eingestellt, als es außerhalb des Waggons zum zweiten Mal hell und zum dritten Mal wieder dunkel geworden war und der Waggon, nachdem für einen kurzen Augenblick in der Ferne Lichter aufgeblitzt waren, in vollkommener Dunkelheit zum Stehen kam. In dieser Situation beschloss unser Opa Jurek, der inzwischen, wie er sich selbst eingestehen musste, unter der Enge im Waggon litt, sich schlafen zu legen, denn er fand, dass es sinnlos gewesen wäre, sich zusammen mit seinen Mitarbeitern und seinen neu gewonnenen Bekannten zu ärgern, und vermutlich war das ja überhaupt der Zweck des Haltes in diesem Nirgendwo, so überlegte er, es handelte sich bestimmt um das Signal zur Nachtruhe, man wolle, erklärte er seinen Mitreisenden, dass sie ausgeruht seien, wenn sie am nächsten Morgen in Warschau einführen, bereit, an die Arbeit zurückzukehren. Und das war, so mussten alle im Waggon zugeben, eine vernünftige Überlegung, und darum legten sich auch andere zur Nachtruhe hin, obwohl es wenig komfortabel war zwischen den Nachbarn, da nun unangenehme Gerüche aufstiegen, aber andererseits würden, so sagte man sich, diese widrigen Umstände ja bald ein Ende haben, und man beschloss, nicht so feinfühlig zu sein.

Der Bahnhof, an dem unser Opa Jurek und seine Mitreisenden am nächsten Morgen schließlich aussteigen durften, war dann aber nicht der von Warszawa Główna, sondern der einer Ortschaft, von der keiner je etwas gehört hatte. Und nun besaß die Behauptung eines der Mitreisenden, eines gewissen Herrn Roszewski, seines Zeichens Maler, plötzlich Gewicht, eine Behauptung, die von ihm beim ersten Tageslicht aufgestellt worden war, nachdem der Zug sich endlich mit einem Satz nach vorne und einem ohrenbetäubenden Quietschen in Bewegung gesetzt hatte. Bei einem Blick durch einen Spalt in der Waggonwand wollte der noch sehr junge Künstler nämlich gesehen haben, dass man durch eine Stadt gefahren sei, die laut Beschilderung an ihrem Bahnhof den deutschen Namen Oppeln getragen habe, was derart eindeutig gegen die Warschau-Theorie sprach, dass man darauf nur mit Schmunzeln und Kopfschütteln reagiert hatte, ohne die Tragweite dieser Beobachtung auch nur für diskussionswürdig zu erachten.

Als man dann einige Stunden später nach dem Aussteigen aus dem Zugwaggon aber tatsächlich an einem Bahnhof stand, der einen deutschen Namen trug, wenn auch einen vollkommen unbekannten, musste man sich nach kurzer Rücksprache darauf einigen, dass etwas nicht stimmte. Da allerdings in den folgenden zwei Stunden jedem Einzelnen im Rahmen eines komplizierten Verfahrens zahlreiche bürokratische Handlungen abverlangt wurden, vergaß man die Empörung, sie rückte gewissermaßen vorerst in den Hintergrund dieser viel konkreteren Herausforderungen, von denen sich nun eine nahtlos an die andere anschloss, sodass man immerhin in Bewegung blieb und wieder Zuversicht entwickelte. Es steckte offenbar ein Plan hinter den Prozeduren, und alles fand, wenn auch nur an Lazaretttischen zwischen den Gleisen und vermittelt durch Befehle aus dem Munde von uniformierten jungen Männern oder von älteren Herren in merkwürdig pyjamaartiger Arbeitsbekleidung, so doch immerhin bestens organisiert statt, was unseren Opa Jurek annehmen ließ, dass man es hier lediglich mit einer Art vorübergehender Abweichung vom immer noch geltenden Warschau-Plan zu tun hatte. Und so beantworteten er und seine Mitreisenden die Fragen und ließen auch die Abgabe des Gepäcks und dergleichen hilfsbereit über sich ergehen. Hauptsache, man behinderte nicht den Ablauf, denn jede Verzögerung, das ahnte man bald, konnte eigentlich nur eine Verzögerung der Rückkehr an die tägliche Arbeit in der Zündkerzenfabrik bedeuten.

Im Lichte dieser Überlegungen ergab es dann auch Sinn, die Kleidung zur Reinigung abzugeben und für die Zwischenzeit die pyjamaartige Arbeitsbekleidung entgegenzunehmen, und nach einer offiziellen und feierlichen Willkommensansprache eines Herrn in Uniform, der sogar einen Adelstitel trug, wusste man endlich, dass es sich bei alledem bloß um eine außerordentliche und den Umständen angepasste Situation handelte, eine befristete Arbeitsmaßnahme – man war, wenn man so wollte, als Leiharbeiter vom heimischen Betrieb abgezogen worden und würde für eine begrenzte Zeit hier vor Ort eingesetzt werden, um in der Nähe der Ortschaft, in der man sich befand, eine Art Betrieb zu errichten, konkreter: eine Unterbringungseinheit für die zukünftigen Arbeiter dieses neuen Betriebs. Und selbstverständlich würden die Angehörigen informiert werden, so sprach der uniformierte Herr mit Adelstitel, insgesamt hoffe man sehr auf eine gute Zusammenarbeit, auch wenn diese vermutlich von kurzer Dauer sein werde, je nach individuellem Arbeitswillen.

Und so richtete sich unser Opa Jurek in den nächsten Tagen, nach einigen unabdingbaren Hygienemaßnahmen wie etwa einem Friseurbesuch, in den Räumlichkeiten ein, die ihm und seinen neuen Mitarbeitern zur Unterbringung gestellt worden waren, und dann begann ein Alltag, wie ihn wohl jeder kennt, der eine Weile für eine Firma im Ausland tätig gewesen ist.

Allerdings zeigte sich bald, dass viele der Versprechen des adeligen Herrn in Uniform unzureichend bis gar nicht eingelöst wurden. In erster Linie, so hat unser Opa Jurek uns mehr als

38

deutlich gemacht, sei den Deutschen vorzuwerfen gewesen, dass die Bedingungen der Unterbringung, aber auch der Arbeit selbst sich stark von dem unterschieden, was man nach der Ankunft auf dem Gelände aufgrund der Versprechen erwartet und sogar für selbstverständlich gehalten hatte, und zwar nicht zuletzt – und das hatte der Beginn des ganzen Unternehmens, also jene Woche des Wartens auf dem alten Fabrikgelände bei Warschau, ja schon vorgezeichnet – auf dem Gebiet der Verpflegung, die, so hat unser Opa Jurek es uns bei vielen Mittagessen unserer Oma Zofia genau erklärt, noch miserabler gewesen sei, als wir das je für möglich halten könnten, so schlecht und so wenig habe er davor und danach nie mehr gegessen. Andererseits aber wurde ihm und seinen Mitarbeitern nach einiger Zeit bewusst, dass Hinweise an die Geländeaufsicht nur wenig Besserung und in einigen Fällen sogar eine Verschlechterung der Lage bringen konnten, sodass man schnell darauf verzichtete und sich in die vorherrschenden Abläufe fügte.

DIE SOGENANNTE SCHWIERIGE ZEIT
UNSERES OPAS JUREK

Das Leben in Oświęcim, wie die weltberühmte Ortschaft heute heißt, in der unser Opa Jurek von diesem Tag an viele Monate lang verschiedene Arbeiten ausüben musste, kann man sich heute kaum noch vorstellen, und unser Opa hatte, wenn er uns davon erzählte, nicht selten Tränen in den Augen, worüber er dann wiederum lachen musste. Angefangen bei den Missständen im Zusammenhang mit den sanitären Einrichtungen, die sich direkt in den jeweiligen Schlafräumen befanden und eigentlich nur aus einem einzigen Blecheimer bestanden, der für einen restlos überfüllten Raum viel zu klein war, über das stundenlange Herumstehen in Reih und Glied auf dem Platz vor den Unterbringungsräumlichkeiten in der prallen Sonne oder in strömendem Regen bis hin zu den eher unangenehmen Verhaltensweisen einiger höher gestellter Mitarbeiter, die offensichtlich der Ansicht waren, besser als andere zu wissen, wie man zu arbeiten habe. Diese höher gestellten Mitarbeiter hatten beim Aufbau der zusätzlichen Unterbringungsanlagen in einem hinter einem Wäldchen gelegenen Areal stets einen besserwisserischen Spruch auf den Lippen und wussten diesen nicht selten auch mit einer gewissen körperlichen Präsenz und sogar mit Hilfe stockartiger Utensilien aller Art zu untermalen, was das Errichten von nagelneuen Reihenhäuschen zwar, oberflächlich betrachtet, beschleunigte, der Arbeitsmoral eines jeden niedriger gestellten Beteiligten aber unter dem Strich nicht gerade zuträglich war. Was bald – und in Kombination mit der schon erwähnten miserablen kulinarischen Situation nur umso deutlicher – zu einer Empörung über die Umgangsformen der Höhergestellten, kurze Zeit darauf zu einer gewissen Verzweiflung und schließlich zur Lethargie einiger Mitarbeiter unseres Opas Jurek führte, die dann allerdings aufgrund von gleichzeitig bei ihnen auftretenden Verdauungsbeschwerden infektiöser Art schnell in einen anderen Bereich der Arbeitsunterbringung verlegt wurden, wo sie die Arbeitsmoral der anderen, weniger empfindlichen Mitarbeiter nicht weiter belasten konnten.

Weil auch unser Opa Jurek bald mit den allgemeinen Arbeitsbedingungen in seinem Beschäftigungsbereich mehr als unzufrieden war, bewarb er sich um eine Anstellung in einem anderen Beschäftigungsbereich, denn als Elektromechaniker und als Sohn eines Tischlers hatte er, wie schon gesagt, das beste handwerkliche Geschick vorzuweisen, und zusammen mit seinen hervorragenden Deutschkenntnissen versetzte ihn das in eine gute Verhandlungsposition, vor allem weil einige der deutschen Angestellten in der Leitung von Oświęcim, das verwaltungstechnisch alles in allem, so stellen wir es uns vor, wie ein normaler Betrieb organisiert war, einen Sinn für besonders aufwendig gearbeitete Holzmöbel wie etwa Schreibtische oder Nachtschränkchen hatten und für diese sogar bereit waren, einen Teil der ihnen zustehenden Verpflegung abzugeben. Und das kam unserem Opa Jurek gerade recht, der bereits seit längerem einen merkwürdig unnatürlichen Hunger verspürte und ja ohnehin schon damals, in seiner Jugend, einer reichhaltigen Mahlzeit, zumindest aber einem zweiten Teller Suppe gegenüber nicht abgeneigt war, was wir uns gut denken können, weil wir wissen, wie gern er bei gemeinsamen, von unserer Oma Zofia servierten mehrgängigen Mittagessen viele Jahrzehnte später, wenn wir unsere Großeltern von Deutschland aus besuchten, einen oder zwei Nachschläge von jedem einzelnen Gang anforderte.

41

Und so hatte er in den folgenden Monaten die Gelegenheit, in viele Tätigkeitsbereiche hineinzuschnuppern, und konnte etliche seiner Talente sogar noch weiter ausbauen, denn beispielsweise arbeitete er nicht nur als Tischler in der Holzwerkstatt, in der er sich auf das Schärfen von Werkzeugen und das Kochen von Leim spezialisierte, sondern auch als Elektriker, Zaunausbesserer oder Maurer und in zahlreichen anderen Sparten.

Allerdings setzten bei den Mitarbeitern, die jene besagten höhergestellten Positionen innehatten, nach kurzer Zeit noch bedenklichere Veränderungen ein, denn mit jedem Tag, der zu Ende ging, schienen sie mehr und mehr ihren gesunden Menschenverstand zu verlieren, und ihr Höhergestelltsein war ihnen schon innerhalb weniger Wochen derart zu Kopf gestiegen, dass die Verhältnisse in der gesamten Arbeitsunterbringung bald nicht mehr tragbar waren. Und so musste unser Opa Jurek etwa mit ansehen, wie einer seiner Mitarbeiter allein aufgrund seiner müdigkeitsbedingten Weigerung zur Weiterarbeit und seines Protests gegen die sanitären und kulinarischen Missstände vor den Augen aller anderen Mitarbeiter, wenn wohl auch unbeabsichtigt, mit einer Holzlatte totgeschlagen wurde, und unser Opa Jurek hatte, wie er uns gegenüber oft ungläubig zugeben musste, im ersten Moment den Eindruck, es passiere nicht in Wirklichkeit, sondern sei nur ein böser Traum, obwohl er alles deutlich sehen konnte auf dem Hauptplatz zwischen den Wohngebäuden. Aber dann sprach er darüber mit den anderen Mitarbeitern in seiner Schlafunterkunft, und die hatten Ähnliches gesehen, was nach und nach zu der Vermutung und später auch zu der Gewissheit führte, dass die Deutschen – und mit ihnen auch alle höhergestellten Mitarbeiter, die bessere Positionen hatten ergattern können – wie auf einem seit Monaten im Pazifik herumtreibenden Schiff den Anschluss an die Außenwelt und damit an die Wirklichkeit von Tag zu Tag ein Stückchen mehr verloren, und das konnte für unseren Opa und alle anderen, die niedriger gestellt waren, nichts Gutes bedeuten, darüber waren sich nach vielen Diskussionen alle einig. Erst recht, als sich nach einigen Wochen bei ungünstigem Wind ein besonders unangenehmer Geruch auszubreiten begann, dessen Geheimnis bald gelüftet war, denn offenbar hatten die Deutschen nun begonnen, die zu Beginn eingesammelte Kleidung in einem großen Ofen zu verbrennen, und der Rauch, der aus einem Schlot gelblich träge aufstieg, stammte offenbar von den Flöhen und Wanzen, die sich in dieser Kleidung eingenistet hatten, wie ihnen ein Deutscher gern erklärte.

Spätestens zu diesem Zeitpunkt ahnte unser Opa Jurek, wie unwahrscheinlich ein frei gewähltes Ende des Aufenthalts in Oświęcim war. Und diese Ahnung wurde bald bestätigt, denn eines Morgens führte man ihm und seinen Mitarbeitern während eines sich besonders lange hinziehenden Herumstehens auf dem Hauptplatz vor den Unterbringungseinheiten einen ihrer jüngsten Mitarbeiter – einen anderen jungen Künstler aus Warschau namens Jarosław Ragacki – vor und hatte diesem, noch bevor irgendjemand auch nur hätte protestieren können, vor den Augen aller zur Bestrafung für den Versuch, sich von seinem Arbeitsplatz dauerhaft zu entfernen, diesmal mit voller Absicht in den Kopf geschossen.

Was am Abend desselben Tages in der Schlafunterbringung nicht nur im Hinblick auf das konkrete Schicksal des jungen Künstlers als tragisch eingestuft wurde, sondern auch im Hinblick auf die Bedeutung dieses Einzelbeispiels für die Gesamtsituation, denn als pädagogische Maßnahme für den Flüchtenden selbst konnte die Bestrafung ja kaum angesehen werden, und so erfasste alle und auch unseren Opa Jurek, wie er uns berichtet hat, eine vollständige Entzauberung, denn jetzt wusste auch der

43

Letzte unter ihnen, dass man es hier mit keinem guten Arbeitsort zu tun hatte.

Und tatsächlich ging es in den folgenden Wochen mehr und mehr darum, merkwürdig sinnlose Arbeiten durchzuführen, denn dass man damit beschäftigt war, die ein paar Kilometer entfernt neu entstehende Siedlung für zukünftige Arbeiter aufzubauen, war noch einigermaßen nachvollziehbar, aber in den meisten Fällen bestand die konkrete Arbeit eher darin, nur dazustehen und einen Stapel Ziegelsteine in den Armen zu halten, und das einen ganzen Tag und eine ganze Nacht lang, bei Regen oder bei Sonnenschein, und wehe, man legte die Ziegel auch nur für eine Minute ab, denn dann tauchte neben einem sofort ein besonders wütender höher gestellter Mitarbeiter auf und beschimpfte einen, und bisweilen kam es sogar vor, dass er einem mit einem Stock auf den Rücken schlug und damit lange nicht mehr aufhörte, was unser Opa Jurek uns bewiesen hat, in seinem Arbeitszimmer, indem er seinen Pullover und sein Hemd auszog, denn er hatte auf seinem Rücken noch viele Striche, die aussahen, als wäre er an einem Strand in der prallen Sonne eingeschlafen mit Seegras auf dem Rücken, sodass nicht der ganze Rücken braun geworden war.

Zu was aber die Deutschen auch noch in der Lage waren, zeigt ein Vorfall, an den unser Opa sich besonders gut erinnerte und von dem er uns oft erzählte, damit wir daraus etwas lernen konnten, vor allem als wir schon in Deutschland wohnten. Einmal musste er nämlich mit drei Mitarbeitern am Rand des neu entstehenden Unterbringungsareals einen Schuppen auseinandernehmen, weil das Material für den Bau der neuen Unterbringungseinheiten verwendet werden sollte. Vier ganze Tage und Nächte lang arbeiteten sie, und dabei wurden sie von einem jungen Deutschen überwacht, dem noch kein Bart wuchs und der den nicht

44

gerade deutschen Namen Adam trug. Und dieser Adam saß auf einem Baumstumpf und ließ sein Maschinengewehr zwischen den Knien baumeln, und ihm war sehr langweilig, denn er erzählte unserem Opa Jurek, der im Gegensatz zu den anderen dreien, wie gesagt, hervorragend Deutsch sprechen konnte, die ganze Zeit von einem Mädchen, das er irgendwo in Bayern kennengelernt hatte und das Evelyn hieß.

Inzwischen kannte sich unser Opa Jurek schon sehr gut mit Bauarbeiten verschiedener Art aus, wegen der allgemeinen Verpflegungssituation konnte er aber nicht so schnell graben, wie er es gern gewollt hätte. Aber dann grub er am Nachmittag des zweiten Tages ein Loch um einen Holzpfahl, und da stieß er, gleich unter der Oberfläche, auf etwas hell Schimmerndes. Er grub, bis sich die Konturen des Objekts abzeichneten, er stupste es mit seiner Schaufel an, er lupfte mit der Schaufelspitze eine Ecke weißen Stoffs, und da durchfuhr ihn ein großer Schrecken. Denn unter dem Stoff kamen nichts Geringeres als eine ganze Krakauer Wurst und ein Kringel Brot zum Vorschein.

Er blickte sich unauffällig um. Einer der Dorfbewohner musste das Bündel hier für ihn und seine Mitarbeiter hinterlassen haben.

Man kann sich heute kaum vorstellen, wie diese Krakauer und dieser Brotkringel gerochen haben. Die Krakauer und Brotkringel heutzutage können überhaupt nicht verglichen werden mit denjenigen von damals. Wie ein ganzes Geschäft mit Krakauern und Brotkringeln in einer der engen Gassen in Warschau habe das gerochen, und unser Opa habe sogar mit bloßem Auge sehen können, wie der Duft aufgestiegen sei, aus dem Loch heraus und zu der Stelle, an der sein deutscher Bewacher gesessen habe.

Er stellte sich sofort so hin, dass der junge Deutsche sich genau in seinem Rücken befand. Dieser Adam hatte den Fund noch nicht entdeckt, er plauderte weiter über seine Evelyn aus Bayern.

45

Aber unser Opa Jurek hat uns auch erklärt, was das große Problem an der Situation gewesen ist, denn er schaffte es zwar, das Paket unbemerkt aufzuheben, und er versuchte, sich die Krakauer und den Brotkringel in den Mund zu stecken, er bückte sich, die Krakauer gegen den Bauch gepresst, sodass sein Rücken sie verdeckte, und sagte nach hinten: Ja, verstehe. Und rollte seine Schultern zum Bauch hin ein. Ja, ja, verstehe, sagte er und beugte seinen Nacken, auch wenn ihm das Genick zu brechen drohte. Aber die Krakauer und den Brotkringel mit dem Mund zu erreichen war unmöglich.

Der schrecklichste Moment im Leben unseres Opas ist es gewesen, als er das erkannte. Und als er sich dazu entschloss, den Fund zu melden. In diesem Moment ereilte ihn sein zweiter Tod. Aber in Wahrheit sei dieser Moment noch schlimmer gewesen als der Tod, denn der Tod sei das Ende von allem, und damit höre auch der Geruch von Krakauern und von Brotkringeln auf und könne einem nicht mehr so schön vorkommen, dass man unbedingt in sie hineinbeißen möchte und einem die Tränen kommen. Bei weitem sei der Tod nicht so schlimm, wie dieser eine Moment schlimm gewesen sei, in dem er keine andere Möglichkeit mehr gesehen habe, als sich zu diesem Adam umzudrehen und ihm die Krakauer und den Brotkringel zu überreichen.

Aber wie groß ist seine Freude darüber gewesen, was dann geschah. Dieser Adam nahm das Bündel entgegen, schaute hinein und machte große Augen, denn auch er hatte seit Tagen nichts Richtiges gegessen. Und dann bedankte er sich und fing an zu tanzen. Er brach den Kringel und die Krakauer entzwei und gab unserem Opa Jurek die Hälfte der Wurst und mehr als die Hälfte des Brotkringels. Und dann aßen sie zu zweit, mit den Rücken zu den drei grabenden Mitarbeitern, und dieser Adam lächelte und schmatzte und freute sich.

Unser Opa Jurek hat uns am Ende dieser Geschichte genau erklärt, warum er sie uns erzählt hat – nämlich damit wir sehen, dass es auch gute Deutsche gegeben habe. Manche dieser Deutschen seien sehr jung gewesen und seien von der Leitung der Arbeitseinrichtung nicht viel besser behandelt worden als er und seine Mitarbeiter. Und deshalb gebe es auch heute in Deutschland mit großer Wahrscheinlichkeit gute Menschen, nicht nur in Polen, das sollten wir uns merken.

Die meisten anderen Geschichten unseres Opas Jurek aus seiner Zeit in Oświęcim sind aber nicht so aufmunternd wie diese, und eine der traurigsten ist wohl diejenige, in der unser Opa die Mathematik doch noch lieben gelernt hat, an einem Wintertag im Februar des neuen Jahres.

Denn neben allen anderen sinnlosen Tätigkeiten mussten er und seine Mitarbeiter in diesem Herbst und Winter einen Karren mit Steinen oder mit Holzlatten durch eine Schlammpfütze schieben, bestimmt dreißigmal am Tag. Und hatten sie ihn endlich aus der Pfütze hinausgeschoben und waren sie auf der anderen Seite angekommen, hieß es, dass man den Karren wieder zurück auf die andere Seite der Schlammpfütze schieben solle, und immer so hin und her. An schönen Herbsttagen hatten unser Opa und seine Mitarbeiter die Lieder, die man ihnen beim Arbeiten zu singen auftrug, noch ins Witzige hinein verändert, und so war aus dem Lied «Schön sind die Mädchen mit sechzehn Jahren» etwa «Schön sind die Mädchen mit sechzig Jahren» geworden, und statt «Schön ist es, auf der Welt zu sein» hatten sie «Schön ist es, auf der Welt zu sein – nur nicht hier!» gesungen, woraufhin alle lachen mussten, auch die Deutschen, die am Rand der Pfütze standen und sie instruierten.

Vor Weihnachten waren die Tage jedoch nicht mehr so schön,

und es fing an zu regnen und wurde kalt, und noch schlimmer war es dann nach Weihnachten, denn dann war es nicht nur fast immer dunkel, sondern man war immer nass, auch nachts, weil unser Opa und seine Mitarbeiter keine zweite Arbeitsgarnitur bekommen hatten. Und wenn er mit seinen Mitarbeitern, von denen der eine oder andere aufgrund der schlechten kulinarischen Lage schon sehr abgenommen hatte und bisweilen sogar eine Grippe und noch schlimmere Krankheiten bekam, versuchte, den Karren, bis zu den Knien im Wasser stehend, aus der Schlammpfütze hinauszuschieben, dann war es eine willkommene Abwechslung, wenn ihnen die höhergestellten Mitarbeiter oder die Deutschen, die um sie herumstanden, nach einer Stunde, in der es weder vorwärts noch rückwärts ging, endlich erlaubten, eine Pause einzulegen. Denn so konnte man sich, in der Schlammpfütze stehend, für die Dauer der Pause zu dritt oder zu viert gegenseitig umarmen und am Körper reiben, und schon war es einem weniger kalt.

Während einer solchen Pause an einem besonders verregneten und dunklen Februartag traf unser Opa Jurek dann zufällig – auch wenn er ihn zunächst gar nicht erkannte – seinen alten Mathematiklehrer von der Realschule in Warschau wieder, Herrn Dr. Makowski, der ihn im Abschlussjahr fast hatte durchfallen lassen, wegen einiger Probleme beim Berechnen eines Kosinus. Dieser Mathematiklehrer wirkte gar nicht mehr so groß wie früher, und er musste plötzlich weinen, als er unseren Opa Jurek sah. Was er denn hier mache, fragte er unseren Opa mit Tränen in den Augen, warum er denn um Gottes willen hier sei. Herr Dr. Makowski beruhigte sich aber schon bald wieder etwas, er richtete sich sogar ein bisschen auf, was komisch aussah, denn er war inzwischen sehr dünn, so dünn, dass man meinte, er würde gleich in zwei Stücke brechen, und auch musste er sehr husten.

Auf einmal wurde er jedoch sehr wütend auf unseren Opa Jurek. Ob er eigentlich die Mathematik nicht habe lernen können oder nicht habe lernen wollen, fragte er ihn, und das war unserem Opa sehr peinlich, denn es schauten und hörten ja alle zu, und am Ende musste er seinem ehemaligen Lehrer, weil der einfach nicht aufhören wollte, versprechen, dass er alles nachholen werde. Die Mathematik ist sehr wichtig, sagte Herr Dr. Makowski, ich bitte dich sehr darum, dass du alles nachholst. Sobald du wieder zu Hause bist. Versprich es mir!

Unser Opa Jurek hat uns erzählt, dass er sein Versprechen nicht ernst gemeint habe in diesem Moment, als sie bis zu den Knien in der Pfütze gestanden hätten, kurz bevor die Pause zu Ende gewesen sei. Aber ein paar Tage später habe er seinen alten Lehrer dann nirgends mehr gesehen, und auch als er nach ihm zu fragen begonnen habe, habe niemand gewusst, wo er sich befinde, nur dass man ihn ins Krankenhaus im hintersten Reihenhaus der Arbeitssiedlung gebracht habe und er von dort nicht mehr zurückgekehrt sei, und da tat es unserem Opa plötzlich sehr leid, dass er sein Versprechen Herrn Dr. Makowski gegenüber nicht ernst gemeint hatte, und deshalb löste er es später tatsächlich ein. Nach dem Krieg ging er nur wegen Herrn Dr. Makowski auf ein Abendgymnasium und wurde der beste Mathematikschüler der ganzen Klasse.

Und so kann man insgesamt behaupten, dass diese Zeit nicht die schönste im Leben unseres Opas Jurek gewesen ist, und das Schrecklichste war am Ende noch der Hunger. Ob wir schon mal, fragte er uns, etwas vom Todeshunger gehört hätten, der die schlimmste Art des Hungers darstelle, denn es handle sich um keinen normalen Hunger, wie wir ihn bestimmt kennen würden, einen Hunger, den man nach ein paar Stunden ohne eine Mahlzeit allmählich zu verspüren beginne, sodass man darüber nach-

49

denke, ein mehrgängiges Mittag- oder Abendessen anzuvisieren. Denn beim sogenannten Todeshunger sei alles anders, und genau genommen handle es sich dabei um eine Art des Hungers, bei der alles ins exakte Gegenteil verkehrt sei.

Das ins Gegenteil Verkehrte sei nämlich gewesen, das hat unser Opa bei vielen mehrgängigen Mittagessen in der Wohnung unserer Großeltern allen genau erklärt, dass er vor einer Mahlzeit in Oświęcim, also etwa am Morgen, direkt nach dem Aufstehen, oder auch am Abend, wenn er nach einem Arbeitstag mit den anderen Mitarbeitern in die Unterbringung zurückgekommen sei, überhaupt keinen Hunger verspürt habe. Je näher er nach dem Betreten der Kantine der Essensausgabe gekommen sei, desto weniger Hunger habe er gehabt, und wenn er dann schon, als Zweiter in der Schlange, in den Suppentopf habe hineinschauen können, in dem durch die wasserklare Suppe der Zinnboden zu sehen gewesen sei, da habe er eigentlich überhaupt keinen Hunger mehr gehabt, da sei er vollkommen satt gewesen, er habe sich geradezu überfressen gefühlt, und zwar derart, dass er die schlimmsten Bauchschmerzen gehabt habe und ihm speiübel geworden sei. Und als dann der Kochlöffel über den Zinnboden des Suppentopfes gekratzt und in seinem Blechteller geklappert habe, da sei er vollends hungerlos gewesen, er habe schon gar nicht mehr gewusst, was Hunger überhaupt sei, und auch während er die Suppe gelöffelt habe, gleich im Stehen, von diesem Fehlen des Hungers überrascht, habe er nichts gespürt außer eben diesem merkwürdigen Gefühl der Überfressenheit und sogar der Übelkeit, das mit jedem Löffel stärker geworden sei.

Das habe sich aber mit dem letzten Suppenlöffel schlagartig geändert. Überraschenderweise sei er in dem Moment, da er den letzten Löffel Suppe aus dem Blechteller gelöffelt und heruntergeschluckt habe, plötzlich hungrig gewesen. Und hungrig sei da vielleicht das falsche Wort, er habe nämlich auf einmal den Koch anschreien wollen, so hungrig sei er gewesen, er hätte sogar, das hat er uns allen am Esstisch in der Wohnung unserer Großeltern hoch und heilig geschworen, seine eigene Mutter, unsere Uroma Stefana, umbringen können für einen weiteren Löffel Suppe. Er habe das Gefühl gehabt, dass er auf der Stelle sterben werde, wenn er nicht noch einen einzigen Löffel Suppe bekomme.

Und so sieht man daran auch gut, was das Überraschende an Oświęcim gewesen ist, nämlich eben die Umkehrung der Dinge. Dass man also, erst nachdem man gegessen hatte, nicht mehr satt war, sondern im Gegenteil hungrig wurde. Und diese Umkehrung der Dinge im Bereich des Hungers habe, so unser Opa Jurek, auch die Umkehrung aller anderen Dinge mit eingeschlossen, und jetzt lässt sich vielleicht auch verstehen, warum diese besondere Art des Hungers Todeshunger heißt. Denn in Wahrheit sei man in Oświęcim die ganze Zeit tot gewesen, obwohl man ja die ganze Zeit geglaubt habe, am Leben zu sein – morgens aufzustehen und sich zu waschen und zum Frühstück zu gehen, sich dann in einer Reihe mit den anderen Mitarbeitern einzufinden und gemeinsam zur Arbeit loszumarschieren, dabei Lieder zu singen, dann den ganzen Tag zu arbeiten und am Abend mit den anderen in einer Reihe zurückzukommen, sich in der Kantine in die Schlange zu stellen, sich zu waschen und endlich schlafen zu legen. Alles sei eigentlich so gewesen wie im normalen Leben auch. Nur dass man im normalen Leben, wie das Wort schon sage, am Leben sei, in Oświęcim aber sei man die ganze Zeit über tot gewesen, obwohl man überzeugt gewesen sei zu leben. Man habe geglaubt, man lebe, man sei todsicher gewesen, man habe sogar Wetten darüber abschließen können, dass man lebe.

51

Am Ende seiner Zeit in Oświęcim hat unser Opa Jurek nur 38 Kilo gewogen, und er erklärte uns in diesem Zusammenhang, dass es für ihn zwar insgesamt keine schöne Zeit gewesen sei, aber vor allem sei es auch für die Menschheit keine schöne Zeit gewesen, was sich aber erst ein paar Monate, wenn nicht sogar erst Jahre später allmählich herausgestellt habe, das habe er zu seinem großen Glück damals weder gewusst noch selbst erlebt. Und überhaupt habe er in vielerlei Hinsicht Glück gehabt.

So habe er niemals jemanden umgebracht während seiner Zeit in Oświęcim, trotz dieses Todes- und in gewisser Weise auch Mordshungers, wie das anderen seiner Mitarbeiter passiert sei. Und die Tatsache, dass er den Ukrainer Bryla in der Werkstatt mit dem Kopf im kochend heißen Leimkochtopf gefunden und diesen Fund sofort gemeldet habe, beweise doch geradezu, dass nicht etwa er den Ukrainer Bryla umgebracht habe, auch wenn dieser dafür bekannt gewesen sei, immer noch irgendwo ein Radieschen bei sich zu tragen. Außerdem habe er ja noch direkt an der Tür zur Tischlerei Schreie gehört und Gepolter. Wie könne er drinnen den Ukrainer Bryla umbringen und gleichzeitig vor der Werkstatt stehen und hören, wie der Ukrainer Bryla umgebracht werde?

Man müsse sich den Anblick hinter dieser Tür vorstellen: Der Ukrainer Bryla habe mitten im Raum gekniet, aber eben mit dem Kopf im Leimkochtopf. Er habe mit seinem Kopf im Leimkochtopf so ausgesehen, als habe er aus einem Trog essen wollen, wie ein Ferkelchen. Und hier sehe man sie vielleicht noch deutlicher, die Umkehrung aller Dinge in ihr genaues Gegenteil. Denn der Mensch Bryla sei plötzlich das Ferkelchen Bryla gewesen. Und überhaupt seien, so unser Opa, alle seine Mitarbeiter, wenn man den Deutschen Glauben habe schenken dürfen, Schweine gewesen. Und als wäre das nicht genug gewesen, hätten die Deutschen ihn in dieser Situation nicht etwa gebeten, ein paar Tage auf dem

52

Platz zwischen den Unterbringungseinheiten zu stehen und über seinen Fund nachzudenken, wie er das schon todsicher erwartet habe, sondern auch hier sei das genaue Gegenteil eingetreten: Sie hätten ihm auf die Schulter geklopft und ihm Komplimente ausgesprochen. Wobei ihm bis zuletzt unklar geblieben sei, wofür, und er wirkte, wenn er an dieser Stelle seiner Erzählungen angelangt war, jedes Mal sehr verärgert und schaute lange zum Fenster seines Arbeitszimmers hinaus, ohne etwas zu sagen.

Und so hatte unser Opa Jurek endgültig genug von Oświęcim.

Wir stellen uns vor, wie er eines Morgens in der Nähe der Duschen der deutschen Soldaten, während er dort ein Gartenzäunchen ausbesserte, darauf wartete, dass einer der Soldaten duschen würde, was bald auch eintrat, wobei es sich bei diesem Soldaten zufällig um den jungen Deutschen mit dem eher undeutschen Namen Adam gehandelt hat. Und dieser Adam ahnte unter der Dusche nichts, er sang sogar ein Lied für seine schöne Evelyn aus Bayern.

Als dieser Adam also unter der Dusche trällerte, lupfte unser Opa, der bei solcherlei Dingen ein besonderes Fingerspitzengefühl hatte, dessen Uniform vom Nagel und zog sie an und ging einfach Richtung Haupttor. Und als er sich dem Tor näherte, glaubte er schon, der Wächter würde sagen: Du kommst hier nicht raus. Aber stattdessen fragte der Wächter, wohin er wolle.

Nach draußen, sagte unser Opa Jurek in perfektem Deutsch.

Warum er nach draußen wolle, fragte der Wächter.

Weil er dort eine Aufgabe zu erledigen habe.

Um was für eine Aufgabe es dabei gehe.

Um eine geheime.

Um welche Geheimhaltungsstufe es sich dabei handle.

Um eine besonders hohe.

Da weiteten sich die Augen des Wächters, und er sprang auf und salutierte, und unser Opa Jurek salutierte zurück, und dann grüßten sie sich gegenseitig, indem sie den weltberühmten deutschen Politiker grüßten, und unser Opa ging durch das Tor hinaus.

Er hat uns oft die Narbe auf seinem linken Oberarm gezeigt, die genau die Stelle markierte, an der ihn eine Kugel aus dem Maschinengewehr des jungen Deutschen getroffen hatte, von dem ihm ein paar Monate zuvor ein Stück der Krakauer und des Brotkringels überlassen worden war. Denn die Flucht unseres Opas Jurek hatte mit seinem Gang durchs Haupttor ja erst begonnen. Die deutschen Soldaten verfolgten ihn mehrere Wochen lang, sogar mit Hunden, und in dieser Zeit hat er in der Nähe von verschiedenen Dörfern, die er nicht kannte, im Wald geschlafen, und die Deutschen schossen ihm hinterher, und am Ende musste er sich vor seinen Verfolgern sogar in einem Teich verstecken, mit einem Schilfstängel als Schnorchel, tagelang hat er in diesem Teich gewartet, sodass seine Haut bald aufgeweicht war wie bei zerkochtem Reis. Man kann sich nicht vorstellen, wie schön die Sterne nachts am Himmel schwimmen, wenn man sie vom Grund eines Teichs aus anschaut, und das Gute war, dass die Deutschen, als er aus dem Teich endlich nach Tagen wieder auftauchte, tatsächlich verschwunden waren, und im Wald herrschte die schönste Stille. Aber das Allerbeste war, dass die Haut unseres Opas nach dem Auftauchen aus dem Teich wie bei einer Eidechse abging, und die Haut darunter war nagelneu, die Haut eines Menschen, der niemals in Oświęcim gewesen war.

Andererseits ist unser Opa Jurek aus Oświęcim nicht nur geflohen, sondern er ist auch entlassen worden. Herr Huber von der Zündkerzenfabrik der Bierkowski-Brüder hatte sich all die Monate für ihn als seinen wichtigsten Vorarbeiter und Dolmetscher eingesetzt, und es hat zwar ein Jahr und einen Monat gedauert, bis man seine Anträge endlich in den entsprechenden Behörden in Warschau bearbeitet hatte, aber immerhin durfte unser Opa eines schönen Septembermorgens mitsamt seiner alten Kleidung wieder durch das Tor der Arbeitseinrichtung in Oświęcim treten. Er bekam eine Urkunde, die er uns in seinem Arbeitszimmer gezeigt hat, und er wurde sogar zum Bahnhof gebracht, von dem jungen Deutschen mit dem eher undeutschen Namen Adam, und sie verabschiedeten sich, und unser Opa musste lediglich versprechen, dass er mit niemandem über seine Zeit als Mitarbeiter im Betrieb sprechen würde, und dann durfte er in den Zug steigen und nach Hause fahren.

Und so muss unser Opa Jurek eigentlich zweimal in Oświęcim gewesen sein, obwohl er sich nur an ein einziges Mal erinnern kann. Das Wahrscheinlichste ist, dass er beim ersten Mal geflohen ist, sich aber nach der gelungenen Flucht freiwillig wieder am Tor einfand, aus schlechtem Gewissen den anderen Mitarbeitern gegenüber, die ja in Oświęcim bleiben mussten, denn oft hat unser Opa uns erzählt, dass er darüber sehr traurig war, vor allem weil viele seiner Mitarbeiter in Oświęcim gestorben sind, sie waren wohl nicht so klug wie er. Und was das bedeutet, hat er uns zwar nicht sagen wollen, aber vermutlich bedeutet es, dass er eben ein besonders guter Mitarbeiter gewesen ist und vielleicht am Ende sogar eine der höher gestellten Positionen hat ergattern können, indem er sich durch seine Deutschkenntnisse sehr beliebt gemacht hat, wie etwa bei diesem Adam, weshalb er dann beim zweiten Mal ganz offiziell entlassen wurde, was die Urkunde in seinem Arbeitszimmer beweist. Aber aus schlechtem Gewissen seinen Mitarbeitern gegenüber, das hat wiederum unsere Oma Zofia uns erzählt, hat er lange Zeit niemandem gesagt, dass er überhaupt in Oświęcim gewesen sei, denn später ist es dort noch viel schlimmer geworden.

Die meisten späteren Geschichten sind nämlich überhaupt nicht mehr auszuhalten, denn wie man in vielen Büchern nachlesen kann, von denen einige noch heute im Arbeitszimmer unseres Opas Jurek stehen, haben die Deutschen eine große Zahl von Menschen in den folgenden drei Kriegsjahren in Oświęcim und auch in ähnlichen Einrichtungen einfach so getötet, und die meisten von ihnen waren jüdische Männer, Frauen und Kinder, und sie alle hatten überhaupt nichts Falsches getan. Es waren so viele jüdische Menschen, dass sie sogar in ein ganzes Land gepasst hätten, denn es sollen laut einem unserer Schulbücher sechs Millionen gewesen sein, was wir uns allerdings nicht vorstellen können, denn wie können es ganz genau sechs Millionen gewesen sein, wo es doch einen großen Unterschied macht, ob es fünfmillionenneunhundertneunundneunzigtausendneunhundertneunundneunzig oder genau sechs Millionen gewesen sind. Aber vermutlich wird in solchen Fällen einfach gerne auf- oder abgerundet, weil man dann besser rechnen kann.

Jedenfalls war es unserem Opa Jurek immer wieder wichtig, dass wir wissen, wie viel Glück er hatte, aus Oświęcim überhaupt entlassen worden zu sein. Und wie sehr er sich freute, dass er zwei Tage später wieder in Warschau war, auch wenn er anfangs nur sehr dicht an Hauswänden entlanggehen konnte, wenn er zum Beispiel einkaufen ging. Unsere Uroma Stefana war überrascht, als er vor der Tür stand, und fragte ihn auch gleich, wie es gewesen sei, und er sagte, es sei nicht besonders schön gewesen, vor allem wegen der Verpflegung, dass er aber versprochen habe, keine weiteren Details auszuplaudern.

Bald begann er wieder in der Firma der Brüder Bierkowski zu arbeiten, und nur wenige Geschichten hat er uns über die folgenden Wochen und Monate erzählt, etwa diejenige, in der er an einem Wochenende mit dem Fahrrad nach Zielonka hinausfuhr,

56

um nach seiner Tante und seinen Cousinen und allen voran nach seiner Cousine Janka zu sehen, die aber leider dort nicht mehr wohnten, die Häuser waren allesamt schwarz wie zu lange in der Asche gelegene Kartoffeln, und eine vorbeikommende alte Frau erzählte, dass alle aus dem Dorf Zielonka erschossen worden seien, darunter auch ein Mädchen, das ausgesehen habe wie ein Pirat.

In den nächsten Monaten kam mindestens einmal in der Woche ein Mann oder eine Frau in das Zimmer unseres Opas und zog die Vorhänge zu und betete eine Weile und fragte ihn dann mit Block und Stift in der Hand, wie es in Oświęcim gewesen sei, aber er sagte, alles sei eigentlich normal gewesen. Und die Männer und Frauen wollten wissen, ob es nicht auch schrecklich gewesen sei, aber er sagte, es sei gar nicht so schrecklich gewesen, sondern eben ganz normal, und er bat sie dann zu gehen, weil er keine Lust habe, sich darüber zu unterhalten.

Inzwischen war auch in Warschau die Versorgung mit Lebensmitteln, geschweige denn mit Delikatessen nicht mehr besonders gut, kaum zu vergleichen mit der Zeit, bevor unser Opa Jurek Warschau verlassen hatte. Nicht selten kam es jetzt sogar vor, dass man zwei Tage vor einem Laden warten musste, nur um dann mitgeteilt zu bekommen, dass es auch in den nächsten Tagen vorerst nichts geben werde, dafür aber vielleicht im nächsten Monat.

Und so ist es wiederum ein Glück im Unglück gewesen, dass der Aufenthalt unseres Opas Jurek in Warschau nur sehr kurz war. Denn zu einer der großen Veränderungen in Warschau zählte die Tatsache, dass die Deutschen in der Innenstadt eine hohe Mauer gebaut hatten, hinter der vorwiegend der jüdische Teil der Bevölkerung wohnte, und weil die Versorgung mit Lebensmitteln, geschweige denn mit Delikatessen hinter dieser

Mauer noch schlechter war und die Bewohner dort auch in anderen Belangen noch viel schrecklicher behandelt wurden als diejenigen in der übrigen Stadt, brach dort nach einer Weile der sogenannte Warschauer Aufstand aus, der von den Deutschen niedergeschlagen wurde, und viele Menschen starben dabei, weil die Deutschen wie ausgewechselt waren, sie hatten auch noch den letzten Rest ihrer Kultiviertheit abgelegt, und nicht selten liefen jetzt in den Straßen deutsche Soldaten mit Flammenwerfern herum und steckten Gebäude in Brand oder auch ein Kind oder eine alte Frau. Und unser Opa Jurek wurde wieder von seinem Arbeitsplatz abgeholt und mit einem Lkw nach Berlin gebracht, wo er als Handwerker und Spezialist auf verschiedenen Gebieten in der Reifenvulkanisierungsanstalt von Herrn Steinecke in der Albertstraße 17 arbeiten sollte mit zwei anderen polnischen Mitarbeitern, nämlich Juzek Strzelecki und Witek Gołbanowski, und dort wohnte er dann ein paar Monate, bis endlich der Krieg zu Ende ging, weil inzwischen verschiedene Länder ihre Soldaten nach Deutschland geschickt hatten, um Polen und sogar ganz Europa von den Deutschen zu befreien. Einen der wichtigsten Beiträge dazu leisteten die polnischen Soldaten der Heimatarmee AK, aber zu nennen ist auch der Beitrag anderer Länder, etwa Amerikas, Englands, Frankreichs und seltsamerweise auch eines Landes, mit dem Polen bereits während der Jahrhunderte davor mehrmals zu tun gehabt hatte und das sich plötzlich als einen besonders guten Freund der Bewohner Polens bezeichnete.

BASKETBALLSCHUHE MIT PUMPSYSTEM

Unsere Oma Zofia schläft schon immer auf dem Sofa im Wohnzimmer, sie sagt, es sei das bequemste Sofa auf der Welt, und kein Mensch brauche mehr als eine Zweizimmerwohnung. Am Morgen nach der Beerdigung ist schon um sieben Uhr der Wohnzimmertisch gedeckt, die Bettwäsche unserer Oma Zofia ist im Sofa verstaut, und auf dem Tisch stehen Kalte Beinchen in Aspik, Gurken- und Tomatenscheiben liegen auf einem Teller, es gibt Rührei mit Schinken und Zwiebeln, es gibt Quark mit Schnittlauch und Schwarztee mit Zitrone in der Glaskanne mit dem roten Plastikdeckel. Es klingelt, unser Onkel Wojtek kommt herein und hängt seine Jacke in den Flur, er duftet nach seinem Rasierwasser, setzt sich im Wohnzimmer an den Tisch, wippt mit dem Bein, inspiziert das Angebot. Ob wir wüssten, wie das mit der Grippe des derzeitigen Präsidenten gewesen sei. Der Präsident Lech Wałęsa sei letzte Woche an einer Grippe erkrankt, da sei zu ihm sein Pressesprecher Drzycimski gekommen. Herr Präsident, habe er gesagt, das Parlament übersendet Besserungswünsche! Mit 238 Stimmen dafür, 120 dagegen und 40 Enthaltungen. Unsere Mutter tritt aus dem Bad, sie stellt sich ans Fenster, sie will auf unsere Oma Zofia warten. Die ist schon wieder auf dem Rückweg in die Küche.

Das Schönste an diesem Frühstück ist, dass die Tür am Ende des Flurs, die wir von unseren Stühlen im Wohnzimmer aus sehen können, offen steht. Und dass sich im Arbeitszimmer unseres Opas Jurek zwar niemand aufhält, er aber in Wahrheit trotzdem hier ist, nur dass seine Witze jetzt von unserem Onkel Wojtek er-

59

zählt werden. Und von unserer Mutter, die sich nun an den Tisch setzt und zu uns sagt: Das schaut ja alles gut aus, aber wo bleiben die Kartoffeln? Und da muss sogar unsere wieder ins Wohnzimmer kommende Oma Zofia lachen, wenn auch etwas außer Atem. Sie nimmt Platz, und das Frühstück zu Ehren unseres Opas Jurek kann beginnen.

Schade, sagt unsere Oma Zofia, dass euer Vater nicht mitgekommen ist.

Dass wir das auch fänden, sagen wir.

Nehmt noch ein bisschen mehr von den Beinchen, sagt unser Onkel Wojtek. Bevor ihr wieder für lange Zeit nichts Gutes mehr zu essen habt bei euch in Deutschland.

Dass da in Wahrheit überhaupt keine Beinchen drin seien, sagen wir.

Wie die Dinge heißen und was sie sind, ist eben oft nicht das Gleiche, sagt unser Onkel Wojtek.

Ob wir alles hätten, fragt unsere Oma Zofia und steht schon wieder. Ob sie noch Schinken schneiden solle.

Nach dem Kaffee mit Moccatorte am Sofatisch nehmen wir von der Siedlung unserer Großeltern aus mit unserem Onkel Wojtek den Bus in die Stadt. Auf dem Markt in der Nähe vom Hauptbahnhof kaufen wir Jeans in der Blechbude seines ehemaligen Schulfreundes Tomasz Krawiecki. Bei den Bauern aus der Hohen Tatra kaufen wir Hausschuhe aus Schafsleder, als Geschenk für unseren Vater. Als wir zwischen den Buden hindurchgehen, fragen wir unseren Onkel, wo die Russen mit den Werkzeugen und den alten Radios geblieben seien, denn mit den Russen hat unser Opa Jurek am liebsten verhandelt.

Die wurden von den Vietnamesen mit den CDs und Kassetten abgelöst, sagt er.

60

Und wo seien die Dollarverkäufer?

Dollar kann man jetzt ganz normal in der Bank kaufen.

Unser Onkel Wojtek fragt, ob wir nicht Krakauer einkaufen wollten. Es gebe im Warenhaus Opolanin einen neuen Supermarkt, diese Woche mit Sonderangeboten.

Aber ob es dort auch weiße Basketballschuhe mit Pumpsystem gebe, fragen wir.

Unser Onkel Wojtek, der sich extra ein paar Tage frei genommen hat, bringt uns zu einem Schuhladen am Rondo, dann geht er los, ins Rathaus, wegen behördlicher Erledigungen. In dem Schuhladen, an den wir uns noch gut erinnern können, gibt es keine Basketballschuhe mit Pumpsystem. Alle Schuhe haben Schnürsenkel, auch die Sportschuhe. Und es gibt keine einzige uns bekannte Marke, nur polnische Modelle.

Ob sie helfen könne, fragt die Verkäuferin.

Sie trage ja gar keinen Kittel, sagen wir.

Ich bin doch keine Ärztin, sagt sie.

Früher habe man hier noch Kittel getragen, sagen wir.

Heute nicht mehr, sagt sie.

Sie lässt uns nicht aus den Augen, als wir zwischen den Regalen umhergehen. Wir stellen uns ganz hinten im Laden vor ein Regal, mit dem Rücken zu ihr, aber sie beäugt uns weiter.

Ob wir was Bestimmtes suchen würden, ruft sie uns zu.

Dass wir nur schauen wollten, rufen wir zurück.

Aber so kann man nicht schauen, also gehen wir hinaus auf die Straße und setzen uns auf ein Mäuerchen. Aber da beäugt sie uns noch immer, durch die Scheibe, die Arme vor der Brust verschränkt.

Ihr habt eben inzwischen einen Akzent, sagt unser Onkel Wojtek, als er uns wieder abholt.

Wir gehen mit unserem Onkel am Kino Kraków vorbei, in dem wir mit unserem Vater *Die Rückkehr der Jedi-Ritter* gesehen haben, in der Katowicka Straße. Wir gehen weiter zum Stadion neben dem Wasserturm, am Anfang der Oleska Straße hinter dem Güterbahnhof, da haben wir mit unserem Opa Jurek das Spiel OKS Odra gegen den Kędzierzyn-Koźle gesehen.

Plötzlich stehen wir, schon fast wieder in der Innenstadt, vor dem Haus unserer anderen Großeltern, der Eltern unseres Vaters, die mit uns nach Deutschland ausgewandert sind. Von der Straße aus sieht man die Fenster im ersten Stock, direkt über dem Delikatessengeschäft, das jetzt nicht mehr «Delikatessen» heißt, sondern «SuperSam».

Hier entlang, sagen wir zu unserem Onkel Wojtek und führen ihn um das Haus herum in den Hof. Dort steht vor den Garagen noch das Mülltonnenhäuschen, und hinter den Garagen fangen die Obstgärten an, und im Hof gurren wie eh und je die Tauben. Hier hat schon unser Vater gespielt, als er noch ein Kind war, mit unserem Onkel Edek.

Wir gehen um das Mülltonnenhäuschen herum und an den Garagen vorbei und schauen hinten in die Gärten. Wo noch die große Kastanie steht, deren Blätter jetzt braun sind. Es riecht nach Rauch, und ein Apfelbaum leuchtet grün in der Sonne. Und im Gras liegen Äpfel, und weiter hinten steht ein Schuppen mit Wellblechdach, und dahinter sehen wir die Villen der Generalssiedlung, die so heißt, weil die Straßen nach wichtigen Generälen benannt sind, nach dem General Pułaski etwa oder nach dem General Zajączek.

Ob nicht noch Zeit für ein paar Kletterübungen an der Wand des Mülltonnenhäuschens sei, fragen wir unseren Onkel Wojtek, der schon viel zu bald der Meinung ist, wir müssten allmählich nach Hause fahren, wegen des Mittagessens bei unserer Oma

62

Zofia. Oder ob wir nicht noch an der ehemaligen Schule Nr. 2 unseres Vaters vorbeigehen könnten. Oder an den Rohren.

Unmöglich, sagt unser Onkel Wojtek. Mittagszeit ist Mittagszeit.

DIE FLUCHT NACH KANADA

Eine der besten Geschichten aus den früheren Zeiten in Polen ist diejenige von der ersten Flucht unseres Vaters an den Yukon, die wir von unserem Onkel Edek kennen, der als sein Bruder bei allem dabei gewesen ist und sich genau erinnern kann. Unser Onkel Edek ist schon drei Jahre vor uns nach Deutschland ausgereist, er lebt heute in seinem Refugium am Berg, wo wir ihn regelmäßig besuchen und wo er genug Zeit hat, uns alles ausführlich zu berichten.

Als Kind wollte unser Vater nichts sehnlicher als nach Kanada. Und noch im Lyzeum träumte er von einer Blockhütte am Yukon, einem Hundeschlitten, einem Gewehr und von einer Squaw, die ihm abends in der geheizten Hütte eine Bärensuppe kocht. Freiheit, so sagt er bis heute, gibt es nur am Yukon. Oder höchstens noch im eigenen Kopf. Aber hauptsächlich am Yukon. Vorausgesetzt, man hat ein Gewehr. Und so war es für ihn ein Verbrechen, dass Herr Gomułka, der in dieser Zeit die Große Gemeinsame Regierung in Warschau leitete, der Meinung war, in Polen sei es am schönsten, man brauche es nicht zu verlassen, es werde auch hier bald Fernseher und Waschmaschinen geben, und die schönsten Berge gebe es schon heute.

Wenn die Lehrerin Frau Sroka sagte, unser Vater solle sein Heft herausholen und die Hausaufgabe zeigen, bei der es darum gegangen war, besonders oft die Zeilen «Vaterland mein, du bist wie die Gesundheit» von Adam Mickiewicz zu schreiben, am besten mindestens hundertmal, da sagte er zu Frau Sroka: Meine Heimat ist der Yukon, und für die Gesundheit sorgt mein Gewehr. Weshalb er nicht selten die Nachmittage im Büro von Herrn Schuldirektor Spycha verbrachte, bei einem Schwarztee mit Zitrone, und sie diskutierten angeregt über den Unterschied zwischen einem Schwarzbären und einem Grizzly, vor allem im Hinblick auf das Angriffsverhalten, bis unser Opa Andrzejek oder unsere Oma Izabela unseren Vater nach der Arbeit abholen kam.

Unser Vater trainierte schon als Kind in seiner Freizeit Bergsteigen, und das tat er zunächst an der Garagenwand im Hof hinter dem Haus in der Oleska Straße, denn er wollte es so schnell wie möglich über die Rysy in der Hohen Tatra in die Tschechoslowakei schaffen, von dort aus weiter nach Österreich und schließlich nach Kanada, und deshalb musste jeder Klettergriff sitzen. Bald aber wurde ihm die Garagenwand zu niedrig, denn er hatte herausgefunden, dass es in Kanada Felswände von ganz anderem Format gab, und so fasste er den Plan, sein Training direkt in die Hohe Tatra zu verlegen. Zu diesem Zweck wollte er sich von unserem Opa Andrzejek bei den Pfadfindern einschreiben lassen.

Niemals, sagte unser Opa Andrzejek.

Zu unserem Opa Andrzejek muss man wissen: Er war nicht nur einer der wichtigsten Direktoren in Opole – in der Textilfabrik Opoltex in der Oleska Straße, die die besten weißen Hemden produzierte, sodass sie von vielen Mitarbeitern der Regierung von Herrn Gomułka in Warschau gekauft wurden und sogar von Mitarbeitern der damals neuen Regierung auf der paradiesischen Insel Kuba –, sondern er hatte auch einen großen Bruder gehabt, Johann, und dieser Bruder war in der schönsten polnischen Uniform der Heimatarmee AK mit bloßem Säbel gegen deutsche Panzer angeritten und hatte den einen oder anderen Deutschen abgeschlachtet. Aber weil er bei einem solchen Angriff in der ersten Kriegswoche von einer Maschinengewehrkugel getroffen worden und ein paar Minuten später unter seinem weißen Pferd gestorben war, hasste unser Opa Andrzejek die polnischen Pfadfinder.

Du wirst auf keinen Fall eine Uniform tragen, sagte er.

Aber da kannte er unseren Vater schlecht. Der sagte nämlich: Wenn du mich nicht einschreibst, haue ich noch heute Nacht ab und gehe einfach so über die Rysy.

Und wohin gehst du dann?, fragte unser Opa Andrzejek.

In die Tschechoslowakei und weiter nach Österreich, sagte unser Vater und begann schon, seinen Rucksack zu packen, mitsamt seiner Ausrüstung, die aus selbstgebauten Steigeisen bestand, einer Schlafmatte aus Reifengummi und einem zu einem Kocher umgebauten Bunsenbrenner, der ihm von seinem Chemielehrer geschenkt worden war, nachdem er diesem vom Yukon und von den dort herrschenden Wetterbedingungen erzählt hatte und von den möglichen Komplikationen im Zusammenhang mit der Erwärmung einer Bärensuppe.

Schon in derselben Nacht hatte unser Vater seinen Rucksack fertig gepackt. Er schlüpfte aus dem Bett, leise, um unseren Onkel Edek nicht zu wecken, denn sie schliefen im selben Zimmer, und glücklicherweise hatte er sich vor dem Schlafengehen gar nicht erst ausgezogen, er musste nur in seine Bergsteigerstiefel schlüpfen, die ihm bis dahin auch als Winterschuhe gedient hatten, und dann flüsterte er seinem Bruder einen Abschiedsgruß zu und trat in den Flur und zog die Jacke an, schulterte den Rucksack, legte die Hand auf die Türklinke und – das Licht ging an.

Ob er sich nicht wenigstens habe verabschieden wollen, fragte unsere Oma Izabela.

Unser Vater stand an der Tür und schaute auf den Boden. Er habe sie nicht wecken wollen, sagte er, aber sehr leise.

Ob er einfach so gehen wolle, fragte sie.

66

Eigentlich nicht, sagte er, sogar noch leiser.

Er solle sich sofort an den Küchentisch setzen, sagte unsere Oma Izabela. Sie raffte den Morgenmantel zusammen und verschwand im Schlafzimmer. Unser Vater stellte seinen Rucksack in die Garderobe, zog seine Jacke und seine Bergstiefel aus und setzte sich an den Küchentisch. Und dann stand auch schon unsere Oma Izabela wieder in der Küchentür und hielt etwas hinter dem Rücken versteckt.

Zu unserer Oma Izabela muss man wissen, dass sie damals als Sekretärin in derselben Baufirma wie unsere Oma Zofia arbeitete, aber in einer anderen Abteilung, und für eine kurze Zeit hat sie sogar die Abteilung geleitet. Aber als Herr Direktor Sterczyk erfuhr, dass sie jeden Sonntag in die Kirche der Leidenden Mutter und des heiligen Wojciech in der Muzealna Straße geht und auch sonst die Bibel sehr interessant findet und in einiger Hinsicht sogar ein bisschen interessanter als das, was Herr Gomułka im Fernsehen sagte, da war er plötzlich der Meinung, dass die Leitung der Abteilung und das Engagement in der Kirche zu viel Beschäftigung auf einmal seien, weshalb er ihr die Leitung der Abteilung wieder entzog und ihrer Kollegin Frau Grażyna übertrug, die nicht in die Kirche ging und Zeit genug hatte, gelegentlich an einer Versammlung der Großen Gemeinsamen Partei teilzunehmen.

Und seit dieser Zeit war unsere Oma Izabela oft müde, und zwar so sehr, dass sie auch tagsüber schlief und sich im Büro krankmelden musste. Und abends, wenn es draußen dunkel war, wachte sie nur kurz auf und wusste manchmal gar nicht, wo sie war, denn entweder wirkte ihre Schlaftablette noch, oder sie wirkte nicht mehr, und erst wenn sie eine neue genommen hatte, war sie kurz wieder wach und lachte dann viel und küsste unseren Opa Andrzejek auf den Mund, wie sie das in ihrer gemeinsamen Jugendzeit oft getan hatte, und sagte «Kätzchen» zu ihm und fragte, wann man endlich wieder ins Offizierskasino gehen würde zum Tanzen, wie früher, aber dann war sie leider schnell wieder müde und ging zurück ins Schlafzimmer.

Es ist deshalb verständlich, dass unser Vater, der unsere Oma Izabela sehr liebte, ihr nicht widersprechen wollte, wenn sie ihn bat, sich mit ihr an den Küchentisch zu setzen, nachts, nachdem sie ihn im Flur ertappt hatte beim Aufbruch nach Kanada. Und so saß er in dieser Nacht mit ihr am Küchentisch und schaute auf die Tischplatte und auf keinen Fall unserer Oma in die Augen, die ihm gegenübersaß und ihn streng ansah.

Man muss sich die Situation nur mal vor Augen führen, sagt unser Onkel Edek an dieser Stelle immer. Da saßen sie minuten-lang am Küchentisch, mitten in der Nacht.

Was er sich dabei gedacht habe, fragte unsere Oma Izabela endlich.

Ich weiß nicht, sagte unser Vater.

Wie er sich das überhaupt vorgestellt habe, fragte unsere Oma Izabela.

Ich weiß nicht, sagte unser Vater und sank in sich zusammen auf seinem Stuhl.

Da legte unsere Oma Izabela den Gegenstand, den sie in der Hand gehalten hatte, auf den Tisch, und unser Vater schaute auf eine selbstgestrickte grüne Wollmütze.

Ob er nicht wisse, dass der Wind auf dem Gipfel der Rysy eis-kalt pfeife. Ob er vollkommen den Verstand verloren habe, ob er in Kanada krank ankommen wolle, mit Grippe oder etwas noch Schlimmerem. Und ob er meine, dass er, wenn er schon hier in der Wohnung so viel Krach mache, sich im Unterholz unbemerkt werde einem Bären nähern können. Er solle gefälligst eine Post-karte schreiben, wenn er angekommen sei. Und dann stand un-

68

sere Oma Izabela auf, küsste ihn auf die Wange und ging aus der Küche, zurück ins Schlafzimmer.

Man kann sich also gut vorstellen, wie dieser erste Aufbruch unseres Vaters nach Kanada endete. Denn drei Stunden später, im Morgengrauen, saß er zwar bereits im Zug nach Krakau, er hatte seinen Rucksack und seine Schlafmatte auf die Ablage gehievt und seine Jacke ausgezogen und sich hingesetzt, ja er schaute sogar schon auf den Bahnsteig hinaus, wo die letzten Passagiere noch zu den Türen eilten und wo über dem Dach des Perrons der Himmel rosa verblasste. Aber auf seinem Schoß lag die grüne Wollmütze.

Nur aus Liebe zu seiner Mutter sah er von diesem seinem ersten Aufbruch nach Kanada doch noch ab und riss in letzter Sekunde seine Sachen von der Ablage und sprang, als schon überall die Türen knallten und ein langer Pfiff zu hören war, zurück auf den Bahnsteig.

An diesem Morgen sagte unser Opa Andrzejek beim Frühstück, nachdem unser Vater die Wohnungstür aufgeschlossen und seinen Rucksack im Flur abgestellt hatte: Er könne sich von ihm aus bei den Pfadfindern einschreiben, wenn er unbedingt zu diesen Idioten zählen wolle. Denn dass die Pfadfinder allesamt Idioten seien, das sei eine in ganz Polen bekannte Tatsache.

Schon im nächsten Sommer fuhren unser Vater und unser Onkel Edek das erste Mal nach Zakopane, wo sie sich auf der Wiese im Tal der versteinerten Ritter, wie unser Vater uns oft erzählt hat, am Bau eines Palisadenforts beteiligten. Es wurde ein Mast mit der rot-weißen Fahne samt silbernem Adler aufgestellt, und darum herum begannen extensive Waldrodungsarbeiten wie bei der Entstehung einer mittelalterlichen Siedlung. Wie schön müssen diese Sommer in der Hohen Tatra gewesen sein, auch wenn unser Vater schon bald auf erste große Widerstände stieß.

Sollen wir nicht lieber gleich auf die Rysy steigen und uns das Lager sparen?, fragte er Herrn Dr. Strapacki, den Leiter der Pfadfinderabteilung, gleich nach der Ankunft im Tal.

Nur über meine Leiche, sagte Herr Dr. Strapacki.

Herr Dr. Strapacki war als junger Mann während des Krieges bei einem Meldegang im Lager der Heimatarmee AK auf einer Limonadenflasche ausgerutscht und, ohne je einen deutschen Soldaten gesehen zu haben, mit einem gebrochenen Bein ins Krankenhaus eingeliefert worden. Nach der Auflösung der polnischen Streitkräfte hatte er dann eine Stelle in einem Postamt in Krakau bekommen und nach dem Krieg schließlich an der Universität Geschichte studiert. Und so hatte sich jeder Dienstgrad in seiner Brigade noch vor irgendeinem ersten Schritt in Richtung Gipfelbesteigung ein Holzbett zu bauen, und jedes Bett musste im Zelt wiederum in einem genau definierten Abstand zu den Zeltwänden aufgestellt werden. Zwischen den Zeltreihen, die konzentrisch um den Appellplatz mit der Fahnenstange angeordnet waren, ließ er Wege befestigen, indem er anwies, Holzscheite im Abstand von genau acht Zentimetern strebenartig in die Erde einzudrücken – er war der Meinung, dass sich der Zivilisationsgrad einer jeden Bebauung und so auch eines Pfadfinderlagers an der Fortschrittlichkeit der Infrastruktur ablesen lasse, was man etwa an der Bedeutung der Wege und Straßen im Römischen Reich oder im sogenannten Dritten Reich, am allerbesten aber an einer polnischen Stadt zur Zeit von Kazimierz III. sehen könne, der, wie allgemein bekannt sei, ein hölzernes Polen vorgefunden, ein steinernes Polen aber hinterlassen habe.

Das Kernstück von Herrn Dr. Strapackis Einflussbereich war allerdings – neben dem Palisadenzaun, der das Lager schützte und von vier Wachtürmen und einem Rundgang abgeschlossen wurde – das nach römischem Vorbild entworfene Kanalisationssystem. Das wichtigste Kommando, in das der ehemalige Geschichtslehrer nur seine zuverlässigsten Scharführer einberief, hatte die Aufgabe, die vier symmetrisch über das Lager verteilten Toilettenzelte und das sie verbindende Holzrinnensystem zu bauen, das unter dem Palisadenzaun hindurch das Lager mit der außerhalb angelegten Kläranlage verband und der Grund dafür war, dass das Lager jedes Jahr an einer abschüssigen Stelle angelegt wurde.

Höchstpersönlich begutachtete Herr Dr. Strapacki jedes einzelne Toilettenzelt und verbrachte darin eine halbe Stunde mit der aktuellen Ausgabe der *Krakauer Historischen Katholischen Rundschau*, danach ließ er sich das aus dem benachbarten Bergbach gespeiste Abwassersystem zeigen, und erst wenn alles nach seiner Vorstellung funktionierte, begann der Mittagsappell, bei dem in mehreren Partisanenliedern der Heimatarmee AK und der Exilregierung in Großbritannien unter Premierminister Stanisław Mikołajczyk während des Zweiten Weltkriegs gedacht wurde, und endlich durfte das Speisezelt mit den herrlich nach Harz duftenden Tischen und Bänken betreten werden, in dem das Küchenkommando das Mittagessen auftrug.

Den für unseren Vater wichtigsten Bestandteil des Lagers aber stellten die Erdhütten dar, die sogenannten Ziemianki. Denn schon ein paar Jahre bevor die restliche Welt von den unterirdischen Gangsystemen der nordvietnamesischen Soldaten erfuhr, hatte Herr Dr. Strapacki die Notwendigkeit von unterirdischen Schutzanlagen für den Fall eines Überfalls durch eine gegnerische Pfadfindergruppe wie etwa die von Herrn Dr. Malik erkannt, seinem alten Bekannten von der Universität und großen Widersacher, der nach dem Krieg für seine Verdienste in der Heimatarmee AK und als Partisane den Orden Virtuti Militari verliehen

71

bekommen hatte und mit seiner Gruppe, den Roten, jedes Jahr ein Lager ein Stück weiter den Bach hinauf errichtete, wenn auch freilich ein viel primitiveres, eine bloße Anhäufung von Zelten.

Unser Vater konnte mit Fug und Recht behaupten, derjenige gewesen zu sein, der Herrn Dr. Strapacki durch den Verweis auf die in Kanada beheimateten Huronen, einen Stamm der Irokesen, auf die Idee mit den Ziemianki gebracht hatte, obwohl Herr Dr. Strapacki später stets behauptete, die Idee von den polnischen Partisanen aus den Wäldern um Krakau zu haben, die er jedoch wegen seines gebrochenen Beins und seiner späteren Postamt-tätigkeit eigentlich gar nicht so gut gekannt haben konnte, ge-schweige denn deren geheime Gefechts- und Überlebenstaktiken. Jedenfalls hoben Teams von je vier Untergefreiten und einem Scharführer im Wald, der das Lager umgab, schon in der ersten Nacht Erdgruben aus, bestehend aus einem als Eingang dienen-den Fallschacht, einem davon abgehenden und noch tiefer ins Erdreich führenden Senkschacht und einer daran angeschlosse-nen Hauptkammer. Diese Hauptkammer, in der sich je fünf Holzbetten sowie ein Notarsenal an Konservendosen befanden, wurde mit vier Hauptbalken abgestützt, mit schmalen Latten aus-gekleidet sowie mit Holzstämmen abgedeckt, ebenso der schräge Senkschacht und der Fallschacht. Die abdeckenden Holzstämme verschwanden am Ende unter Erde, Humus und Laub.

Die Arbeiten fanden nachts statt, weil kein Späher von Herrn Dr. Maliks Roten die genaue Lage einer Ziemianka der Blauen kennen durfte. Um den Eingang hingegen für die eigenen Män-ner zu markieren, pflanzte der Scharführer eines jeden Baukom-mandos nach getaner Arbeit ein Bäumchen in die Erdschicht, die den Holzdeckel des Eingangs bedeckte, je nach Gruppe war es eine junge Birke, eine Buche, eine Eiche, ein Ahorn oder eine Ulme, sodass man, wenn es darauf ankam, weil man beispielsweise von einem Erkundungsauftrag zurückkehrte und schnell in Sicherheit schlüpfen musste, die Erdhütte der eigenen Unterschar leicht wiederfand. In der Hauptkammer einer Ziemianka konnte man mühelos stehen, wochenlang konnte man sich darin verstecken, ohne entdeckt zu werden. Unser Vater hat später nie mehr in etwas Gemütlicherem gewohnt, und damals hätte er am liebsten Tag und Nacht darin verbracht anstatt im Lager.

Nur dass man von einer Ziemianka aus natürlich die Berge nicht sehen konnte. Die Berge im Tal der versteinerten Ritter waren für unseren Vater nämlich das Schönste auf der Welt, vor allem morgens, wenn sie im Dunst lagen, durch den die Sonne nur als matt leuchtende Scheibe schimmerte. Dann trat er aus dem Zelt und atmete tief ein – und schon hörte er den Bach rauschen, die Schlittenhunde bellen, einen Grizzly durchs Unterholz brechen. Man kann sich nicht vorstellen, wie dieser Wald im Tal der versteinerten Ritter damals gerochen hat, das sagt unser Vater noch heute. Und wenn unsere Mutter dann anführt, dass doch jeder Wald auf der Welt gleich rieche, dann lacht er laut auf und fragt, ob sie noch ganz bei geistiger Gesundheit sei, denn kein Wald rieche wie ein anderer, jeder habe einen eigenen Geruch, insbesondere der Wald im Tal der versteinerten Ritter, der die Hänge des Giewont bedecke.

Schon auf der ersten Fahrt in das Tal der versteinerten Ritter sollte es zu einer Besteigung der Rysy kommen. Gleich nachdem das Lager aufgebaut war, schaffte unser Vater es nämlich, Herrn Dr. Strapacki von der Notwendigkeit einer Gipfelbesteigung zu überzeugen. Und zwar indem er sagte: Herr Dr. Malik und die Roten planen eine Besteigung der Rysy für übermorgen.

Ich habe soeben die Idee gehabt, sagte Herr Dr. Strapacki, dass wir schon morgen früh die Rysy besteigen.

Eine ausgezeichnete Idee, sagte unser Vater.

Noch bevor es hell war, klapperten am nächsten Morgen im Lager Blechtöpfe, Rucksackgurte wurden festgezurrt, Stutzen bis zu den Knien hochgerollt.

Für eine Gipfelbesteigung, sagte Herr Dr. Strapacki in einer Ansprache vor der gesamten Gruppe, sei nichts wichtiger als eine hervorragende Vorbereitung, eine noch hervorragendere Ausrüstung und vor allem Disziplin.

Wie der Wald im Tal der versteinerten Ritter lebt, wenn man noch vor dem ersten Licht in ihn eintaucht. Wie er in der Dunkelheit knackt und flötet, wie er ächzt und nach nächtlichen Blumen riecht. Und wenn dann der Morgen anbricht und die Sonne auf alles zu scheinen beginnt – das werde er, so sagt unser Vater oft, nie mehr vergessen.

Allerdings sollte sich dieser erste Aufstieg auf die Rysy schwieriger gestalten, als unser Vater anfangs angenommen hatte. Das große Problem war nämlich, dass Herr Dr. Strapacki eine sehr genaue Vorstellung vom Bergsteigen hatte, und so verkündete er schon nach der fünften Kehre eine Pause. Man müsse trinken, sagte er in einer Ansprache an die Kompanie und setzte sich mit rotem Gesicht und nach Luft schnappend auf einen Felsen.

Wie soll man auf diese Weise in einen gleichmäßigen Schrittrhythmus kommen?, fragte unser Vater, der wusste, dass ein gleichmäßiger Schrittrhythmus das Entscheidende ist beim Bergsteigen.

Herr Dr. Strapacki trank den letzten Schluck aus seiner Feldflasche, die er angeblich noch aus seiner Zeit bei der Heimatarmee AK besaß, und wischte sich mit der Hand über die Stirn und über den Nacken. Dann setzte er sich keuchend wieder in Bewegung, wobei er seinen Kopf in Richtung der Baumkronen verrenkte, und schon in der nächsten Kehre blieb er erneut stehen und rief: Ein Buntspecht. Nein, eine Singdrossel. Ein Sommergoldhähnchen. Nein, ein Pirol, ganz sicher ein Pirol. Und schon spitzte er den Mund und schickte einen flötenartigen Ton in die Baumkrone und horchte, flötete und horchte in den Baum hinauf.

Unser Vater, der schon drei Kehren weiter oben am Hang war, musste mit der gesamten Schar anhalten und warten, bis Herr Dr. Strapacki wie ein mit bimmelndem Tand bepackter Esel sich zu ihnen hochgequält und sich wieder auf einen Felsbrocken gesetzt hatte, um etwas durchzuschnaufen. Herr Dr. Strapacki verhielt sich im Gebirge so, als wäre es unbedingt notwendig, möglichst jede Anstrengung zu vermeiden. Unser Vater hingegen wusste, was ihn hinter der nächsten Kehre erwarten würde, nämlich eine weitere Kehre, und hinter dieser noch eine und so weiter. Und er wusste folglich auch, dass sie in diesem Tempo niemals den Gipfel der Rysy erreichen würden, von dem sie unter anderem noch der Grat zwischen dem Kasprowy Wierch und dem gefährlichen Zawrat-Pass sowie der Abstieg zu den fünf Seen trennten, ja sie würden nicht einmal die Höhle der versteinerten Ritter erreichen, die im ersten Zehntel der Strecke lag und die unser Vater innerhalb einer Stunde hätte erreichen können, wenn er nicht hätte Rücksicht nehmen müssen auf Herrn Dr. Strapacki und den Rest der Truppe.

Es war schon Mittag, als sie, nachdem sie von einem Bach abgebogen und einen Felspfad und einen steilen Geröllhang hinaufgeklettert waren, wobei unser Vater Herrn Dr. Strapacki mehrere besonders hohe und gefährlich überhängende Gesteinsbrocken hatte hinaufstemmen müssen, immerhin vor dem Eingang zur Höhle der versteinerten Ritter standen. Und schon wehte unserem Vater aus dem offenen Schlund des Bergs der kühle Atem der Erdgeschichte und der Freiheit entgegen, schon konnte er neben dem Eingang zur Höhle einen Pfad im Unterholz erkennen, der weiter hinaufführte. Der eigentliche Aufstieg konnte nun endlich beginnen.

Umkehr!, verkündete Herr Dr. Strapacki.

Aber, sagte unser Vater.

Das hier ist auch schon eine Art Gipfel, sagte Herr Dr. Strapacki, auf die Bodenerhebung deutend, auf der er stand. Beim Bergsteigen ist es das Wichtigste, das merkt euch, dass man einen Gipfel erkennt, wenn man auf einem steht. Ich wette, Herr Malik wird schon auf halbem Weg bis hier hinauf aus allen Löchern pfeifen und umkehren. Und so einer will Widerstandskämpfer in den Wäldern Krakaus gewesen sein!

Vielleicht noch ein paar Meter?, fragte unser Vater.

Wir können stolz auf uns sein, sagte Herr Dr. Strapacki.

Sein Gesicht war dabei sehr rot. Er hatte sich von seinem Felssessel hochgestemmt und schon in Bewegung gesetzt, bergab, da hielt er noch einmal an.

Hört ihr das?, rief er und deutete in eine Baumkrone hinauf. Ein Schilfrohrsänger. Und das hier in den Bergen.

In späteren Jahren, das erzählt uns unser Vater immer wieder, erklomm er viele Male die Rysy. Fast jedes Wochenende fuhr er alleine nach Zakopane und stieg in die Berge, noch lange vor den Gesprächen mit dem erschöpften Beamten im Grauen Quader. Er ging schon frühmorgens los, eigentlich noch in der Nacht, vor den Touristen. Er liebte die Millionen von Sternen in der Schwärze, wenn die letzte Baumkrone aus dem Blickfeld verschwand und er ins felsige Gelände kam, wo eine Stille herrschte, wie es sie nur in den Bergen gibt. Die Klettergriffe in der Dunkelheit zu finden war nicht schwer, denn die Hände und Füße ertasteten wie von selbst die Vorsprünge und Risse und Spalten,

76

und mühelos schmiegte sich der Körper an den Fels, und das Knie bettete sich ins Moos eines Vorsprungs, und die Arme zogen unseren Vater mühelos zum nächsten Vorsprung, dem Gipfel entgegen.

Die Zeit, die er auf einem Gipfel verbrachte, hätte von ihm aus niemals aufhören müssen. Er kochte sich in einem Blechbecher auf seinem selbstgebauten Kocher einen Tee, und dann blickte er übers Tal unter sich, das noch in vollkommener Dunkelheit lag, und er zog seine Schuhe aus und ließ seine Füße baumeln, die noch nicht so verkrümmt waren wie heute. Es war, so sagt er zum Abschluss, wenn er uns davon erzählt, als wäre er ganz allein in den Bergen gewesen, und unter sich Polen und darum herum die ganze Welt mit den vielen Ländern, die er bereisen wollte, aber er fühlte sich nicht einsam, und er dachte an unsere Oma Izabela und unseren Opa Andrzejek und an seinen Bruder, wie sie in Opole vielleicht gerade, da im Osten der erste blasse Schimmer am Himmel auftauchte, aufstanden und sich im Bad wuschen und sich in die Küche setzten, und noch immer war kein Geräusch zu hören, außer wenn unser Vater sich auf seiner Matte aus Reifengummi bewegte, und in diesem Augenblick, so stellen wir es uns vor, liebte unser Vater Polen sehr, auch wenn er heute sagt, er hätte besser schon damals in die Tschechoslowakei und nach Österreich und schließlich nach Kanada weitergehen sollen. Aber dann rufen wir: Auf keinen Fall! Denn so hätte er ja nie unsere Mutter kennengelernt und wir wären niemals geboren worden.

Da habt ihr auch wieder recht, sagt unser Vater.

DER ABSCHIED VOR DEM MÜLLTONNENHÄUSCHEN

Nach dem mehrgängigen Mittagessen unserer Oma Zofia dürfen wir mit ihr in den Keller unseres Opas Jurek steigen. In dem Räumchen am Ende des Kellergangs riecht es nach Rattengift, die Luft ist feucht und kalt und stickig, und man kann sich kaum um die eigene Achse drehen, die Gläser stehen vom Boden bis zur Decke in den Regalen, wie im Raum unseres Biologielehrers Herrn Weirauh, wo die toten Embryonen einem ins Gesicht blicken.

Hier oben sei das eingelegte Obst, sagt unsere Oma Zofia. Birnen, Aprikosen, Kirschen, Äpfel, Pfirsiche, Pflaumen. Weiter unten lagerten verschiedene Kompotte und hier die Konfitüren: Schwarze Johannisbeere, Erdbeere und Blaubeere. Was das da sei, wisse sie nicht. Außerdem eingelegte Zwiebeln und Knoblauch, Letscho und Bigos, Rotkraut und Sauerkraut. Falls ihr eurem Vater einen Obstbrand mitbringen wollt oder selbstgemachten Likör, die hat euer Opa hier. Was könnt ihr gebrauchen? Sie lacht. Er hat mir noch im Krankenhaus einen Einkaufszettel mitgegeben, sagt sie. Gerade mal vor zwei Wochen, stellt euch das vor! Er liegt in seinem Bett und kann kaum aus dem Fenster schauen und sagt: Es ist Frühling, du musst unbedingt junge Kartoffeln kaufen. Es ist September, Jurek, habe ich gesagt. September?, fragte er. Schon? Euer Opa liebte junge Kartoffeln. Er hätte am liebsten jeden Tag junge Kartoffeln gegessen. Dabei hat er keinen einzigen Bissen mehr runtergekriegt. Dann seufzt unsere Oma. Habt ihr alles?, fragt sie.

78

Ob wir nicht noch ein bisschen bleiben könnten, fragen wir. Lieber setzen wir uns oben hin und plaudern, sagt unsere Oma Zofia. Es ist kalt hier und feucht.

Sie schließt die Kellertür zu, und wir folgen ihr zur Treppe.

Später gehen wir alleine durch die Siedlung unserer Großeltern. Wir gehen an den Mauern der ehemaligen Kaserne entlang, über den Fußballplatz, am Tennisplatz vorbei, wo wir früher mit unserem Opa Jurek Tennis gespielt haben. Wir gehen zum Busbahnhof, wo es viele Geschäfte gibt, in die er uns oft zum Einkaufen mitgenommen hat. Wir biegen auf die Wege zwischen den Blöcken ein, unter den Akazien. Am Ende stehen wir wieder am Mülltonnenhäuschen unter dem Arbeitszimmer unseres Opas. Wir setzen uns auf die Bank vor dem Hausaufgang und beobachten den Spielplatz, auf dem aber niemand spielt. Eine Frau klopft ihren Teppich auf einer Teppichklopfstange.

Vor dem Mülltonnenhäuschen sitzend, erinnern wir uns plötzlich an einen anderen Tag vor diesem Mülltonnenhäuschen, unter dem Fenster unseres Opas Jurek.

Es sei für ihn und unsere Oma nicht schlimm, dass wir morgen fahren würden, sagte er zu uns am Vorabend unserer Abreise. Wir sollten bloß nicht glauben, dass er traurig sei, er habe schon Schlimmeres erlebt, wir sollten uns bloß nichts auf unsere sogenannte Auswanderung einbilden.

Am Morgen unserer Abreise machte unsere Oma Zofia uns Brote mit polnischem Schinken und anderen Delikatessen für die lange Autofahrt, damit wir ein letztes Mal etwas Gutes zu essen hätten, und dann sagte sie, dass wir uns eines Tages vielleicht noch einmal wiedersehen würden, wer wisse schon, was auf der Welt noch alles passieren werde. Und bestimmt komme unser Opa doch noch aus seinem Zimmer, um uns zu verabschieden.

79

Aber unser Opa Jurek rief durch die Glasscheibe seiner Tür, dass er Wichtiges zu tun habe, dass es ihm gerade nicht passe, woraufhin unsere Oma Zofia zu ihm hineinrief, dass wir jetzt hinuntergehen würden zum Auto und ob er das ernst meine.

Als ehemaliger Direktor hatte unser Opa Jurek auch an einem solchen Tag viele Dinge zu erledigen, beispielsweise die Zuteilung von Sanatorienplätzen für die ehemaligen Oświęcim-Arbeiter oder die Berechnung der Höhe ihrer Rentenzulagen, und vermutlich duldeten diese Aufgaben keinen Aufschub, ob wir nun Polen für immer verließen oder nicht.

Natürlich war das aber auch ein trauriger Moment, im Hof unter den Fenstern unserer Großeltern vor dem offenen Kofferraum unseres Autos zur Abfahrt bereitzustehen, selbst wenn auf uns in Deutschland viele hervorragende Verbesserungen unserer Lage in den Bereichen Süßigkeiten, Spielsachen, Kleidung und Videorecorder warteten.

Als das Auto gepackt war und die Tasche mit den Delikatessenbroten neben dem Beifahrersitz klemmte, war unser Opa Jurek noch immer nicht zur Verabschiedung heruntergekommen, woraufhin unsere Oma Zofia, die sich an diesem Tag oft mit einem Taschentuch über die Stirn wischte und von einer Seite unseres Autos zur anderen lief und fragte, ob wir alles gut eingepackt hätten und wo wir denn tanken würden und ob unser Vater eine Straßenkarte habe, die Augen verdrehte und lachte wie wenn man eigentlich gar nicht lachen will, und sagte, dass wir einfach fahren sollten, unser Opa werde schon sehen, was er davon habe.

Aber weil plötzlich alles dafür sprach, dass unsere Eltern auf sie hören würden, bestanden wir darauf, dass man noch etwas warten müsse, denn unser Opa sei mit seinen wichtigen Geschäften bestimmt bald fertig und komme herunter, um uns auf Wiedersehen

80

zu sagen. Schließlich sagte man so etwas zueinander, wenn man den großen Wunsch verspürte, sich bald wiederzusehen.

Als unsere Oma Zofia schon das fünfte Mal an der Tür zum Treppenaufgang geklingelt hatte und nichts passiert war, sagte unser Vater, dass wir jetzt aber wirklich fahren müssten, bevor der General in Warschau es sich noch einmal anders überlege. Und er schlug den Kofferraum zu und forderte uns auf einzusteigen, denn unsere Oma könne unserem Opa unser Auf Wiedersehen ja auch ausrichten, und das sei mindestens genauso wirksam und gut, wie wenn man sich persönlich voneinander verabschiede. Und als unsere Oma Zofia uns umarmt und uns daran erinnert hatte, auf der Fahrt ihre polnischen Delikatessenbrote zu essen, am besten gleich, wenn wir Opole hinter uns gelassen hätten, denn das Frühstück sei schon eine Weile her, und als auch noch unsere Mutter auf unsere Bitte hin fünf weitere Male geklingelt hatte und unser Vater den Motor anließ, war unser Opa Jurek noch immer nirgends zu sehen.

Sodass wir den in diesem Moment besonders dringenden Wunsch formulierten, ein allerletztes Mal auf dem Spielplatz neben dem Mülltonnenhäuschen spielen zu dürfen, bevor wir dann nur noch auf den besonders großen, aber in gewisser Weise auch furchtbar langweiligen Spielplätzen in Deutschland spielen würden – ob für die Erfüllung dieses besonders dringenden Wunsches nicht noch ein allerletztes Zeitfenster im ansonsten bereits eng werdenden Zeitplan der sogenannten Auswanderung übrig sei. Woraufhin unser Vater uns anschrie, dass wir einsteigen sollten, woraufhin unsere Mutter unseren Vater anschrie, er solle uns nicht anschreien, woraufhin unsere Oma Zofia schrie, wir sollten lieber in Opole bleiben, woraufhin unsere Mutter unsere Oma Zofia anschrie, dass es ihr Leben sei und nicht das von unserer Oma Zofia, woraufhin unser Vater schrie, dass er gleich allein nach Deutschland fahren werde, woraufhin unsere Mutter schrie, dass er das gerne machen könne, und vielleicht wolle er ja lieber die schöne Frau Ratajczak aus dem zweiten Stock unseres ehemaligen Blocks Nr. 13/C mitnehmen, die ansonsten so schrecklich allein werde zurückbleiben müssen, woraufhin unser Vater nochmals ausstieg und den Kofferraum öffnete und die zwei Taschen unserer Mutter herausholte, um sie ihr vor die Füße zu stellen mit den Worten, dass es ihm allmählich reiche, woraufhin unsere Mutter schreiend, aber ansonsten sehr gefasst entgegnete, dass es sich eher andersherum verhalte, sie sei diejenige, der es reiche, was unser Vater jedoch, ebenfalls schreiend, stark anzuzweifeln sich erlaubte, denn so sehr, wie es ihm reiche, könne es ihr gar nicht reichen, was aber unsere Mutter wiederum leicht widerlegen konnte, indem sie antwortete: Doch, sehr wohl könne es ihr so sehr reichen, wenn nicht sogar noch ein kleines Etwas mehr als ihm, im Grunde genommen reiche es ihr nämlich allumfassend.

Und dann schrien eine Weile alle durcheinander, denn sogar unsere Oma Zofia hatte angefangen zu schreien, dass es ihr reiche. Und so begannen auch wir zu schreien, dass es uns reiche, auch wenn wir nicht genau wussten, was uns reichte. Wir fingen sogar schreiend an, die restlichen Taschen aus dem Auto auszuladen, wir holten auch die Tasche mit den polnischen Delikatessenbroten aus dem Fußraum des Beifahrersitzes, und in den Blöcken um uns herum beugten sich die ersten Siedlungsbewohner aus den Fenstern.

Aber plötzlich wurden alle still, und auch wir hörten auf zu schreien. Denn mitten unter uns stand unser Opa Jurek, in seiner besten Stadtbekleidung und mit der Nylon-Einkaufstasche für den Einkauf der besten Stadtdelikatessen an seinem Unterarm, und er sagte, dass er schrecklich viel zu tun habe, nur deshalb sei er heruntergekommen, auf gar keinen Fall aber, um uns auf

82

Wiedersehen zu sagen, denn für ihn sei es gar nicht schlimm, uns nie mehr wiederzusehen, er habe schon Schlimmeres erlebt, überhaupt habe er nur den Müll runterbringen wollen, jemand müsse das machen, da sich unsere Oma dafür offenbar nicht zuständig fühle, und warum wir denn noch immer nicht weg seien.

Wo er den Müll habe, fragte unsere Oma Zofia, und warum er für die Stadt angezogen sei, an einem Sonntag.

Nur so, sagte unser Opa Jurek. Und besonders viel Müll sei ohnehin nicht oben, er habe von einer eher allgemeinen Notwendigkeit der Müllentsorgung gesprochen, als ehemaliger Direktor kenne er sich damit aus. Übrigens stehe er nur zufällig hier herum, er warte auf jemanden, den wir nicht kennen würden, und überhaupt wolle er bloß etwas frische Luft schnappen, wir sollten uns ja nichts darauf einbilden. Aber wenn wir unbedingt darauf bestünden, so werde er uns eben umarmen zum Abschied, obwohl ihm persönlich solche Dinge höchst zuwider seien, er sei gedanklich mit ganz anderen Angelegenheiten beschäftigt, als ehemaliger Direktor habe er nämlich auch an einem Sonntag jede Menge zu tun, oder ob wir glaubten, dass sich diese ganzen Sanatorien und Rentenzuschüsse von alleine auf die richtigen Leute verteilen würden. Vielleicht passiere so etwas ja in unserem Deutschland, aber in Polen brauche es noch immer jemanden, der sich mit solchen Dingen auskenne, einen Fachmann für Planung und Organisation, und da es in Polen noch Leute gebe, die nicht einfach nach Deutschland verschwinden könnten, wenn sie Lust darauf verspürten, müsse eben auch jemand hierbleiben, der sich um diese Leute kümmere und ihnen mit seinen Qualifikationen auf verschiedenen Gebieten das alltägliche Leben organisiere. So, und jetzt, da man sich umarmt habe, sollten wir alle die Klappe halten, einsteigen und endlich ihn und alle anderen Leute in der Siedlung in Ruhe lassen, er habe wie gesagt noch jede

83

Menge Arbeit vor sich und könne nicht zu jeder Verabschiedung persönlich erscheinen und auch noch Stunden damit verbringen, den Leuten und sich selbst ein baldiges Wiedersehen zu wünschen. Er sei ehemaliger Direktor und kein Verabschiedungskomitee, und auch an einem Sonntag könne er sich als ehemaliger Direktor nicht einfach irgendwelchen Freizeitangelegenheiten widmen.

Und als wir, wenige Minuten später, durch die Heckscheibe unsere Großeltern immer kleiner werden sahen, winkte und weinte nur eine der zwei eng beieinanderstehenden Gestalten. Die andere stand bloß da, vor dem Hausaufgang, neben dem Mülltonnenhäuschen, mit den Gedanken schon bei ganz anderen Dingen.

Das Letzte aber, das unser Opa Jurek zu uns durch die Fensterscheibe nach innen gesagt hatte, bevor unser Vater losfuhr, war, dass wir gefälligst nicht vergessen sollten, woher wir kämen. Wir sollten nicht vollständig zu Deutschen werden, obwohl die Deutschen ja auch normale Menschen seien, zumindest heute. Und wir sollten gefälligst bald zu Besuch kommen – die sogenannte Weltlage könne nicht für alles als Ausrede herhalten. Und wenn wir unbedingt wollten und es schon gar nicht mehr anders ginge, dann sollten wir auch hin und wieder an ihn denken.

Am Nachmittag sitzen wir um den Sofatisch, zu Moccatorte und Kaffee. Es sind alle da, unsere Oma Zofia, unsere Mutter und unser Onkel Wojtek und sogar unser Halbonkel Gustav, der direkt vom Toyota-Autohaus gekommen ist, in dem er arbeitet, und sich nun das letzte Stück Moccatorte auf den Teller schiebt. Wir erinnern uns an die Nylontasche unseres Opas Jurek, mit der er zum Einkaufen gegangen ist, und daran, wie er bei den Verkäufern in den Buden auf dem Platz der Roten Armee die niedrigsten Preise für die besten Delikatessen ausgehandelt hat. Und un-

84

sere Oma Zofia öffnet das Schränkchen über dem Fernseher und zeigt uns die Fotos, auf denen er in seinem schwarzen Direktorenanzug hinter einem Schreibtisch in seinem Direktorenbüro sitzt oder als Schiedsrichter in einem schwarz-weiß gestreiften T-Shirt und mit einer Trillerpfeife im Mund auf einem Volleyballfeld steht oder auf einer Party, auf der alle außer ihm Brillen mit dunklen Gestellen tragen und rauchen, in die Kamera lächelt, seine Haare noch schwarz und er noch sehr schlank.

Später, allein in seinem Arbeitszimmer, müssen wir wieder an unseren letzten Besuch bei ihm denken, in seinem Zimmer in der Katowicka Straße. Er habe ein langes Leben gehabt, sagte unser Opa Jurek bei diesem unserem letzten Besuch, während wir an seinem Bett standen. Ob wir in diesem Zusammenhang wüssten, wie das mit dem Deutschen, dem Russen und dem Polen im Flugzeug gewesen sei.

Es sei nämlich so gewesen: Der Deutsche, der Russe und der Pole fliegen gemeinsam in einem Flugzeug. Da bemerken sie plötzlich, dass der Teufel an einem der Flügel sägt. Der Russe sagt, er werde die Sache erledigen, und gibt dem Teufel tausend Rubel. Aber da sägt der Teufel nur noch schneller. Also sagt der Deutsche, dass er die Sache erledigen werde, und gibt dem Teufel tausend D-Mark. Woraufhin der Teufel sogar noch schneller sägt. Schließlich sagt der Pole, dass er die Sache erledigen werde, und gibt dem Teufel tausend Złoty. Da wirft der Teufel die Säge hin und ruft: Für so ein Geld könnt ihr selber sägen.

DIE WESTERNSTADT AUF DEM MOND

Unser Opa Jurek war sehr traurig, als er nach drei Tagen Reise in seiner Heimatstadt Warschau aus dem Zug stieg und seine Tasche auf dem Platz vor dem Bahnhof abstellte. Nur Schutthügel, so weit das Auge reichte, nichts sah mehr so aus, wie es ausgesehen hatte, als er vier Monate zuvor in einem Lkw Richtung Berlin aufgebrochen war.

Aber unser Opa dachte an die Pierogi unserer Uroma Stefana, und so machte er sich gut gelaunt auf den Weg in sein altes Handwerkerviertel, grüßte hier eine Frau mit einem Baby auf dem Arm, dort die Männer, die Schutt räumten, und freute sich, weil der Wind trotz der Kälte schon etwas vom Frühling verkündete und weil die Sonne schien. Und auch wenn kein einziger Baum zu sehen war, so hörte er doch von irgendwoher einen Vogel singen.

Das Haus seiner Eltern in der Łucka Straße stand noch, aber es gab keine Fenster mehr, und als er im dritten Stockwerk klopfte und das Gesicht unserer Uroma Stefana im Türspalt erschien, sagte er: Ich bin es, dein Sohn, ich hoffe, ich bin nicht zu spät fürs Mittagessen. Unsere Uroma Stefana öffnete die Tür und ließ ihn eintreten. Sie saßen schweigend in der Küche vor einem Glas Molke, und es gab keine Pierogi. Und unser Opa Jurek sagte sich: Das ist schlimmer als in Oświęcim, jemand muss etwas unternehmen.

Hast du dir die Hände gewaschen?, fragte unsere Uroma Stefana, und unser Opa ging ins Bad und wusch sich die Hände. Dass du das immer noch nicht gelernt hast, sagte sie, als er zurück

86

in die Küche kam und sich setzte. Dann saßen sie noch etwas länger schweigend am Küchentisch. Wie war es denn?, fragte unsere Uroma Stefana.

Die Verpflegung war miserabel, sagte er.

Am nächsten Morgen stellte unser Opa Jurek sich in die Schlange vor dem einzigen Gebäude, das auf dem ehemaligen Marktplatz in der Altstadt noch stand. Aber natürlich haben wir Arbeit, sagte ein älterer Herr, als er vier Stunden später endlich im vierten Stockwerk des Gebäudes angekommen und an der Reihe war, seine Urkunde aus Oświęcim auf die Tischplatte zu legen. Was würden Sie gerne machen, und was sind Ihre Gehaltsvorstellungen? Wie wäre es zum Beispiel mit einer leitenden Position? Sie würden selbstverständlich eine Sekretärin und einen Chauffeur bekommen, klingt das gut?

Unser Opa Jurek hat uns erklärt, dass das für ihn in diesem Moment wirklich gut klang, und so sagte er: Das klingt wirklich gut.

Und wie gut das klingt, sagte der ältere Herr und fing an zu lachen, und er konnte gar nicht mehr aufhören zu lachen, und da begann auch unser Opa Jurek zu lachen, und weil auch er bald nicht mehr damit aufhören konnte, fingen auch die Männer hinter ihm in der Schlange an zu lachen, und auch die anderen Herren an den anderen Schreibtischen lachten bald, genauso wie die Männer an den Schreibtischen in den Nachbarräumen, und das Lachen breitete sich weiter aus, vom vierten Stock über die Treppe ins Parterre hinunter und durch die Tür auf den alten Marktplatz, und am Ende lachten das gesamte Gebäude und die Schlange von Wartenden davor und der Marktplatz und die Altstadt, ja sogar ganz Warschau lachte, und dieses Lachen hallte, so erzählte es unser Opa Jurek, bis hinauf ins Weltall. Und der ältere Herr sagte, als das Lachen endlich abgeklungen war, mit Tränen

87

in den Augen: Es gibt eine Stadt im Südwesten, die jetzt zu Polen gehört, da würde ich es versuchen.

Und so kam es, dass unser Opa Jurek sich eine Woche später schon wieder von unserer Uroma Stefana verabschiedete und einen Tag darauf am Hauptbahnhof von Opole ausstieg, einer ehemals deutschen Stadt, die jetzt zu Polen gehörte und in der er schon bald unsere Oma Zofia kennenlernen sollte, die bereits seit zwei Wochen hier wohnte, zusammen mit vielen anderen Polen aus einem Teil Polens, der heute zur Ukraine gehört.

In diesen Tagen sah Opole, das hat unser Opa Jurek uns genau erklärt, ganz anders aus als heute. Abgesehen davon, dass alle Straßen und Plätze deutsche Namen hatten, sodass er zusammen mit anderen Neuankömmlingen schon bald die Straßenschilder abmontieren musste, waren diese Straßen und Plätze auch ziemlich eng, es waren eigentlich eher Pfade zwischen den Schuttbergen, und nur hier und da stand noch eine Hausvorderseite. Eine solche Hausvorderseite sah aus wie in einer Westernstadt, und mit Westernstädten kannte sich unser Opa Jurek aus, denn als Kind hatte er in seiner Heimatstadt Warschau jeden neuen Western im Kino Splendid gesehen.

Allerdings gab es in Opole in diesen ersten Tagen nach seiner Ankunft noch kein einziges Kino, geschweige denn Geschäfte, von laufendem Wasser, Strom oder Straßenbeleuchtung ganz zu schweigen, und eigentlich wirkte Opole wie eine Westernstadt auf dem Mond, denn weit und breit gab es keinen Menschen, und es war sehr still.

Dafür gab es etwas anderes. Denn manchmal, so erzählte uns unser Opa, habe sich einer der Schuttberge plötzlich aufgebäumt. Und dann habe sich darin wie unter einer Tischdecke etwas zu bewegen begonnen, und eine Welle sei klackernd von einem Ort

88

zu einem anderen über diesen Schuttberg gerollt. Einmal stand unser Opa Jurek an einer Hausvorderwand, mit dem Rücken genau zu dem Loch, das früher eine Tür gewesen war, und da hörte er ein Nuckeln hinter sich und ein Schmatzen, und etwas atmete ihm warm in den Nacken. Und als er sich ganz langsam umgedreht hatte, da füllte etwas den Türrahmen vollständig aus, das aussah wie ein rotes Feuer, aber im Zentrum dieses roten Feuers gähnte ein dunkles schwarzes Loch, und sofort wusste unser Opa, dass er in ein riesiges rotes Auge starrte, und um dieses Auge herum entdeckte er braunes Fell, und dann bewegte sich das Auge, und ein langes Schnurrhaar streifte den Mantel unseres Opas, und dann fauchte es aus dem Türrahmen heraus, und Hitze schlug ihm ins Gesicht, und der Türrahmen wurde für einen Augenblick ausgefüllt von bräunem Fell, und etwas langes Hautfarbenes wand sich unserem Opa um das Hosenbein, schlängelte sich davon, und endlich verschwand das Fell unter dem Schutt, und der Schutt im Inneren des Hauses klackte und rieselte, und dann erstarb die Welle auf der Oberfläche, und nachdem unserem Opa noch ein letzter Felsbrocken vor die Schuhspitze gerollt war, lag der Schuttberg wieder ruhig vor ihm, und es war wieder so still wie auf dem Mond.

Das sei aber bei weitem noch nicht das Allerschlimmste in dieser merkwürdig leeren Stadt der Deutschen gewesen. Es habe in Opole nämlich bereits eine noch viel schlimmere sogenannte Geißel der Menschheit gegeben.

Wie das mit den Russen ist, hat unser Opa Jurek uns genau und viele Male beschrieben – dass sie einem noch die ganze Stadt unter dem Stuhl wegklauen würden, wenn man nicht aufpasse, sogar das ganze Land, gar nicht zu reden von der Freiheit. Und das sei mit den Russen auch schon immer so gewesen, denn nicht nur hätten sie zur Zarenzeit für mehr als hundert Jahre große

89

Teile Polens einfach zu russischem Staatsgebiet erklärt und so getan, als sei das schon immer so gewesen und deshalb ihr natürliches Recht, sondern sie hätten auch ihren Namen gestohlen, von den Wikingern, die vor vielen Jahrhunderten im Norden von Sibirien gelandet und heimisch geworden seien. Denn diese Wikinger hätten sich «Rus» genannt, was in ihrer Sprache so viel heiße wie «Männer, die rudern». Und rudern habe man einen Russen ja wohl noch nie gesehen, höchstens rudern lassen.

Jedenfalls wohnte unser Opa Jurek nach seiner Ankunft in Opole bald mit drei Familien in einer Zweizimmerwohnung in der Krakowska Straße, die kurz zuvor noch Hindenburgstraße geheißen hatte. Die Tomaszewskis, die aus Lemberg stammten, waren schon in der Wohnung gewesen und hatten sich das große Zimmer neben der Küche gesichert, und so bezog unser Opa das Zimmer mit dem Fenster zur Straße, von dem aus er täglich die Fortschritte bei den Aufräumarbeiten in der Stadt und so eigentlich auch im ganzen Land beobachten konnte. Am selben Tag zog noch das Ehepaar Bryk aus einem Vorort von Warschau ein, und am Tag darauf kamen die Kłockis aus Stanisławów, einer Stadt in der Nähe von Lemberg, aus der auch unsere Oma Zofia stammte, von der unser Opa Jurek aber noch nichts wusste.

Unser Opa musste allen klarmachen, dass jetzt bessere Zeiten bevorstünden, da der Krieg vorbei sei und sie endlich eine nie gekannte Freiheit erlangen würden, was keiner seiner neuen Mitbewohner recht glauben wollte, denn immerhin befand man sich hier eigentlich in Deutschland, und auf dem Land, so glaubten sie, sprächen bestimmt alle Deutsch und würden Polen erschießen. Und Juden, ergänzte man. Aber eben auch sehr viele Polen.

Diese Deutschen könne man ja überreden, das nicht mehr zu tun, versicherte unser Opa Jurek, und dann vergab er Dienste: Die Frauen teilte er für die Küche ein, die Männer für die Auf-

90

räumarbeiten in der Stadt, und er selbst wollte jemanden finden, der den ganzen Prozess organisierte. Es musste hier ja irgendwo eine sogenannte Stabsstelle geben, denn offensichtlich ging alles zu langsam voran, die Zukunft stand schließlich vor dem Fenster, zusammen mit dem Frühling, und endlich konnte man sie formen, Polen war frei, nur zu essen gab es noch zu wenig. Das sei derzeit fast schlimmer als in Oświęcim, ob sie davon schon mal gehört hätten.

Vage, erklärten die Tomaszewskis.

Was das sein solle, fragten die Bryks.

Ob es da wenig zu essen gegeben habe, fragten die Kłockis, etwa noch weniger als bei ihnen, denn schließlich habe es in Stanisławów am Ende so gut wie gar nichts mehr gegeben.

Ob es schlimmer gewesen sei als in Stanisławów, sagte unser Opa, könne er nicht sagen, er sei niemals in Stanisławów gewesen. Aber schlimm sei es in Oświęcim durchaus gewesen, mitunter sogar das Schlimmste, was er je erlebt habe.

Alle im Raum nickten und sagten, dass sie das kennen würden. Bei ihnen sei es auch das Schlimmste gewesen, was sie je erlebt hätten.

In diesem Zusammenhang sei es jedenfalls gut, sagte unser Opa Jurek, dass Polen befreit sei und dass jetzt alles aufwärtsgehe – zu diesem Zeitpunkt konnte er ja noch nicht wissen, dass die Russen für das genaue Gegenteil sorgen würden, wie es ihre Art ist. Und jetzt müssten sie nur noch, sagte er zu seinen neuen Mitbewohnern, etwas suchen gehen. Er wisse nicht, wie es bei ihnen sei, aber er verspüre langsam ein gewisses Hüngerchen.

Aber nach einem langen Tag auf den Pfaden zwischen den Schutthügeln hatte unser Opa noch immer keine offizielle Dienststelle gefunden, außer eine Dienststelle der Roten Armee, und in diesem Fall konnte man kaum von Dienststelle sprechen, denn

91

die Russen waren damals eher wenig zivilisiert, und das galt insbesondere für die russischen Soldaten, anders als heute, da die Russen die besten Demokraten sind, und fast vermisste unser Opa bald die Verwaltungs- und Organisationskunst der Deutschen, denn denen wäre, wie er uns erklärt hat, ein solches Durcheinander nicht passiert.

Aber dann ereignete sich ein Glücksfall. Denn als er schon glaubte, er müsse auf der Stelle verhungern, und sich auf einen Stein am Rand eines Schuttberges gesetzt hatte und seinen nächsten Tod nahen spürte, diesmal aber den endgültigen, an diesem Ort, der fast so schlimm war wie Oświęcim, wie er uns erklärt hat, da wurde er an der Schulter angetippt, und neben ihm stand Romek Wachykowski, den er noch aus der Zündkerzenfabrik in Warschau kannte, in der sie beide an derselben Stanze gearbeitet hatten. Romek Wachykowski war nur deshalb nicht gemeinsam mit unserem Opa und den anderen Mitarbeitern in dem Mercedes-Transporter mitgenommen worden, weil er ausgerechnet an jenem Tag krank gewesen war.

Die Wiedersehensfreude war entsprechend groß, Romek Wachykowski klopfte unserem Opa auf die Schulter, sodass er beinahe von seinem Todesstein fiel.

Mensch, sagte er. Jurek!

Mensch, sagte unser Opa Jurek. Romek!

Nachdem sie alle Neuigkeiten ausgetauscht hatten – über Oświęcim, den späteren Aufstand in Warschau und den noch späteren Arbeitseinsatz unseres Opas Jurek in der Vulkanisierungsanstalt von Herrn Steinecke in Berlin, aber auch im Hinblick darauf, wo Romek Wachykowski im Krieg eigentlich gewesen war, dass er offenbar viele glückliche Zufälle auf seiner Seite gehabt hatte, denn tatsächlich war er immer dort gewesen, wo der Krieg gerade nicht gewesen war –, stellte sich heraus, dass Romek

Wachykowski hier, in den Trümmern der Stadt Opole, eine Art Kontaktstelle zwischen der in Katowice stationierten polnischen Übergangsregierung für den Sektor Schlesien und der Roten Armee war, obwohl er die Russen, nach allem, was sie Polen in der Vergangenheit angetan hätten, aus tiefstem Herzen hasste, dass da nur kein Zweifel aufkomme bei unserem Opa, sagte er. Und dass er Leute suche, die ein gewisses Organisationstalent hätten, und ob er, unser Opa Jurek, während des Krieges nicht in verschiedenen Berufen tätig gewesen sei.

Unser Opa bestätigte, dass er eigentlich auf jedem Gebiet eine gewisse Könnerschaft, wenn nicht sogar eine milde Art von Professionalität inzwischen aufzuweisen habe, und Romek Wachykowski fragte daraufhin, ob er zusätzlich noch zwei Dinge besitze, nämlich die Entlassungsurkunde aus Oświęcim und einen Anzug.

Was für ein glückliches Aufeinandertreffen das gewesen ist, sollte sich für unseren Opa erst in den nächsten Tagen herausstellen. Denn zwar hatten die russischen Soldaten einige Stützpunkte in Opole errichtet, aber längst waren die administrativen Belange der Stadt in die Zuständigkeit der Polen übergegangen. Die Russen begnügten sich damit, die leerstehenden Wohnungen durchzustöbern, aber nicht etwa, um die Aufnahmekapazitäten der Stadt zu erfassen, sondern weil sie sich als Abkömmlinge eines Bauernvolks sehr für die Einrichtung dieser Wohnungen interessierten, insbesondere für wertvolle Einrichtungsgegenstände oder auch für in den Kellern hinterlassene Einmachgläser mit Delikatessen, von denen es freilich zu dieser Zeit auch in einer ehemaligen deutschen Stadt nur wenige gab. Außerdem fanden viele von ihnen die jetzt Zugwaggon für Zugwaggon eintreffenden Neuankömmlinge aus den polnischen Gebieten östlich des Bugs interessant und unter diesen vor allem die jungen Frauen, mit denen sie nicht selten Verabredungen trafen, meistens zu dritt oder zu viert und in den bei ihnen so beliebten leerstehenden Wohnungen, vorzugsweise sogar in den Kellern dieser Wohnungen, denn sie wollten die in den Nachbarwohnungen lebenden Neuankömmlinge, wie sie den jungen Frauen erklärten, nicht stören, sehr zum Leidwesen der beteiligten jungen Frauen übrigens, wie unser Opa uns gegenüber angedeutet hat, die dunkle Keller nicht mochten, zumal die Soldaten nach dem Betreten eines solchen Kellers häufig die Türen hinter sich verschlossen, um etwaige Hausbewohner noch weniger zu stören, so in den leeren Häusern überhaupt schon Bewohner Quartier bezogen hatten.

Jedenfalls oblag es den Polen, insbesondere den in die Zukunft denkenden unter ihnen, die Stadt so schnell wie möglich zu einem selbständig funktionierenden Ort zu machen, an dem es dann keine Russen mehr geben würde. Man hatte bereits eine Art Stadtregierung aufgestellt, und Romek Wachykowski war Teil dieser Stadtregierung, was unser Opa Jurek mit großer Begeisterung zur Kenntnis nahm, nicht zuletzt deshalb, weil Romek Wachykowski zum Zeitpunkt ihrer zufälligen Begegnung gerade auf dem Weg zu einer wichtigen Versammlung war, bei der es, wie unser Opa Jurek zwischen den Zeilen heraushörte, mit einiger Wahrscheinlichkeit einen bescheidenen Imbiss geben würde.

DIE BESTE ALLER ÜBERLEGUNGEN

So gut wie kein historisches Gebäude, das wir heute in Opole kennen, war damals heil, und daran zeigt sich besonders gut, dass Polen im Mittelalter von Mieszko I. bis Jan Sobieski III. noch stark und unzerstörbar gewesen ist, bis es in drei Teile zerlegt und später dann durch die Deutschen und die Russen eben doch zerstört wurde. Aber unser Opa Jurek hat uns genau erklärt, was er als Überbleibsel des alten Opole, das früher einmal polnisch und später österreichisch und noch später dann deutsch gewesen war, heute aber wieder polnisch ist, vorgefunden hatte: den Piastenturm, das ist vielleicht das Wichtigste, denn die Piasten, die eigentlich von den Polanen abstammten, haben jahrhundertelang in Polen und so auch in Oberschlesien geherrscht, sie waren eine große Familie mit Hauptästen und Seitenästen und auch Zweigen und Knospen und sogar dem einen oder anderen Dorn, und viele Herzöge und Könige stammten von ihnen ab, zum Beispiel Bolesław I., der heute im Franziskanerkloster am Kanal Młynówka in der Nähe des Rathausplatzes in Opole begraben liegt, sowie der erwähnte erste Herzog von Polen, Mieszko I. Die Piasten haben sogar Teile der Slowakei und später auch ganz Litauen und Ungarn regiert, und so kann man sich vorstellen, wie groß Polen einmal gewesen ist, bevor es aufgeteilt wurde zwischen Deutschland, Österreich und dem für solche Dinge gut bekannten Russland. Und deshalb ist es auch klar, warum sich unser kleines Land heute etwas eingezwängt fühlt in seinen Grenzen, denn es hat das Gedächtnis und den Verstand eines großen Königs und Freiheitskämpfers, aber den Körper eines Li-

95

liputaners, der als Hofnarr irgendwo auf dem Treppchen unterhalb des Throns sitzt, auf dem heute andere europäische Länder regieren, und wenn dieser Liliputaner sich über seine Lage ärgert, dann schellen die Glöckchen an seinen Pantoffeln und seinem Hut, und die Gesellschaft im Raum ist belustigt, was den Liliputaner nur noch mehr ärgert.

Jedenfalls war es der Piastenturm, den unser Opa Jurek kurz nach seiner Begegnung mit Romek Wachykowski zu Gesicht bekam. Sein guter Freund führte ihn nämlich durch die Innenstadt in den zweiten Stock eines noch zur Hälfte heil gebliebenen Gebäudes am Kanal, direkt neben dem Piastenturm, der durch das Fenster zu sehen war, und dort wurde unser Opa Jurek von mehreren Männern mit größter Freundlichkeit empfangen. Man schüttelte ihm die Hand und sprach ihm das größte Beileid aus wegen seines Aufenthalts in Oświęcim und seiner Arbeit dort, und dann versicherte man ihm, dass jetzt alles anders werde, weil man endlich aus der Geschichte gelernt habe. Und man fragte ihn, ob er in diesem Zusammenhang mit der besten Überlegung in puncto Gesellschaft vertraut sei – der Überlegung, dass alle gleich seien.

So ganz bis ins letzte Detail war unser Opa Jurek mit dieser Überlegung wohl nicht vertraut, auch wenn er vor und während des Krieges und selbst in Oświęcim das eine oder andere Mal davon gehört hatte. Aber im Prinzip sei sie ihm, sagte er, durchaus bekannt.

Es sei eine hervorragende Überlegung, sagte einer der anwesenden Männer, der einen merkwürdigen Akzent hatte, als hätte er jahrelang in einem anderen Land gelebt, aber nicht in England oder in Deutschland und auch nicht in Italien oder Frankreich oder Amerika. Nur schade, sagte dieser Mann, der übrigens einen sehr gut sitzenden schwarzen Anzug trug und dazu schöne Schaftstiefel aus bestem glänzenden und quietschenden Leder, nur schade, dass man so viele Jahrhunderte gebraucht habe, um auf diese beste aller Überlegungen zu kommen. Aber nun sei man endlich an einem Punkt in der Geschichte des Menschen und seiner Tätigkeiten angelangt, an dem die Überlegung dabei sei, Wirklichkeit zu werden, und dafür hätten sich die Opfer unter dem Strich doch wohl gelohnt, und auch die in den nächsten Jahren zu erbringenden Opfer würden sich lohnen, nicht wahr? Ob unser Opa Jurek sich vorstellen könne, an der Verwirklichung dieser großen Überlegung mitzuarbeiten, und *arbeiten* sei in der Tat das Wort der Wahl, denn die Verwirklichung der Gleichheit aller Menschen liege eben in der Arbeit, in nichts unterscheide man sich, während man hier stehe und über diese wichtigen Dinge rede, von den Menschen, die ihr Leben lang arbeiten und bald die Fabriken wieder aufbauen würden, um Polen in das Zeitalter des Wohlstands zu führen. Man sei gewissermaßen genauso gleich wie alle anderen, und darauf wolle man jetzt mit einem Glas französischen Kognaks anstoßen, der über zwölf Jahre alt sei, und danach wolle man die Aufgaben verteilen.

Die Überlegung, dass im neuen Polen keiner besser gestellt sein solle als der andere und dass im Gegenteil jedem das Gleiche zustehe und dass auch keiner mehr besitzen solle als ein anderer und dass schließlich auch keiner mehr Macht als ein anderer haben dürfe, gefiel unserem Opa Jurek in diesem Moment sehr. Denn noch zu gut erinnerte er sich an die ziemlich einseitige Aufteilung von Positionen und kulinarischen Zugeständnissen bei der Arbeit in Oświęcim, und er fand, dass es in Polen nun unbedingt anders sein musste, er sehnte sich geradezu, das versicherte er uns gegenüber mit Nachdruck, nach sogenannter Gerechtigkeit, und vor allem nach Wohlstand, beispielsweise im Bereich Lebensmittel, Delikatessen und mehrgängiger Mittagessen.

Und so nahm er das Gläschen entgegen, das ihm der Mann in dem schönen schwarzen Anzug und mit dem merkwürdigen ausländischen Akzent entgegenhielt, und er nippte sogar daran, nachdem man auf die hervorragende Überlegung angestoßen hatte, auch wenn er der Meinung war, dass der zwölfjährige Kognak wie geräuchertes Rattenfell schmeckte, und er husten musste, denn er hatte noch nie in seinem Leben Alkohol getrunken, was aber der Mann in dem schönen schwarzen Anzug und mit dem merkwürdigen Akzent und auch Romek Wachykowski und auch die anderen eher witzig fanden, weshalb sie ihm lachend auf die Schulter klopften, sodass er sich sogar ein bisschen verschluckte, während er versuchte mitzulachen.

Wie stolz war unser Opa Jurek, als er seine Wichtigkeit begriff. Während er nach der Versammlung nach Hause ging, schien ihm in der Stadt plötzlich alles neu zu sein. Wo zusammengestürzte Gebäude sich bis auf den Bürgersteig vor seinen Füßen ergossen, sah er jetzt neu aufgebaute und in hellen Farben leuchtende Fassaden von alten Adelshäusern mit Cafés in den Parterres oder mit Schaufenstern, hinter denen die besten Delikatessen zum Angebot auslagen, und wo Krater im Erdreich gähnten und ein ausgebranntes deutsches Auto auf der Seite lag wie eine riesige Kakerlake, hörte er Straßenbahnen bimmeln und sah lachende Menschen beiseite springen und ihren Hut lupfen, und er stellte sich überall auf seinem Weg Stände mit roten Äpfeln und rosigen Kalbsschnitzeln und den schönsten polnischen Kartoffeln vor, aus denen man köstliche Pierogi würde machen können, oder Stände mit aufeinandergestapelten Krakauerwürsten und Brotlaiben, die in Papier gerollt wurden und mehlige Hände hinterließen – wie in seiner Kindheit in Warschau mit den vielen Händlern in den schwarzen Anzügen und mit den langen Bärten.

Zurück zu Hause, erklärte unser Opa seinen neuen Mitbewohnern die Überlegung, die endlich als die beste erkannt worden sei, und um gleich im Kleinen mit ihrer Verwirklichung zu beginnen, schlug er vor, dass man den Küchendienst und die Arbeiten draußen auf der Straße und die Besorgung von Möbeln und Lebensmitteln so aufteile, dass jeder bei jeder Aufgabe einmal drankomme, denn das sei das Gerechteste. Woraufhin Herr Bryk zu bedenken gab, dass er in der Küche nur Ungenießbares zustande bringe. Aber unser Opa Jurek beruhigte ihn, indem er sagte, auch wenn das Essen ungenießbar sei, sei es immerhin Essen, und außerdem habe dann jeder von ihnen das gleiche ungenießbare Essen, und das sei ja dann wiederum gerecht. Herr Bryk gab daraufhin zu bedenken, dass er es lieber in Kauf nehme, gelegentlich auch mal ungerecht zu sein, wenn dafür das Essen halbwegs genießbar sei, was unser Opa Jurek für einen interessanten Gedanken hielt, aber eben nicht unbedingt für den modernsten, der neuen Zeit entsprechend, was Herr Bryk auch wieder zugeben musste. Schließlich einigte man sich darauf, alle anderen Aufgaben gerecht unter allen zu verteilen, während das Kochen, das Putzen und das Wäschemachen als zusätzliche Aufgaben exklusiv den Frauen zugeteilt werden sollten.

Am nächsten Morgen fand unser Opa Jurek in einer Wohnung in der Kołłątaja Straße, die damals noch Bismarckstraße hieß, endlich einen schwarzen Anzug mit silbernen Nadelstreifen, dazu eine graue Weste, ein weißes gestärktes Hemd und eine dunkelblaue Krawatte. Der Anzug war ihm noch ein paar Nummern zu groß, sodass er ihn nicht zuknöpfte, aber der Herr, der in der Wohnung gewohnt hatte, ein Direktor sicherlich, so wie er auf den Fotos im Wohnzimmer dreinblickte, hatte Schuhe, die unserem Opa genau passten. Es waren Schuhe aus bestem braunem Leder und mit einem Ornament um die Schnürsenkelösen herum, das an gestickte Tischdecken aus Ostgalizien erinnerte,

99

der heutigen Ukraine – zwei Kunstwerke, die das Bequemste waren, das unser Opa jemals in seinem Leben getragen hat, bis zuletzt.

Und so bedankte er sich im Stillen bei dem deutschen Direktor aus der Bismarckstraße, krempelte sich die Hosenbeine und die Ärmel hoch und trat auf die Straße hinaus. Er muss sich herrlich gefühlt haben, als er zum ersten Mal zu seiner neuen Arbeit durch die Innenstadt von Opole schritt. Zwar flatterte ihm der neue Anzug noch etwas um die Beine und die Rippen, aber bald würde er ihm, das wusste unser Opa Jurek an diesem schönen Frühlingsmorgen, hervorragend passen.

DAS GESCHÄFT NR. 6 UND DIE
GEISSEL VON OPOLE

Wie gern erinnern wir uns an unseren Opa Jurek in seinem Arbeitszimmer. Nach jedem mehrgängigen Mittagessen unserer Oma Zofia lud er uns in sein Zimmer ein, und dann durften wir uns aufs Sofa setzen, und er nahm Platz an seinem Tisch, den man aus der grünen Schränkchenwand ausklappen konnte, und wir schauten zu der Glasvitrine, in der er die Pokale und Wimpel und Urkunden aufbewahrte und die Fotos von sich als jungem Mann in seinem Direktorenanzug. Und dann erzählte er uns, wie seine Karriere begann.

Schon auf der nächsten Versammlung des sogenannten Gremiums mit der Abkürzung PSS machte er allen Beteiligten klar, welche Aufgabe er am allerbesten von ihnen allen würde ausführen können, aufgrund der entsprechenden Qualifikationen. Und so ist noch nie jemand so schnell zum Filialleiter eines Lebensmittelgeschäfts aufgestiegen wie unser Opa.

Das Geschäft Nr. 6 in der heutigen Mądrzyka Straße war im vorderen Bereich unzerstört, und zwischen den Trümmern und Glasscherben lag sogar noch ein intaktes Regal, das unser Opa Jurek sogleich nach seiner Ankunft, und nachdem er seine neue Anzugjacke an einen Zaun gehängt hatte, im Hof abzuschleifen und anzustreichen begann, mit weißer Lackfarbe, auf die er in einer benachbarten Garage gestoßen war, in der wohl ein russischer Soldat alles außer weiße Lackfarbe als brauchbar angesehen hatte. Während sich unser Opa um die wichtigen innenarchitektonischen Details seines zukünftigen Geschäfts kümmerte, sollte

101

die ihm vom PSS zugeteilte Verkäuferin Frau Krysia schon einmal etwas Ordnung schaffen, wofür er ihr den Eimer, die Kehrschaufel und den Lappen zur Verfügung stellte, die er als neu ernannter Direktor wiederum von der Übergangsregierung in Katowice zur Verfügung gestellt bekommen hatte.

Es ist heute nur schwer vorstellbar, wie diese ersten Tage im Geschäft Nr. 6 gewesen sein müssen, denn überall in den Ruinen der Stadt gab es Ratten, und Ratten sind, wenn es um ihr eigenes Überleben geht, kluge Taktiker. Sie hatten sich wohl gemerkt, dass das Geschäft schon früher ein Lebensmittelgeschäft gewesen war, und so musste unser Opa in den ersten Tagen zunächst einen halben Eimer voll Rattengift ausstreuen, den er glücklicherweise in der Garage neben der Garage mit der Lackfarbe fand – der erwähnte russische Soldat hatte nicht nur keine Verwendung für weiße Lackfarbe gehabt, sondern er hatte offenbar auch sonst wenig Sinn für die Bedürfnisse des Lebens in einer Nachkriegsruinenstadt besessen, was unseren Opa einen weiteren Gedanken an diesen armen und namenlosen Soldaten verschwenden ließ, der möglicherweise gerade in diesem Augenblick irgendwo in Opole in einer jener tückischen Situationen steckte, in die man in einer Nachkriegsruinenstadt leicht gerät und die mit gefährlichen Ratten zu tun haben, in einer dunklen Ecke, mit dem Rücken zur Wand, mit einem warmen Hauch im Gesicht.

Aber andererseits gab es in diesen ersten Tagen und eigentlich auch Wochen der Filialleitertätigkeit unseres Opas wenig zu tun im klassischen Lebensmittelverkaufsbereich, denn von allen Dingen, die fehlten, fehlten am meisten Lebensmittel, wenn man von den Einmachgläsern und Kartoffeln mit den grünen Schwänzen und violetten Antennen absah, die einige der weniger praktisch veranlagten russischen Soldaten in den Kellern übersehen oder in einem ersten Euphorierausch ihrer gerade erst begonnenen Raubritterschaft als unbrauchbar eingestuft hatten.

Und so bestand die Direktorenfunktion unseres Opas vorerst darin, zusammen mit Frau Krysia die Trümmer in den Hof zu schaffen, zu fegen und das weiß glänzende Regal in der Ladenmitte aufzustellen, unterschiedliche Positionen des Kernmöbelstücks auszuprobieren, indem er Frau Krysia Anweisungen gab, es mal hierhin und mal dorthin zu verrücken, um es am Ende doch wieder in die Raummitte bugsieren zu lassen, und auch sonst hatte unser Opa genug damit zu tun, den Kunden, die bald in einer Schlange vor dem Laden standen, zu erklären, welche Delikatessen es demnächst geben werde und wie viel sie kosten würden und dass, wenn nicht heute, so doch mit großer Wahrscheinlichkeit morgen, spätestens aber übermorgen, die erste Lieferung zu erwarten sei.

Und als nach drei Wochen diese Kunden ihm plötzlich Lebensmittelmarken zeigten, die sie zum Kauf von Delikatessen in seinem Laden berechtigten, musste er in einer Ansprache versichern, dass eine erste Lieferung von Lebensmitteln nun schon ganz offensichtlich kurz bevorstehe, da ansonsten die Herausgabe von Lebensmittelmarken durch die Übergangsregierung in Katowice nur schwer zu erklären wäre, und das sahen die Kunden dann auch sofort ein und standen in den nächsten paar Wochen nun schon etwas besser gelaunt in der Schlange, während unser Opa in derselben Zeit einige bisher noch gar nicht beachtete Möglichkeiten in Erwägung zog, das Regal durch Frau Krysia im Laden positionieren zu lassen.

Es war diese erste Zeit nach dem Krieg also insgesamt eine Zeit des Wartens, wie unser Opa Jurek oft betonte, und nach einer gewissen Weile kommt zu jedem Warten bekanntlich etwas Merkwürdiges hinzu, das einem das Warten als besonders lang erscheinen lässt, auch wenn man nicht genau weiß, was es ist, weshalb sogar diejenigen Menschen, die eigentlich gerne warten, plötzlich unruhig werden und zunächst theoretisch, in extremen Fällen dann auch praktisch nach Möglichkeiten zu suchen beginnen, das Warten zu beenden.

Genau aus diesen Tagen stammt eine der spannendsten Geschichten unseres Opas Jurek, im Rahmen derer er zum ersten Mal seinem großen Feind T. begegnen sollte. Das PSS beschloss nämlich aufgrund der Unfähigkeit, einfach ruhig abzuwarten, einen Abgeordneten nach Kielce in der gleichnamigen Nachbarwoiwodschaft zu schicken, der auf eigene Faust ein damals sehr beliebtes Lebensmittel beschaffen sollte, denn es war bekannt geworden, dass es in Kielce für kurze Zeit besonders viel Weißkohl geben werde. Dieser Abgeordnete bekam fünfzigtausend Złoty in bar und sollte zwei Wagenladungen des Gemüses auf einem Markt in Kielce einkaufen. Größtes Vertrauen setzte das PSS in ihn, aber, wie sich bald herausstellte, zu Unrecht.

Dieser Abgeordnete, den wir nur als T. kennen, weil er inzwischen eine sehr bekannte und sängerisch talentierte Tochter hat, kam auch nach einer Woche nicht aus Kielce zurück, und so meldete sich unser Opa Jurek freiwillig, ihn mitsamt der Zugladung Weißkohl oder dem Geld zurückzuholen, denn er war als Direktor eines Lebensmittelladens besonders empört, schließlich hatte er eine Verantwortung für seine in einer Schlange wartenden Kunden. Er packte deshalb noch am Abend desselben Tages ein Stück Brot und eine Pistole ein und brach am Morgen, noch bevor es hell war, am Bahnhof von Opole auf.

Sein Zug kam pünktlich um zwölf Uhr mittags am Bahnhof von Kielce an, und er machte sich sofort zum Umschlagplatz auf, wo die Bauern aus der Umgebung ihre Lieferungen abluden. Auf

104

diesem Umschlagplatz herrschte, weil es ein Montag war, reger Betrieb, und er lief zwischen den Pferdewagen umher und fragte nach einem Mann aus Opole, der eine Woche zuvor mit einer gewissen Summe Geld am Bahnhof angekommen sei und nach Weißkohl herumgefragt habe.

In der Woiwodschaft Kielce seien die Leute laut unserem Opa Jurek schon damals begriffsstutzig gewesen wie Kühe, und auch hörten sie besonders schlecht, weshalb er jedem, den er getroffen habe, zwei- oder dreimal fast schreiend seine Frage habe stellen müssen, aber endlich fand er einen Bauern, der nach einem langen Offenhalten des Mundes und einem Augenblick des leeren Schauens vor die Stiefelspitzen unseres Opas und in die Landschaft hinter dem Bahnhof zunächst zeitlupenartig, dann mit immer mehr Nachdruck zu nicken begann. Der sei in der Tat hier gewesen, sagte er. Vor einer Woche. Und er habe ziemlich viel Geld bei sich gehabt, das habe er überall herumerzählt.

Auf die Frage, wo sich dieser Mann denn inzwischen aufhalte, kam bei dem Bauern nach einigen weiteren Augenblicken des nachdenklichen Schauens die Vermutung auf, dass der Gesuchte in der nahegelegenen Kneipe zu finden sei, schon seit ein paar Tagen. Denn dort werde regelmäßig Karten gespielt, ob unser Opa Jurek Poker kenne.

Unser Opa verließ den Umschlagplatz und fand genau gegenüber vom Bahnhof das besagte Etablissement. Und wie staunte er, nachdem er die schweren Decken im Eingangsbereich auseinandergeschoben hatte, denn tatsächlich saß in der Raummitte, im Qualm der Zigaretten und in abgestandener Bierluft, T. und teilte Karten aus, an sich und drei Mitspieler, auf dem Tisch ein Glas Bier und daneben ein Revolver. Als unser Opa den Raum betrat, wurde es bis in die hintersten Winkel still. Die ihm zuge-

105

wandten Mitspieler von T. starrten ihn an, aber T., der mit dem Rücken zum Eingang saß, rührte sich nicht.

Was er wolle, fragte T. nach einer Weile endlich in die Stille hinein, ohne sich umzudrehen.

Ob er den Weißkohl gekauft habe, fragte unser Opa Jurek zurück. Mit dem Geld der Stadt Opole.

Den habe er gekauft.

Und wo sei dieser Weißkohl?

Am Güterbahnhof.

Und warum bringe er ihn nicht nach Opole?

T. legte seine Karten aus der Hand, er hatte sich noch immer nicht umgedreht. Weil das Geld nicht mehr für den Transport gereicht habe, sagte er. Ob unser Opa Jurek etwas dagegen einwenden wolle. Seine rechte Hand lag nun flach auf der Tischplatte, in direkter Nachbarschaft zu seinem schwarz glänzenden Revolver.

Und wie lange habe er noch vor, hier in Kielce zu bleiben, fragte unser Opa, und auch seine Hand rutschte nun an der Hüfte entlang zum Bauch, wo ihm die Pistole schwer im Gürtel hing.

Warum er das so dringend wissen wolle?

Weil er den Auftrag erhalten habe, dafür zu sorgen, dass der Weißkohl, mit oder ohne T., nach Opole komme, wo die Geschäfteinhaber bereits darauf warten würden.

So, er habe einen Auftrag bekommen, sagte T.

Genau so sei es, bestätigte unser Opa.

Und er wolle diesen seinen Auftrag wohl, koste es, was es wolle, ausführen.

Ebenfalls richtig, sagte unser Opa, um dann die unbeantwortete Frage zu wiederholen, wie lange T. noch vorhabe, in Kielce zu bleiben und die Beförderung des Weißkohls hinauszuzögern.

Und in diesem Moment wurde die Stille an den Tischen und

106

der Bar fast unerträglich, selbst der Bierhahn hörte auf, die Mittagssekunden auf das Stahlgitter zu tropfen.

Aber schon war T. in Bewegung geraten, blitzschnell. Er stützte sich zunächst mit einer Hand auf der Tischplatte ab, rutschte mit einem Schaben der Stuhlbeine über den Holzboden nach hinten und stand auf. Noch ehe jemand im Raum etwas tun oder auch nur rufen konnte, hatte er sich zu unsrem Opa Jurek umgedreht. Er habe vor zu bleiben, bis er das Geld für einen Transport beisammenhabe, sagte er und blickte unserem Opa genau in die Augen.

Ach so, sagte dieser.

Und weil ihn die Antwort vollends befriedigte, ließ er sich beschreiben, wo er den Weißkohl finden konnte, ging zurück zum Güterbahnhof, der gleich neben dem Umschlagplatz war, und fand den Weißkohl, der auf einem stillgelegten Gleis lag, zu einem Haufen aufgeschüttet, an dem ein paar Ziegen knabberten.

Als Nächstes verteilte unser Opa ein paar Złoty an zwei Beamte im Schalthäuschen des Güterbahnhofs und hatte innerhalb von wenigen Stunden zwei Güterwaggons gemietet, in die er den Weißkohl laden ließ, und dann fuhr er mit der ganzen Ladung nach Opole zurück, wo er am frühen Nachmittag unter Jubelrufen ankam.

Auf dem Bahnhofsplatz von Opole ließ unser Opa Jurek den Weißkohl auf zwei Lkws umladen, und bereits eine Stunde später hatte er einen Preis mit der einbeinigen Besitzerin eines Fleischwarengeschäfts ausgehandelt, die damals in Opole unter dem Namen Täubchenkönigin berühmt war für den Verkauf ihrer Weißkohlwickel mit Hackfleischfüllung – sie führte einen Laden in der Krakowska Straße Ecke Freiheitsplatz, den es noch heute gibt. Und schon luden einige Helfer eine Hälfte der Weißkohlladung in den Keller des Geschäfts.

Als plötzlich eine russische Patrouille die zwei Lastwagen bemerkte und herangeschlendert kam, um im freundlichsten Tonfall zu fragen, um was es sich bei dieser Unternehmung handle. Und warum nicht zuallererst die russische Kommandantur als möglicher Abnehmer ins Auge gefasst worden sei, die ja schließlich ebenfalls Bedürfnisse habe. Beispielsweise brauche sie Lebensmittel für die zur Unterstützung des Wiederaufbaus stationierten russischen Soldaten. Denn auch Soldaten seien Menschen und müssten etwas essen, sogar noch mehr als der durchschnittliche polnische Stadtbewohner, denn immerhin leisteten sie auch mehr, etwa im Bereich Sicherung der allgemeinen Ruhe und Ordnung oder im Bereich Organisation der Infrastruktur.

Und dann hielten auch schon neben den zwei Lkws unseres Opas zwei Lkws der russischen Marke Ural, und der Weißkohl wurde von jenen auf diese verladen, und auch aus dem Keller der Täubchenkönigin wurde Weißkohl wieder hinaufgetragen, und unser Opa Jurek bekam als Geste der Dankbarkeit und Aufwandsentschädigung eine Summe von fünftausend Złoty überreicht, die zwar etwas niedriger war als die der ursprünglichen fünfzigtausend, aber als Ausgleich überreichte man ihm immerhin noch, bevor man sich verabschiedete, ein paar sehr gut in Schuss gehaltene Langlaufskier mitsamt Bindungen und einem Paar dazugehöriger Lederschuhe. Die russischen Soldaten winkten ab und wollten keine Dankesworte hören, was sich gut traf, denn unser Opa Jurek wollte auch keine formulieren, denn ihm fielen spontan keine ein, und die russischen Soldaten riefen ihm durch das Fenster ihrer Fahrerkabine noch den Hinweis zu, er könne als Direktor eines Lebensmittelgeschäfts selbstverständlich im Lager der Kaserne Lebensmittel für den Handel in der Stadt käuflich erwerben, beispielsweise gebe es derzeit Weißkohl zu einem guten Preis von fünfzigtausend Złoty, und je nachdem, welche Menge er abnehme, umso vorteilhafter könne der Preis dann unter Umständen sogar ausfallen, und überhaupt, man helfe gern, dafür sei der Militärposten der Roten Armee doch da.

Unser Opa Jurek hat an dieser Stelle jedes Mal sehr bedauert, dass die Bewohner von Opole nicht schon damals ihre Unzufriedenheit mit dem für die Russen typischen Konzept von Freundschaft formuliert hätten, denn vielleicht hätte man zu einem so frühen Zeitpunkt dieses Konzept noch gemeinsam etwas verbessern können, gewissermaßen im Dialog. Andererseits seien damals alle Bewohner von Opole froh gewesen, überhaupt eine Stadt zum Wohnen zu haben, sie waren aus ihren ursprünglichen Heimatstädten hinausgeworfen worden, und alles hätte auch ganz anders enden können, beispielsweise in einem ständigen Herumziehen durchs Land auf der Suche nach einer Stadt, in der es noch freie Wohnungen gab.

Und so war es, wie sich in diesen ersten Tagen nach dem Krieg bald alle einig waren, das Beste, zufrieden zu sein mit dem, was man hatte, und nicht darüber nachzudenken, was man nicht hatte, geschweige denn sich auszumalen, was man noch alles haben könnte, da man dabei Gefahr lief, das, was man hatte, leichtfertig aufs Spiel zu setzen. Selbst wenn T. nach seiner Rückkehr überall erzählte, dass er die Weißkohllieferung selbstverständlich sicher nach Opole gebracht hätte und sie sich nicht hätte abnehmen lassen, denn er sei als Direktor des Delikatessengeschäfts Nr. 3 ein viel besserer Direktor als unser Opa Jurek. Worüber unser Opa aber nur müde lachen konnte, sogar später noch, in seinem Arbeitszimmer sitzend, und auch wir mussten lachen, denn wir wussten genau, was zwischen ihnen beiden noch passieren sollte.

Immerhin gab es in dieser ersten Zeit nach dem Krieg laut unserem Opa aber auch Positives von den Russen zu berichten. Das russische Militärspital zum Beispiel rettete vielen Neuankömmlin-

109

gen, die sich zu Tausenden am Ostbahnhof der Stadt mit ihren Taschen und Koffern und Klavieren sammelten, das Leben, denn insbesondere diejenigen, die aus der heutigen Ukraine oder aus Orten wie Oświęcim kamen, hatten Krankheiten wie im Mittelalter. Und im polnischen Spital in der Katowicka Straße fehlte es an Platz und Strom, und überall waren feiner Staub und Ungeziefer.

In dieser Situation hatten die Russen die eine oder andere gute Idee. So wurden die Kranken zum Beispiel in Metallkabinen geführt, die von den Ärzten im Hof des russischen Militärspitals aufgestellt worden waren. Die Kabinen waren das Modernste vom Modernsten, denn die Russen waren in mancherlei Hinsicht schon damals so weit wie heute die ganze Welt, das müsse man der Gerechtigkeit halber an dieser Stelle, laut unserem Opa Jurek, erwähnen.

Es handelte sich bei diesen Kabinen um metallische Kästen von der Größe einer Telefonzelle, die Innenwände waren löchrig wie ein Nudelsieb, und aus diesen feinsten Löchern kam Dampf herausgeschossen. Unser Opa hat mit eigenen Augen gesehen, wie die Kranken auf den Hof geführt und vor eine dieser Kabinen gezerrt wurden, wobei sie sich mit Händen und Füßen dagegenstemmten, Dampfduschen begegnete man in dieser Zeit nämlich mit Misstrauen.

Aber die Gegenwehr verwandelte sich binnen kurzem in eine gewisse Hoffnungslosigkeit, begleitet von körperlicher Schlaffheit, und so wurden die Kranken schließlich von einem Pfleger oder Arzt wie ein Kartoffelsack in eine solche Duschkabine hineinbugsiert. Und siehe da, eine Minute später kamen sie mit einem strahlenden Lächeln wieder heraus und blinzelten in den Himmel, als sähen sie das Grün der Bäume und das stechende Blau darüber zum ersten Mal in ihrem Leben und als hörten sie erst jetzt die Vogelgesänge.

Und in diesem Zusammenhang erfuhr unser Opa bald auch, dass es die russische Militärkommandantur war, die ähnliche Gesundheitsmaßnahmen auch für die Barackensiedlungen anordnete, in denen die Neuankömmlinge vorübergehend untergebracht waren, und sogar für die Übergangssiedlungen der Deutschen, die Opole aus welchen privaten Gründen auch immer gerne verlassen wollten, aus freien Stücken. Oder für das Lager der italienischen Kriegsgefangenen. Außerdem war es die russische Übergangsverwaltung, die feststellte, dass die medizinischen Fachkräfte und die neu ernannten Polizisten, die der Kriminalität unter der zusammengewürfelten Bevölkerung Herr werden sollten, keine Verpflegung und keine Bezahlung bekamen, weshalb sie die sofortige Behebung dieses Missstands veranlasste. Und bald entschieden sich sogar die russischen Soldaten, freundlicher zu sein, und sie sahen auch davon ab, mit den polnischen Frauen ins Gespräch zu kommen oder sich mit ihnen nachts heimlich in leerstehenden Kellern zu treffen.

Jedenfalls kann man sagen, dass die polnische Regierung mit den Russen in dieser ersten Zeit nach dem Krieg unter dem Strich noch gut zusammenarbeitete, aber dennoch musste man auf viele schöne Dinge verzichten, denn es gab nur an einigen Plätzen der Stadt elektrisches Licht, größtenteils um das russische Militärkrankenhaus oder um die russische Kaserne herum, und auch die Anbindung an das Gasnetz und an die Wasserleitungen funktionierte am Anfang besonders gut eigentlich nur in der Nähe der Gebäude der russischen Übergangsverwaltung, während andere Teile der Stadt noch ein paar Monate warten mussten. Erst fünf Jahre nach dem Krieg nahm die erste öffentliche Buslinie ihren Betrieb auf. Eine Schule wurde schon im September 1945 eröffnet, und das Beste war, dass die Stadt im ersten Nachkriegswinter kurz vor Weihnachten zehntausend

Quadratmeter Glas für Fenster zugeteilt bekam, von denen sie gleich neuntausend an die russischen Soldatenfreunde weiterreichte, aus allgemeiner Dankbarkeit. Brot für die Zivilbevölkerung gab es zuerst nur beim Bäcker Malik in der Ozimska Straße, aber leider nur freitags. Oder man konnte versuchen, im Laden in der russischen Kaserne etwas Schönes aus dem Familienbesitz gegen einen Laib Brot zu tauschen, da waren die russischen Soldaten sehr offen und hilfsbereit, und sie hatten auch immer ein freundliches Wort für einen übrig, hier und da sogar einen Witz.

Und schließlich gibt es aus jener Zeit auch Erheiterndes zu erzählen, etwa die Geschichte von der Brauerei auf dem damaligen Wilhelmplatz, der später Platz der Roten Armee getauft werden sollte und heute Plac Kopernika heißt. Von dieser deutschen Brauerei stand kurz nach Kriegsende nur eine schwarz verkohlte Gebäudehülle, und die russischen Soldaten, die in solchen Dingen dann offenbar doch ein gewisses handwerkliches Geschick besaßen, das ihnen bei der Mithilfe an den Aufbauarbeiten häufig zu fehlen schien, hatten aus dem Inneren der Gebäudehülle alle Gerätschaften abmontiert und auf ihren Lkws wegtransportiert, bis auf den großen Hauptkessel aus Kupfer, der inmitten einer der Ruinen schwarz verrußt erhalten geblieben war. Und dieser Kessel stellte sich bei einer zufälligen Sichtung durch ein paar Neuankömmlinge aus Lemberg als halbvoll mit Bier heraus.

Es ist eine bekannte Tatsache, dass deutsches Bier das beste Bier der Welt ist. Und so begann für alle Stadtbewohner ein großes Fest, und man kam mit Eimern und Krügen und schleppte tagelang bestes dunkles deutsches Bier in die Wohnungen, oder man trank es gleich vor Ort, auf dem Platz, und stieß mit den neuen Nachbarn an und begann hier und da ein Gespräch, wer woher komme und so weiter, und bald schmiedete man sogar gemeinsam die ersten Pläne, wie man sich in Opole von nun an gemütlich und heimisch einrichten werde, angefangen beim Wiederaufbau der Wohngebäude und der Schulen bis hin zum Eröffnen zahlreicher Geschäfte für Lebensmittel und Kleidung und Restaurants. Die Stimmung unter den Schlesiern und Warschauern und Lembergern wurde, so stellen wir es uns vor, besser und besser, und schon wurden Witze erzählt und Lieder gesungen, und einige Leute übernachteten direkt auf dem Platz. Bis sich, so erzählte unser Opa Jurek, nach drei Tagen der Kessel mit dem Bier so weit geleert habe, dass sein Boden sichtbar geworden sei. Und auf dem Boden hätten, zusammengerollt wie Babys, in schwarze Uniformen gekleidet und die Maschinenpistolen im Anschlag, aufgebläht wie Luftballons, zwei deutsche Soldaten gelegen. Und da seien dann alle Partygäste wieder nach Hause gegangen, und man habe sich eher wortkarg verabschiedet, und die Eimer habe man auch nicht mit zurück nach Hause genommen, sondern auf dem Platz stehen lassen, auch wenn ein solcher Eimer damals viel wert gewesen sei und damit ein gefundenes Fressen für die russischen Soldaten in der Stadt.

Am Ende wurden die Stadtbewohner und mit ihnen auch unser Opa aber doch wieder etwas ungeduldig, was die allgemeine Lage im Bereich Lebensmittel- und Delikatessenversorgung anbelangte, denn all die schönen Begebenheiten konnten nicht darüber hinwegtäuschen, dass es in den Geschäften und so zum Beispiel auch im Lebensmittelgeschäft Nr. 6 nur wenig bis gar nichts an Lebensmitteln, geschweige denn Delikatessen zu kaufen gab.

Immerhin gab es aber noch die Aussicht auf die geplanten Lieferungen seitens der Übergangsregierung für den Sektor Schlesien. Und so ging unser Opa zurück an seine alltägliche Arbeit und versprach seinen Kunden in der Schlange, dass es sich nur noch um Tage handeln könne, die Lieferung sei ja bereits geplant, und in der Zwischenzeit wies er Frau Krysia an, das Regal an eine andere Stelle zu schieben, denn man habe jetzt noch die Gelegenheit, die optimale Position des Regals durch Versuch und Irrtum zu ermitteln, so erklärte er ihr, und in diesem Sinne sei es vielleicht sogar von großem Vorteil, dass die Übergangsregierung in Katowice ihnen diese Zeit freundlicherweise noch lasse. Und auch seinen Kunden in der Schlange erklärte er, warum die Lage so vorteilhaft sei, und die Kunden verstanden das sofort und warteten in den nächsten Wochen dann schon wesentlich geduldiger.

Als dann aber die erste Lieferung im Lebensmittelgeschäft Nr. 6 ankam, war die Überraschung bei allen Beteiligten groß. Denn diese erste Lieferung bestand aus zehn in durchsichtige Folie verpackten Schafsfellmänteln. Sofort erkannte unser Opa Jurek das Problem, denn wie gesagt gefiel ihm damals die Überlegung gut, dass alle gleich seien und das Gleiche haben sollten, aber wie sollte das gehen bei nur zehn Mänteln? In seiner Schlange standen über hundert Stadtbewohner, und allein schon die Tatsache, dass sie in einer Schlange standen, einer also Erster und ein anderer Letzter war, hatte ihm einige schlaflose Nächte bereitet, und das, obwohl es bisher nichts zu verteilen gegeben hatte. Jetzt aber enthüllte sich auf teuflische Weise das ganze Ausmaß des Problems, der Teufel im Schaffell sozusagen. Und sofort war klar, dass sich klassische Lösungsansätze, etwa unter Berufung auf Fälle wie denjenigen des heiligen Martin, nicht eignen würden – der Teufel hatte sich mit diesem Trick sicherlich nur ein einziges Mal hinters Licht führen lassen.

Und so beschloss unser Opa, die Mäntel zur nächsten Versammlung mitzunehmen und sich bei seinen Freunden im PSS mit einer gewissen Entrüstung über die Missstände zu beschweren. Wo man ihm dann sogleich versprach, sich an höherer Stelle in Katowice zu erkundigen, warum denn eigentlich die Lebensmittellieferungen so selten bis teilweise gar nicht nach Opole kämen und ob sie denn überhaupt geplant seien, worauf man aus Katowice sehr unverzüglich die gute Nachricht erhielt, die angesprochenen Lebensmittellieferungen seien durchaus geplant, und man schickte von dieser höheren Stelle sogar eine Liste mit den jeweiligen Produkten und den bis aufs Gramm genau angegebenen Mengen, in denen sie geliefert werden würden, und erklärte, dass den geplanten Lebensmittellieferungen nur noch die dringenden Lebensmittellieferungen an die in Opole stationierten russischen Soldaten vorausgehen müssten, bevor dann endlich die Bewohner von Opole an der Reihe seien.

Und während er diese Antwort der höheren Stelle vorlas, holte der gut angezogene Mann mit dem merkwürdigen ausländischen Akzent wieder die Flasche des zwölfjährigen französischen Kognaks aus dem Schrank, und man stieß auf den Erfolg an, den man gegenüber den Behörden erzielt hatte, und der Mann in dem schönen schwarzen Anzug war auch gar nicht gekränkt, als unser Opa Jurek auf sein Gläschen und damit auf das gemeinschaftliche Anstoßen mit einem Hinweis auf seine Alkoholabstinenz verzichtete, sondern er gestand ihm zu, dass man auch einmal aussetzen dürfe, das könne ihre Gemeinschaft durchaus aushalten, genau dafür gebe es schließlich Freundschaft. Er solle die Mäntel hereinbringen, man wolle sie sich gemeinsam, im Sinne von Gemeinschaft, genauer anschauen. Unser Opa holte den Stapel mit den Mänteln herein, und sofort begann das Betasten und Befühlen.

Man erkenne hier, sagte der Mann in dem schönen schwarzen Anzug und mit dem merkwürdigen ausländischen Akzent, ein gutes Beispiel für einen scheinbar unauflösbaren, aber eben doch wieder sehr leicht auflösbaren theoretischen Widerspruch, wie er für die hervorragende Überlegung von der Gleichheit aller typisch sei.

Wie man das zu verstehen habe, fragte unser Opa.

Unter Gleichen, erklärte der Mann mit dem merkwürdigen Akzent freundlich lächelnd, gebe es, der Natur der Sache entsprechend, immer auch ein paar besonders Gleiche, und beispielsweise säßen hier in diesem Gremium gerade zufällig einige von den Allergleichesten, nämlich sie alle, und auch unser Opa Jurek gehöre dazu, und das ergebe, wie der Zufall es glücklich wolle, die Zahl Zehn, und ob das nicht ein Schicksalswink sei, wenn man diese Zahl mit der Zahl der weichen Schaffellmäntel da vergleiche.

Das finde er durchaus nicht, entgegnete unser Opa Jurek, er sehe im Gegenteil keinen einzigen Hinweis darauf, dass einer von ihnen in besonderem Maße gleich, geschweige denn gleicher als andere sei, im Gegenteil, die Anzüge und der französische Kognak deuteten doch sogar, wenn auch nur unauffällig, geradezu versteckt, auf eine subtile Ungleichheit hin, und die würde durch Schaffellmäntel doch nur noch betont, wenn nicht sogar vergrößert werden, und das könne doch nicht im Sinne der guten Überlegung von der Gleichheit aller sein.

Das Ziel der Gleichheit aller mache es, sagte der Mann mit dem merkwürdigen Akzent, unter den Bedingungen, unter denen man derzeit in dieser Stadt zu leben habe, erforderlich, dass man im Sinne einer Übergangslösung zunächst ein paar der Gleichen etwas gleicher mache, um sie später, wenn die Gleichheit aller überhaupt erst möglich geworden sei, wenn also im Land genug Schaffellmäntel produziert würden, wieder gleich zu machen wie alle anderen.

Und außerdem, sagte Romek Wachykowski, der zum ersten Mal bei einer dieser Versammlungen das Wort ergriff und unserem Opa Jurek dabei die Hand auf die Schulter legte, denn sie waren ja beste Freunde, sei es sogar eher ein Opfer, das man erbringe, denn indem man sich gleicher mache als die anderen, mache man sich in gewisser Weise auch, wie unser Opa richtig bemerkt habe, ungleicher, und damit begebe man sich heraus aus der Wärme der Gemeinschaft, und nur mit dem Ziel vor Augen, dem dieses Opfer diene, nämlich der späteren Gleichheit aller, sei das überhaupt erträglich, aber wiederum auch besonders notwendig, weshalb er selbst dafür stimme, sich diesem Schicksal auszusetzen, den Bewohnern der Stadt Opole zuliebe.

Und weil jetzt reihum ein zustimmendes Seufzen einsetzte und einige schon schweren Herzens begonnen hatten, je einen der Schaffellmäntel aus der Folie zu nehmen, beschloss man, sich mit einem weiteren Gläschen des zwölf Jahre alten französischen Kognaks zu belohnen und auf die Freundschaft und die Gemeinschaft zu trinken, die hiermit noch vertieft worden waren, denn gerade eine schwierige Entscheidung in einer dunklen Stunde, so sprach der Mann in dem schwarzen Anzug und mit dem merkwürdigen Akzent, schweiße eine Gemeinschaft in Freundschaft zusammen, weshalb es zwar etwas auffällig sei, dass unser Opa wieder kein Gläschen mittrinken wolle und damit auch auf das freundschaftliche Anstoßen verzichte, aber man wolle noch einmal großzügig darüber hinwegschauen.

DAS ENDE DES MÖBELSPIELS

Unser Opa Jurek hat an dieser Stelle jedes Mal zugeben müssen, dass sich bei ihm allmählich doch ein merkwürdiges Gefühl breitzumachen begann, wenn auch erst unscheinbar. Ein Gefühl, das im Nachhinein vielleicht als eine gewisse Unzufriedenheit mit der allgemeinen Situation bezeichnet werden kann.

In dieser Zeit spielte unser Opa mit den anderen neuen Stadtbewohnern noch gerne ein Spiel, und bei diesem Spiel ging es um das Herumtragen und Austauschen von Möbeln zwischen den Häusern und Wohnungen. Als frisch ernannter Direktor war er inzwischen in eine eigene Dreizimmerwohnung in der Domańskiego Straße gezogen, die er vollständig möbliert vorgefunden hatte. Wenn er jedoch abends aus dem Geschäft Nr. 6 nach Hause kam, dann war die Wohnungstür ausgehängt, und es fehlten die besten Stühle aus der Küche oder der schöne Kleiderschrank mit den Schnitzereien an den Türen aus dem Schlafzimmer oder die bequemen Lederpolstersessel aus dem Wohnzimmer, und so musste er jedes Mal ein paar Freunde rufen, und sie spazierten durch die Stadt und besichtigten verschiedene bereits bezogene Wohnungen, deren Bewohner gerade außer Haus waren, und holten neue Möbel. Ähnlich verfuhren sie am nächsten Abend und am Abend darauf und so weiter, und in der ganzen Stadt sah man bald Leute, die Möbel aus einem Haus in ein anderes trugen, und man winkte sich zu und scherzte, dass einem dieses oder jenes Möbelstück nun aber besonders bekannt vorkomme.

Dieser Austausch von Möbeln habe, erzählte unser Opa Jurek,

nach einer Weile zu einer Art Kreislauf geführt, denn alle paar Tage habe man in seiner Wohnung wieder genau diejenigen Möbel gehabt, die ein paar Tage zuvor bereits ein erstes, ein zweites oder ein drittes Mal in der Wohnung gestanden hätten, und eigentlich habe es nur eine einzige Sackgasse in der Stadt gegeben, aus der die Möbel nicht mehr herausgekommen seien, und das sei die russische Kaserne gewesen.

Und so musste er sich etwas einfallen lassen, und er kam auf die Idee, besonders gute und ihm ans Herz gewachsene Möbelstücke jeden Morgen vor dem Verlassen der Wohnung auseinanderzuschrauben, etwa einen Kleiderschrank in Wände, Boden und Türen zu zerlegen und die Einzelteile in der Wohnung zu verteilen, und zwar so, dass man als Außenstehender nur schwer darauf kommen konnte, dass sie zu ein und demselben Möbelstück gehörten, und dann musste er am Abend nur alles wieder zusammenbauen, was mit der Zeit und mit der Übung alles in allem kürzer dauerte, als in den Nachbarwohnungen nach neuen Möbeln zu suchen, die ihm gefielen, vor allem, weil mit den Wochen immer weniger gute und schöne Möbel in der Stadt zu finden waren, denn sie häuften sich nach und nach in der Sackgasse der russischen Kaserne an und verschwanden damit gewissermaßen aus dem Kreislauf.

Aber nach ein paar Wochen machte unserem Opa das Möbelspiel nicht mehr besonders viel Spaß und im Gegenteil wurde es ihm sogar langweilig, zumal es, wie er bald feststellen musste, eigentlich keine Möglichkeit gab, es zu beenden und aus dem Teufelskreis, als den er den Kreislauf bald identifiziert hatte, auszubrechen. Er begann, die Gesamtlage als bedrückend zu empfinden – angefangen bei der Reise nach Jerusalem mit den Möbeln über die ausbleibenden beruflichen Erfolge aufgrund des Ausbleibens der Lebensmittel- und Delikatessenlieferungen bis

119

hin zu den generellen Engpässen in der Stadt und auch in ganz Polen.

Dieses Gefühl verwandelte sich bald in eine Art grundsätzliche innere Beklommenheit, vor allem als man zunächst durch Gerüchte und später auch in der neu gegründeten Warschauer Zeitung *Gazeta Ludowa* immer wieder den Eindruck bestätigt fand, dass die polnische Übergangsregierung nur sehr zaghaft auf dem Abzug der russischen Soldaten aus Opole und aus ganz Polen bestand – so, wie man sich nur ungern von einem Freund trennt, der zu Besuch gekommen ist, auch wenn er nicht unbedingt im Haushalt hilft, sondern seine benutzten Teller einfach stehen lässt und im Extremfall sogar einen Teil der Einrichtung oder der elektronischen Ausrüstung abschraubt und aus der Wohnung schafft, um sie auf einem Markt zu verkaufen, während man tagsüber bei der Arbeit ist.

Und wenn unser Opa Jurek abends in seine Wohnung zurückkam und nur den Nachklang seiner eigenen, in den Flur Begrüßungsworte rufenden Stimme hörte und nach dem Wiederaufbau der Möbel in seinem stillen Wohnzimmer saß, stand ihm ebenjener immer schwerer aufs Gemüt drückende Allgemeinzustand besonders deutlich vor Augen, sodass ihm nach ein paar weiteren Wochen endlich klarwurde, dass die einzige Möglichkeit zur Aufhebung dieses Allgemeinzustands und auch des Möbelspiels nur darin bestehen konnte, eine Person zu finden, die während seiner Abwesenheit in der Wohnung auf ihn warten und auf die Möbel aufpassen und in dieser Zeit vielleicht sogar in der Küche etwas Warmes vorbereiten würde, einen Tee vielleicht, aber gerne auch etwas Konkreteres, eine Schüssel Pierogi oder Kartoffeln mit Buttermilch oder ein Stück Kalbslende, je nachdem, welche Delikatesse gerade zur Hand war oder bald sein würde.

Eine solche Person würde dann, wenn sie schon einmal vor Ort wäre, mit der Zeit auch andere Aufgaben übernehmen können, etwa die Erwiderung der in den Flur gerufenen Begrüßungsworte oder die Beteiligung an einer nach dem Essen im Wohnzimmer geführten Konversation sowohl über den Verlauf des jeweiligen Arbeitstages unseres Opas als auch über allgemeinere Themen – die Fortschritte beim Wiederaufbau der Stadt am Beispiel der Entrümpelung der Ruinen des Theaters, der Kinos oder des städtischen Schwimmbads, die Instandsetzung der Wasser- und Gasversorgung und sogar die Ereignisse im Land und damit zusammenhängend in ganz Europa, man denke da zum Beispiel an die Konferenz in einer Stadt bei Berlin oder auf einer kleinen Insel im Mittelmeer.

Alle diese Dinge, so erkannte unser Opa Jurek, würden die immer spürbarer auf ihm lastende Schwere der Gesamtsituation lindern können, insbesondere da jetzt doch endlich eine neue Zeit angebrochen war und man die Freude über den Frühling und das Leben am liebsten mit einer Person teilen wollte. Und da musste er wohl, so vermuten wir, wieder häufiger an seine zu diesem Zeitpunkt bereits sehr lange zurückliegenden Sommerferien während der Kartoffelernte in Zielonka denken und an seine Cousine Janka mit der Piratenaugenklappe in einem Birkenwäldchen und an Kartoffeln, die man mit Hilfe eines Stockes aus der Asche rollt, und da war unser Opa wohl besonders traurig.

Aber glücklicherweise wohnte damals, wie gesagt, schon unsere Oma Zofia in Opole. Sie behauptet zwar heute immer, dass sie unseren Opa Jurek schon kannte und noch nie in ihrem ganzen Leben einen hässlicheren Mann gesehen hatte, der dazu noch wie ein Fasan in seinem Laden herumstolzierte, sich die ganze Zeit seinen schwarzen, zu großen Anzug glatt strich und seine Ange-

121

stellte dazu verdonnerte, das leere Regal mal in die Raummitte, ein anderes Mal an eine der drei Wände zu verschieben. Aber natürlich ahnte sie damals noch nicht, was für ein wichtiger Direktor er war.

Zu unserer Oma Zofia muss man zunächst das Folgende wissen: Sie hatte ihre Kindheit in einer vornehmen Villa verbracht, auf dem Gelände der Hefefabrik von Herrn Liebermann in Stanisławów, einer Stadt, die heute wie gesagt in der Ukraine liegt und in der ihr Vater, unser Uropa Konstanty, als städtischer Kontrolleur für die Reinheit des als Endprodukt gewonnenen Spiritus arbeitete und eine städtische Uniform trug und mit seiner Familie in dem großen Haus neben der Fabrik wohnen durfte, weshalb unsere Oma Zofia mit ihrer Schwester Tyla nicht nur im Schwimmbad und auf dem Tennisplatz auf dem Gelände der Liebermann'schen Familienvilla spielen konnte, sondern auch regelmäßig Klavierunterricht von der Privatlehrerin Greta bekam und als junges Mädchen sogar aufs Konservatorium ging.

Sie war so talentiert, dass unser Uropa Konstanty plante, sie nach dem Abitur für drei Jahre nach Paris zu schicken, zum Privatunterricht bei der berühmten Professorin Claire Lisicka, woraus nur deshalb nichts geworden ist, weil der Krieg kam und ihr Vater von den Deutschen zusammen mit anderen Würdenträgern der Stadt in einen Wald mitgenommen wurde, der Schwarzer Wald heißt, woraufhin unsere Oma Zofia, ihre Schwester Tyla und unsere Uroma Jósefa leider eine Weile ohne unseren Uropa Konstanty auskommen mussten, wenn nicht sogar ab diesem Moment eigentlich für immer, wie sich aber erst viel später herausstellen sollte, lange nach dem Krieg.

Während unsere Oma Zofia sich in den folgenden Kriegsjahren im Waschkeller einer befreundeten Nachbarsfamilie versteckte, weil in den Straßen junge ukrainische Herren nach

122

Frauen für verschiedene unbeliebte Berufe in Deutschland suchten, und auf die Rückkehr ihres Vaters wartete, der ja nur kurz zu einer Befragung abgeholt worden war, und in diesem Waschkeller strickte und Kleider ausbesserte, um etwas Geld für ihre Schwester und ihre Mutter zu verdienen, las sie nur die bedeutendste Weltliteratur, und dabei verliebte sie sich in das Paris eines gewissen Balzac, in das Sankt Petersburg eines gewissen Dostojewski und in das Wilno des großen Poeten Adam Mickiewicz.

Alles in allem stammt unsere Oma Zofia also, wie sie uns, in ihrem Sessel sitzend, stets erklärt, aus einem sogenannten guten Hause. Und deshalb rechnete sie als junge Dame damit, in Opole ins Theater eingeladen oder zum Spaziergengehen an die Oder oder zum Schlittschuhlaufen auf dem «Teich» ausgeführt zu werden, oder dass ihr wenigstens Zuckerwatte oder heiße Kastanien gekauft würden, solcherlei Taktiken waren ihr aus ihrer Jugendzeit in Stanisławów durchaus bekannt, und sie ist noch heute der Meinung, dass sich das in bestimmten Kreisen so gehört habe und noch heute in Wahrheit so gehöre, wovon aber die Leute keine Ahnung mehr hätten.

Stattdessen, sagt sie an dieser Stelle jedes Mal, habe sie unseren Opa abbekommen. Und dann erzählt sie uns, dass er aus einem Tischlerviertel in Warschau stammte, und in diesem Tischlerviertel habe er mit seinen Eltern in einem einzigen Zimmer gewohnt, zusammen mit dem ledigen Herrn Skandynawski, der tagsüber geschlafen habe, weil er nachts in einer Seifenfabrik seiner Arbeit nachgegangen sei. Und weil es in der Wohnung keine Toilette gegeben habe, habe der Vater unseres Opas Sägespäne aus seiner Werkstatt in eine Ecke des Hofs gestreut und daneben eine Schaufel an einer Kette befestigt, und eigentlich immer habe unser Opa vor seinem Morgengeschäft einen Mann oder eine halbnackte Frau aus diesen Sägespänen rollen müssen.

123

Jedenfalls kam es an einem Frühlingsabend dazu, dass sich unsere Großeltern zum ersten Mal begegneten, und auch wenn unsere Oma Zofia sich an diese erste Begegnung nur ungern erinnert und sogar lachend abwinkt, wenn wir danach fragen, so war das der Beginn einer großen Liebe.

Sie war zu dieser Zeit Sekretärin in einer städtischen Fabrik, die Zement für neu zu bauende Fabrikgebäude und Wohnhäuser in Opole produzierte. Inzwischen mussten die Lieferungen seitens der Übergangsregierung in Katowice in Gang gekommen sein, denn sie erinnert sich daran, gehört zu haben, dass unser Opa Jurek als Direktor jeden Abend eine Delikatesse zu sich nach Hause mitgebracht habe, zum Beispiel ein paar Kartoffeln oder ein Gläschen Schmalz oder gelegentlich sogar ein paar Zwiebeln und dazu eine rosige Krakauer. Aber er habe, erzählt sie weiter, überhaupt nicht gewusst, wie man die Kochplatten am Küchenofen dazu bringen könne, warm zu werden, und so seien ihm die Hände gebunden gewesen, wenn es darum gegangen sei, aus dem Mitgebrachten etwas Warmes fürs Abendessen zuzubereiten, geschweige denn ein mehrgängiges Mittagessen mit der Option auf mehrere Nachschläge. Und einzig aus diesem Grund habe er beschlossen zu heiraten. Aber weil zum Heiraten mehr als einer gehöre, habe er nach vielen Wochen gescheiterter Versuche im Café Lwowianka auf dem Platz der Freiheit die Einladung des mit ihm befreundeten Direktors der städtischen Zementfabrik angenommen, zu einem Tanzabend im städtischen Schwimmbad, das noch immer ausgepumpt gewesen sei.

So ganz kann das alles allerdings nicht stimmen, denn unser Opa Jurek war ein Gentleman, das hat er stets betont, wenn auch mit der Einschränkung, dass er das lediglich ganz bescheiden meine.

Und so zog er sich an diesem Abend im April zur Feier der Tages seinen schönen Anzug an, den er von dem deutschen Direktor ausgeliehen hatte und sonst nur zu beruflichen Zwecken trug und den er übrigens inzwischen bestens ausfüllte. Außerdem kaufte er sich zum ersten Mal das Kölnischwasser der Firma Lechia aus Posen, dessen männlichen Duft selbst wir noch kennen und das er bis zuletzt, sogar noch in seinem Zimmer in der Katowicka Straße, täglich in Form eines einzelnen Tupfers links unter dem Kinn aufgetragen hat, und dann trat er aus dem Haus in der Domańskiego Straße in den warmen und nach Flieder duftenden Frühlingsabend.

Unsere Oma Zofia schildert auch die folgenden Begebenheiten stets etwas anders, aber unser Opa Jurek hat sich an solche Dinge im Allgemeinen besser und detaillierter erinnert als sie, weshalb man seiner Version wohl eher Glauben schenken kann. Gleich nach dem Betreten der Schwimmhalle und nach dem Abstieg ins Becken fragte er nämlich eine allein auf einer Bank sitzende junge Dame in einem blauen Kleid, ob sie Interesse daran habe, mit ihm zu tanzen. Die Dame hatte tatsächlich Interesse daran, und das stellte sich als ein großes Glück heraus, denn bei dieser Dame im blauen Kleid handelte es sich um unsere Oma Zofia, die zum ersten Mal zu einem solchen Tanzabend gekommen war, denn sie mochte es damals nicht besonders, ihre arme Mutter und ihre Schwester allein in der Wohnung zu lassen. Und sie war eigentlich auch nur deshalb gekommen, weil ihr Abteilungsleiter Herr Szczepański sie dazu überredet hatte.

Unser Opa Jurek, den man mit gutem Gewissen als einen exzellenten Tänzer bezeichnen kann, erklärte ihr, während er sie über den Boden des ausgepumpten Schwimmbads wirbelte, dass er Direktor eines sehr erfolgreichen Lebensmittelgeschäfts in Opole sei und dass er sie gern heiraten würde, und unsere Oma war sofort einverstanden. Und ja, fügte sie hinzu, sie koche gut,

125

vor allem ukrainische Küche, woraufhin unser Opa umso interessierter war, denn von der ukrainischen Küche hatte er schon längst und nur das Beste gehört.

Wie gern wären wir an diesem Abend dabei gewesen. Unsere Oma Zofia duftete nach dem Parfüm Poem, unser Opa Jurek duftete nach seinem Kölnisch Wasser und nach der Pomade, die er sich in die Haare gerieben hatte, extra für diesen Abend und nur für unsere Oma Zofia. Auf der Bühne sang ein junger Sänger, dass er seine Hania vermisse, und die Paare tanzten dazu so eng, als hätten sie durch diese besungene Trennung Angst bekommen.

DIE SOGENANNTE DEMOKRATIE

Und so begann jetzt eine gute Zeit, und auch wenn das für unseren Opa Jurek auf keinen Fall das Wichtigste an der neuen Situation darstellte, so wissen wir selbst, wie gut unsere Oma Zofia kochen kann – vor allem sind an dieser Stelle ihre Pierogi und ihre Gołąbki zu erwähnen. Pierogi sind wahrscheinlich überhaupt das Beste, was von der Ukraine nach Polen gekommen ist, sodass die Vertreibung aus jenen Verlorenen Gebieten geschichtlich betrachtet doch einen Sinn hatte, obwohl diese Art der Pierogi mit einer Kartoffel-Zwiebel-Quark-Füllung heute Russische Pierogi genannt wird, aber das spiegelt nur die allgemeine Tendenz der Russen wider, alle guten Dinge von den Polen und den Ukrainern zu stehlen und so zu tun, als wären es ihre eigenen.

In den nächsten Wochen fand unser Opa Jurek jedenfalls eine größere Wohnung in der Krakowska Straße, und er konnte sie mit den besten Möbeln einrichten, obwohl jetzt viermal so viele nötig waren, denn die Schwester Tyla und die Mutter unserer Oma Zofia, unsere Uroma Jòsefa, zogen natürlich mit ein. Andererseits war vor allem unsere Uroma Jòsefa, die wir leider nie kennengelernt haben, weil sie ein paar Jahre später gestorben ist, der festen Überzeugung, dass man keine Möbel benötige, man solle ihrer Ansicht nach die mitgebrachten Dinge in den Kisten lassen, man werde ohnehin jeden Moment nach Stanisławów zurückkehren, wo ihr Ehemann auf sie warte, es könne sich nur um Tage handeln, die man noch in der Fremde zu verbringen habe.

Und so müssen das Geschrei und das Zerschlagen von Tellern und Vasen und anderen Dingen sehr laut gewesen sein, als unser

Opa Jurek ihr nach ein paar Wochen den ersten Kleiderschrank kaufte und im Schlafzimmer aufbaute. Und als er ihr eine Vitrine fürs Wohnzimmer kaufte, wollte sie ihr mitgebrachtes Fayence-Geschirr um keinen Preis der Welt aus den Kisten holen und hinter die Glasscheibe stellen, sodass die Vitrine die ganzen fünf Jahre, in denen unsere Uroma Jòsefa noch lebte, leer blieb.

Auch für Opole waren die folgenden Jahre die besten, und unser Opa Jurek trug wohl seinen Teil dazu bei. So kann man zum Beispiel behaupten, dass er es war, der, was heute niemand mehr weiß, nicht lange nach dem Krieg, wenn auch nur für eine sehr kurze Zeit, Coca Cola nach Opole gebracht hat, denn weil zu seinen zahlreichen Talenten auch ein hervorragendes Englisch gehörte, hatte er Amerikaner kennengelernt, die einige Wochen lang seine Handelspartner waren, bevor sie dann Polen leider verlassen mussten. Außerdem installierte er in der Bäckerei in der Ozimska Straße den ersten Brotbackautomaten in ganz Polen, woraufhin Brot in großen Mengen in die Geschäfte geliefert werden konnte.

Ganz nebenbei hatte er in den ersten Monaten nach dem Krieg übrigens die Gesellschaft für Boxsport gegründet. Überhaupt war er im Bereich des Sports bald einer der wichtigsten gesellschaftlichen Akteure, denn Sport war seine große Leidenschaft. Aus diesem Grund hatte er mit einigen anderen Interessierten auch den ersten Fußballklub Opoles gegründet, den OKS Odra, den es bis heute gibt und dessen Vizevorstand er lange Jahre sein sollte, genau genommen bis zum Freundschaftsspiel gegen den russischen Club RD Oryol ein paar Jahre später.

Zur Zeit der OKS-Gründung gab es in der gesamten Woiwodschaft Opole nur drei zugelassene Fußballschiedsrichter, und das waren Dr. Kazimierz Rewucki aus Prudnik, Kapitän Władysław Szucki aus Opole und Anton Trebałowicz aus Szczakowa, und die drei pfiffen alle Spiele. Ein Fußballspiel hat in jenen Tagen noch anders ausgesehen als heute, denn es gab weder Trikots noch Fußballschuhe mit Stollen, und es gab auch keine Spielergehälter. Aber obwohl die Frauen der Spieler ihnen die Uniformen nähten und man barfuß spielte, hatten die von unserem Opa Jurek organisierten Turniere einen internationalen Charakter, denn der OKS Odra spielte gegen die bald gegründeten Klubs der italienischen Kriegsgefangenen und der sogenannten Repatrianten aus den Verlorenen Gebieten und gegen die in einem Lager am Stadtrand lebenden Deutschen. Nach einem Jahr gab es in Opole schon dreizehn verschiedene Sportvereine, und unser Opa Jurek ist an deren Gründung maßgeblich beteiligt gewesen, so zum Beispiel an der Gründung des Sportklubs ZZK der Bahnmitarbeiter, des Sportklubs Leopolia der Mitarbeiter der Zugwaggonfabrik oder des Sportklubs Lwówianka der Neuankömmlinge aus Lemberg. In dieser Zeit erlangte er außerdem zahlreiche Zertifikate für die Ausübung der Schiedsrichtertätigkeit im Fußball, im Boxen, in der Leichtathletik und im Volleyball, und er übte diese Sportarten auch selbst aus. Man kann also sagen, dass unser Opa den Sport in Opole etabliert hat, und verständlicherweise hatte er das Gefühl, dass Opole auf dem besten Weg war, die interessanteste Stadt Polens zu werden.

Und wie groß war die Freude unseres Opas, als der Mann im schönen schwarzen Anzug und mit dem merkwürdigen Akzent bei einer Versammlung im zweiten Frühling nach dem Krieg plötzlich verkündete, dass es in Polen endlich Wahlen geben werde! Wahlen, erklärte der Mann, seien die Grundlage einer jeden sogenannten Demokratie, also auch der zukünftigen polnischen. Und als unser Opa Jurek ihn fragte, warum er die Demokratie als eine lediglich sogenannte Demokratie bezeichne, wo Polen doch offenbar eine tatsächliche Demokratie sein werde, in

Anbetracht der bevorstehenden Wahlen, da erklärte der Mann in dem schönen schwarzen Anzug, dass im Prinzip alle Dinge, die irgendeinen Namen trügen, eben nur so genannt würden, das sei überhaupt das Wesen der Dinge und ihres Gespiegeltseins in der Sprache. Was die Dinge selbst seien, so der Mann in dem schönen schwarzen Anzug weiter, wisse der Mensch nicht, er benenne sie aber notwendigerweise, sodass am Ende alle Dinge lediglich sogenannte Dinge seien.

Die Freude der Kunden in der Schlange vor dem Geschäft unseres Opas konnte kaum größer sein, als er ihnen am nächsten Morgen die gute Nachricht verkündete. Und dann erklärte er ihnen, was die sogenannte Demokratie mit sich bringen werde: Jeder könne diejenige zur Wahl stehende sogenannte Partei wählen, die für einen sogenannten Abzug der russischen Soldaten aus Opole stehe, und wenn dieser sogenannte Abzug erst einmal bewerkstelligt sei, würden die Lieferungen der besten Delikatessen gar nicht anders können, als direkt in den Delikatessengeschäften von Opole anzukommen.

Dann war es endlich Januar, und die sogenannten Wahlen standen vor der Tür. An die Spitze der neuen Regierung wurde ein gewisser Herr Bierut gewählt. Und auch wenn unser Opa Jurek und unsere Oma Zofia und auch viele ihrer Freunde eigentlich ganz anders gestimmt zu haben sich sicher waren, so stellte sich heraus, dass sie offenbar doch, wie auch das restliche Polen, für Herrn Bierut gestimmt hatten – dass ihre Erinnerung an den Moment der Stimmabgabe sie also täuschte, und jedenfalls kam dieser Herr Bierut ein Jahr später sogar auf die gute Idee, der Einfachheit halber alle Parteien zu einer Großen Gemeinsamen Partei zusammenzulegen, weil dann das Regieren leichter werden würde.

Von diesem Moment an sollten sich unser Opole und mit ihm das ganze Land verändern. Beispielsweise meinte Herr Bierut erkannt zu haben, was das Allerwichtigste für Polen sei, nämlich leistungsstarke Stahlfabriken. Und so musste bald jedes Geschäft in Opole zugunsten der Gemeinschaft zunächst niedrige, dann ein paar Monate später etwas höhere Steuern zahlen, denn eine neue polnische Stahlfabrik, so erklärte Herr Bierut, koste nicht wenig.

Er machte die neuen Ladenbesitzer auch schnell mit der modernen Idee des weltberühmten Staatsmanns aus dem Nachbarland Russland bekannt, der gerne eine weiße Jacke trug und deshalb mit seinem schwarzen Schnurrbart wie eine Mischung aus einem Kapitän und einem Kellner aussah und dessen Idee war, dass alle Ladenbesitzer einem Zusammenschluss von Geschäften beitreten sollten, was viele Vorteile mit sich bringen würde.

Auch wenn sich diese Idee später als nicht besonders lukrativ für den einen oder anderen Ladenbesitzer herausstellen sollte, fanden doch die meisten Ladenbesitzer, nach einigen klärenden Gesprächen mit Beamten in der Stadtverwaltung, die Idee hervorragend und willigten ein, und so auch unser Opa Jurek, denn zwar gab es jetzt allmählich die eine oder andere Lieferung, die im Geschäft Nr. 6 ankam, etwa mit Weißkohl, aber der Mann in dem schönen schwarzen Anzug und mit dem ausländischen Akzent erklärte ihm, dass er untröstlich sei, weil er für jeden verkauften Weißkohl, insofern unser Opa Jurek die Delikatessen in seinem Geschäft weiterhin auf eigene Faust verkaufen wolle, ein paar Prozent für Herrn Bierut und dessen für ganz Polen wichtige Stahlfabriken und Kohlebergwerke berechnen müsse. Und nachdem unser Opa Jurek eines Abends zu Hause genau überschlagen hatte, wie viel er dann noch an einem Weißkohl verdienen würde,

131

fand er die Idee mit dem Zusammenschluss aller Ladenbesitzer am Ende doch vielversprechend, denn so würde er wenigstens eine Art Gehalt bekommen.

Aber nicht alle Ladenbesitzer sahen das sofort ein. Und auch andere Leute wollten die Vorteile dieser Idee nicht auf den ersten Blick erkennen, und welche Folgen das haben konnte, zeigt eine der besten Geschichten aus diesen Jahren, und zwar die über den Partisanen Wojciech Lis, der auch noch nach dem Krieg als Partisan kämpfte und sich nur durch eine heimtückische List zur Strecke bringen ließ.

Wojciech Lis hatte im Krieg, wie man in vielen Geschichtsbüchern nachlesen kann, eine Abteilung der Heimatarmee AK im Kreis Mielce angeführt, obwohl er aus einer Bauernfamilie stammte. Viele Angriffe gegen die Deutschen gingen auf sein Konto, und nach jedem verschwand er für Wochen spurlos. Bald erfuhren die Deutschen, was Lis auf Polnisch heißt, nämlich Fuchs. Kurz vor Kriegsende schloss er sich mitsamt seiner Division im Rahmen der Operation «Sturm» der sowjetischen Armee an und half ihr, Mielce einzunehmen, ohne dass die überall in den Gebäuden versteckten Sprengfallen der Deutschen detonierten und die Stadt zerstören konnten.

Weil aber Lis mit seinen Partisanen ein großer polnischer Freiheitskämpfer war, wie vor ihm vielleicht nur Tadeusz Kościuszko oder General Dąbrowski, nahm die russische Armee ihn gefangen, denn die Russen hielten den Freiheitskampf für ihre Aufgabe, sie waren beleidigt, dass Leute wie Lis sich in ihre Einsatzbereiche einmischten. Und darum tat die russische Armee von nun an so, als wäre Lis ein Verräter der sogenannten Demokratie.

Aber er entkam aus der Gefangenschaft und wurde, trotz der sogenannten Demokratie, wieder Anführer einer größeren Gruppe seiner ehemaligen Mitkämpfer. Lis und seine Partisanen waren zum Beispiel der Meinung, dass die Ideen von Herrn Bierut in Bezug auf die firmenähnlichen Zusammenschlüsse von Ladenbesitzern dumm seien. Und so griffen sie von nun an die in Polen stationierten russischen Soldaten und später auch die Dienststellen der neu geschaffenen Polizei an, die Herr Bierut für die Sicherheit des neuen Polens ins Leben gerufen hatte.

Diese spezielle Polizei konnte sich schließlich nicht anders helfen, als einen ehemaligen Mitkämpfer und Freund von Lis, Wojciech Paluch, genannt «Tor», darum zu bitten, dass er wieder in die Partisaneneinheit von Lis eintrete und gelegentlich eine Nachricht an die Polizei schicke, etwa über die Pläne der Partisanen, am besten aber auch über den Aufenthaltsort von Lis, für den Fall, dass man mit ihm ein Gespräch führen wolle.

Weil aber Lis sehr klug war und seine Pläne für den nächsten Tag niemandem mitteilte, nicht einmal seinem besten Freund «Tor», gab es in den Augen der Polizei am Ende, als ein Großteil der Lis-Einheit bereits gefasst war, nur noch ein Mittel. Und so wartete «Tor», bis er mit seinem besten Freund Lis und dessen letztem noch verbliebenem Mitstreiter Konstanty Kędzior allein in einem Birkenwäldchen war, und schoss beiden in den Rücken, allerdings aus Versehen, denn eigentlich habe er, wie er später einer Zeitung erzählte, nur seine Pistole reinigen wollen, und die sei wie durch Zauberhand losgegangen, und dann gleich noch einmal, die Sache sei ein großes Unglück.

Woraufhin er laut unserem Opa Jurek von der Polizei als Entschädigung und gewissermaßen auch zum Trost zweitausend Złoty, einen Coupon für einen neuen Anzug und Leder für neue Schaftstiefel bekam, die damals sehr wichtig gewesen seien, denn wer solche Stiefel getragen habe, zu dem hätten die Leute aufgeblickt.

Das ist eine traurige Geschichte, und man kann noch viele andere solcher Geschichten in den Geschichtsbüchern nachlesen, die sich tatsächlich zugetragen haben, beispielsweise diejenige von der Erschießung der Partisanen Andrzej Jaworski, genannt «Marianek», und Tadeusz Kuzi, genannt «die Nadel», in einer Scheune in der Nähe der Ortschaft Pawłów, vier Jahre nach Kriegsende.

Und all das bekümmerte vielleicht am meisten Herrn Bierut selbst. Um solche Dinge in Zukunft zu vermeiden, kam er deshalb schon bald auf eine weitere Idee. Und im Rahmen dieser Idee ließ er überall auf den Dächern von Opole und anderen Städten Masten aufstellen.

Zum einen sollten diese Masten gesundheitsschädigende Radiowellen abfangen, denn nichts lag Herrn Bierut mehr am Herzen als die Gesundheit der polnischen Fabrikarbeiter und Bürger überhaupt, selbst wenn es sich um Ladenbesitzer oder Partisanen handelte. Die Masten hatten zum anderen aber den Nebeneffekt, dass sie das Signal eines damals sehr beliebten Radiosenders störten, der aus einem der westlichen Nachbarländer ausgestrahlt wurde, was für viele Stadtbewohner sehr schade war, weil man jetzt viel weniger wusste, was in der Welt außerhalb des neuen Polens geschah und sogar im eigenen Land. Höchstens wurde in den neuen einheimischen Radiosendern gesagt, dass Polen jetzt auf dem besten Weg in eine erfolgreiche und glückliche Zukunft sei, und das war zwar beruhigend und auch eigentlich schön zu hören, aber andererseits hätte man gern auch etwas Konkreteres gehört, da waren sich unsere Großeltern und viele andere Leute einig.

Über die nächsten Jahre sprach unser Opa Jurek eigentlich nur sehr wenig, und auch unsere Oma Zofia erinnert sich bis heute nur ungern an sie. In dieser Zeit hatte es die Regierung von Herrn

Bierut immer schwerer, die Bevölkerung mit Delikatessen zu versorgen, und bald hatte er, mit der Unterstützung des weltberühmten russischen Politikers in der Kellnerjacke, in einer objektiven Analyse herausgefunden, woran das lag: Schuld daran waren die polnischen Bauern und Landwirte, die sich und ihre Familien mit dem besten Fleisch und dem frischesten Gemüse versorgten und sogar noch ihre Schweine mit frischem Brot fütterten, während die Kunden unseres Opas vor dem Geschäft Nr. 6 in der Mądrzyka Straße in der Schlange warteten.

Die Bauern fütterten ihre Schweine, wie sich bald herausstellen sollte, auch noch mit anderen Dingen – mit Papier, das eigentlich für Zeitungen gebraucht wurde, oder mit ganzen Ladungen von Schuhen oder Stoffen für Kleidung und sogar mit Metallen wie Kupfer und Eisen, die dann den Ingenieuren fehlten, sodass die Fabriken nur allzu oft stillstanden, worunter der von Herrn Bierut versprochene Wiederaufbau, gänzlich ohne seine Mitschuld, empfindlich litt, gelegentlich sogar stagnierte.

Und so war es laut Herrn Bierut nur gerecht, wenn besonders egoistische Bauern durch ein Gericht zum Tode verurteilt und dann an einer Wand erschossen wurden, denn nicht selten vergifteten sie das Fleisch, das sie in die Geschäfte in den Städten lieferten, indem sie es mit Abfällen oder mit Metallspänen streckten, und solche hinterhältigen Sabotageakte an den Arbeitern der neu entstehenden städtischen Fabriken wollte Herr Bierut ausmerzen, und er wurde dabei vom Freund des polnischen Volkes, dem weltberühmten Staatsmann mit der weißen Kellnerjacke, großzügig unterstützt, und als Symbol dieser Freundschaft wurde von russischen Ingenieuren und Architekten in Warschau der Kulturpalast gebaut, als ein Geschenk an Polen.

Unser Opa Jurek war inzwischen zum Direktor einer Vereinigung mehrerer Lebensmittelgeschäfte avanciert, und er hatte dabei

135

unter anderem die Aufgabe, in den Dörfern rund um Opole mit den Bauern zu verhandeln und sie im Zweifelsfall freundschaftlich dazu zu überreden, ihre landwirtschaftlichen Erzeugnisse etwas billiger anzubieten, in Einzelfällen sogar umsonst. Und als Herr Bierut nach einem Besuch in Moskau mit der Idee einer sogenannten firmenartig organisierten Landwirtschaft zurückkehrte, versuchte unser Opa Jurek, den Bauern aus der Umgebung von Opole auch den Zusammenschluss zu firmenartigen Strukturen ans Herz zu legen, was ihm nicht selten gelang. Bis auf ein einziges Mal – aber davon erzählte er besonders ungern, weil der Bauer aus Grodowice, um den es dabei ging und der trotz aller Argumente nicht einlenken wollte, ein paar Wochen später und gänzlich unabhängig davon verhaftet und, wegen einer Lieferung vergifteter Zuckerrüben an die Zuckerfabrik in Otmuchów, zum Tode durch Erhängen verurteilt wurde, sehr zum Leidwesen unseres Opas, der ihn während der gemeinsamen Gespräche in seinem Büro ins Herz geschlossen hatte und deshalb einer Mitbeteiligung auf keinen Fall bezichtigt werden kann.

Aber den großen Hunger, der in diesen Jahren plötzlich wieder an der Tagesordnung war und den die Bauern zu verschulden hatten, konnte das alles leider auch nicht lindern. Und so sollte unser Opa Jurek im Gegenteil ein erneutes Mal dem Tod begegnen, und das, obwohl man hätte glauben können, dass solcherlei Begegnungen nun ein für alle Mal vorbei waren. Es sei schwer zu beschreiben, so unser Opa, um was für eine Art von Hunger es sich diesmal gehandelt habe. Er sei zu vergleichen gewesen mit Lochfraß in der Waschmaschine, nur dass die Waschmaschine der eigene Magen gewesen sei. Andererseits sei es wiederum ein Hunger gewesen, den wir schon kennen würden, aus einem anderen Zusammenhang, weshalb auch dieser Hunger Todeshunger genannt werden könne, auch wenn es sich um eine andere

136

Art des Todeshungers gehandelt habe, um eine sogenannte Abart davon.

Unser Opa hat an dieser Stelle erklärt, dass man bei diesem speziellen Todeshunger schon morgens kaum den Ellenbogen auf dem Kissen aufstützen könne. Und selbst wenn man es geschafft habe, sich ins Bad zu schleppen, breche man wieder zusammen, müsse sich an der Toilettenschüssel hochziehen, müsse minutenlang versuchen, sich auf den Knien über der Toilettenschüssel zu halten, um den Hochseeschwindel in den Griff zu bekommen, müsse schließlich noch alle in den hintersten Winkeln des Körpers versteckten letzten Kräfte mobilisieren und sich in einem gigantischen Kraftakt hochstemmen. Und wie viele aufgeplatzte Stellen an Stirn und Wangen und am restlichen Körper er in dieser Zeit gehabt habe, weil er bei diesen Aufstehversuchen gegen den Spiegel oder gegen das Waschbecken oder den Rand der Badewanne gestürzt sei. Und dann müsse man sich noch rasieren, waschen, müsse zurück ins Zimmer gehen, um sich anzuziehen, und dann so schnell wie möglich an der Küche vorbei zur Wohnungstür gelangen, ohne der Erinnerung an Essen eine Chance zu lassen, die in einer Küche ja noch lange überdauere, obwohl schon seit Monaten keine einzige Delikatesse mehr in den Schränken zu finden sei.

Ob wir in diesem Zusammenhang je etwas von der sogenannten Todeshungerblindheit gehört hätten? Nicht selten hätten sich die Stadtbewohner von Opole auf dem Weg zur Arbeit wegen dieser besonderen Art von Blindheit verlaufen, sodass sie sich erst auf einem Bauernhof in einem Hühnerstall wiedergefunden hätten oder auf einem Feld, das Gesicht tief in der Erde, dem Geruch der Kartoffeln, Karotten und Zuckerrüben auf der Spur. In jenen Tagen habe er, wenn er übers Land gefahren sei, um mit den Bauern über Preise zu verhandeln, Dutzende, wenn nicht

137

Hunderte von Anzugträgern auf dem Feld gesehen, wie Straußenvögel hätten sie ausgesehen, die Köpfe in der Erde, die Hintern in der Luft.

Und so kann man sich vorstellen, wie schwer es unserem Opa Jurek in diesen Tagen fiel, seinen Kunden in der Schlange zu erklären, dass es für alle nur von Vorteil wäre, wenn alles allen gehörte, denn dann gäbe es am Ende niemanden, der nichts haben würde. Seine Freunde und seine Kunden dachten nämlich viel kurzfristiger und wollten sofort etwas haben und nicht erst später. Was solle es bringen, fragten sie, sich auf etwas zukünftiges Gutes zu essen zu freuen, während man aktuell nichts Gutes zu essen habe, und da musste unser Opa ihnen insgeheim allmählich recht geben.

Und dennoch, sagte er in seinem Arbeitszimmer jedes Mal besonders verärgert, man sei ein sogenannter Mensch, und als ein sogenannter Mensch müsse man an das sogenannte große Ganze denken und nicht nur an das kleine Eigene. Und vor diesem Hintergrund müsse man die Maßnahmen gegen die Bauern, zu deren Durchführung er damals gezwungen gewesen sei, wiederum verstehen. Denn die Bauern damals, das seien ganz andere Bauern gewesen als heute.

ENTSCHEIDUNG AM O. K. CORRAL

Das wirklich Schlimme in jener Zeit aber ist laut unserem Opa Jurek die beunruhigende Entwicklung im sogenannten Freizeitsektor gewesen. Eine der wichtigsten Geschichten unseres Opas ist deshalb diejenige, in der er es schafft, den ersten Western nach dem Krieg auf die Kinoleinwand in Opole zu bringen, wenn auch nur für eine einzige Vorführung. Am Ende dieser Geschichte sollte er dann auch die hervorragende Überlegung von der Gleichheit aller endgültig anzweifeln.

Man muss nämlich sagen, dass das Freizeitangebot vonseiten Herrn Bieruts als miserabel bezeichnet werden kann, und dafür kennen wir heute viele Beispiele.

Unser Opa Jurek führte unsere Oma Zofia damals oft und gerne ins Café auf der Insel Bolko aus, und dort spielte ein Mann mit einem Leierkasten, und man konnte Zuckerwatte kaufen und auf einer eingegrenzten Bahn auf der Oder im Kreis Schlittschuh laufen. Unter keinen Umständen aber durfte man die Bahn verlassen, denn unweit dieser Stelle, an der Schleuse, wo es noch heute sehr schöne verwinkelte Uferbuchten gibt, war das Eis angeblich nicht besonders dick, und deswegen sollen dort nach Angaben der Stadtverwaltung Menschen ertrunken sein, weshalb die Regierung von Herrn Bierut darauf achtete, dass alle Schlittschuhläufer in dem von einem Eisbahnmeister überwachten Bereich blieben, und es gab sogar Strafen für den Fall, dass jemand gegen die Regelung verstieß, was leider anfangs allzu oft geschah, denn das Schlittschuhlaufen in dem abgegrenzten Bereich war sehr langweilig, da man immer nur im Kreis laufen konnte. Später aber verstießen die Leute dann Gott sei Dank nicht mehr so oft dagegen, sie hatten gelernt, dass man Spaß in diesem begrenzten Areal haben konnte, außerhalb davon aber lieber nicht.

Aber auch im Sommer war das Freizeitangebot nicht besser, denn da wünschte unsere Oma Zofia sich, in eine der Turnhallen ausgeführt zu werden, wo kurz nach dem Krieg noch regelmäßig der eine oder andere große Schriftsteller einen Auftritt gehabt und aus einem Buch vorgelesen hatte, zum Beispiel aus *Division 303*, das von den polnischen Piloten in der Britischen Armee handelte, zu denen auch der Onkel unserer Oma namens Stasiu Walkier gehört hatte. Solche Leseabende wurden leider eingestellt, denn es hatte sich gezeigt, dass der eine oder andere Schriftsteller offenbar gegen die Regierung von Herrn Bierut und gegen den Wiederaufbau Polens unter Mitwirkung der polnischen Fabrikarbeiter versteckte Botschaften in seinen Texten platzierte, wie etwa die Behauptung, dass die polnischen Piloten Polen befreit hätten und mit ihnen die Amerikaner und die Engländer, und das konnte man nicht dulden, weil diese unterschwelligen Beleidigungen sich in gewisser Weise gegen den großen Unterstützer der polnischen Nation richteten.

Bald gab es in Opole nichts mehr, was auch nur annähernd irgendwie interessant gewesen wäre, und selbst die Cafés und Tanzlokale wurden geschlossen. Und auch in den Theatern und Opern konnte nichts Gutes gespielt werden, denn die Stücke der polnischen Schriftsteller und Musiker von vor dem Krieg waren, was die ihnen zugrunde liegenden Überlegungen anbelangte, nicht mehr aktuell, und neue Stücke wurden in die Spielpläne vorerst nicht aufgenommen, weil die polnischen Schriftsteller und Musiker häufig noch geschichtliche Fakten verdrehten.

Das alles aber störte unseren Opa Jurek, wie er uns erklärt hat, nicht besonders, denn wenn er auch in allen Bereichen sehr gebildet war, so verbrachte er seine freie Zeit ohnehin lieber woanders. Und so war für ihn das Allerschlimmste eigentlich die Tatsache, dass die Stadtverwaltung von Opole es sich zur Aufgabe gemacht hatte, den Bewohnern auch im Bereich Kino nur das Modernste vom Modernen zu präsentieren. Und so sehen wir geradezu vor uns, wie er den großen Saal mit den braunen Cordüberzug-Sesseln im damals leider einzigen Kino in Opole, dem Kino Odra in der Ozimska Straße, zum ersten Mal betrat.

Viele Male hat er uns von den Kinos aus der Zeit seiner Jugend in Warschau erzählt. Wie gesagt war er ein großer Kenner des Westerngenres, schon vor dem Krieg hatte er als junger Mann über hundert Westernfilme gesehen, und wenn es auch nicht hundert verschiedene gewesen waren, so saß er doch über hundertmal und damit bestimmt jeden Freitag im Kino Splendid in der Galerie Luxemburg und ließ die Vorfilme mit Klaviermusik über sich ergehen, bevor etwa *Der große Eisenbahnraub* anfing. Und auch als es schon Filme gab, in denen laut gesprochen und gesungen wurde, zum Beispiel mit dem Neger Al Jolson, der gar kein Neger war, sondern aus Russland stammte, oder in denen geschossen wurde mit pfeifenden Colts, da war unser Opa Dauergast im Kino Splendid, und er konnte jeden Satz in jedem Western auswendig, übrigens auch später noch, bis zuletzt, und das hat er uns einmal vorgeführt, als wir mit ihm zusammen in seinem Zimmer den Film *Der Mann aus dem Westen* mit Gary Cooper anschauen durften, obwohl er ziemlich spät in der Nacht ausgestrahlt wurde.

Jedenfalls ist das Kino Splendid, das es heute nicht mehr gibt, eines der besten Kinos in ganz Warschau gewesen. Eigentlich hat es wie eine Pharaonenpyramide ausgesehen: Man betrat es durch ein Tor aus großen Sandsteinquadern mit Hieroglyphen, und der Bildschirm im Hauptsaal war in ein ägyptisches Portal eingebaut, das die Statue einer gewissen Isis schmückte, und im Foyer saß eine Sphinx, sodass es merkwürdig wirkte, in einem solchen Kino einen Western anzuschauen, aber das war unserem Opa als jungem Mann egal.

Noch besser als das Splendid ist aber das Iluzjon in der Rakowieckiej Straße gewesen, das der polnischen Armee gehört hat, denn dort wurden die schnulzigen Liebesfilme mit dem falschen Neger und anderen Sängern Gott sei Dank nie gespielt, sondern ausschließlich Westernfilme, bei denen die eine oder andere Schießerei zu sehen war, mit Toten, und das Publikum brachte Schreckschusspistolen mit, damit man wenigstens ein bisschen was von den pfeifenden Colts hören konnte, Stummfilm hin, Stummfilm her. Später, als das bei den neuen Western nicht mehr nötig war, hatte nur noch der eine oder andere Mafioso eine Pistole dabei, und zwar eine echte, und schoss während einer Leinwandschießerei auf den Freund seiner Ehefrau oder auf jemanden, der ihm noch Geld schuldete, weil das während eines Westernfilms niemandem auffiel.

Man kann sich jedenfalls denken, was unser Opa Jurek bei seinem ersten Kinobesuch in Opole empfunden haben muss, als er den leeren Saal betrat, in dem ein einziger, eine Zigarette nach der anderen rauchender Zuschauer saß, und dann die ersten Szenen des Films *Jasne Łany* über sich ergehen ließ, in dem es um einen jungen Lehrer und ein paar polnische Bauern geht, die für den gesellschaftlichen Fortschritt in ihrem Dorf kämpfen. Noch mitten im ersten Drittel des Films stürmte er voller Empörung in den Vorführraum und stellte den Projektionisten zur Rede, verlangte unumwunden, dass dieser sofort einen richtigen Film einlege, vorzugsweise einen Western, ob er den *Großen Eisenbahnraub* habe. Da antwortete ihm der junge Mann, dass er über andere Filme nicht verfüge, vielmehr sei *Jasne Łany* der einzige

Film, den er seit ein paar Monaten vorrätig habe, denn leider gebe es derzeit nicht besonders viele Filme in Polen, es mangle sowohl an Geld für neue Filmprojekte als auch an talentierten Regisseuren mit einem ausreichend soliden Hintergrundwissen in polnischer Geschichte, es könne sich aber nur um ein paar weitere Monate handeln, dann werde mit großer Sicherheit ein anderer Film auf den Markt kommen, der Regisseur von *Jasne Łany* habe bereits ein neues Werk angekündigt, und dieses solle in seiner Radikalität im Bereich Spannung das derzeitige noch übertreffen, wenn nicht sogar die polnische Filmkunst revolutionieren. Dann seufzte der junge Vorführer, senkte die Stimme und gestand, dass auch er sich frage, ob es in anderen Ländern nicht bessere Filme gebe und was eigentlich aus den guten alten Filmen von früher geworden sei, aber was solle man tun.

Und so war es für unseren Opa Jurek ein großer Glücksfall, als er eine Woche später an einem Samstagabend zufällig in die einzige in Opole noch verbliebene Kneipe am Rathausplatz trat und im Dämmerlicht eine Person entdeckte, wie er sie in Opole noch nie gesehen hatte.

Es handelte sich um einen Mann, und dieser Mann war zwei Meter hoch und zwei Meter breit und war in ein grellbuntes Stoffgemälde gekleidet, auf dem Palmen und Sand und ein leuchtend blauer Himmel und grüne Kolibris zu sehen waren sowie ausladende Paradiesblüten, die aus einer Art Dschungel auf den Strand hingen. Dieses Strand- und Dschungelgemälde, das zahlreiche Falten warf und sich über Hügel, wenn nicht sogar Massive erhob und senkte, wurde überragt von einem den Raum spiegelnden Glatzkopf mit zwei Augen, die mit besonders langen Wimpern bestückt waren.

Der Mann saß allein an einem Tisch in einer Nische, vor sich ein Glas Bier, und lächelte in den Raum hinein und klimperte mit

143

diesen Wimpern, als würde er sich über jedes Gespräch freuen, das einer der Männer an der Bar oder an den Tischen mit ihm anfangen würde, aber die Männer schauten in andere Richtungen und plauderten und lachten viel und blickten lediglich dann in die Richtung des Mannes in dem Gemälde, wenn sie in ihrem Gespräch versehentlich den Kopf zu ihm drehten.

Es war, wie unser Opa Jurek an dieser Stelle seiner Erzählung schließlich enthüllte, kein anderer als der amerikanische Journalist Billy-Bob Cadillac, der aus einer reichen Automobilherstellerfamilie stammte, Reportagen für eine Zeitung in seiner Heimatstadt schrieb und auf seiner Reise durch das Nachkriegs-Europa gerade in Opole vorbeigekommen war, wo er für ein paar Wochen bleiben wollte, auch wenn ihm ein Beamter der Stadtverwaltung, der in seinem Hotel am Hauptbahnhof sogleich zu einem Willkommensbesuch erschienen war, freundlichst davon abgeraten hatte, wie Billy-Bob Cadillac unserem Opa, als dieser sich an seinem Tisch niederließ, erzählte, ohne dass unser Opa ihn eigentlich danach gefragt hatte.

Während des sich nun entwickelnden Gesprächs erfuhr unser Opa Jurek schon nach der zweiten Limonade und dem zweiten Bier, das er dem Amerikaner spendierte, etwas Lebensrettendes. Denn es stellte sich heraus, dass Billy-Bob Cadillac eine Rolle mit dem Film *Entscheidung am O. K. Corral* bei sich trug, die er nie aus der Hand gab, denn sie hatte ihm bei einem Angriff der Deutschen in einem Wäldchen im heutigen Elsass ein paar Jahre zuvor das Leben gerettet. Er hatte sie schon damals unter seinem Hemd getragen, direkt am Bauch, sodass sie ihn vor einem besonders gefährlichen Bauchschuss bewahrt hatte.

Insgesamt war die Geschichte, die Billy-Bob Cadillac dann erzählte, laut unserem Opa ähnlich derjenigen über den polnischen General Jan Henryk Dąbrowski, der in der Nationalhymne be-

144

sungen wird, weil er 1794 von Italien aus mit seinen Soldaten nach Polen zurückkehrte und es gegen die Russen verteidigte. Die große Passion dieses Generals war das Sammeln von Büchern, die er überall mit sich herumtrug, und einmal steckte er sich bei einem Sturmangriff im Rahmen der Schlacht bei Bosco gegen die Österreicher im Jahr 1799 *Die Geschichte des dreißigjährigen Krieges* von Friedrich Schiller unter seine Uniform, was ihn vor den tödlichen Folgen eines Brustschusses rettete. Diese Geschichte beweise, so unser Opa Jurek, dass solche Dinge nicht ganz unwahrscheinlich und sogar sehr möglich seien.

Die Kugel des Deutschen im Elsass habe, so erzählte der Amerikaner, den Film *Entscheidung am O. K. Corral* lediglich leicht beschädigt, und die Beschädigung bestehe nun darin, dass die pfeifenden Geräusche der Colts bei der finalen Schießerei am O. K. Corral an der Parzelle 2 in Tombstone, Arizona, ihren originalen Klang verloren hätten und nunmehr klängen wie das Krähen eines Hahns, was der Szene etwas Unglaubwürdiges verleihe, das gab der Amerikaner gerne zu – als wäre das Duell zwischen den Earp-Brüdern und Doc Holiday auf der einen Seite sowie den McLaury-Brüdern und den Clanton-Brüdern auf der anderen Seite nicht eine historisch genaue Nacherzählung, sondern ein ausgedachter Gockelkampf. Ansonsten sei der Western aber noch immer das Beste, was die USA und damit die Welt im Bereich der modernen Cineastik je hervorgebracht hätten.

Doch leider, so der Amerikaner weiter, könne er die Filmrolle aus Dankbarkeit für die besagte Lebensrettung niemals hergeben, für kein Kino der Welt, das müsse unser Opa Jurek ihm verzeihen, er würde alles für ihn tun, schließlich seien sie inzwischen gute Freunde, und das schon nach zwei Stunden Gespräch, aber bei einem Western höre sogar eine gute Freundschaft auf. Und das verstand unser Opa Jurek, denn Billy-Bob Cadillac hatte selbstverständlich recht. Zur damaligen Zeit wie eigentlich auch später und sogar grundsätzlich gab es keine besseren Filme als amerikanische Western.

Insofern war es, so traurig es auch sein mag, in gewisser Weise auch eine Art Glück im Unglück, dass unser Opa Jurek seinen neuen Freund drei Tage später in dessen Hotelzimmer am Hauptbahnhof beim Frühstück vorfand, mit dem Gesicht in einem Spiegelei, das ihm bereits die Nase gelb eingekrustet hatte, und er war untröstlich, hatte er doch Billy-Bob Cadillac, wie es zu fortgeschrittener Stunde ihres ersten gemeinsamen Abends vereinbart worden war, mitnehmen wollen zu einer Versammlung der Großen Gemeinsamen Partei in der Stadtverwaltung, denn ausschließlich zwei Dinge hatten den riesigen, gemäldegekleideten Amerikaner interessiert: Westernfilme und die hervorragenden Überlegungen der Großen Gemeinsamen Partei, die er in einem Artikel für seine amerikanische Zeitung hatte vorstellen wollen.

Und so fühlte sich unser Opa Jurek, dem sofort die silbrige und hier und da bereits angerostete Blechrolle unter dem bunten Hemd des Toten ins Auge fiel, verpflichtet, für den erst kürzlich gewonnenen Freund einen offiziellen Abschied im Kino Odra zu veranstalten, mit einer großen Premiere des ersten in Opole nach dem Krieg ausgestrahlten Westerns, denn er war davon überzeugt, dass der junge Filmvorführer, wenn die Bewohner von Opole erst den Film gesehen hätten, sofort die Notwendigkeit des Imports von weiteren amerikanischen Westernfilmen erkennen und in die Tat umsetzen würde, wodurch die cineastische Zukunft der Stadt Opole gesichert wäre und der Opfertod von Billy-Bob Cadillac einen höheren Sinn gehabt hätte.

Und was für eine Stille erfasste den brechend vollen Saal schon ein paar Tage später, an einem Samstagabend, als das Licht ausging und die Fanfare einsetzte und man sich plötzlich in einem

146

Städtchen aus Holzhäusern wiederfand. Man roch den Pferdemist an den Seiten der Hauptstraße und hörte die Sporen von Doc Holiday klimpern, als er den Saloon zum Zwecke eines Kartenspielchens betrat, und die Sitze und der ganze Kinosaal bebten, als Wyatt Earp auf seinem Pferd in das Städtchen geritten kam. Unser Opa Jurek hat uns jedes Mal, wenn er davon erzählte, geschworen, dass es der beste Westernfilm gewesen sei, den er in seinem ganzen Leben je gesehen habe, und daran konnten auch spätere Sternstunden des Genres wie etwa *12 Uhr mittags* mit Gregory Peck oder *Zähle bis drei und bete* mit Glenn Ford und sogar *Rio Bravo* mit John Wayne und Dean Martin nichts ändern, denn dieser erste Western, den er nach dem Krieg zusammen mit hundert anderen Menschen im Kino Odra habe anschauen dürfen, sei ein wahres Meisterwerk gewesen, und es habe Minuten gedauert, bis sich der erste Zuschauer im Raum nach dem Angehen des Lichts gerührt habe und der Applaus schallend losgebrochen sei.

Sein einziger Fehler sei gewesen, wie unser Opa am Ende dieser Geschichte mit großem Bedauern stets zugeben musste, dass er zu der Filmvorführung seinen Freund Romek Wachykowski eingeladen habe, der ihm zwar herzlich und überbordend zu dem außerordentlichen Erfolg gratulierte, ihn für ebenjenen Erfolg aber auch bei der am nächsten Tag angesetzten Versammlung des Gremiums lobte. Und weil bei der anschließenden Diskussion seiner Freunde in der Versammlung nicht zur Gänze geklärt werden konnte, welche der zwei sich am Ende mit den merkwürdig klingenden Colts gegenüberstehenden Brüder-Parteien am O. K. Corral in Tombstone, Arizona, für die guten und welche für die bösen Akteure der sogenannten Weltgeschichte standen, konnte die Eignung des Films für die Bürger von Opole nicht abschließend bestätigt werden.

147

Und so verständigte man sich, sehr zum Leidwesen unseres Opas, auf einen Vorschlag Herrn Bieruts aus Warschau, den der Mann im schönen schwarzen Anzug und mit dem merkwürdigen Akzent noch während der Versammlung angerufen hatte, und dieser Vorschlag beinhaltete, dass *Entscheidung am O. K. Corral* vorerst der letzte Western bleiben sollte, der in einem Opolaner Kino ausgestrahlte wurde. Und um sicherzugehen, dass man dem Vorschlag Herrn Bieruts auch folgen würde, bat Herr Bierut, die Filmrolle an ihn persönlich nach Warschau zu schicken, wo er sie aufzubewahren sich opfern wolle, bei sich zu Hause.

Unser Opa Jurek hat an dieser Stelle stets betont, dass dies die dunkelste Zeit seines Lebens gewesen sei. Denn alles könne der Mensch ertragen, wenn er nur zwischendrin einen guten Film, vorzugsweise einen Western, anschauen könne. Sei dies aber nicht der Fall, dann werde alles unerträglich.

DIE SIEDLUNG ZWM UND UNSER BUCKLIGER

Am zweiten Tag nach der Beerdigung nehmen wir mit unserer Mutter nach dem Frühstück den Bus Nummer 18 in unsere ehemalige Siedlung ZWM. Er fährt durch die ganze Stadt, was mindestens eine Stunde dauert, aber endlich tauchen vor uns die Türme der Siedlung auf. Einer ist auf der Seite, auf der keine Balkone sind, rot gestrichen, ein anderer gelb, die meisten sind aber immer noch weiß, wie früher.

Viele Dinge gehen in unserer Siedlung vor, das haben wir schon bei unseren letzten Besuchen in Opole festgestellt. Man merkt es zum Beispiel, wenn man, von der Bushaltestelle kommend, durch die Lücke zwischen Block 14 und 16 den asphaltierten Fußballplatz betritt, denn dort stehen ein gelb lackiertes Gerüst und eine Rutsche und ein kompliziertes Holzgebilde aus Hängebrücken und Türmen, die hier vorher noch nicht gestanden haben.

Dafür ist die Metzgerei im Block 26 nicht mehr da, und im ehemaligen Supermarktgebäude hinter dem Block 13 befinden sich jetzt ein Computergeschäft, eine Pizzeria und eine Apotheke, denn es gibt inzwischen einen noch größeren Supermarkt auf der anderen Seite der Siedlung.

Obwohl wir vor dem Hausaufgang am Block 20 eine Weile warten, sind Jacek Perka oder sein Bruder, genannt «Kopf größer als Arsch», nirgends zu sehen, mit denen wir früher in den Gängen und Treppenhäusern *Vier Panzersoldaten und ein Hund* mit Maschinengewehren gespielt haben. Und die drei Mädchen, die auf dem Gehsteig vor dem Haus in Kreidequadraten herumspringen und die wir noch nie gesehen haben, schauen uns blöd an.

Also gehen wir an Block 14 entlang und biegen um die Ecke. Vor dem Block 13, Hausaufgang C, blicken wir zu den Fenstern im zweiten Stock hinauf, die allerdings aussehen wie die Fenster im ersten Stock und wie diejenigen im dritten und vierten. Und der Hausaufgang 13/C ist von den Hausaufgängen 13/D und 13/B und 13/A nicht zu unterscheiden.

Wir fragen, ob wir nicht einmal klingeln sollten, aber unsere Mutter gibt zu bedenken, dass hier jetzt wieder jemand wohne. Und als wir antworten, dass es ja genau darum gehe, denn nur so könne jemand uns die Tür aufmachen, damit wir unsere alte Wohnung anschauen könnten, erklärt unsere Mutter, dass man so etwas nicht mache, man klingle nicht als Wildfremder bei anderen Wildfremden, selbst wenn man hier einmal gewohnt habe.

Wir gehen weiter, um die Ecke unseres Blocks und am Friedhof mit der roten Backsteinmauer entlang und zwischen den Gebäuden unserer ehemaligen Schule Nr. 5 hindurch, in der unsere Mutter als Sportlehrerin gearbeitet hat. Der zentrale Platz mit der Fahnenstange zwischen den Schulgebäuden ist leer, durch die Fenster sehen wir in einem der Klassenzimmer aber Schüler, sie sitzen gebeugt über die Pulte und schreiben etwas, obwohl keine Lehrerin im Zimmer ist. Niemand trägt eine Uniform. Und die Schule ist jetzt rot gestrichen.

Als wir vor der Glasfensterfront des Hallenbads stehen, durch die man Köpfe mit Badehauben im Wasser sieht und am Beckenrand einen Mann in einem weißen Polohemd mit aufgestelltem Kragen und Pfeife im Mund, fragen wir unsere Mutter, ob sie den vielleicht kenne, aber sie schüttelt den Kopf. Wie es gewesen sei als Sportlehrerin, fragen wir. Und ob sie bedauere, heute keine mehr zu sein. Aber da sagt sie, während wir das Schulgelände wieder verlassen und schon in Richtung Bushaltestelle zurückgehen, dass ihr die Arbeit als Physiotherapeutin auch gefalle.

Wir erinnern uns, dass wir Fußball gespielt haben, aber wir erinnern uns nicht mehr, mit wem. Wir wissen noch, dass wir mit «Kopf größer als Arsch» im Sandkasten mit den Schuhen Bahnen zogen, für die Tour-de-France-Rennen mit den Kronkorken, in die wir Flaggen von Holland, Deutschland, Italien oder der Tschechoslowakei geklebt haben. Aber wir wissen nicht mehr, welche Länder wir waren und wer gewonnen hat und worüber wir dabei sprachen.

Manchmal, wenn heute im Radio ein Lied von den Pet Shop Boys oder von Madonna kommt, sehen wir unser Wohnzimmer und darin unseren Vater und unsere Mutter auf einem der zwei Sofas aus geblümtem Stoff, und im Hintergrund sehen wir die braune Schränkchenwand mit dem Fernseher. Wir sehen auch das Gemälde, das die drei Fischer im Watt zeigt, an der Wand gegenüber. Unsere Eltern sitzen Arm in Arm und lächeln. Oder wir sehen sie in der Küche, die unser Vater bis zur Höhe seiner Augen mit Holzlatten ausgekleidet hat, damit sie besser ausschaut als die Küche unserer Nachbarn, oder zumindest anders.

Alles ist angeblich grau gewesen, das behaupten unsere Eltern. Die Blicke der Nachbarn in den Fenstern: grau. Die Versammlung im Schulhof zum Appell: grau. Das Anstehen in der Verkaufsstelle für Geflügelfleisch im Durchgang zwischen Block 24 und 26, die Hähnchen, die kopfüber an den Haken an der Wand hingen: grau. Aber das ist bestimmt ein bisschen übertrieben.

Wir erinnern uns nämlich auch an unseren VW-Käfer, der blau war. Den hatte unser Vater einem guten Freund unseres Opas Andrzejek abgekauft, der eine Werkstatt in Gosławice hatte. Mit dem VW-Käfer waren wir in unserer Siedlung die berühmteste Familie, denn zwar hatten viele unserer Nachbarn zu dieser Zeit schon ein Auto, aber dabei handelte es sich meistens um den Fiat 126p, den man auch Maluch nannte, den Winzling, was in An-

151

betracht seiner spielzeughaften Größe eine angemessene Bezeichnung war. Andererseits wirkte ein Maluch nur von außen klein, wenn man bedenkt, dass auf dem Parkplatz am Mittleren See in Turawa eine ganze Familie daraus aussteigen konnte, Eltern, drei bis vier Kinder und mindestens zwei Großeltern, und diese Familie holte dann auch noch mehrere Schwimmreifen, einen Picknickkorb, eine Decke, mehrere Tennis- und Badmintonschläger sowie einen Sonnenschirm heraus und meistens noch einen zweiten Picknickkorb.

Nur Herr Kasperski aus dem Parterre hatte eine Syrena. Und er wusch sie jeden Samstagvormittag auf dem Parkplatz vor unserem Block, und aus seinem Fenster legte er ein Kabel, das mehrfach verlängert werden musste, über die Straße und saugte das Wageninnere bis unter die Pedale. Herr Kasperski liebte seine Syrena, denn es war ein Auto wie aus Wolken, überall rund und mit federnden Sitzen, und jede Stoßstange funkelte in der Sonne.

Aber eine Syrena war nichts gegen einen VW-Käfer. Leider sprach Herr Kasperski aus dem Parterre nicht mehr so gern mit unserem Vater, nachdem der den Buckligen, wie ein VW-Käfer genannt wurde, gekauft hatte. Und man sah ihn auch nicht mehr seine schöne Syrena staubsaugen am Samstagvormittag. Ein VW-Käfer war etwas ganz anderes, niemand in der ganzen Siedlung und in ganz Opole hatte je einen VW-Käfer gesehen, geschweige denn besessen. Unser Vater hatte unseren Buckligen mit Dollars bezahlt, und auch von Dollars hatten unsere Nachbarn in dieser Zeit nur vage gehört.

Was haben wir damals an Welt-Formel-1-Strecken auf dem Parkplatz vor unserem Block zurückgelegt, wenn unser Vater uns erlaubte, uns in den Buckligen zu setzen. Ballast abwerfen!, schrien wir in der Kurve, dann wurden wir in der nächsten, bei einem Überholmanöver, hin und her geschleudert.

Man kann mit gutem Gewissen sagen, dass wir für eine Weile die beliebtesten Kinder in der Siedlung waren. Viele Kinder kamen zu uns, aus den entferntesten Höfen, und boten uns verschiedene Dinge an, um auch einmal in unserem VW-Käfer sitzen zu dürfen. Bald richteten wir in unserem Zimmer ein Büro ein, und dann sagten wir: Folgende Weisung der KPdSU gilt in dieser Woche: Eine Runde als Beifahrer kostet eine Cola oder ein Prince Polo, eine Runde als Fahrer kostet Devisen.

Was sind Devisen?, fragte «Kopf größer als Arsch».

Devisen eben, sagten wir.

Klar, sagten Jacek Perka und sein Bruder, und sie brachten uns Fußbälle, Spielzeugpistolen, Knallfrösche, Finka-Messer und Comics. Einmal wurde uns sogar ein kleiner Hund angeboten, aber wir mussten leider ablehnen, denn unsere Mutter hätte ihn in unserem Zimmer ja sofort entdeckt, und dann wäre sie neugierig geworden.

Zahlreiche Reisen haben wir mit unseren Eltern in dem VW-Käfer gemacht. Wir waren am Balaton, daran erinnern wir uns noch genau, denn auf dem Weg dorthin haben wir Hunderte Wassermelonen gegessen und Pfirsiche. Wir waren in Międzywodzie an der Ostsee und in Zakopane in der Hohen Tatra und mehrmals auch an den Masurischen Seen, zum Beispiel in Mikołajki.

Auf einer dieser Fahrten – wir wissen nicht mehr, auf welcher – fielen die Scheibenwischer aus, und unser Vater bat unsere Mutter wie ein Gentleman um ihre Strumpfhose. Und als er diese von beiden Seiten durch die Fenster um die Scheibenwischer gebunden hatte, musste unsere Mutter auf dem Beifahrersitz abwechselnd am einen und am anderen Strumpfhosenbein ziehen, um die Scheibenwischer zu bedienen, damit wir weiterfahren konnten, und das war eine der witzigsten Fahrten mit unserem

153

VW-Käfer, sodass unser Vater nach der Ankunft sogar auf die Motorhaube klopfte.

Bis heute behauptet er allerdings, wir seien auf dieser Fahrt gar nicht dabei gewesen. Dabei sehen wir alles genau vor uns, wir sehen unsere Mutter, wie sie abwechselnd an den Enden der Strumpfhose zieht, wir sehen das Wasser, wie es in Sturzbächen an den Scheiben hinabläuft, wir sehen sogar, wie unser Vater sich, während er lenkt, vorbeugt und mit dem Gesicht fast die Windschutzscheibe berührt. Es war eine andere Fahrt, sagt unser Vater. Ihr wart da noch gar nicht geboren. Und es war nicht der Bucklige, es war ein Maluch, den ich mir von meinem Freund, dem Dünnen, geliehen hatte.

Jedenfalls ist es sehr schade gewesen, als unser Vater den VW-Käfer verkaufen musste nach der Sache mit dem erschöpften Beamten aus dem Grauen Quader. Der Verkauf hatte nur einen einzigen guten Nebeneffekt. Denn schon am Samstag darauf führte aus dem Fenster unter unserer Wohnung wieder ein Kabel bis auf den Parkplatz, und Herr Kasperski polierte den vorderen Kotflügel seiner Syrena.

Was mit dem VW-Käfer sei, fragte er unseren Vater, als der seinen Kopf durch das Fenster des Schlafzimmers steckte.

Er fragte unseren Vater von da an jeden Samstag, was mit unserem Buckligen passiert sei, obwohl unser Vater es ihm jedes Mal geduldig erklärte, aber Herr Kasperski vergaß es immer wieder und fragte am nächsten Samstagvormittag erneut, bis unser Vater samstags nicht mehr aus dem Fenster schaute.

Am Abend sitzen wir mit unserer Mutter und unserer Oma Zofia im Wohnzimmer, und im Fernsehen kommt zufällig der Film *Miś*. Er spielt in einer Zeit, da wir gerade erst geboren waren und der General in Warschau schon die Regierungsgeschäfte über-

154

nommen hatte. Darin isst zum Beispiel ein Mann in einem Restaurant eine Suppe, allerdings ist sein Löffel über eine Kette und einen am Tisch befestigten Ring mit dem Löffel eines anderen, ihm gegenübersitzenden Mannes verbunden, sodass beiden die Suppe ständig vom Löffel tropft, weil sie immer im selben Moment ihren Löffel zum Mund führen. Während des Films müssen wir oft lachen, und am Ende fragen wir unsere Mutter und unsere Oma Zofia, wie es noch gewesen sei, damals.

Es sei manchmal eben auch sehr witzig gewesen, sagt unsere Mutter, die noch Tränen in den Augen hat vor lauter Lachen.

Aber wie genau sei es gewesen, fragen wir. Zum Beispiel mit den Zigaretten?

Woraufhin unsere Mutter wieder lachen muss. Mit den Zigaretten sei es so gewesen, sagt sie, dass man sie in einem Geschäft nur am Meter habe kaufen können. Die Arbeiter in den Fabriken hätten keinen Lohn bekommen und hätten deshalb auch nicht mehr arbeiten wollen. Und so hätten die Zigaretten wie Würste am Regal gehangen, und die Verkäuferin habe einem einen halben Meter oder einen Dreiviertelmeter mit einer Schere abgeschnitten.

Und wie sei es noch gewesen, fragen wir.

Es habe, sagt daraufhin unsere Oma Zofia, die in ihrem Sessel am Balkonfenster sitzt, auch keine neuen Kugelschreiber mehr gegeben. Und so habe man zu einem Kiosk in der Oleska Straße gehen und sich Tusche nachfüllen lassen müssen, bei einem Herrn, der den ganzen Tag nichts anderes gemacht habe, als die Kugelschreiber der in einer Schlange stehenden Leute entgegenzunehmen und in eine extra dafür entworfene Maschine zu spannen.

Und ob sie die Geschichte mit den Restaurants noch einmal erzählen könnten, fragen wir. Die mit dem Alkohol und Herrn General Jaruzelski.

155

Unsere Mutter seufzt. Ein Restaurant habe in den Jahren vor unserer Ausreise, erzählt sie, wie ein normales Restaurant ausgesehen, wie eins in Deutschland. Aber nur auf den ersten Blick. Denn die Tische seien aus Plastik und die Vorhänge gelb gewesen, und es habe eine lange Glastheke gegeben, an der man sich habe anstellen müssen. Hinter der Glastheke habe eine Frau in weißem Kittel gestanden und habe zu einem jeden hereinkommenden Gast freundlich gesagt: Was?

Damals habe Alkohol nur als Beilage zu einem Gericht ausgeschenkt werden dürfen, in sehr kleinen Mengen, der General habe nämlich den sogenannten Volksalkoholismus als großes Problem erkannt und nicht vor Maßnahmen zurückgescheut. Und so habe es in der Glasvitrine an der Theke das eine oder andere Gericht gegeben, meistens ein Tellerchen mit einem faschierten Ei oder einem Stück in Sahne eingelegten Hering oder drei Streifen Salzgurke, und die Männer, die schrecklichen Hunger gehabt und den Hauptteil der Kundschaft ausgemacht hätten, hätten in Grüppchen in der Schlange an der Theke angestanden, um eine Gurke oder eine Portion Hering oder ein faschiertes Ei zu bestellen, und nur der besseren Verdauung halber habe es dazu noch ein Gläschen mit durchsichtiger Flüssigkeit gegeben.

Sobald sie aber an der Kasse gezahlt hätten, hätten sie festgestellt, dass sie eigentlich gar keinen Hunger mehr verspürten, und so hätten sie aus Rücksicht auf die Hungrigen in der Schlange hinter ihnen ihr Tellerchen mit Gurke, Hering oder faschiertem Ei auf dem Tablett zurückgelassen, und da es ja noch nicht angerührt gewesen sei, habe es die Verkäuferin zurück in die Glasvitrine gestellt, wo es dann wieder habe geordert werden können, nicht selten sogar von demselben Mann, der es gerade noch habe zurückstellen lassen, bei dem sich aber nach einigen Minuten am Tisch und nach dem Leeren des Gläschens mit der durchsich-

156

tigen Flüssigkeit plötzlich doch wieder ein gewisses Hüngerchen gemeldet habe. Dieses Hüngerchen sei aber an der Kasse wie durch einen Zauber wieder wie weggeblasen gewesen, sodass die Verkäuferin im weißen Kittel das Tellerchen mit der Gurke, dem Hering oder dem faschierten Ei erneut zurück in die Glasvitrine gestellt habe, nachdem sie vielleicht noch eine verkrustete Schicht von der Eifüllung oder vom Sahnebett des Herings mit einem Löffel habe entfernen müssen, was meistens nach drei Tagen nötig geworden sei, denn so habe man die Dinge in der Glasvitrine nicht anbieten dürfen, das habe sich für ein Restaurant nicht gehört.

Falls aber mal ein Gast ins Restaurant gekommen sei, vielleicht sogar mit seiner Familie, und nach einem Gericht gefragt habe oder überhaupt nach einer Karte, habe die Frau im weißen Kittel hinter der Theke ihn enttäuschen müssen, denn General Jaruzelski habe, so habe sie erklärt, zufälligerweise in dieser Woche einen Engpass bei Grundnahrungsmitteln angekündigt, es herrsche, wie der Gast sicher wisse, ein sogenannter Kriegszustand, sodass nur eingelegter Hering, faschierte Eier und Salzgürkchen nach schlesischem Rezept im Angebot seien, aber die stünden bei der Kundschaft hoch im Kurs, man solle nur selbst schauen, wie lang die Schlange an der Glastheke sei.

Wir liegen, nachdem wir im Bad unsere Zähne geputzt und uns ins Bett gelegt haben und unsere Mutter das Licht gelöscht hat, noch lange wach, denn hinter dem Türglas huscht im Flur gelegentlich ein Schatten vorbei, und wir können unsere Mutter und unsere Oma Zofia im Wohnzimmer leise sprechen hören, und ab und zu hören wir sie auch lachen.

DIE LIEBE UNSERER ELTERN
UND DAS «YUKON»

Eine der besten Geschichten, die wir erzählt bekommen haben, ist diejenige, wie unser Vater doch noch an den Yukon kommt, wenn auch anders als erwartet. Und obwohl auch diese Geschichte am Ende etwas traurig ist, erfährt man in ihr besonders gut, wie das Leben unserer Eltern und Großeltern in Polen gewesen ist, und nicht zuletzt hat sie einiges zu tun mit unserem Opa Jurek.

Als unser Vater kurz vor seinem Abitur stand, leitete immer noch Herr Gomułka die Große Gemeinsame Regierung in Warschau, und Herr Gomułka sollte sich gegen Ende seiner Karriere als einer der größten Gesundheitsrevolutionäre der Geschichte entpuppen. Zum Beispiel war er der Meinung, dass es in den Geschäften lieber weniger Dinge geben solle als zu viele, damit die vor den Geschäften stehenden Bürger in der Kälte ihre Konstitution stärken könnten, und gerne wiederholte er diese Ansichten bei öffentlichen Reden, und so sagte er zum Beispiel einmal im Fernsehen, dass das polnische Sauerkraut viel mehr Vitamin C enthalte als eine Zitrone, weshalb es dumm wäre, minderwertige Früchte wie Litschis, Ananas oder eben Zitronen aus dem Ausland zu importieren.

In dieser Zeit begannen die Fabrikarbeiter, sich an den Straßenecken zu treffen, denn Herr Gomułka hatte ihnen viele Dinge versprochen, wie etwa ein Auto pro Familie, modernste polnische Waschmaschinen, Radiogeräte und sogar Fernseher, und allmählich dauerte ihnen das Warten auf diese Dinge zu lange. Und auch die Studenten begannen sich zu treffen, weil sie der Meinung waren, dass ihr Mitstudent Jacek Wierniewski wieder freigelassen werden solle, und sie forderten Herrn Gomułka außerdem dazu auf, die Aufführung des Stücks *Totenfeier* von Adam Mickiewicz in einem Theater in Warschau zu erlauben und keine polnischen Panzer ins Nachbarland Tschechoslowakei zu schicken, in die Hauptstadt Prag, denn sie dachten über Krieg ähnlich wie die Studenten in den Ländern auf der anderen Seite der DDR, und die trafen sich ja auch und sagten öffentlich ihre Meinung.

Hinter all diesen gegen ihn gerichteten Forderungen erkannte Herr Gomułka schließlich das große Übel der damaligen Zeit oder, besser gesagt, ein altes Übel, das offenbar wieder zum Vorschein gekommen war: Er war Opfer einer sogenannten jüdischen Weltverschwörung geworden. Hinter den Protesten der Studenten gegen den Krieg in einem kleinen asiatischen Land wie hinter denen für sogenannte grundlegende Veränderungen in Polen steckte seiner Ansicht nach das sogenannte weltweit organisierte Judentum, das ja schon vor dem Zweiten Weltkrieg Sabotageakte angezettelt und auch gefördert habe.

Die einzige Lösung in den Augen Herrn Gomułkas war es, alle Mitarbeiter der Universitäten zu entlassen und den Soldaten aufzutragen, bei den Versammlungen der Studenten ein paar Schreckschüsse abzugeben, auch wenn einige Querschläger vielleicht den einen oder anderen solchen Studenten streifen würden, aber das war eben die Gefahr bei Schreckschüssen, deshalb heißen sie ja so.

In dieser Zeit stahl unser Vater sich jeden Abend aus der Wohnung unserer Großeltern in der Oleska Straße auf die Rohre, wo schon seine drei Freunde – der Dünne, Jacek Maluszewski und Wojtek Mrożek – auf ihn warteten. Jacek Maluszewski, der ein

159

paar Jahre vor unserer Auswanderung nach Australien ausgewandert ist, hat uns einmal in Deutschland besucht, von seiner heutigen Heimatstadt Brisbane aus, und er hat uns beschrieben, wie unser Vater in seiner Jugend aussah. Nämlich trug er damals eine schwarze Lederjacke und blaue Jeans und dazu die spitz zulaufenden schwarzen Lederschuhe von Mick Jagger und den anderen Rolling Stones, die «Entchen» genannt wurden, weil man darin nur watscheln konnte. Und in die Stirn hing ihm eine Locke wie einst nur dem jungen John Lennon.

Abend für Abend saß man auf den Rohren, die noch heute auf einem Rasenstück in der Oleska Straße in Höhe des Kopernikusplatzes den Rasen eingrenzen, und unser Vater teilte als Anführer die von unserem Opa Andrzejek heimlich ausgeliehenen Sporty Extra aus. Man rauchte und plante revolutionäre Akte gegen Herrn Gomułka.

Und genau an so einem Abend brachte Wojtek Mrożek, der später unser Onkel Wojtek wurde, seine jüngere Schwester mit.

Wir wissen, wie schön unsere Mutter gewesen ist, denn wir kennen ein Foto aus ihrer Kindheit, und darauf steht sie vor einer Pferdekoppel im Museumsdorf Skansen am Rand von Opole, mit ihren roten, schon damals kurzen Haaren und ihrem klugen Blick und ihren in die Seiten gestemmten Armen und der nach vorne gewölbten Brust, als sähe sie einer Herausforderung entgegen.

Aber das war unserem Vater in diesem Moment egal, er konnte die Schönheit und Klugheit unserer Mutter überhaupt nicht sehen, im Gegenteil, er habe, so erklärte uns Jacek Maluszewski, unsere Mutter damals gar nicht dabeihaben wollen.

An diesem speziellen Abend plante er nämlich zusammen mit seinen Freunden einen besonders revolutionären Akt: Er hatte vor, die rot-weiße Fahne mit dem silbernen Adler vom Appell-

160

platz des Lyzeums in der Kościuszko Straße zu stehlen. Und da konnte er auf die Hilfe unserer Mutter gut verzichten, die als Musterschülerin und Pausenaufpasserin bekannt war. Jedenfalls laut Jacek Maluszewski und unserem Vater. Und wahrscheinlich stimmt das auch, zumindest zum Teil. Denn zwar verdrehte sie, während Jacek Maluszewski uns das erzählte, die Augen, und sie schüttelte sogar den Kopf und sagte, wir sollten den beiden kein Wort glauben. Aber dann lachte sie und sagte, sie sollten ruhig weitererzählen.

Und so folgte jetzt eine Szene wie im Film *Grease*. Man saß auf den Rohren, unser Vater teilte Sporty Extra aus, und unsere Mutter lehnte dankend ab und sagte: Ihr seid so blöd, dass ihr raucht. Und unser Vater sagte: Warum hast du die überhaupt mitgebracht? Und unser Onkel Wojtek sagte: Ich musste. Und unsere Mutter sagte: Mein Vater ist Direktor. Wenn ihr mich nicht mitnehmt, wird das Folgen haben.

Aber da konnte unser Vater nur lachen. Wer heute Nacht mitmachen will, sagte er, der raucht jetzt.

Und unsere Mutter rauchte und musste sich hinter einem Baum übergeben und rief: Auf zur Tat!

So kam es, dass sich unsere Eltern in der ersten Frühlingsnacht jenes Jahres kennenlernten, auf der Kommandantur der Miliz von Opole, und so kam es auch, dass sich unsere Omas und Opas kennenlernten. Aber der Auslöser hierfür war nicht etwa das Scheitern des Fahnendiebstahls. Im Gegenteil, noch nie hatten laut Jacek Maluszewski Jugendliche im damaligen Polen derart geschickt eine Nationalflagge von einem Mast entwendet, mit einem ausgeklügelten System aus Wachposten und Waldkauz-Kommunikationssignalen und Taschenlampen-Morsezeichen.

Aber selbst ein so genialer Rolling-Stones-Dissident wie euer Vater, so erzählte Jacek Maluszewski weiter, hat nicht damit rech-

161

nen können, wie verantwortungsvoll eure Mutter als Schülerin wirklich gewesen ist. Und er rechnete wohl auch nicht mit ihren Sprint- und Langstreckenkünsten, denn damals ist sie nicht nur eine hervorragende Schülerin gewesen, sondern sie war auch in der Nationalauswahl der OKS-Odra-Leichtathletiksektion und damit eine der besten Sportlerinnen von ganz Opole.

Darum können wir uns gut vorstellen, was als Nächstes passierte. Denn unser Vater überreichte ihr, nachdem sie alle zusammen wild lachend durch die Gassen der Altstadt zu den Rohren zurückgerannt waren, bereitwillig und mit einem großen Stolz die Fahne, als sie sagte: Lass mich mal sehen. Er ahnte dabei nämlich nichts.

Und während seine Freunde noch keuchten und sich auf den Knien abstützten und sich eine Sporty Extra anzündeten, sprintete unsere Mutter, die Fahne unter den Arm geklemmt, wieder los. Und unser Vater ihr hinterher, zurück zum Schulhof, diesmal aber auf einem Umweg, auf dem sie ihn abhängen wollte, durch hallende Gassen und die Treppe an der Kirche der Leidenden Mutter und des heiligen Wojciech hinab, mehrmals um den Rathausplatz herum und weiter durch die Krakowska Straße. Wie schnell sie in diesen Jahren gewesen ist – selbst unser Vater muss zugeben, dass er eine solche Höchstleistung bis dahin nicht gesehen hatte.

Er holte sie erst auf dem Schulhof ein, wo sie versuchte, die Fahne wieder in die Ösen der Fahnenstange einzuhaken. Und gerade als bei ihrem ersten Gerangel das laute Geräusch von zerreißendem Stoff zu hören war, gingen die Scheinwerfer eines dunkelblauen Polonez an, und zwei Herren in blauer Uniform stiegen aus, und einer von ihnen stellte besorgt fest: Es ist sehr spät für Jugendliche wie euch. Und unsere Mutter schrie über den ganzen Schulhof: Melde gehorsamst! Verhaften Sie diesen Vollidioten und Vaterlandsverräter!

In diesem Zusammenhang muss gesagt werden, dass unsere Mutter nicht nur erst vierzehn und damit drei Jahre jünger als unser Vater war, sondern sie war auch etwas dümmer. Das jedenfalls fand damals unser Vater. Wohingegen unsere Mutter laut Jacek Maluszewski fand, dass unser Vater der Dumme sei, als sogenannter Rolling-Stones-Dissident. Man male sich, so erzählte Jacek Maluszewski, diese Situation nur einmal aus: Da stünden zwei angetrunkene Milizianten, und unsere Eltern hätten gerade die polnische Nationalflagge zerrissen. Und was sage da unser Vater? Er sage: Verhaftet uns doch! Und die Beamten sagten: Wir fahren euch nach Hause. Und unsere Mutter sage: Was seid ihr denn für Gesetzeshüter? Und unser Vater fange an, um sich zu schlagen und sich aus dem Klammergriff der Milizianten herauszuwinden, und zwischendrin richte er seine Frisur wie der junge John Lennon höchstpersönlich.

Und so seht ihr, sagte Jacek Maluszewski zum Abschluss dieser Geschichte, wie das Ganze begonnen hat.

Denn während unseren Eltern eine halbe Stunde später auf der Polizeiwache verlesen wurde, dass sie im Verdacht stünden, an der Zerstörung der polnischen Nationalflagge, dem Symbol des Freiheitskampfes einer europäischen Großnation, maßgeblich beteiligt gewesen zu sein, und sie sich der Beleidigung der Staatsmacht schuldig gemacht hätten, und während gleichzeitig zwischen unserem Opa Andrzejek und unserem Opa Jurek, ausgehend von der Frage, wer der wichtigere Direktor sei, ein Handgemenge entstand, in das sich auch bald unsere zwei Omas einmischten, indem sie mit ihren Handtaschen Schläge austeilten, was die Beamten, ihre mitgebrachten Brote essend, interessiert verfolgten, fragte unsere Mutter unseren Vater, wie viel Schmalz er sich eigentlich morgens in die Haare reibe. Und unser Vater sagte: Dass du die Fahne zerrissen hast, finde ich gut.

163

Unsere Mutter liebte Opole und dessen Umgebung. Sie liebte es, mit unserem Opa Jurek die Sommerferien in Turawa zu verbringen, in der Ferienhäuschen-Siedlung am Mittleren See, die er im Sommer, zusätzlich zu seinen anderen gesellschaftlichen Pflichten, verwaltete. Sie liebte es, mit ihm im Herbst in den Wäldern bei Zawada durch kniehohes Gras zu streifen, mit Eimer und Messer, auf der Suche nach Kosaken, Butterröhrlingen, Maronen oder Steinpilzen. Sie liebte es, im Winter Schlittschuh laufen zu gehen auf der gefrorenen Oder in der Nähe der Insel Bolko oder auf dem «Teich».

Und so können wir uns denken, dass sie von der Idee unseres Vaters nichts hören wollte. Sie sagte: Du bist der Letzte, wegen dem ich aus Opole weggehen würde.

Umso besser, sagte unser Vater, er habe sowieso vorgehabt, allein nach Kanada zu gehen. Bald habe ich mein Abitur, du wirst schon sehen.

Ich werde dafür sorgen, dass du nicht gehst, sagte sie.

Ich werde dafür sorgen, dass ich gehe, sagte er.

Zu unserem Vater muss man wissen, dass er damals ein großes Vorbild hatte, und das war Jacek Strzeliński. Als Jugendlicher fuhr er mit dem Bus zum Baggersee hinter der Chabry-Siedlung hinaus, das hat er uns oft erzählt, und dort setzte er sich auf einen der Schutthügel und beobachtete, wie der berühmte Bergsteiger und Kletterer, der in der ganzen Welt Berge bezwungen hatte und als einer der wenigen Bürger von Opole ohne Probleme von der Stadtverwaltung einen Auslandsreisepass bekam, den Schlot einer alten Fabrik hinaufkletterte und sich wieder abseilte, als Vorbereitung auf die berühmtesten Gipfel dieser Welt. Ganze Nachmittage verbrachte unser Vater auf seinem Schutthügel am Baggersee und tat, als würde er lesen, während er beobachtete, auf welchen Fuß Jacek Strzeliński sein Gewicht verlagerte oder wann

164

er welchen Haken verwendete, und obwohl er diese nationale Berühmtheit nie anzusprechen wagte, lernte er beim Zuschauen doch die entscheidenden Dinge über das Bergsteigen und damit auch über das Leben. Man bezwingt einen Berg oder eine Wand nicht, indem man sofort aufgibt, das wusste unser Vater schon damals.

Wie konnte unsere Mutter also glauben, ihn von einer Flucht nach Kanada abbringen zu können?

Die Freunde unseres Vaters hatten jedenfalls mit einer Veränderung zu kämpfen. Warum stand jetzt ein Mädchen in ihrer Schulhofecke und beschimpfte sie als Angeber? Warum mussten sie sich rechtfertigen, wenn sie sich eine Zigarette anzündeten, um zu diskutieren, welches Album der Rolling Stones oder der Beatles das beste sei? Der häufigste Satz unserer Mutter war: Wenn ihr nicht pünktlich zum Klingelzeichen im Gebäude seid, melde ich's Frau Sroka.

Sei lieber still!, sagte der Dünne und zog den Speichelfaden hoch, den er neben dem Mülleimer abgeseilt hatte.

Sonst was?, fragte unsere Mutter.

Der Dünne warf unserem Vater einen hilfesuchenden Blick zu. Das wirst du dann schon sehen, murmelte er und schaute auf den Boden. Dann klingelte es, und er zertrat seine Zigarette und setzte sich mit hängenden Schultern in Bewegung.

Scheiße, murmelte auch Jacek Maluszewski und schlug beim Reingehen gegen die Glastür.

Hat einer von euch etwa auch eine Nationalfahne zerrissen vor den Augen der Miliz?, fragte unser Vater.

Unsere Mutter kam jetzt sogar mit zu Herrn Hilary, der in einer Hinterhofgarage in der Oleska Straße alte Röhrenfernseher und Radios auseinanderbaute. Als ehemaliger Schulfreund unseres Opa Andrzejek erklärte er unserem Vater und dessen Freun-

165

den die Funktion eines Plattenkondensators oder eines Transistors der Firma Grundig. Er war dick, hatte einen grauen Bart und schielte, und in der Nacht schlief er auf einer Matratze im hinteren Teil des Raums. Es rauschte und piepte von allen Seiten, man watete durch Kabelhügel, es roch nach gelötetem Kupfer und nach Zinn.

Aber das Beste war, dass Herr Hilary Schallplatten hatte, zum Beispiel von den Yardbirds oder von The Cream, denn er war ein großer Fan von Eric Clapton. Was richtiger Rock ist, davon hat hier in Opole niemand eine Ahnung, sagte er, zog die Garagentür zu und legte eine Platte von The Cream mit dem Titel *Goodbye Cream* auf, die er von einem Schwager bekommen hatte, der beim Zoll arbeitete. Und dann lief «I'm so glad», in der Live-Version, neun Minuten sechzehn.

Herr Hilary teilte Zigaretten aus. Er beäugte unsere Mutter aus einem oder aus zwei Augen. Und sie sagte: Sie sollten sich rasieren und Ihren Pyjama gegen einen Anzug tauschen.

Willst du dir nicht seinen Namen aufschreiben?, fragte der Dünne unsere Mutter auf dem Nachhauseweg.

Sie machte einen Satz auf die Mauer und dann einen auf den Metallzaun dahinter. Kannst du das?, fragte sie, und schon stand sie freihändig zwei Meter über dem Dünnen und balancierte einen Schritt vor, einen zurück.

Komm da lieber wieder runter, rief der Dünne und tapste mit offenen Armen unter dem Zaun hin und her. Sie sprang auf den Gehsteig zurück. Du bist so blöd, sagte der Dünne, drohte ihr mit der Faust und ging weiter. Er konnte solcherlei Dinge nicht gut verkraften, und unser Vater musste ihm einen Arm um die Schulter legen und ihn trösten.

Eigentlich war der Dünne der Dickste der ganzen Gruppe, er wog bestimmt doppelt so viel wie unser Vater. Aber warum er so dick war, wusste niemand, denn er aß so gut wie nichts. Wenn sich in der Milchbar auf dem Platz der Freiheit alle Pierogi bestellten, wollte er keine. Er schaute jedem auf den Teller, schüttelte den Kopf und sagte: Wie könnt ihr nur so viel essen, ich habe überhaupt keinen Hunger. Besonders angeekelt blickte er denjenigen Tellern nach, die Frau Małgorzata halbvoll abräumte. Auch wenn unsere Mutter anbot, für ihn zu bezahlen, winkte er ab. Und wenn er unserer Mutter auf die Gabel schaute, die sie zum Mund führte, sagte sie jedes Mal: Das schmeckt nach gar nichts. Und dann lächelte der Dünne zufrieden.

Nach der Schule verbrachte unser Vater ganze Nachmittage auf den Rohren, während seine Eltern bei der Arbeit waren, oder er wanderte mit dem Dünnen und Jacek Maluszewski und unserem Onkel Wojtek auf die Pasieka-Insel und am Deich entlang weiter auf die Bolko-Insel oder über das Gelände des Schlachthofbetriebs. Oder sie trafen sich auf den Rohren und schauten rauchend den Autos zu, die vom Platz der Roten Armee kamen und in die Oleska Straße oder in die Waryńskiego Straße bogen, an der Kreuzung mit dem heutigen Kreisverkehr.

Auf dem Platz der Roten Armee gab es auch eine Kneipe, die «Laterne», und unser Vater und seine Freunde konnten sie jeden Tag von den Rohren aus sehen. Auf einem Mäuerchen davor saßen interessante Herren und tranken Bier und erzählten sich gegenseitig Witze. Und manchmal wurde die Tür aufgestoßen, und dann schwappte der Gestank nach kaltem Rauch und abgestandenem Bier auf die Straße, und von drinnen hörte man Gesang und Gelächter, und manchmal fuhr ein Milizwagen vor, und zwei Beamte in blauen Uniformen stiegen aus und grüßten die Herren auf dem Mäuerchen und verschwanden im Inneren, und erst eine Stunde später kamen sie wieder heraus, und ihre Gesichter waren rot vor Hitze, und jetzt stellten sie sich vor die Herren auf dem Mäuerchen und machten Witze mit ihnen, bevor sie wieder einstiegen und davonfuhren.

Und zwar war es schmutzig auf den Straßen, und die Häuser hatten ungetünchte Fassaden, und alles war grau, aber das machte unseren Eltern und ihren Freunden nichts aus, denn sie fanden Opole schön, so wie es war. Und dieses Grau machte auch den anderen Stadtbewohnern nichts aus, sie waren im Frühling trotzdem auf den Straßen, es wimmelte geradezu von Stadtbewohnern am Kanal, sobald der erste Duft von Kastanienblüten in der Luft lag.

Unser Vater behauptet, dass unsere Mutter ab der Sache mit der Nationalfahne und der Nacht auf der Milizwache Teil der Gruppe gewesen sei, aber sie sagt: Ich bin gelegentlich mit ihnen mitgegangen. Stattdessen habe unser Vater ständig vor ihrem Haus herumgelungert. Und nachdem unser Opa Jurek durchs Fenster gefragt habe, wie es ihm da unten gehe, ob ihm an einem erneuten Gespräch mit der Miliz gelegen sei, da habe sie noch wochenlang heruntergerauchte Sporty Extra neben dem Mülltonnenhäuschen gefunden, aber jetzt außerhalb des Laternenkegels, unter der Akazie.

Darüber kann unser Vater nur laut lachen. Mir war eure Mutter herzlich egal, das könnt ihr mir glauben, sagt er. Ich habe an der Wand dieses Mülltonnenhäuschens meine Kletterübungen gemacht, das ist die höchste Mülltonnenhäuschenwand von ganz Opole gewesen. Sogar Jacek Strzeliński, der größte Alpinist von Opole, wenn nicht sogar von ganz Polen, hat dort trainiert.

Den Eklat zwischen unseren Eltern gab es jedenfalls im Sommer, als unsere Mutter die Ferien in der Häuschensiedlung am Mittleren See in Turawa verbrachte.

Unser Vater feierte nämlich ganz zufällig genau dort mit seiner

Klasse den Matura-Abschluss und damit seine endgültig bevorstehende Flucht nach Kanada. Es gab einen Kicker-Tisch, ein Volleyballfeld, und man spielte Tischtennis. Unser Opa Andrzejek hatte mit einem Nysa-Transporter der Textilfabrik zehn Kästen Bier angeliefert. Die Bungalows lagen in einem Kiefernwald, die Zapfen knackten und stachen in die Fußsohlen, und es roch nach aufgeheiztem Kiefernharz. Vom See drangen das Gekreisch von Kindern und der Geruch gebratener Forellen, was wir uns genau vorstellen können, denn wir haben später selbst einige Sommerurlaube am Mittleren See in Turawa verbracht.

Dass ihr ja nicht die Urlauber stört, sagte unser Opa Jurek, der zu dieser Zeit Direktor der Siedlung gewesen ist, zu den Abiturienten und zu unserem Opa Andrzejek.

Solange Ihre Tochter nicht wieder eine Fahne zerreißt, antwortete unser Opa Andrzejek.

Wie schon gesagt war unser Opa Jurek der Ansicht, er sei ein besserer Direktor als unser Opa Andrzejek, denn er war nicht nur Direktor der Feriensiedlung, sondern in dieser Zeit ja vor allem Direktor des Paradieses in der Krakowska Straße, des größten Warenhauses von ganz Opole, während unser Opa Andrzejek in seiner Textilfabrik lediglich weiße Hemden produzierte, wenn auch für Herrn Gomułka. Unser Opa Andrzejek wiederum war der Meinung, dass unser Opa Jurek als Mitglied der Großen Gemeinsamen Partei ein Diktator sei, mindestens so schlimm wie der tote russische Politiker mit dem Schnurrbart und der weißen Kellnerjacke.

Während unser Opa Jurek also zwischen den Abiturienten herumging und in Rucksäcke oder Kühlboxen schaute, verteilte unser Opa Andrzejek Bierflaschen und sagte zu jedem, mit dem er anstieß: Das ist die Nacht eures Lebens, besser wird's nicht! Und je ausgelassener unser Opa Andrzejek mit den Freunden un-

169

seres Vaters «Der Sommer wartet» sang und je öfter unser Opa Jurek etwas wie das Anzünden eines zweiten Lagerfeuers oder das Schießen mit einem Luftgewehr auf Bierflaschen ausdrücklich verbot, desto unangenehmer waren unserer Mutter und unserem Vater die Fragen der anderen nach den Gründen dieses großen Väter-Kriegs.

Sie sagte zu ihm: Du hast echt blöde betrunkene Freunde. Und er sagte zu ihr: Dein Vater leitet ein Gefängnis und keine Feriensiedlung, diese Anlage hier ist schlimmer als der gesamte Ostblock. Ihr könnt ja abhauen, sagte sie. Oder dein Vater geht endlich schlafen, sagte er. Und dann lächelte er und winkte und rief unserem gerade vorbeikommenden Opa Jurek zu: Hallo, Herr Mrożek, ein herrlicher Ort, vielen Dank für alles, Gott zum Gruße!

Unsere Mutter schubste unseren Vater. Unser Vater schubste unsere Mutter. So ging das eine Weile hin und her, bis sie sich, während sich unsere Opas bald quer über das Lagerfeuer anschrien, in ihrem zweiten Gerangel wiederfanden. Und weil unsere Mutter unseren Vater besonders blöd fand, seit er jetzt das Abitur hatte und am nächsten Morgen, wie angekündigt, endgültig nach Kanada aufbrechen wollte, tat sie etwas, von dem sie glaubte, dass es ihn ganz besonders hart treffen und vor allen Anwesenden blamieren würde: Sie küsste ihn.

Aber damit, dass unser Vater, der die ganze Steifheit und Fremdherrschaft in der Feriensiedlung durch einen Akt des Rolling-Stonesismus und John-Lennonismus aufsprengen wollte, einen ganz ähnlich perfiden Plan hatte, rechnete sie natürlich nicht. Und so dauerte dieser ihr erster Kuss erstens viel länger als beabsichtigt, und zweitens hatte er zur Folge, dass unsere Mutter unserem Vater auf der Stelle verbot, je wieder eine seiner stinkenden Zigaretten zu rauchen.

170

Noch heute sagt unser Vater manchmal zu unserer Mutter: Irgendwann schaffe ich es nach Kanada, und dann werdet ihr sehen. Klar schaffst du es, sagt sie dann und küsst ihn auf die Wange.

Weil er jetzt jedenfalls eine feste Freundin hatte, die noch zur Schule ging, konnte er unmöglich nach Kanada. Und so wartete auf ihn die Armee. Oder die Universität, was damals in Polen das Gleiche war. Da er aber Kenntnisse über das Überleben in den kanadischen Wäldern benötigte, beispielsweise im Zusammenhang mit dem Bau einer Blockhütte, schrieb er sich an der Technischen Hochschule Opole für das Studium des Maschinenbaus ein. Und weil er in Kanada hauptsächlich zu Fuß unterwegs sein würde, begann er, im Wald von Gosławice Dauerlauf zu trainieren. Er rannte an vier Tagen in der Woche, beim ersten Mal bis zum Steg in der Nähe des Erholungszentrums für sogenannte Drogensüchtige, beim zweiten Mal bis zu den Gleisen, beim dritten Mal bis nach Zawada. Nach zwei Wochen lief er schon am See mit dem Graureiher vorbei, an dem er eine Pause machte, um den Vogel mit einem Händeklatschen aus dem Schilf aufzuscheuchen und um zuzuschauen, wie er aufstieg und mit einem einzigen Flügelschlag über den Baumkronen verschwand.

Der Plan stand: Sobald unsere Mutter ihr Abitur hätte, würde er die Rysy überqueren und sich über die Tschechoslowakei nach Österreich durchschlagen, um sie einen Monat später nachzuholen, wie, das würde sich von alleine ergeben.

Allerdings arbeitete er in den Sommerferien in der Fabrik unseres Opas Andrzejek, und das sollte schon bald alles verändern, wovon er zu diesem Zeitpunkt aber noch überhaupt nichts ahnte.

In diesem seinem Ferienjob musste unser Vater Kartons mit polnischen weißen Hemden aus dem Lager in einen Lkw tragen und umgekehrt aus dem Lkw in einen anderen Bereich des Lagers und manchmal sogar in denselben Bereich des Lagers oder

171

sogar in denselben Lkw zurück, und man fragt sich vielleicht, warum, denn es waren ja immer dieselben Kleidungsstücke, die nie an irgendein Geschäft in Polen geliefert wurden. Aber diese Frage beantwortet sich von selbst, denn man hat damals in Polen ein anderes Konzept von Arbeit gehabt als beispielsweise zur gleichen Zeit in den Ländern auf der anderen Seite der DDR, man hat nämlich die Arbeit an sich geschätzt, ohne dass sie notwendigerweise konkrete Ergebnisse erbringen musste.

Jedenfalls überredete unser Vater unseren Opa Andrzejek nach einigen Wochen aus einer gewissen Langeweile heraus, Bergsteigerschuhe aus der Tschechoslowakei zu importieren. Er sagte zu ihm: Bergsteigerschuhe sind die Zukunft, Tausende von Leuten sind täglich in der Hohen Tatra unterwegs und doppelt so viele Füße. Und so bestellte unser Opa Andrzejek bei seiner nächsten Handelsreise nach Karlsbad bei der Firma Hudy ein Sortiment Bergsteigerschuhe, und das zog einen kleinen Erfolg der Textilfabrik nach sich, denn die im Gegenzug an die tschechoslowakische Firma gelieferten polnischen weißen Hemden wurden im Nachbarland ein Verkaufsschlager.

Nur leider verkauften sich die Bergsteigerschuhe der Firma Hudy in Polen nicht ganz so gut, und das lag nicht zuletzt daran, dass die Arbeiter in der Textilfabrik unseres Opas Andrzejek die Schuhkartons erst einmal vom Lkw luden und in einen bestimmten Bereich des Lagers trugen, am nächsten Tag aber aus diesem Bereich des Lagers in einen anderen Bereich und am dritten Tag wieder zurück in den Lkw, und in der Woche darauf machten sie alles wieder ganz genauso, nur in umgekehrter Reihenfolge und unter Einbeziehung anderer Bereiche des Lagers oder eines anderen Lkws, denn es war derzeit nicht vorgesehen, an eines der Geschäfte in Polen Bergsteigerschuhe zu liefern, was aber, wie unser Opa Andrzejek auf das Drängen unseres Vaters hin bei der

172

Stadtverwaltung in Erfahrung brachte, schon nächsten Monat anders sein konnte. Volkswirtschaft, so die Beamten, sei ein diffiziles Unterfangen, man müsse vor jeder Entscheidung genau nachdenken, sodass es besser sei, wenn die Bergsteigerschuhe zunächst auf dem Gelände der Textilfabrik blieben und man vorerst verschiedene Varianten ihrer Unterbringung ausprobiere.

Aber so schnell gab unser Vater nicht auf. Denn wie erwähnt hatte er ein großes Vorbild, und daher wusste er auch in dieser schwierigen Situation: Man bezwingt einen Berg oder eine Wand nicht, indem man sofort aufgibt.

Unser Vater hat uns genau erzählt, was er nach dem Misserfolg der Bergsteigerschuhe der Firma Hudy getan hat: Er ging in die Stadtverwaltung von Opole und fragte, ob er nicht selbst ein Geschäft aufmachen dürfe, in dem er dann auf eigene Verantwortung versuchen könne, Bergsteigerschuhe in Opole und vielleicht sogar in ganz Polen zu verkaufen.

Nur leider antwortete man ihm, Herr Gomułka in Warschau sehe es ehrlich gesagt nicht so gern, wenn jemand ein eigenes Geschäft eröffne, er sei nämlich der Meinung, dass man mit den Geschäften zufrieden sein solle, die er eröffnet habe, denn diese würden ja schon die besten Dinge verkaufen.

Aber ob man nicht eine Ausnahme machen könne, fragte unser Vater, denn er finde, dass es gerade auf dem Gebiet der Bergsteigerausrüstung in Polen noch Defizite gebe.

Was er denn mit Defizit genau meine, fragte man ihn.

Er meine damit lediglich kleine Qualitätsschwankungen, sagte unser Vater. Und gelegentliche vollständige Abwesenheiten von Dingen, beispielsweise von Bergsteigerschuhen, insbesondere von Bergsteigerschuhen der Firma Hudy.

Wie er sich das vorstelle, fragte man ihn. Wie es seiner Ansicht nach wäre, wenn plötzlich jeder anfinge, ein Geschäft zu eröffnen, wie unübersichtlich das im ganzen Land werden würde und wie schwer Herr Gomułka es dann hätte, den Überblick zu behalten.

Aber warum man denn unbedingt den Überblick behalten müsse, fragte unser Vater.

Den Überblick müsse man behalten, antwortete man ihm, weil Volkswirtschaft ohne Überblick nicht funktioniere, das sei das einfachste volkswirtschaftliche Gesetz der Welt, ob er denn überhaupt keine Ahnung von Handel habe.

Und so blieb unserem Vater am Ende nichts anderes übrig, als sich zu verabschieden und enttäuscht nach Hause zu gehen. Diese Enttäuschung war aber, wie sich bald zeigen sollte, nicht von langer Dauer. Denn plötzlich kam unserem Vater ein sogenannter Umstand der sogenannten Geschichte entgegen. Es war nämlich Winter und kurz vor Weihnachten, und das war in Polen schon damals die pikanteste Zeit des Jahres, vor allem für die sogenannte Regierung in Warschau.

Man kann sich nicht vorstellen, was es in Polen bedeutet, wenn kurz vor Weihnachten das Fleisch dreimal so teuer wird. Laut unserem Vater ist das so, als würde man zu den Slalomfahrern und Biathleten während der Winterolympiade sagen: Ab heute kostet der Schnee etwas, und jeder, der ihn benutzen will, muss zahlen.

In jenen Jahren fing unser Opa Andrzejek an jedem ersten Dezembertag an, von seinem Büro aus herumzutelefonieren. Er fuhr mit seinem Dienstwagen nach Turawa und nach Zawada und nach Gosławice und sprach mit Bauern, die er kannte. Er fragte auf dem Markt hinter dem Paradies in der Krakowska Straße herum, er kaufte hier die billigste Krakauer für Bigos, dort das beste Kalbfleisch für die «Beinchen». Er brachte einem Mitarbeiter in

174

der Textilfabrik Spiritus oder Damenstrumpfhosen von einer Handelsreise in die Tschechoslowakei mit, weil dessen Bruder eine Geflügelfabrik in Czarnowąsy hatte. Er kaufte mehrere Karpfen, die dann zwei Wochen in der Badewanne in der Wohnung unserer Großeltern schwammen, bevor am Vorabend von Weihnachten nachts das große Klopfen aus der Küche in das Zimmer unseres Vaters und unseres Onkels Edek drang.

Und dann ließ Herr Gomułka kurz vor Weihnachten, wegen eines gewissen finanziellen Engpasses seiner Regierung, die Preise für Fleisch- und Wurstwaren anheben, wobei er wirtschaftlich argumentierte. Ein solcher Schritt sei, sagte er, das Beste für alle, denn wenn die Regierung mehr einnehme, dann gehe es auch den Bürgern besser.

Weil nun aber die Arbeiter aus den Fabriken wissen wollten, wie sie das finanzielle Problem so kurz vor Weihnachten lösen sollten, trafen sie sich im ganzen Land wieder auf den Straßen und riefen diesmal Dinge gegen die Regierung von Herrn Gomułka, die für ihn besonders verletzend waren. Was ihn endgültig wütend machte, denn was in anderen Ländern in derselben Zeit geschah, war ihm egal, Polen durfte nicht davon überrollt werden, dann sollte es schon lieber umgekehrt sein. Und weil dieses umgekehrte Überrollen mit Hilfe von polnischen Panzern vonstattging, wobei genau 38 der Arbeiter aus Versehen überfahren oder auch – in noch selteneren Fällen – durch Unglücksfälle technischer Art erschossen wurden, ist es verständlich, dass die Freunde Herrn Gomułkas in Warschau bald auf die Idee kamen, allmählich jemand anderen sein Glück in der Regierung versuchen zu lassen. Und dieser Jemand könnte doch, so überlegten sie, der großgewachsene und schlanke Herr Gierek sein.

Ein halbes Jahr später ließ unser Vater sich exmatrikulieren und eröffnete am Theaterplatz in Opole zum ersten Mal das Ge-

175

schäft mit dem Namen «Yukon». Denn Herr Gierek hatte ganz andere Ideen zum Thema Privathandel als Herr Gomułka vor ihm, und Einblick in diese seine neuen Ideen gewährte er bald auch den Beamten der Stadtverwaltung in Opole, die nicht schlecht staunten, sofort aber die Stichhaltigkeit dieses neuen Denkens erkannten, denn Herr Gierek war der Meinung, dass der Grund für die bisherige schlechte Versorgung der Geschäfte und damit auch für die hohen Preise für Fleisch- und Wurstwaren der gewesen sei, dass Polen sich zu wenig Geld von westlichen Ländern geliehen habe, um es in moderne Fabriken und Geschäfte zu investieren, und außerdem habe es in den Jahren zuvor zu wenige Geschäfte gegeben, in denen gute Sachen angeboten worden seien, auf allen Gebieten, und in denen die Verkäufer für sich selbst anstatt für andere gearbeitet und sich deshalb auch mehr Mühe beim Verkaufen gegeben hätten.

Unser Vater hat uns genau beschrieben, wie der erste Laden «Yukon» gewesen ist. Zwar versteckte er sich am Theaterplatz 21 in einer Seitenstraße, dazu noch im Hinterhof eines Hauses, dazu noch in einem Keller, den man nur über eine steile Treppe vom Hinterhof aus erreichen konnte, und auch schien dieser Keller von außen eher niedrig zu sein und eng und etwas dunkel. Aber das alles änderte sich schlagartig, sobald über einem in der Tür endlich das Glöckchen geschellt und man den Raum betreten hatte.

Plötzlich stand man an einem glucksenden Bach, und über einem erhoben sich die Gipfel des Giewont, des Kasprowy Wierch und der Rysy, und man roch die Tannen und Farne und die feuchte Erde am Ufer des Baches im Tal der versteinerten Ritter. Der Himmel war so schneidend blau, wie es nur in den Bergen möglich ist, und von irgendwo sang ein Pirol, und von weit über sich hörte man einen Kuckuck und von noch höher das Klacken von aufeinanderfallenden Felsbrocken, und man atmete auf einmal doppelt so tief.

Innerhalb von einer Woche war das «Yukon» leer gekauft, und unser Vater musste eine neue Bestellung an die Firma Hudy schicken. Kein anderer Laden in ganz Polen führte das Schuhmodell «Kasprowy Wierch» in seinem Sortiment oder das Schlafsackmodell «Tscherpa» oder das Zeltmodell «Kanada», jeweils von der Firma Hudy, mit der unser Vater von Anfang an eng in Sachen Produktentwicklung zusammenarbeitete, sodass er auch die eine oder andere Idee im Hinblick auf Modellnamen einbringen konnte.

Und so schellte das Glöckchen an der Tür schon während des ersten Monats täglich hundertmal. Dutzende Jugendliche drängten sich in das «Yukon» und probierten verschiedene Schuh- oder Rucksackmodelle an, und unser Vater erklärte ihnen Sohleneigenschaften oder Unterschiede in den Maserungen der Seile oder auch, was einen guten Schlafsack ausmacht.

Er erzählte ihnen außerdem, welche Route sie zum Beispiel auf die Rysy oder auf den Kasprowy Wierch nehmen sollten und welche Steigeisen sich am besten eigneten, falls man vom Eis überrascht werde. Zwar habe er nur eine Sorte Steigeisen im Sortiment, aber es sei eben die beste Sorte, von der tschechoslowakischen Firma Hudy, mit der er auch in puncto Weiterentwicklung der Materialien eng zusammenarbeite, so sprach er zu den Jugendlichen von Opole, und dann erzählte er ihnen von Kanada und den Rocky Mountains und vom Mount Logan, und sie fragten, ob er schon dort gewesen sei, und er sagte: noch nicht, aber er habe bereits einen Antrag auf einen Pass und ein Touristenvisum gestellt, und heutzutage, unter Herrn Gierek, sei das nicht mehr so schwer wie noch vor ein paar Jahren, und sowieso würden die Grenzen bald vollständig offen sein, das sage er voraus,

177

und dann werde man als Pole sogar nach Kanada reisen können. Nach Kanada?, fragten die Jugendlichen. Jawohl, sagte er und erklärte, dass gerade deshalb eine Investition in Steigeisen der Firma Hudy eine Investition in die Zukunft sei. In eure Zukunft als Bergsteiger und Weltbürger, sagte er.

Und selbst unser Opa Jurek, der sich als Direktor der Stadt Opole mit dem Verkaufen zu dieser Zeit wohl am besten auskannte, musste unserem Vater zu dessen Erfolgen gratulieren, von Verkäufer zu Verkäufer, und er bot ihm sogar an, gelegentlich die Bestellungen und Inventurbögen zu prüfen, als Experte auf diesem Gebiet, was unser Vater dankend ablehnte, denn er war der Meinung, dass ein jeder Verkäufer für sich selbst verantwortlich sei, das mache überhaupt das Wesentliche des modernen Verkaufswesens aus und werde in Zukunft noch zu viel Wohlstand in ganz Polen führen. Und zwar gab unser Opa Jurek zu bedenken, dass unser Vater eine merkwürdige Vorstellung vom Verkaufswesen habe, denn das Verkaufswesen bilde, wie allgemein bekannt sei, die Stütze der sogenannten Gesellschaft, und weil in einer Gesellschaft vor allem das Miteinander im Vordergrund stehe, sei auch das Verkaufswesen auf ein Miteinander angewiesen, etwa was die Abstimmung der Verkaufsabläufe mit sogenannten höheren Stellen dieser Gesellschaft anbelange. Woraufhin aber unser Vater widersprechen musste, denn auch wenn das Verkaufswesen in der Tat die Stütze einer jeden sogenannten Gesellschaft bilde, so dürfe gerade deshalb keine Abstimmung der Verkaufsabläufe auf der Ebene der sogenannten höheren Stellen dieser sogenannten Gesellschaft stattfinden, sondern ausschließlich auf einer niedrigeren Ebene, nämlich auf derjenigen der einzelnen Kunden, denn der einzelne Kunde wisse am besten, was er wolle, und demzufolge wüssten die einzelnen Kunden in ihrer Summe auch am besten, was für die Gesellschaft am besten sei, und im Grunde

178

brauche es die sogenannten höheren Stellen der Gesellschaft gar nicht, was er unserem Opa Jurek auch beweisen werde, und zwar anhand des Erfolgs des «Yukon», sie könnten aber gerne weiterhin in einem Meinungsaustausch von Experte zu Experte und von Schwiegersohn zu Schwiegervater bleiben.

Und so brach für unsere Eltern und sogar für ganz Polen von diesem Moment an die sogenannte gute Zeit an. Es gab Schallplatten der Gruppe Led Zeppelin und sogar wieder Coca-Cola, und im Fernsehen konnte man jetzt gelegentlich, etwa an Weihnachten, amerikanische Filme anschauen, die zum Beispiel von Autoverfolgungsjagden in der Stadt San Francisco oder in anderen Städten handelten, und Herr Gierek hatte sogar inzwischen eine Fluggesellschaft mit dem Namen LOT gegründet, die London und München und Paris ansteuerte, und jetzt konnte jeder Bewohner von Polen in der Stadtverwaltung einen Reisepass beantragen.

Damals ließ sich unser Vater einen Schnurrbart wachsen, und eigentlich rasierte er ihn seitdem nur noch ein einziges Mal ab, ein paar Jahre später, und das auch nur, weil er eine Wette gegen den Dünnen verlor, im Rahmen derer er behauptet hatte, es spätestens bis zur nächsten Winterolympiade in Kanada aus Polen rauszuschaffen. Und so trug er ein Jahr lang keinen Schnurrbart, und ein Foto aus dieser Zeit zeigt ihn als einen jungen Mann mit einer hellen Stelle unter den Nasenflügeln. Aber wir kennen ihn natürlich nicht anders als mit seinem schönen schwarzen Schnurrbart, und da wir noch nicht geboren waren, können wir uns auch an all die anderen Dinge in diesem schnurrbartlosen Jahr unseres Vaters nicht erinnern, dem Jahr, in dem unsere Eltern geheiratet haben und der Dünne bei einem Segelausflug auf dem Mittleren See in Turawa ertrunken ist.

179

Unser Vater heiratete unsere Mutter, das behauptet er bis heute, nur aus einem Grund, und zwar, weil diese Heirat der zweite Teil seines Wetteinsatzes mit seinem Freund dem Dünnen gewesen sei. Und bei der Hochzeit weinte er, und weil er so weinte, gaben sich unsere zwei Opas an diesem Tag die Hand, und am Ende der Nacht saßen sie als letzte Gäste am langen Tisch in der Wohnung unseres Opas Andrzejek und unserer Oma Izabela und stießen mit einem Gläschen Holunderlikör nach dem anderen an, und unser Opa Jurek sagte schließlich, dass es doch keine Rolle spiele, wer der bessere Direktor sei, Hauptsache, dass man überhaupt eine Direktorenposition innehabe.

Viele Partys wurden in dieser Zeit gefeiert. Und so zum Beispiel auch im Winter vor der Hochzeit und vor dem Segelunglück.

Der Dünne hatte sich einige Monate zuvor mit dem Erbe seines berühmten Onkels aus Amerika einen Hof in Gosławice gekauft und dort eine Autowerkstatt eingerichtet, denn das war schon immer sein Lebenstraum gewesen. Zwischen herumstolzierenden Hühnern standen Autowracks im Gras, und dazwischen lagen im Sommer überreife Birnen, über denen die Wespen kreisten. Der Dünne hatte als Erster in Opole einen alten Golf 1, den er gelb lackierte wie ein Taxi aus New York, denn auch das erlaubte Herr Gierek damals sofort. Nur gab es leider nicht immer Benzin, weswegen der Golf oft in der Scheune stehen bleiben musste, aber er war sehr gut zu bewundern, auf seinem rot lackierten Podest.

Es ist eine unserer Lieblingsgeschichten, wie dieser Golf von einem Schweden mit dem Namen Blag in die Luft gejagt und vom Dünnen schließlich im Dorfweiher versenkt wurde, nach einer letzten Runde um den Marktplatz von Gosławice und durchs Dorf. Es war nämlich so, dass Jacek Maluszewski den Schweden

Blag, den er bei einem Konzert kennengelernt hatte, mitbrachte zur einer Silvesterparty.

Das sind damals noch ganz andere Partys gewesen als heute: Die Mutter des Dünnen hatte in einem großen Topf Bigos gekocht, und es gab eine Kiste Bier, herantransportiert mit einem Nysa-Transporter der Textilfabrik unseres Opas Andrzejek, und unser Opa Jurek spendierte mehrere Flaschen selbstgemachten Holunderlikör, der in den Tee getröpfelt wurde, denn draußen schneite es, und der Wind pfiff durch die Ritzen der Scheune, in der die Party stattfand. Das sind damals auch ganz andere Winter gewesen als heute: Der Schnee reichte bis zu den Fenstern im ersten Stock der Wohnung unserer Großeltern in der Oleska Straße, und unser Opa Andrzejek konnte direkt durchs Küchenfenster auf die Straße treten, wenn er morgens zur Arbeit ging. Die Autos fuhren unter dem Schnee, nur die Radioantennen ragten aus dem Schnee heraus, und wer keine Scheibenwischer hatte, fand den Weg zur Arbeit nicht, sondern landete in einer Straße auf der anderen Seite der Stadt oder in einem Dorf zehn Kilometer vor Opole. Es war so kalt, dass die Männer auf dem Mäuerchen vor einem Supermarkt stocknüchtern waren, sie kamen mit ihren Zungen nicht in die Bierflaschen und ans gefrorene Bier heran. Es waren Winter, in denen sich Einbrecher und Diebe freiwillig der Polizei stellten, die diese aber nicht einsperrte, weil alle Zellen überfüllt waren. Das ging sogar so weit, dass die Angestellten in den Büros zerschnittene Gesichter hatten, da ihnen der Atem auf dem Weg zur Arbeit vor dem Gesicht auf dem Gehweg blitzartig und messerscharf gefror.

Und so saß man an diesem Silvesterabend bei offenem Scheunentor vor dem im Hof brennenden Lagerfeuer, in Pelzmäntel, Schals und Mützen gehüllt, und wärmte sich mit Tee auf, und es wurden viele Zigaretten geraucht. Nur unser Vater rauchte natür-

181

lich nicht mehr. Und der Dünne verteilte Bigos auf Blechtellern, ohne selbst zu probieren. Er habe überhaupt keinen Hunger, behauptete er, wobei ihm immer auffiel, wenn gerade irgendwo der letzte Löffel gelöffelt worden war, und dann stand er neben einem und riss einem den Teller aus der Hand und gab einem einen Nachschlag, egal, wie sehr man beteuerte, dass man satt sei.

Eigentlich sei dieser Blag gar kein Schwede gewesen, sagt unser Vater an dieser Stelle jedes Mal. Er sei ein Pole aus Gdańsk gewesen und habe in der Danziger Werft gearbeitet. Er habe nur behauptet, Schwede zu sein, und habe deswegen mit allen Englisch gesprochen, aber in Wahrheit habe er alles, was auf Polnisch gesagt worden sei, verstanden, denn er sei ja aus Gdańsk gewesen.

Jedenfalls bestand Blags Problem darin, dass er kein Benzin mehr hatte, um zurück nach Stockholm zu fahren. Und hilfsbereit, wie der Dünne war, wollte er ihm Benzin aus seinem geliebten New-York-gelben Golf abzapfen, denn an diesem Abend hatte er gerade noch einen halbvollen Tank. Das Einfachste, so schlug Blag vor, wäre es, das Benzin in einen Kanister zu füllen, sodass er dann mit dem Kanister verschwinden könnte und die Party nicht weiter stören würde. Und dann könnte er sein Auto allein betanken, dort hinter der Ecke, und der Dünne müsste nicht einmal mitkommen.

Viel besser wäre es, so schlug im Gegenzug der Dünne vor, das Benzin direkt von einem Auto ins andere zu zapfen, das wäre dann insgesamt eine saubere Sache. Ob Blag sein Auto nicht eben kurz hierherschieben könne.

Ob man nicht doch lieber einen Kanister benutzen wolle, fragte Blag, damit er sein schwedisches Auto dort hinter der Ecke betanken könne.

Nach längerem Hin und Her setzte sich der Dünne schließlich durch, denn in Wahrheit wollte er, wie alle wussten, nur seinen schönen Golf bewegen. Und so stellte man die beiden Autos – Blags Polonez mit dem Kennzeichen aus Gdańsk und den schönen gelben Golf des Dünnen – nebeneinander. Und damit man besser sehen konnte, was man tat, schob man die Autos ein Stück in den Lichtschein des Feuers. Der Dünne holte aus seiner Werkstatt einen Schlauch, und weil man immer noch zu wenig sehen konnte, rollte man beide Autos noch etwas näher in den Lichtschein, jeweils eines auf eine Seite des Feuers. Der Schlauch war glücklicherweise lang genug, sodass man ihn quer durch das Feuer legen konnte, durch die Glut.

Wir sehen den Dünnen vor uns, wie er ein paar Minuten später in seinem geliebten taxigelben Golf noch ein letztes Mal durch Gosławice fährt. Und wie das ganze Dorf an der Straße steht und zuschaut, wie der Dünne im brennenden Auto zum Weiher rollt und wie es langsam bis in die Mitte des Weihers schwimmt, zwischen den Eisschollen, und mit einem letzten Glucksen untergeht. Wie eine Beerdigung bei den Wikingern muss das gewesen sein. Nur dass der Dünne doch noch auftauchte und sich ans Ufer rettete, das Gesicht ganz schwarz von Ruß.

Es ist schade, dass diese sogenannte gute Zeit nur sehr kurz dauerte. Und das lag vor allem daran, dass Herr Gierek sich nach wenigen Jahren in der sogenannten Regierung in einer etwas schwierigen Lage befand. In seinem Büro in Warschau sitzend und auf seine Erfolge im Bereich Privathandel zurückblickend, hatte er übersehen, dass der Kauf von Bauteilen für polnische Fabriken nicht zuletzt durch einige Versprechen gegenüber den Kreditgebern auf der anderen Seite der DDR möglich gewesen war, und jetzt, da es um die Rückzahlung dieser Kredite ging, war Herr Gierek sehr überrascht über deren Höhe.

Und weil sich laut unserem Vater viele polnische Politiker in der Geschichte durch ein Talent zur ewigen Wiederholung des größtmöglichen Fehlers in einer möglichst unpassenden Situation auszeichnen, fügte auch Herr Gierek sich schweren Herzens in diese Tradition ein und verkündete im Fernsehen die Erhöhung der Preise auf Fleisch- und Wursterzeugnisse, immerhin schon im Juni. Aber auch im Juni ist in Polen, was die Planung der kulinarischen Aspekte anbelangt, schon fast Weihnachten.

Die Sache hatte aber leider einen zusätzlichen Aspekt. Inzwischen hatten die Bürger auf der sogenannten Straße eine Art grundsätzliches Bedenken gegenüber der Gesamtheit der Geschehnisse entwickelt, wohl durch die Einsicht bedingt, dass sich auch unter Herrn Gierek, wie man jetzt deutlich sah, in Wahrheit nicht viel geändert hatte, denn weil Herr Gierek kein Geld für neue Bauteile hatte, standen bald die Fabriken still, und die Arbeiter bekamen auch kein Gehalt mehr. Und so schien es am Ende sogar so, als wären die vielen kleinen Geschäfte und die guten Sachen aus den Ländern auf der anderen Seite der DDR und die Fluggesellschaft LOT und die Reisepässe von Anfang an nur ein Trick Herrn Giereks gewesen, eine Art Ablenkungsmanöver.

Zu jener Zeit schrieb ein gewisser Adam Michnik ein Buch, in dem er empfahl, dass sich die Arbeiter aus den Fabriken, die Studenten von den Universitäten und die Priester mit ihren Gemeinden an einen Tisch setzen sollten, um gemeinsam über die Dinge nachzudenken. Und ein gewisser Werftarbeiter aus Danzig namens Lech Wałęsa hielt die Idee für hervorragend und schloss sich mit anderen Interessierten einer sogenannten Supergewerkschaft an, die man heute unter dem Namen Solidarność weltweit bestens kennt und deren Chef er bald werden sollte.

Hinzu kam, dass der soeben in Rom zum Papst gewählte Krakauer Erzbischof Karol Wojtyła seine erste offizielle Auslandsreise vom Vatikan aus nach Krakau zu machen plante, nämlich zu den Feierlichkeiten zu Ehren des sich zum 900. Mal jährenden Martyriums des polnischen Bischofs Stanisław, der von König Bolesław II., den er wegen Ehebruch kritisiert hatte, hingerichtet worden war. Man kann sich vorstellen, welche Horrorvision Herrn Gierek und seine Freunde in Warschau auf die bloße Ankündigung dieses Besuchs hin plagte.

DER ERSCHÖPFTE BEAMTE
IM GRAUEN QUADER

Unser Vater hat uns einmal erzählt, dass ihm während seiner ganzen Schulzeit niemals dieser eine bestimmte Mitschüler aufgefallen sei, der schon damals eine einzige, aber dafür sehr merkwürdige Eigenschaft gehabt habe. Unser Vater habe sich im Gegenteil erst viel später an ihn erinnert, dann aber sehr gut.

Dieser Mitschüler habe sich nämlich durch eine besondere Müdigkeit, ja geradezu Erschöpfung ausgezeichnet. Egal, wie wichtig der Unterricht, zum Beispiel im Hinblick auf eine anstehende Prüfung, gewesen sei, habe er seinen Kopf in seine Arme auf dem Pult gebettet, und manchmal habe er sogar geschnarcht. Aber der Geschichtslehrer Herr Władek oder die Mathematiklehrerin Frau Rostowska oder der Polnischlehrer Herr Dr. Mazurek hätten nur den Kopf geschüttelt, und interessanterweise habe dieser Mitschüler bei jeder Prüfung trotz des versäumten Unterrichts die besten Noten gehabt.

Weshalb unser Vater ihm die Aufnahme in seine auf den Rohren sich treffende Gruppe leider ausschlagen musste, als dieser Mitschüler, der ansonsten überhaupt keine auffälligen Merkmale gehabt, ja geradezu durchschnittlich ausgesehen habe, eines Tages im Pausenhof eine offizielle Anfrage an ihn stellte. Aber weil der erschöpfte Mitschüler auf die Absage nur mit einem Achselzucken reagierte, dachte unser Vater nicht weiter darüber nach, und nach seinem Matura-Abschluss vergaß er für viele Jahre, dass er diesen Mitschüler gehabt hatte.

An einem Montagmorgen im Winter jedoch, während eines

186

der letzten Dienstmonate Herrn Giereks in Warschau, klopfte es an die noch zugeschlossene Tür des «Yukon». Das «Yukon» war inzwischen in ein helles Ladenlokal im Parterre eines Hauses umgezogen, das direkt am Theaterplatz stand und Erker und Dachvorsprünge und sogar ein Türmchen hatte. An jenem besagten Montagmorgen traten zwei gut aussehende junge Männer in übergroßen braunen Lederjacken mit weißem Innenfell durch die Tür, und kurz darauf durfte unser Vater in ihrem Nysa-Transporter durch die Stadt mitfahren, bis in den Innenhof des Grauen Quaders. Die zwei jungen Männer waren so freundlich, ihn bis in den dritten Stock hinter eine Tür zu begleiten, die zum Flur hin mit einem braunen Lederpolster ausgekleidet war.

Er gratuliere ihm sehr zu seinen Erfolgen im unternehmerischen Bereich, sagte ein Mann in einem grauen Anzug und mit roter Krawatte, der etwa im Alter unseres Vaters war und ihm über einen braunen Holzschreibtisch hinweg die Hand hinstreckte und ihn dann bat, ihm gegenüber Platz zu nehmen. Es sei, so der Beamte, erfreulich, dass es solche erfolgreichen Geschäftsleute wie unseren Vater gebe. Es sei für die Stadt Opole das Wichtigste, dass die Bürger mit guten Dingen versorgt würden, und zwar mit den bestmöglichen Dingen, in allen Bereichen.

Unser Vater nahm gern ein Glas Schwarztee entgegen, das ihm von einem der zwei jungen Männer in den braunen übergroßen Lederjacken gebracht wurde, und der Beamte fragte ihn, ob er ein Scheibchen Zitrone wünsche, ein Scheibchen Zitrone sei für ihn aus einem Schwarztee nicht mehr wegzudenken, ob es unserem Vater eventuell ganz ähnlich gehe. Bevor unser Vater aber antworten konnte, hatte der Beamte, der soeben noch eine Zitrone in der Hand gehalten hatte, diese einmal in die Luft geworfen, aufgefangen und wieder in einer Schublade verschwinden lassen.

Wie es ihm gehe, fragte der Beamte. Man sei ja im selben Al-

187

ter, und er habe das starke Gefühl, dass man sich von irgendwoher kenne, aber es sei in Opole auch nicht ungewöhnlich, dass man sich schon irgendwo begegnet sei, es handle sich schließlich um eine kleine Stadt, wenn auch um eine besonders schöne, die inzwischen ja auch für verschiedene Dinge, wie etwa das Festival des Polnischen Liedes, über die Grenzen der Woiwodschaft hinaus bekannt sei, auch in Warschau und sogar im Ausland, ob unser Vater darauf genauso stolz sei wie er, ob er Opole genauso liebe.

Unser Vater sagte, dass er Opole durchaus genauso liebe, dass es immerhin seine Heimatstadt sei. Er wollte dann auch gleich für den Tee danken, der ganz besonders gut schmeckte, denn es war tatsächlich der beste Schwarztee, den er jemals getrunken hatte, bestimmt ein echter Earl Grey. Aber er schaffte es nicht, dem Beamten dieses Kompliment zu machen, denn der Stuhl, auf dem er saß, entpuppte sich als ein besonders kleiner Stuhl, nicht viel höher als ein Hocker, ein Kindergartenstuhl eigentlich, die Knie unseres Vaters berührten, wie er in diesem Moment bemerkte, sein Kinn, und er musste den Rücken krümmen und dabei den Kopf heben, um von unten über die Kante des Schreibtisches hinweg dem Beamten überhaupt in die Augen blicken zu können, und das war insgesamt so unbequem, dass er mal ein Bein ausstrecken musste, mal das andere, und versuchte, den Rücken gerade zu machen oder noch ein Stückchen mehr zu runden, weil er sonst nach hinten gekippt wäre.

Es gebe natürlich auch viele andere schöne Länder auf der Welt und noch viel mehr schöne Städte, sagte der Beamte, der die Verrenkungen unseres Vaters nicht zu bemerken schien. Er hatte sich jetzt halb weggedreht und schaute zum Fenster hinaus. Und während er so da saß und zu diesem Fenster hinausschaute, seufzte er plötzlich tief und wirkte von einem Augenblick auf den nächsten verändert.

Denn er schien auf einmal besonders müde zu sein, aus seinen Augen sprach eine große Erschöpfung, und das, obwohl er doch genauso jung war wie unser Vater. Es hatte auf einmal den Anschein, als wäre der Beamte über eine Million Jahre alt, wie der Giewont oder die Rysy, und er rührte dann auch besonders langsam in seinem Tee, in dem unser Vater jetzt übrigens doch eine Zitronenscheibe bemerkte, und hatte dabei die Augen geschlossen, er atmete besonders tief, wie wenn er schon seit Monaten, seit Jahren, seit seiner Schulzeit sogar nicht mehr richtig geschlafen, ganze Nächte lang kein Auge zugetan hätte.

Und weil es viele andere schöne Länder gebe, sagte der Beamte nach einer schieren Unendlichkeit des Schweigens mit erschöpfter Stimme, kämen leider auch viele Leute auf die Idee, dass es in diesen Ländern viel schöner und interessanter sei als in Opole und sogar in Polen. Ob unser Vater das nicht tragisch finde, ob er nicht auch selbst bemerkt habe, dass gerade die Jugend für solcherlei Gedanken sehr empfänglich sei, für den Glanz und die Verlockungen der schönen fremden Länder, insbesondere der Länder auf der anderen Seite der DDR. Ob unserem Vater das schon einmal aufgefallen sei. Sogar er selbst, wie er hier in seinem Büro sitze, müsse zugeben, dass er in seiner Jugend nicht ganz immun gewesen sei gegenüber solchen Gedanken, gerade weil viele Dinge wie etwa das Buch eines ausländischen Autors oder das Auto einer ausländischen Marke oder auch ein besonders moderner ausländischer Fernseher einen auf solche Gedanken bringen könnten, und dass er in seiner Jugend sogar versucht habe, sich gegen das eigene Heimatland zu engagieren, indem er Kontakt gesucht habe zu sogenannten freiheitsliebenden Gruppierungen, die sogenannte revolutionäre Akte durchführten. Ob unser Vater nicht auch manchmal denke, dass es in anderen Ländern viel schönere Autos gebe als in Polen. Zum Beispiel in West-

189

deutschland oder in Amerika oder in noch fremderen Ländern wie etwa in Kanada.

Nur sehr selten denke er das, sagte unser Vater, dessen Hocker sogar noch ein Stück unbequemer geworden war, sodass er sich jetzt noch mehr drehen und verrenken musste.

Und ob er nicht auch manchmal denke, fuhr der Beamte fort, dass Opole zwar eine sehr schöne Stadt sei, dass es aber außerhalb von Polen, beispielsweise in Westdeutschland oder in Amerika, noch ein paar andere schöne Städte gebe. Oder in Kanada.

Er sei nicht so sehr ein Stadtmensch, keuchte unser Vater von unten zu dem Beamten hinauf.

Und so plauderte man noch eine Weile, und der Beamte erzählte von seinen zwei Töchtern und von seiner Ehefrau, die ein Faible für historische Rüstungen aus der Zeit Jan Sobieskis III. habe, was kostspielig sei, weshalb er sich etwas überarbeitet fühle in letzter Zeit, und er fragte unseren Vater wiederum über uns aus, die wir gerade geboren waren, und über unsere Mutter, und es wäre bis dahin eine angenehme Plauderei gewesen, wenn unser Vater nicht auf einem so unbequemen Stuhl gesessen hätte, der ihn ständig dazu zwang, sich zu winden und zu strecken und zu krümmen, und am Ende konnte er nicht einmal mehr richtig sprechen, in dieser zusammengefalteten Sitzposition, in der er immer ein kleines bisschen zu wenig Luft bekam.

Er wolle ihn, sagte der Beamte dann aber glücklicherweise, gar nicht lange aufhalten, er habe sich nur kürzlich gefragt, für welche Art von Kunden er eigentlich Schlafsäcke im Sortiment führe, die für Temperaturen unter minus 30 Grad entwickelt seien. Wer solche Dinge in Polen überhaupt kaufe. Und wer im tiefsten Winter Ausflüge in die Berge mache und im Schnee übernachte. Und dann die Sache mit den Bärenfallen. Ob unser Vater mehr wisse als die Forstbehörden aus den Woiwodschaften Hohe Tatra oder Białowieża, zum Thema Rückkehr von Ursus arctos in die heimischen Berge und Wälder. Ob es da wohl Gerüchte gebe, die noch nicht bis zu ihm, dem Beamten, durchgedrungen seien. Eigentlich nicht, sagte unser Vater. Es gebe zu diesem Thema überhaupt keine Gerüchte.

Der Beamte seufzte tief. Unser Vater solle die Frage nicht missverstehen, sagte er. Er habe sich das alles eben nur gefragt, aber für den Verkauf solcher Dinge gebe es ja sicher gute Gründe, unser Vater sei der Spezialist, nicht er, er sei lediglich Beamter, er wolle bloß nicht, dass diese Fragen ihn länger quälten, und deshalb wolle er sie nicht ungestellt lassen, für seinen eigenen inneren Frieden. Er mache sich Sorgen um unseren Vater und sein Geschäft. Denn sollte es solche guten Gründe nicht geben, müsste das Geschäft natürlich geschlossen werden, das verstehe sich von selbst, das sage einem ja schon der gesunde Menschenverstand.

Natürlich, sagte unser Vater. Das wäre dann absolut logisch.

Eben, sagte der Beamte. Er öffnete die Augen und beugte sich über den Schreibtisch und sah über die Kante hinweg zu unserem Vater ganz besonders müde und erschöpft hinab. Er mache sich vielleicht zu viele Sorgen, sagte er, er sei noch jung und nehme seinen Beruf sehr ernst. Unser Vater solle das entschuldigen, er mache sich sogar bestimmt zu viele Sorgen. Es seien, wie gesagt, nur seine Gedanken. Denn das spezielle Sortiment im Geschäft unseres Vater habe sicher seinen Sinn, es gebe doch sicher ganz konkrete Gründe für diese spezielle Zusammensetzung des Sortiments, das auch ausländische Produkte umfasse, wo doch die polnischen mindestens genauso gut seien, an dieser Stelle sei die Firma Góra aus Poznań zu nennen oder die Firma Tatra aus Warschau. Unser Vater habe doch gute Gründe, oder?

Die Stille, die plötzlich in dem kleinen Büro des erschöpften

191

Beamten herrschte, kann nicht tiefer gewesen sein, nicht einmal in den Bergen, wo Stille eher etwas Ruhiges an sich hat, etwas Friedliches. Stattdessen hatte unser Vater das Gefühl, dass der Raum in einem merkwürdigen Schatten liege, denn auf seinem Kindergartenhocker sitzend, blickte er über die Kante des großen Schreibtischs hinweg nach oben in das Gesicht des besonders erschöpften jungen Beamten, dessen Kopf sich gegen das grelle weiße Quadrat des Fensters dunkel und nur in seinen Umrissen abhob. Und da der erschöpfte Beamte, wie es unserem Vater in diesem Augenblick schien, schon seit einer Ewigkeit gesprochen hatte, muss sein Schweigen erst recht unangenehm gewesen sein, und außerdem hatte unser Vater jetzt das unbändige Gefühl, diesen erschöpften jungen Beamten von irgendwoher zu kennen, und so sagte er, auch wenn es für ihn, auf dem Hocker sitzend und mit den Knien im Gesicht und dem gekrümmten Rücken, schwer war, auch nur ein einziges Wort herauszubringen:

Selbstverständlich. Das hat sehr gute Gründe.

Was ihn allerdings im selben Moment in ein kleines sogenanntes Dilemma stürzte. Denn er hatte zwar das dringende Bedürfnis, dem erschöpften Beamten diese guten Gründe sofort mitzuteilen, aber auf der anderen Seite erwies sich das als schwierig, denn ihm fiel kein solcher guter Grund ein.

Und das hatte auch der Beamte, trotz seiner Erschöpfung, sofort bemerkt. Er öffnete die Augen, beugte sich über den Schreibtisch und sah über die Kante hinweg auf unseren Vater, zwar müde und erschöpft, aber auch sehr interessiert, hinab. Tatsächlich?, sagte er. Könne er ihm diese Gründe nennen?

Jederzeit, sagte unser Vater.

Könne er sie ihm auch sofort nennen?, fragte der Beamte.

Unser Vater konnte über die Frage nur lachen. Das sei überhaupt kein Problem, sagte er.

Unser Vater schildert uns das Dilemma, in dem er steckte, an dieser Stelle jedes Mal genau. Das Wesentliche an einem Dilemma sei nämlich, dass man sich gewissermaßen gefangen fühle, aber nicht so sehr in einem Raum oder in einem Gefängnis oder in einem Käfig, sondern vielmehr in einem übertragenen Sinne, man sei auf einmal eingespannt zwischen mehreren Möglichkeiten, von denen aber keine die wirklich beste zu sein scheine, im Gegenteil, jede habe vor allem Nachteile. Und in diesem speziellen Fall seien die Möglichkeiten, die unserem Vater zur Verfügung gestanden hätten, allesamt besonders problematisch gewesen. Und so kann man von einem großen Glück sprechen, als ihm doch noch ein Ausweg einfiel. Denn in dem Moment, da er schon meinte, ihm fielen solche guten Gründe nicht mehr ein, kam ihm eine rettende Idee.

Es handle sich, brachte er, auf seinem Stuhl hin und her rutschend, hervor, um sogenannte verkaufsbezogene Gründe. Um Gründe, genauer gesagt, die sich im Zusammenhang mit den spezifischen Herausforderungen des modernen Verkaufens ergeben würden und eher technischer Natur seien. Und die eigentlich nur interessant seien für jemanden, der täglich mit den Herausforderungen des modernen Verkaufens konfrontiert sei. Er wolle den Beamten aber auf keinen Fall mit technischen Details langweilen.

Unser Vater war sehr stolz auf seinen spontanen Einfall. Allerdings stürzte dieser ihn sofort in ein neues sogenanntes Dilemma. Denn seine Antwort erwies sich wieder als problematisch, nicht zuletzt deshalb, weil er diese sogenannten verkaufsbezogenen Gründe im Falle einer Nachfrage seitens des Beamten nicht weiter hätte konkretisieren können.

Aber das habe laut unserem Vater gar nichts ausgemacht. Vielmehr habe sich das Gesicht des Beamten aufgehellt, und auch die

Schatten im Raum hätten sich mit einem Schlag zurückgezogen und der Beamte sei plötzlich von seinem Stuhl aufgesprungen und habe begonnen, um den Schreibtisch herumzutänzeln und von einem Bein aufs andere zu treten und unserem Vater von seinem Hocker aufzuhelfen und ihm die Hand zu drücken.

Unser Vater solle bitte entschuldigen, sagte er, er habe ihm nicht zu nahe treten wollen. Es handle sich natürlich um private Angelegenheiten, Geschäft sei Geschäft, und das sei heutzutage eben auch hin und wieder eine Privatangelegenheit, dafür habe Herr Gierek ja gesorgt, auch wenn Herr Gierek inzwischen keine so gute Position mehr habe in Warschau, aber das sei sicherlich nur eine kurze Phase. Unser Vater wisse, wie schon gesagt, mit Sicherheit besser als ein einfacher Beamter der Stadtverwaltung über wirtschaftliche Finten und Kniffe Bescheid, und er selbst sei heute einfach nur etwas müde, mit zwei Töchtern sei an Schlaf nicht zu denken, unser Vater kenne das ja, er wolle ihn nicht länger aufhalten, er entschuldige sich, ihn um kostbare Geschäftszeit gebracht zu haben. Er sei sehr froh, dass unser Vater gute Gründe für dieses sein spezielles Sortiment habe, er müsse diese guten Gründe ja haben, denn ansonsten würde man das Geschäft «Yukon» sofort schließen, und gerade weil man es nicht sofort schließe, könne man davon ausgehen, dass er diese besagten guten Gründe habe, und er bitte unseren Vater lediglich, ihm, dem Beamten, eine etwas ausführlichere schriftliche Erklärung des Sachverhalts inklusive der genauen Auflistung dieser guten Gründe innerhalb der nächsten Wochen nachzureichen, damit alles von den Experten der Stadtverwaltung nachvollzogen werden könne, aber nur der Form halber, unser Vater solle das bitte um Gottes willen auf keinen Fall allzu ernst nehmen und sich nicht allzu lange damit aufhalten.

Sehr unbequem ist, wie gesagt, der Stuhl gewesen, auf dem

unser Vater hatte sitzen müssen. Und so war er dankbar, als es endlich darum ging, aufzustehen und dem Beamten die Hand zu schütteln und zum Abschied von diesem umarmt zu werden.

Der Beamte wirkte jetzt übrigens überhaupt nicht mehr erschöpft. Der gerade noch besonders erschöpfte Beamte hatte nämlich, so musste unser Vater in diesem Augenblick feststellen, entweder im Verlauf des Gesprächs die ganze Zeit nur so getan, als sei er besonders erschöpft, oder er hatte am Ende des Gesprächs so getan, als sei er es nicht mehr. In jedem Fall hatte er zu irgendeinem Zeitpunkt so getan, als ob, und einen solchen Beamten, der auch im großen Stadttheater hätte auftreten können oder in einem der berühmten und in Polen beliebten amerikanischen Filme, hatte unser Vater noch nie zuvor erlebt.

Und so kann man sich denken, was unser Vater nach dem Gespräch mit dem erschöpften Beamten im Grauen Quader empfunden haben muss. Auch wenn die nächsten zwei Wochen im «Yukon» ohne Veränderungen verliefen, denn regelmäßig schellte das Glöckchen an der Tür, und Jugendliche stöberten in den Regalen und probierten Bergschuhe an oder fragten nach bestimmten Seilstärken oder ließen sich in Bezug auf eine geplante Route in der Hohen Tatra beraten oder kauften Karten oder Taschenlampen oder Kochgeschirr. Unser Vater verkaufte sogar mehr Rucksäcke vom Modell «Tscherpa» und mehr Schlafsäcke vom Modell «Polar» als in den Wochen zuvor. Insgesamt muss man wohl sagen, dass alles ganz normal und vielleicht sogar noch normaler als sonst gewesen ist. Mit einer geringfügigen Ausnahme.

Denn an jedem Abend saß unser Vater nun zu Hause an seinem Schreibtisch, vor sich eine Schreibmaschine mit einem eingespannten Blatt Papier, und unsere Mutter brachte ihm eine Thermoskanne mit Kaffee aus der Küche, und er suchte bis in die tiefe Nacht hinein nach einem Satz, mit dem die Darlegung der spezifischen verkaufsbezogenen Gründe für das aus den Produkten der Firma Hudy bestehende Sortiment des «Yukon» beginnen könnte. Aber die Abende und Nächte vergingen, und unser Vater wusste immer weniger, das hat er uns oft erklärt, welche Gründe das eigentlich waren.

Und so entschloss er sich sogar, einen Schritt zu machen, den er vorher niemals in Betracht gezogen hätte.

An einem Sonntag während eines mehrgängigen Mittagessens unserer Oma Zofia fragte er unseren Opa Jurek, was dieser ihm als Experte für den Bereich des sogenannten gesellschaftsrelevanten Verkaufswesens raten würde.

Woraufhin unser Opa Jurek vorschlug, unser Vater solle die Zusammensetzung des Angebots an Bergsteigerausrüstung im «Yukon» ein wenig an das vom erschöpften Beamten im Grauen Quader gewünschte Angebot anpassen. Er könnte zum Bespiel damit beginnen, das Sortiment der ausländischen Firma Hudy gegen das viel übersichtlichere Sortiment der Firma Gòra aus Poznań auszutauschen oder gegen dasjenige der Firma Tatra aus Warschau.

Niemals!, rief unser Vater. Denn erstens sei er, wie er unserem Opa Jurek darlegte, der Meinung, dass die Ausrüstung der Firma Hudy, wie allgemein bekannt, die einzige für einen echten Bergsteiger in Frage kommende Ausrüstung sei. Und zweitens solle ein Geschäft das verkaufen, was sich die Menschen wünschten, am besten sogar, noch bevor sie es sich wünschten. Beim Verkaufen gehe es nämlich nicht um die Wünsche eines einzigen erschöpften Beamten im Grauen Quader, der überhaupt keine Ahnung habe von den Herausforderungen des Bergsteigens im Speziellen und des Alpinsports im Allgemeinen, sondern um die Wünsche derjenigen Menschen, die Al-

196

pinsport betrieben oder zumindest darüber nachdächten, damit anzufangen.

Also saß unser Vater weitere Abende und sogar Nächte lang vor seiner Schreibmaschine und überlegte. Und tagsüber saß er auf seinem Stuhl hinter der Theke des «Yukon» und wartete eigentlich nur darauf, dass gleich einer der gut aussehenden jungen Männer in den zu großen Lederjacken mit weißem Innenfell das Geschäft betreten würde.

Aber dann kam der dritte Montagmorgen nach seinem Gespräch mit dem erschöpften Beamten im Grauen Quader, und an diesem Morgen schellte, nur wenige Minuten nachdem er die Tür des «Yukon» aufgeschlossen und die Lichter im Geschäft eingeschaltet hatte, das Glöckchen besonders laut. Und tatsächlich war die Person, die eintrat, kein Jugendlicher und auch keiner der Stammkunden unseres Vaters.

Mit dieser einen Person aber, die plötzlich vor ihm stand und die, wie sich bald herausstellen sollte, zufällig am Theaterplatz 21 vorbeigekommen und auf das auf dem Bürgersteig aufgestellte Schild des «Yukon» gestoßen, ja gewissermaßen darübergestolpert war, habe unser Vater, das beteuert er an dieser Stelle stets, am allerwenigsten gerechnet.

DER FEIERLICHE AKT
VON JACEK STRZELIŃSKI

Zu Jacek Strzeliński, dem großen polnischen Alpinisten, muss vielleicht zunächst gesagt werden: Er hatte schon im Alter von fünfzehn Jahren die Rysy bestiegen, in jenem Winter 1951, in dem die Bergwacht unter dem Befehl des Obersts Przytula den Auftrag bekommen hatte, die Hänge der Tatra mit Hunderten Eimern voll Wasser zu bearbeiten, sodass die Aktivitäten der Spione und Vaterlandsverräter im Grenzland zur Tschechoslowakei aufgrund von erschwerten Aufstiegen vereitelt würden. Damals ist Jacek Strzeliński noch ein Jugendlicher gewesen, aber er stand in der Tradition der Bergsteiger aus der Vorkriegszeit und hatte sein Handwerk von seinem Vater Roman Strzeliński gelernt, dem großen polnischen Bergsteiger der dreißiger Jahre, ob wir wirklich nie etwas von ihm gehört hätten. Er sei später mit unserem Opa Jurek in Oświęcim gewesen und habe leider nicht das Glück gehabt, entlassen zu werden.

Dank seiner traditionellen Ausbildung jedenfalls und mit Hilfe von selbstgebauten Eispickeln und Steigeisen schaffte es Jacek Strzeliński nicht nur, nach mehreren Übernachtungen in Eisspalten das sogenannte politische Eis des Obersts Przytula an den Hängen der Tatra zu bezwingen. Sondern er gehörte, so wissen wir von unserem Vater, auch in anderer Hinsicht zu den besten Kämpfern gegen die Große Gemeinsame Regierung von Herrn Bierut, dem es nicht gefiel, dass die jungen Leute kurz nach dem Krieg in den Bergen herumkletterten, jeder für sich und nicht in einer der schönen, von ihm doch extra für sie ins Leben gerufenen Organisationen, fernab der Städte, wo sie auf merkwürdige Gedanken kamen, auf die man in der Einsamkeit der Natur leicht kommen konnte, so nah an der Grenze zum Nachbarland, das wiederum sehr nah an Österreich war und damit wiederum besonders nah an Kanada.

Und so ist noch der größte Sieg Jacek Strzelińskis zu nennen: Als ein paar Jahre nach dem Krieg im Radio bekannt gegeben wurde, dass Herr Hillary den Mount Everest bestiegen habe, den höchsten Berg der Welt, da schrieb Jacek Strzeliński in der Zeitschrift *Rundschau der Alpinistik*, dass Herr Bierut jetzt wohl erstens den englischen Bergnamen Mount Everest beanstanden werde, der einem Berg gegeben worden sei, der im lokalen Sprachgebrauch Czomolungma heiße, und dass zweitens Herr Bierut sicherlich bald darauf aufmerksam machen wolle, wer der wirkliche Erstbesteiger des höchsten Weltgipfels gewesen sei, nämlich der Sherpa Tenzing Norgay, der seinen westlich-verweichlichten Klienten Herrn Hillary vermutlich auf seinem Rücken auf den Gipfel getragen habe, wie das jeder Arbeiter mit einem verweichlichten reichen Engländer oder Amerikaner oder auch Neuseeländer machen müsse.

Herr Bierut, der den Artikel selbstverständlich las, habe die Ironie darin laut unserem Vater nicht verstanden. Der Gedanke gefiel ihm im Gegenteil so gut, dass er Jacek Strzeliński sofort einen Pass ausstellen ließ, ein Bündel Dollar für ihn abhob und ihm erlaubte, in den Himalaya zu reisen, als Repräsentant des Landes Polen.

Übrigens soll Jacek Strzeliński als großer polnischer Freiheitsaktivist nach der Bezwingung mehrerer nepalesischer Gipfel nur deshalb nach Polen zurückgekehrt sein, weil Herrn Bieruts besorgte Mitarbeiter nach seinem sich bald etwas zu sehr in die Länge ziehenden Auslandsaufenthalt bei seiner Mutter geklin-

199

gelt und sie gefragt hatten, wann ihr Sohn denn nach Opole zurückkommen werde, worüber sie sich in mehreren Telefongesprächen mit ihrem in Kathmandu sich aufhaltenden Sohn beklagte, da sie die Fragerei nicht aushielt, die teilweise sogar ohne Rücksicht auf die Nachtruhe und der Einfachheit halber manchmal auch im Grauen Quader gegenüber dem Hauptbahnhof und nicht bei ihr zu Hause stattfand. Aus Begeisterung über Jacek Strzelińskis spätere Erfolge in den höchsten Gebirgen der Welt veranlasste wiederum Herr Gomułka laut unserem Vater ein paar Jahre danach, dass die Mutter eine Vierzimmerwohnung in einer guten Wohngegend in Opole bekam und dass immer ein gut aussehender junger Mann vor dem Gartentürchen auf dem Gehsteig stand und auf sie aufpasste, nicht zuletzt indem er sie zum Einkaufen oder zum Friseur begleitete, wobei er ihr gelegentlich eine Einkaufstüte zurück in ihre Wohnung trug. Und Herr Gierek griff dem inzwischen als Nationalheld gefeierten Jacek Strzeliński nach dessen Besteigung des K2 dadurch unter die Arme, dass er die Mutter, die zu diesem Zeitpunkt bereits eine am Stock gehende Dame mit Gedächtnislücken war, in einem luxuriösen Altersheim in Opole unterbringen ließ, wo sich rund um die Uhr jemand um sie kümmerte, ganz besonders dann, wenn ihr Sohn sich gerade im Ausland aufhielt.

Jacek Strzeliński, so erzählte unser Vater oft, war jedenfalls ein Kletterer der alten Schule. Er habe damit nicht zu denjenigen gehört, die auf Zeit oder für irgendwelche Punktwertungen kletterten. Ein großer polnischer Alpinist überlege jeden jeweils nächsten Griff dreimal, er klettere mit innerer Ruhe, er befrage den Fels, bevor er sich an einem der Vorsprünge einen Meter höher ziehe oder stemme. Und manchmal könne er an einer scheinbar ausweglosen Stelle eine ganze Stunde an nur einem Arm hängen – sodass etwaige Zuschauer schon glaubten, er sei eingeschlafen, und deswegen nach Hause gingen –, um sich dann plötzlich doch noch hinaufzuziehen, indem er seinen Fuß mindestens eine Körperlänge von sich entfernt auf einen Felsvorsprung setze, vollständig außerhalb des Aufmerksamkeitsradius der Wettbewerbskletterer dieser Zeit. So stark und gelenkig und geduldig sei Jacek Strzeliński gewesen. So frei in seinem Denken und offen gegenüber dem Geist der Berge, die schon vor jedweder Regierung da gewesen seien.

Und so kann man die Freude unseres Vaters verstehen, die ihn beim Anblick des großen Bergsteigers an jenem Montagmorgen ergriff. Denn in diesem Moment hatte er endlich die entscheidende Idee. Sie stand so klar vor seinen Augen, als wäre sie soeben aus dem Wasser des Bachs im Tal der versteinerten Ritter emporgestiegen.

Jacek Strzeliński murmelte etwas in seinen dichten Bart und trat in einen der Gänge zwischen den Regalen des «Yukon». Wie geschickt seine Finger sofort nach einem Schuh griffen und durch Biegen die Eigenschaften der Sohle prüften. Wie zielgerichtet er auf die Steigeisen Modell «Nanga Parbat» zusteuerte und wie schnell er sich zwischen den Regalen einen allgemeinen Überblick verschaffte. Erst als er im hinteren Teil des «Yukon» an der Glasvitrine mit den Fotografien der höchsten Weltgipfel stehen blieb, verließ unser Vater die Theke und stellte sich neben ihn.

Es sei ihm eine Ehre, sagte er.

Jacek Strzeliński reagierte nicht. Er stand mit dem Gesicht direkt am Glas der Vitrine und blickte hinein, mit einem merkwürdigen Glanz in den Augen. Oder vielmehr in einem Auge, denn er hatte sich bei einer Expedition auf das Matterhorn viele Jahre zuvor mit einem Haken das linke Auge ausgestochen, als er versuchte, diesen Haken in den Fels zu schlagen, und seitdem trug er eine schwarze Augenklappe. Und so stand er nun da und schaute mit dem einen Auge in die Vitrine, auf ein Bild, auf dem ein Bergsteiger zu sehen war an einer Eiswand. Und dieser Bergsteiger auf dem Bild trug eine schwarze Augenklappe.

Da lachte Jacek Strzeliński auf. Ob sich unser Vater vorstellen könne, sagte er, wie es ihn ermüde, diese vielen Erfolge zu feiern. Zu den Empfängen nach Warschau eingeladen zu werden. Interviews im Fernsehen und für die Zeitungen zu geben. Er habe in seinem Leben mehr Berge bestiegen, als jeder gewöhnliche Mensch sich in seinem Leben hingesetzt habe und wieder aufgestanden sei. Ob unser Vater die geringste Vorstellung davon habe, wie langweilig das sei?

Woraufhin unser Vater zugeben musste, es sich nicht vorstellen zu können.

Aber das machte nichts, denn Jacek Strzeliński erklärte es ihm gerne. Es sei nämlich sehr langweilig, sagte er. Es sei sogar das Langweiligste auf der Welt.

Weil nun das Gespräch ein natürliches Plateau erreicht hatte, beschloss unser Vater, sein Anliegen vorzubringen. Diese hervorragenden Leistungen, sagte er und deutete auf diejenige Fotografie, auf der Jacek Strzeliński in einem schwarzen Anzug die Hand des großgewachsenen Herrn Gierek schüttelte, seien wohl nur mit der besten Ausrüstung möglich.

Das könne schon sein, murmelte Jacek Strzeliński.

Und wahrscheinlich, sagte unser Vater, sei es sehr schwer, an eine wirklich gute Ausrüstung heranzukommen.

Ach wo, murmelte Jacek Strzeliński.

Sicherlich habe er aber schon von der Ausrüstung der Firma Hudy gehört, bei der es sich um eine der vermutlich besten Bergsteigerausrüstungen der Welt handle, sagte unser Vater. Wie der Zufall es wolle, sei er bereit, ihm spezielle Konditionen anzubieten, sozusagen unter Bergsteigerkollegen.

202

Tatsächlich?, sagte Jacek Strzeliński, ohne dabei sein Gesicht vom Vitrinenglas abzuwenden.

Am besten, sagte unser Vater, schaue er sich noch ein wenig um und suche sich das Richtige zusammen. Mit diesen Worten ging er zurück zur Theke, setzte sich und begann, die Bestelllisten und die Bilanzbögen zu studieren. Ein neuer Monat stand ins Haus, es musste die aktuelle Abrechnung gemacht werden, eine neue Lieferung war in Karlsbad zu bestellen, und er hatte noch viele weitere verkaufsbezogene Dinge zu erledigen.

Jacek Strzeliński schlenderte nun wieder zwischen den Regalen umher, wobei unserem Vater aus dem Augenwinkel auffiel, dass er anstatt typischer Straßenschuhe eher für das Häusliche gedachte Pantoffeln trug. Er drehte eine Gaskartusche vor seinem Auge hin und her, prüfte die Maserung eines Seils, schulterte einen Tourenrucksack mit leichtem Aluminiumgestell und betrachtete sich damit im Spiegel, prüfte mit der Daumenkuppe die Klinge eines Finka-Messers und begutachtete noch weitere Produkte, während er gelegentlich einen Schluck aus einem flachen, wie ein Lederetui aussehenden Fläschchen nahm, das er zu diesem Zweck aus der Innentasche seines Parkas holte, um es darin gleich wieder verschwinden zu lassen.

Als er seine Runde beendet hatte, trat er endlich an die Theke. Und man wird nicht glauben, was er dort tat. Vor unseren Vater legte er nämlich einen Karabiner der Firma Hudy neben die Kasse.

Ein einziges mickriges Ding!, ruft unsere Mutter jedes Mal an dieser Stelle. Und genau das rief sie auch, als unser Vater kurz darauf nach Hause geeilt kam, um von dem großen Wunder zu berichten. Aber unser Vater erklärte ihr geduldig, was ein sogenanntes symbolisches Handeln sei. Jacek Strzeliński habe mit dem Kauf des Karabiners der Firma Hudy etwas zum Ausdruck bringen wollen. Es sei für ihn ein feierlicher Akt gewesen, sie hätte nur mal den Ausdruck der tiefen Ergriffenheit im Gesicht Jacek Strzelińskis sehen sollen.

Wie leicht fiel es unserem Vater an diesem Abend, an seiner Schreibmaschine die Erklärung für den erschöpften Beamten im Grauen Quader zu verfassen. Und schon am nächsten Morgen hängte er ein Schild ins Schaufenster seines Geschäfts: «Yukon – Offizieller Ausstatter von Jacek Strzeliński».

Selbstverständlich hatte Jacek Strzeliński für den Karabiner nichts zahlen müssen, also hatte er sich bedankt und war hinausgegangen, und bald hatte nur noch der Nachhall des Glöckchens über der Tür des «Yukon» von seinem Besuch gezeugt. Natürlich sei er unrasiert gewesen, gibt unser Vater zu. Und ja, er habe unter seinem Parka einen Pyjama getragen. Seine Villa auf der Insel Pasieka sei schließlich gleich um die Ecke gewesen. Und Menschen wie Jacek Strzeliński führten nun mal ein gänzlich anderes Leben als normale Menschen, weit jenseits aller Konventionen. Menschen wie Jacek Strzeliński seien nämlich in ihrem Innersten frei.

Nachdem unser Vater sich nach dem Besuch Jacek Strzelińskis und dessen Karabinerkauf als offizieller Ausstatter des großen Bergsteigers in einem Schreiben an den erschöpften Beamten im Grauen Quader erklärt hatte, begann eine besonders erfolgreiche Zeit für das «Yukon». Und weil dem weiteren Verkauf der Bergsteigerausrüstung der Firma Hudy in Opole nun nichts mehr im Wege stand, fing unser Vater in den nächsten Wochen an, weitere moderne Verkaufsstrategien zu entwickeln. Er telefonierte mit der Firma Hudy und fuhr nach Karlsbad, wo er zwanzig Flaschen eines schon damals weltberühmten Kräuterlikörs sowie zwei Dutzend Päckchen Damenstrumpfhosen kaufte, und als er nach Opole zurückkam, stattete er zunächst einer Druckerei in der Oleska Straße einen Besuch ab, dann einem Fassadenmaler in Gosławice und schließlich einem Tischler in der Krakowska Straße. Er überreichte ihnen seine Geschenke, und die Handwerker verstanden deshalb auf Anhieb jede seiner Anweisungen.

Schon eine Woche später stellte unser Vater auf mehreren Plätzen in der Innenstadt Holzgestelle von der Höhe zweier Stockwerke auf, die er jeweils mit einem selbst entworfenen Plakat der Firma Hudy bespannt hatte, einem Plakat, welches das neueste Schuhmodell für den Alpinisten von Welt bewarb, erhältlich nur im «Yukon», Theaterplatz 21, dem offiziellen Ausstatter von Jacek Strzeliński. In die Briefkästen der gesamten Innenstadt warf er verschiedene Prospekte ein, die einzelne Produkte aus dem Arsenal des Hauses Hudy vorstellten, etwa das Schuhmodell «Kasprowy Wierch» mit doppellagiger Sohle, den Polarschlafsack «Lis» mit Gänsedaunenfüllung, Steigeisen aus einer Aluminiumlegierung oder den Tagestourenrucksack «Sherpa» mit ultraleichtem Aluminiumgestell. Und morgens um 9 Uhr und nachmittags um 16 Uhr rollte er mit der von unserem Nachbarn Herrn Kasperski geliehenen Syrena durch die Straßen rings um den Platz der Freiheit und den Platz der Roten Armee, im Schritttempo, und das sogar jeweils zehnmal, wobei er während jeder Umrundung oft und lang anhaltend hupte. Auf die Fahrertür der Syrena hatte er in der Werkstatt des Fassadenmalers Grabniok, der später übrigens ein berühmter Maler von Kirchen-Heiligenbildern werden sollte, mit Lack eine winterliche Berglandschaft aufmalen lassen und in diese Berglandschaft einen Bergsteiger in modernster Bergsteigerkleidung der Firma Hudy, der auf einem Auge eine schwarze Klappe trug. «Yukon» stand auf der Tür, «nur 1 Mal in Polen».

Und zwar äußerte unser Opa Jurek bei mehreren in den nächs-

205

ten Wochen stattfindenden mehrgängigen Mittagessen unserer Oma Zofia, zu denen unsere Mutter als Tochter und unser Vater als Schwiegersohn eingeladen waren, unserem Vater gegenüber die Sorge, dass diese Art und Weise des Verkaufens durchaus auch bedenklich sei, nämlich insofern, als unser Vater sich so einen gewissen Vorteil gegenüber allen anderen Verkäufern der Stadt Opole verschaffe, was in letzter Instanz zu Misserfolgen in deren Geschäften führen müsse und damit der hervorragenden Überlegung zuwiderlaufe, der zufolge alles allen zu gleichen Teilen zustehe. Das sei doch das eigentliche Ziel seiner Maßnahmen, entgegnete aber unser Vater und verwies darauf, dass die Tätigkeit des Verkaufens ja gerade darin bestehe, in die anfänglich für alle Verkäufer gleiche Situation durch verschiedene, mit dem Verkaufen im Zusammenhang stehende Handlungen ein Ungleichgewicht hineinzubringen, und zwar ein Ungleichgewicht zugunsten des diese Handlungen ausführenden Verkäufers. Und er erklärte unserem Opa Jurek dann auch, dass diese Art des Verkaufens die Zukunft der Verkaufswelt schlechthin darstelle, auch in Polen, und das hätten nun wohl sogar die entsprechenden Instanzen in der Stadtverwaltung und im Grauen Quader eingesehen.

IN DER FRIEDHOFSSTADT GIBT
ES VIELE BEKANNTE

Am Vormittag unseres dritten Tages in Opole zeigt unser Onkel Wojtek uns das neue Musikgeschäft am Rathausplatz, das «Empik». Dort fragen wir den Verkäufer, welche CDs er habe, und er sagt, dass er allerlei habe, zum Beipiel dieses oder jenes. Aber verschiedene andere Sachen, sagen wir, habe er nicht. Woraufhin der Verkäufer fragt, welche Sachen wir meinen würden, woraufhin wir ihm ein paar interessante Sachen nennen. Der Verkäufer sagt, er habe von diesen Sachen noch nie etwas gehört. Woraufhin wir ihn fragen, ob er denn im Fernsehen keine Musiksender schaue. Woraufhin der Verkäufer behauptet, dass er selbstverständlich Musiksender schaue, woher wir eigentlich kämen.

Aus Opole, sagen wir.

Aha, sagt er.

Unser Onkel Wojtek fragt ihn, ob man das von uns Genannte bestellen könnte und wann es abzuholen wäre, wir seien nur noch zwei Tage hier. Da ruft der Verkäufer nach hinten den Namen Zbyszek. Und es kommt von hinten einer, der ein schwarzes T-Shirt trägt mit mehreren im Halbkreis stehenden Skeletten, über deren Schädeln in felsbrockenähnlichen Buchstaben aufgedruckt ist: Death Gremium. Und dieser Zbyszek hat lange blonde Haare, die ihm über die Schultern fallen, weich und dünn, wie nach dem Waschen, und er hört sich die Frage des ersten Verkäufers an, der, wie sich herausstellt, Marek heißt, und dann sagt er, dass er das erwähnte Album der erwähnten Gruppe kenne und dass wir nächste Woche nochmals vorbeikommen sollten, er

207

werde es für uns bestellen. Woraufhin wir ihm leider verkünden müssen, dass das nicht gehe, wir seien nur noch zwei Tage in Opole. Also fragt unser Onkel Wojtek, wo es in Opole noch ein Musikgeschäft gebe, ob dasjenige in der Sienkiewicz Straße das von uns Genannte haben könnte. Da lacht dieser Zbyszek auf. Er fährt sich mit der Hand durchs Haar, das ihm sofort federleicht wieder auf die Schultern fällt, und sagt: Nein. Der verkaufe vollkommen andere Musik, und wenn man ehrlich sei, dann habe er von Musik keine Ahnung. Also entweder hier oder nirgends.

Wenig später spazieren wir mit unserem Onkel Wojtek über die Insel Pasieka zur Oder und an der Oder entlang zur Insel Bolko, am Zoo vorbei und wieder zurück in die Stadt. Nachdem wir unsere Mutter abgeholt haben, die ein paar Dinge im Rathaus erledigen musste, fahren wir mit dem Renault Clio unseres Onkels Wojtek in die Siedlung unserer Großeltern und holen auch unsere Oma Zofia ab, und dann fahren wir in das Einfamilienhaus unseres Onkels, nach Czarnowąsy. Wo seine berühmte Hasenpastete auf uns wartet und wo er uns im Garten Kaffee und Kokostorte serviert. Und dann erklärt er uns die einzelnen Pflanzen, zum Beispiel die Thuja oder auch die Immortelle oder das Mädchenauge. Und wirklich hat er in seinem Garten viel mehr Pflanzen als seine Nachbarn in ihren, was vielleicht daran liegt, dass unser Onkel zwar ein Einfamilienhaus, aber keine Familie und deshalb mehr Zeit für seinen Garten hat.

Warum er eigentlich ein Einfamilienhaus habe, aber keine Familie, haben wir unseren Onkel Wojtek bei einem unserer letzten Besuche in Opole gefragt, und da hat er geantwortet, dass er eben keine Familie gewollt habe, und heute sei es schon zu spät, und außerdem habe er ja uns.

Zu unserem Onkel Wojtek muss man wissen, dass er als Kind

wie unsere Oma Zofia am liebsten Klavier gespielt hat. Stundenlang übte er, so erzählt es unsere Oma Zofia, und am liebsten wäre er aufs Konservatorium in Krakau gegangen wie sein ehemaliger Schulfreund Rafał Malinowski, der heute erster Geiger in einem Orchester in London ist. Aber nach dem Abitur bekam unser Onkel leider nur einen Studienplatz an der Technischen Fakultät für Maschinenbau in Wrocław, weil Herr Gomułka in dieser Zeit viele Ingenieure für moderne Fabriken brauchte, aber nur wenige Pianisten. Unser Onkel Wojtek ist, wie er selbst sagt, nicht der beste Ingenieur, den Polen je gesehen hat, aber er arbeitet in der Baufirma Budowlanka bis heute gerne.

In der Zeit, in der Herr Gierek in Warschau Herrn Gomułka abgelöst hat, begann unser Onkel Wojtek übrigens, seine berühmte Hasenpastete zu machen, und das war schon damals die beste Hasenpastete in ganz Polen, wenn nicht sogar im ganzen Ostblock. Jedes Jahr gewann er damit einen Preis der Woiwodschaft Opole, und selbst auf Banketten der Großen Gemeinsamen Regierung in Warschau wurde sie serviert, weshalb unsere Oma Zofia noch heute sagt, wir seien die einzige Familie in ganz Polen gewesen, die Ostern gefeiert habe wie Herr Gierek mit seinen Freunden. Drei Tage dauert die Herstellung dieser Pastete, und unser Onkel Wojtek verwendet dafür ausschließlich selbstgesammelte Steinpilze aus den Wäldern von Zawada, und er pickt mit einer Pinzette noch das allerkleinste Schrotkügelchen aus der Fleischmasse, bevor er sie mit Semmelbröseln mischt.

Trotzdem hat unser Onkel Wojtek schon damals keine Freundin gehabt, denn er hat, wie er uns erzählt hat, nicht die Richtige getroffen. Und weil er alleinstehend war, beschloss Herr Gierek eines Tages, ihn mit einer Delegation polnischer Ingenieure nach Belojarsk in Russland zu schicken, wo er die Reaktoranlage des dortigen modernen Atomkraftwerks begutachten sollte. Unser

Onkel Wojtek sollte sich zusammen mit ein paar anderen Ingenieuren genau zeigen lassen, wie man eine solche Anlage baute, denn Herr Gierek hatte die Idee, auch in Polen ein Atomkraftwerk bauen zu lassen, von der er freilich niemandem je etwas erzählte, weshalb heute kaum jemand davon überhaupt noch etwas weiß. Zu dem Bau des Kraftwerks ist es dann auch nie gekommen, aber unser Onkel Wojtek verbrachte insgesamt drei Jahre in Belojarsk, und heute erzählt er uns, dass er das nur habe aushalten können, weil er an unser schönes Opole gedacht habe und an die Hasenpastete zu Ostern und zu Weihnachten. Als er dann aber nach Opole zurückkehrte, litt er an dem Husten, den er noch heute gelegentlich hat.

Schon am ersten Montagmorgen nach seiner Rückkehr beschwerte er sich deshalb, und zwar in der Abteilung für Arbeitsschutz seiner Baufirma Budowlanka, aber dort kannte man offizielle Untersuchungen, die der russischen Technologie eine hohe Gesundheitsverträglichkeit bescheinigten. Sein Husten komme von der gefährlichen Strahlung, schrieb unser Onkel Wojtek an den Direktor Sterczyk in einem förmlichen Brief, und als dieser ihm nicht glaubte, schrieb er das Gleiche an Herrn Gierek in Warschau. Von dem kam die Antwort, dass offizielle Untersuchungen der russischen Technologie eine hohe Gesundheitsverträglichkeit bescheinigten. Und so bestand unser Onkel Wojtek darauf, dass eine unabhängige Unfallkommission seinen Fall untersuche, aber man antwortete ihm: Da die russische Technologie sicher sei, könne es keinen Unfall gegeben haben, also brauche man keine Unfallkommission einzuberufen, und somit sei unser Onkel Wojtek gesund.

Wäre ich mal lieber Pianist geworden, sagt unser Onkel noch heute manchmal und lacht.

Jetzt gehen wir mit ihm über den Rasen, der so weich ist wie ein Teppich in einem Badezimmer. Er zeigt uns sowohl seine Stern- als auch seine Tulpenmagnolien, die in dieser Jahreszeit allerdings nicht mehr blühen. Und dann stehen wir vor den rosa Azaleen, und er erklärt uns, dass es sich dabei eigentlich um Zimmerazaleen handle, er es aber geschafft habe, sie auch draußen, in seinem Garten, wachsen zu lassen.

Früher, als er noch in einer Einzimmerwohnung in unserer Siedlung ZWM, zwei Blocks von uns entfernt, wohnte, hat unser Onkel Wojtek hinter seiner Blechgarage einen Schrebergarten gehabt, und in diesem Garten gab es einen großen Holzkäfig, in dem er Kaninchen hielt, für den Fall, dass die Fleischpreise vor Weihnachten überraschend in die Höhe schnellen würden und er keinen Hasen bekäme. Und diesen Kaninchen gab er nach seiner Rückkehr aus Belojarsk Namen wie Herr Gomułka I oder Herr Gierek II und später auch Herr Jaruzelski I, II oder III. Aber heute kann man jederzeit einen Hasen kaufen, weshalb er sich auf das Züchten seiner Thujen und Mädchenaugen und Azaleen konzentrieren kann, und er sagt, er denke sogar darüber nach, sich nächstes Jahr an ein paar tropische Arten zu wagen, an Guaven und Flamingoblumen und vielleicht sogar an Palmen, denn wenn jemand es schaffe, dass so etwas in Opole wachse, dann er.

Merkwürdiges ist seit unserer sogenannten Auswanderung in unserer Heimatstadt Opole vorgegangen. Waren wir früher beispielsweise einmal mit unserem Opa Jurek oder unserer Mutter oder unserer Oma Izabela am Wasserturm und schlugen uns dort ein Knie auf beim Herunterfallen von einem Zaun und stand dieser Zaun genau neben dem Fußballstadion des OKS Odra und gingen wir dann auf der Oleska Straße in Richtung Stadtmitte, so kamen wir hinter der ersten Kreuzung gleich am Platz der Roten

211

Armee und dahinter am Warenhaus Opolanin und am Hauptbahnhof und am Rathausplatz vorbei, sodass wir überraschend schnell bei unseren Großeltern waren, um die Wunde verarzten zu lassen.

Aber schon bei unserem ersten Besuch aus Deutschland waren diese Orte plötzlich ganz woanders in der Stadt. Zum Rathausplatz gelangt man heute über eine lange Treppe am Platz der Roten Arme: Vom Wasserturm und vom Stadion kommend, muss man zunächst eine Güterzugtrasse unterqueren, dann erreicht man linker Hand die Gebäude der Pädagogischen Hochschule und dahinter die lange rosa Mauer des Reifenlagergeländes, und erst dann, hinter dem Kreisverkehr, kommt die Treppe am Platz der Roten Armee, der inzwischen in Kopernikusplatz umbenannt ist.

Und auch der Hauptbahnhof steht heute ganz woanders, nämlich am Ende der Fußgängerzone in der Krakowska Straße, die am Rathausplatz ihren Anfang nimmt und am Platz der Freiheit mit der Philharmonie und dem Café Teatralska vorbeiführt. Und das Opolanin befindet sich in der Ozimska Straße, ganz woanders also als der Wasserturm und das Fußballstadion oder der Hauptbahnhof.

Eine ähnliche Verschiebung innerhalb der Geometrie von Opole hat im Falle der Wohnung unserer Großeltern stattgefunden. Denn zwar erinnern wir uns genau daran, wie wir uns am Tag des Aufbruchs nach Deutschland alle gestritten haben, unter den Fenstern der neuen Wohnung unserer Großeltern in der Dambonia-Siedlung, vor dem Mülltonnenhäuschen, aber im Nachhinein betrachtet, kann das überhaupt nicht so gewesen sein, zumindest nicht in der Dambonia-Siedlung, denn in Wahrheit haben unsere Großeltern in dieser Zeit noch in ihrer alten Wohnung in der Pułaskiego Straße gewohnt, was uns spätestens dann klarwurde, als wir bei einem der späteren Besuche in Opole mit unserem Opa Jurek während eines Spaziergangs jene Pułaskiego Straße besucht haben. Wir wussten beim Betreten des Platzes vor dem Haus sofort, dass der Abschied genau hier stattgefunden hatte und nicht, wie bis dahin angenommen, unter den Fenstern der heutigen Wohnung unserer Großeltern in der Dambonia-Siedlung. Das Überraschende war aber festzustellen, dass es unter den Fenstern der Wohnung in der Pułaskiego Straße kein Mülltonnenhäuschchen gibt.

Es ist also nicht verwunderlich, dass man am Ende, Jahre später, meint, die Stadt Opole befinde sich in einem stetigen Wandel und im Zuge dieses Wandels verschöben sich neben den örtlichen zuweilen auch die zeitlichen Relationen, sodass man glaubt, Abschiede hätten später stattgefunden, als sie tatsächlich stattgefunden haben. Und wenn nicht später, dann zumindest in einer anderen Straße, vor einem anderen Haus, in einem anderen Stadtteil, was ganz genaue Aussagen über verschiedene Begebenheiten von vornherein schwierig macht, besonders über diejenigen, die in der Vergangenheit liegen, und je weiter etwas in der Vergangenheit liegt, desto schwieriger werden solche ganz genauen Aussagen.

Darum sind wir uns heute darüber einig, dass, je weiter in der Vergangenheit zurück das Opole liegt, auf das man schauen will, und je größer die Verschiebungen sowohl in der Geometrie der Straßen und Plätze als auch in der zeitlichen Abfolge verschiedener Begebenheiten sind, desto größere Bedeutung Geschichten gewinnen. Etwa die Geschichten aus dem Leben unseres Opas Jurek und unserer Oma Zofia, denn sie zeigen, wie es früher in Opole gewesen ist, sogar in ganz Polen, was wir ohne diese Geschichten kaum erfahren würden, schließlich ist das heutige Opole nicht mehr dasjenige von früher.

213

Und so sind wir sehr froh, als wir am späten Nachmittag, während unsere Mutter sich im Café Melba auf dem Rathausplatz mit ihrer Studienfreundin Agatha trifft, unsere Oma Zofia in die Friedhofsstadt begleiten dürfen.

Wieder stehen am Haupteingang Stände mit Blumen und Kerzen und auch der alte blaue Nysa-Transporter mit der Grabkranzauslage. Eine alte Frau mit Kopftuch beugt sich über ihr Angebot und breitet die Arme aus, aber unsere Oma Zofia schüttelt den Kopf. Über ihrem schwarzen Kleid trägt sie ihren braunen Mantel, denn heute weht der Wind gelbe Blätter von den Bäumen, und es tropft von den Ästen und Zweigen.

Sie führt uns durch die Gassen der Friedhofsstadt, wo es aus dem Gebüsch nach Erde riecht.

Hier liegt eure Uroma Katarzyna, sagt sie. Sie war die Mutter eures Opas Andrzejek.

Mit einem Handbesen, den sie aus der Nylontasche unseres Opas Jurek geholt hat, fegt sie die Kiefernnadeln vom Grabstein, dann gehen wir weiter, zum Grab von Stasiu Bazanowski, einem alten Freund von ihr. Sie zeigt uns auch das Grab unserer Uroma Stefana, der Mutter unseres Opas Jurek, die noch lange in Warschau wohnte, die letzten Jahre vor ihrem Tod aber in Opole, bei unseren Großeltern, woran wir uns allerdings nicht erinnern können. Ihr Grab ist ein einfacher Erdhaufen, an dessen Kopfende ein Holzkreuz steht. «Stefana Alexandrina Mrożek, 1887–1987» steht darauf in Bronze.

Unsere Uroma Stefana habe jeden Morgen einen Schnaps getrunken, sagt unsere Oma Zofia, und sie sei auf den Tag genau hundert Jahre alt geworden.

Unsere Oma zupft gelbes Laub aus einer Vase und wirft es in die Tonne neben einer Holzbank.

Im Zigeunerviertel der Friedhofsstadt erklärt sie uns, dass die

214

Zigeuner nicht nur Denkmäler und Paläste für ihre Familienmitglieder errichteten, obwohl sie selber in kleinen Blockwohnungen lebten, sondern dass sie auch jedes Wochenende hierher in ihr Zigeunerviertel kämen und einen Grill und Plastiktische und Plastikstühle aufbauten und mit Dutzenden Kindern und Bekannten eine Party feierten, auf der es Würstchen und Coca-Cola gebe. Und überhaupt, ob wir wüssten, wie das mit den Zigeunern sei. Die seien nämlich sehr arm dran, denn sie hätten kein Heimatland, und keiner wolle sie bei sich haben.

Dann stehen wir am Grab unseres Opas Jurek. Es ist inzwischen mit der schönen schwarzen Marmorplatte abgedeckt, aber noch immer sind die vielen Kränze und Blumen aufgestellt. Unsere Oma Zofia holt aus ihrer Tasche für jeden von uns ein Grablicht, das wir in einen der Lampions stecken und anzünden dürfen.

Hier werde ich demnächst auch liegen, sagt sie. Dann könnt ihr mich immer besuchen kommen.

Sie sei doch kerngesund, sagen wir.

Aber irgendwann nicht mehr.

Das werde aber ja noch dauern.

Vermutlich schon, sagt sie und lacht.

Auf dem Rückweg erzählt sie uns, dass sie mit unserem Opa Jurek auch die eine oder andere Schwierigkeit gehabt habe. Und wie das Leben überhaupt gewesen sei mit ihm. Wir wüssten ja, dass er als Direktor sehr streng gewesen sei und viel zu tun gehabt habe, und er habe sich das eine oder andere Mal nicht sehr schön verhalten. Aber andererseits sei sie ihm heute nicht mehr böse, denn vor allem die Geschichte mit dem Paradies in der Krakowska Straße habe ihm sehr zugesetzt, fast so wie die Geschichte mit Oświęcim, auch wenn die Geschichte mit dem Paradies im Grunde gut begonnen habe.

DER GRÖSSTE TRAUM UNSERER OMA ZOFIA

Unser Opa Jurek war sehr bekümmert, als Herr Bierut ihm verbot, den Western *Entscheidung am O. K. Corral* im Kino Odra auszustrahlen. Er fragte sich zum ersten Mal, ob Herr Bierut und so auch der Mann in dem schönen schwarzen Anzug und mit dem merkwürdigen ausländischen Akzent und am Ende sogar sein guter Freund Romek Wachykowski die hervorragende Überlegung von der Gleichheit aller überhaupt in die Tat umsetzen wollten, und in diesem Zusammenhang stellte er sich auch zum ersten Mal die Frage, ob es vielleicht an der hervorragenden Überlegung selbst liege, dass verschiedene angenehme, wenn nicht sogar lebensnotwendige Dinge in Opole unmöglich gemacht würden, ob nicht die Überlegung irgendwo einen logischen Fehler beinhalte.

Aber dann änderte sich alles.

Denn inzwischen war nicht nur in Moskau der weltberühmte Staatsmann mit der weißen Kellnerjacke und dem schwarzen Schnurrbart gestorben, was viele Leute hatte aufatmen lassen. Nur drei Jahre später kam auch heraus, dass Herr Bierut und mit ihm seine Freunde in der Großen Gemeinsamen Regierung kein Geld mehr hatten – vor allem deshalb, weil die Arbeiter in den Fabriken scheinbar doch nicht gut genug arbeiteten, außerdem wollten die Nachbarländer längst nicht so viel polnischen Stahl und polnische Kohle kaufen, wie Herr Bierut anfangs angenommen hatte. Diese Einsicht erschreckte ihn derart, dass er einen Herzinfarkt bekam und starb, was die Bewohner von Polen noch mehr aufatmen ließ.

Jetzt konnte nämlich ein besonders freiheitsliebender Politiker, den Herr Bierut einige Jahre zuvor ins Gefängnis hatte stecken lassen wegen einiger freiheitsliebender Ideen, die Große Gemeinsame Regierung in Warschau übernehmen: Herr Gomułka. Und der brachte sofort die Überlegung auf, dass am mangelnden Fortschritt und an den hohen Fleischpreisen nicht in erster Linie und erst recht nicht ausschließlich die Bauern schuld gewesen seien, sondern vielmehr die Vorgängerregierung selbst.

Und die Freude unseres Opas Jurek war entsprechend groß, als ihm der Mann im schönen schwarzen Anzug und mit dem merkwürdigen ausländischen Akzent bei der nächsten Sitzung des PSS mitteilte, dass er ihn für den Posten des Direktors in einem der wichtigsten, zukunftsweisenden Projekte Herrn Gomułkas vorzuschlagen sich entschieden habe, nämlich für das in der Krakowska Straße geplante mehrstöckige Paradies. Unser Opa Jurek habe sich als ein besonders engagierter Gesellschaftsakteur erwiesen, und auch in ihrer kleinen Gemeinschaft, die durch jahrelange Freundschaft zusammengehalten habe, schon von den ersten Tagen des jungen Opole an, habe er sich stets als einer der Gleichesten unter Gleichen hervorgetan, was mit vielen Opfern verbunden gewesen sei, man denke nur an die Sache mit den Schaffellmänteln. Und so zeige sich jetzt endlich der große Unterschied zwischen der hervorragenden Überlegung von der Gleichheit aller und den anderen Überlegungen, die Glück und Wohlstand versprächen. Der große Unterschied bestehe nämlich darin, dass die Überlegung von der Gleichheit aller dieses Glück und diesen Wohlstand, sobald die Überlegung endlich verwirklicht werde, nicht erst im Jenseits sichere. Und das beste Beispiel dafür sei eben das Paradies in der Krakowska Straße, das unserem Opa Jurek von nun an gewissermaßen schon hier und jetzt, also im Diesseits, sicher sei.

Die Geschichte der größten Erfolge unseres Opas Jurek als Direktor im Paradies in der Krakowska Straße und des kurz darauf folgenden Endes dieser Erfolge ist vermutlich, gleich nach der Geschichte seines Arbeitsaufenthalts in Oświęcim, eine der schlimmsten Geschichten aus seinem Leben gewesen, denn sie sollte es vollkommen verändern. Und damit auch das unserer Oma Zofia. Um diese Geschichte zu verstehen, muss man aber, wie bei jeder guten Geschichte, etwas weiter ausholen, und beginnen muss man mit unserer Oma.

Unsere Oma wollte nämlich schon als Kind nichts sehnlicher, als einmal im Leben nach Paris zu reisen.

Auch deshalb war es für sie sehr schlimm, als ihr Vater eines Morgens an der Tür der Liebermann'schen Villa in Stanisławów von zwei ukrainischen Polizisten zu einem Treffen auf der deutschen Polizeiwache eingeladen wurde. Unsere Oma Zofia war noch ein junges Mädchen und liebte unseren Uropa Konstanty, denn er war klug und gutmütig, und er hatte bereits Geld zur Seite gelegt, um sie nach ihrem Abschluss am Konservatorium in Stanisławów für drei Jahre nach Paris zu schicken, für eine Ausbildung zur Konzertpianistin bei der berühmten Professorin Claire Lisicka.

Das Leben unserer Oma Zofia auf dem Fabrikgelände und in der Villa des Millionärs Liebermann und mit dessen Töchtern und deren sogenannter Gouvernante Helga war nun leider nicht mehr fortzuführen, und im Gegenteil beschloss man sogar, nachdem unser Uropa Konstanty auch nach zwei Wochen nicht nach Hause gekommen war, ihre Kindheit für beendet zu erklären, und stattdessen sollte sie, wie sie uns schon oft erzählt hat, zum nächsten Lebensabschnitt übergehen.

Das Blöde war, dass man ihr und ihrer Schwester Tyla und un-

218

serer Uroma Jòsefa gar nicht gesagt hatte, dass unser Uropa Konstanty bereits im Schwarzen Wald erschossen worden war, sondern man behauptete, er säße im Gefängnis. Und so ging sie im September, Oktober und November jeden Freitag mit einem Lebensmittelpäckchen auf die Kommandantur, und die deutschen Soldaten nahmen es entgegen und versprachen, es weiterzugeben an unseren Uropa. Im November nahm sie dann auch seine warme Jacke mit, die große grüne, die er vor dem Krieg oft bei der Jagd getragen hatte, weil sie so warm war. Auch die Jacke nahmen die Soldaten freundlich entgegen und versprachen, sie weiterzugeben, was unsere Oma uns heute mit Tränen in den Augen erzählt.

Anfang Dezember hatte ein Ukrainer Mitleid und nahm sie beiseite und riet ihr, nicht mehr zu kommen. Er sagte, dass unser Uropa Konstanty verlegt worden sei, aber er dürfe nicht verraten, wohin. Erst als der Krieg vorbei war und unsere Oma schon in Opole wohnte, erfuhren ihre Schwester Tyla, unsere Uroma Jòsefa und sie während der Radioübertragung eines Gerichtsprozesses in Nürnberg die Wahrheit, und zwar als die Gräfin Karolina Lanckorońska in den Saal kam, in ihrem schönen schwarzen Aristokratinnenkleid, wie man später in einer Zeitung sehen konnte, und die Liste präsentierte, auf der die Namen der Gefangenen standen, die in den Schwarzen Wald gebracht worden waren.

Inzwischen hatte unsere Oma Zofia ein Versteck in besagtem Waschkeller des Nachbarhauses gefunden, aber nach nur wenigen Wochen stellte sich heraus, dass ihr die Tage im Waschkeller nicht besonders gut bekamen, denn dieser Keller war nicht nur dunkel, sondern auch feucht und kalt, und sie saß den ganzen Tag auf einer Betonplatte und strickte Kleider, die unsere Uroma Jòsefa in der Stadt verkaufte. In den Blutgefäßen ihrer Hände und vor allem der Finger bildeten sich mit der Zeit Knötchen, und an diesen Stellen herrschte bald kein Blutverkehr mehr, weshalb auch heute noch, wenn sie uns das alles, in ihrem Sessel im Wohnzimmer sitzend, erzählt, in Augenblicken, die an die Tage im Waschkeller insofern erinnern, als es draußen zuzieht und nach Regen riecht und die Luft schlagartig kalt wird, ganze Körperteile unserer Oma Zofia zu schmerzen beginnen und ihre Finger taub werden und erstarren. An eine Karriere als Konzertpianistin war eigentlich schon nach Kriegsende, als sie in Opole aus dem Zugwaggon stieg und Männer ihr halfen, das Klavier auf die Rampe hinunterzuheben, nicht mehr zu denken.

Aber die Zeit im Waschkeller hatte laut unserer Oma Zofia auch etwas Gutes, denn sie konnte damals viel lesen, polnische Literatur von den großen Poeten Mickiewicz, Słowacki, Krasiński oder Norwid. Der Sohn der Nachbarin Frau Malikowska baute ihr ein Gestell aus Draht, auf dem ein Buch stehen konnte, während sie strickte. Und weil sie schon bald alle Bücher sämtlicher polnischer Schriftsteller gelesen hatte, ließ sie sich irgendwann auch russische Literatur bringen, im Original, und so las sie Bücher von den Poeten Puschkin, Gogol, Tolstoi, Lermontow und sogar alle Bücher von einem gewissen Langweiler namens Dostojewski. Noch heute lieben wir es, wenn unsere Oma Zofia uns auf Russisch ein Gedicht des Poeten Turgenjew aufsagt, das sie aus ihrer Zeit im Waschkeller auswendig kennt, und dieses Gedicht handelt von den weißen Wolken, die am Himmel über Russland ziehen, und von der Frage, wem sie gehören und wem nicht, und wenn sie es uns vorträgt, in ihrem Sessel im Wohnzimmer sitzend, dann verstehen wir zwar kein Wort, aber wir verstehen doch alles, denn ihre Stimme wird dann jedes Mal weich und beginnt dahinzuschweben wie ebenjene weißen Wolken über dem russischen Land.

Das größte Glück war es dann aber, als sie zum ersten Mal den

Roman *Auf der Suche nach der verlorenen Zeit* von Marcel Proust in die Hände bekam, von einem Priester, der sich eine Weile im selben Keller versteckte und zufällig alle sieben Bände dabeihatte. Darin las sie von Landgütern in Frankreich und von einem Salon, in dem Tee getrunken wurde, oder vom Blindekuh-Spiel in einem Garten und von der Stadt Paris mit ihren hell in der Sonne leuchtenden Häusern. Der Priester erzählte ihr noch viele andere Dinge über Frankreich, vor allem aber über Paris: von dem polnischen Komponisten Frédéric Chopin, der einer der berühmtesten Pianisten in den Salons gewesen war, von der weißen Kirche Sacré-Cœur, von dem Stahlgerüst des Eiffelturms, von der Orangerie und von der Place des Vosges, wo, was die wenigsten wussten, unter der Hausnummer 6 der berühmte französische Schriftsteller Victor Hugo gewohnt hatte, ganze sechzehn Jahre lang.

Jedenfalls musste unsere Oma Zofia nach ihrer Ankunft in Opole auf viele Dinge verzichten. Wegen ihrer Finger nutzte ihr der aus Stanisławów mitgebrachte Flügel nichts mehr, und ihr fehlte jetzt auch die Zeit zum Lesen, denn ihre Mutter, die vor dem Krieg Lehrerin gewesen war, wollte nicht mehr arbeiten, sie sagte zu ihren Töchtern Zofia und Tyla: Was soll ich in dieser deutschen Stadt als Lehrerin arbeiten, wenn wir sowieso demnächst zurück nach Stanisławów gehen? Euer Vater wird uns schon bald finden.

Und so suchte sich unsere Oma Zofia eine Stelle in der Zementfabrik Odra in Zakrzów, einem heutigen Stadtteil von Opole, in die sie jeden Morgen zwei Kilometer zu Fuß gehen musste. Und ein paar Jahre später wechselte sie in die Baufirma Budowlanka, in der sie bis zur Rente bleiben und die größten Erfolge feiern sollte. Die Spezialität dieser Baufirma waren Getreidesilos: Überall auf der Welt haben die Jungs unserer Oma Zofia

221

in späteren Jahren Getreidesilos gebaut, in Rumänien, in der Tschechoslowakei und sogar in Algerien. Die Firma hat zu diesem Zweck ein eigenes Patent für einen sogenannten automatischen «Schalunek» gehabt, ein Wort, das noch aus dem Mittelalter stammt und sich von dem deutschen Wort «Schalung» ableitet. Es handelte sich dabei um einen Ring aus Metall, den man dem Radius des zu bauenden Silos anpassen konnte und der aus zwei parallel zueinander montierten, gewissermaßen ineinandergeschachtelten Ringen bestand, das hat unsere Oma uns genau erklärt. In den Zwischenraum zwischen den zwei Ringen goss eine integrierte Zementmaschine frischen Zement für die Wand des Silos – ein Prinzip, das schon im Mittelalter angewendet wurde, zur Zeit Kazimierzs des Großen, von dem man, wie erwähnt, sagt, dass er ein hölzernes Polen vorgefunden, ein steinernes Polen aber hinterlassen habe. Allerdings waren alle bis dahin eingesetzten «Schaluneks» aus Holz gewesen und wurden auch nicht auf eine voll automatisierte Hebebühne montiert, diese Idee hatte erst die Baufirma unserer Oma Zofia. Und so wurde der «Schalunek» der Budowlanka nach ein paar Jahren ein globaler Exportschlager, und das sollte für unsere Oma noch sehr wichtig werden.

Unsere Oma kannte sich mit Silos aus, und zwar ganz im Allgemeinen, denn es gibt nicht nur Getreidesilos. So haben die Tschechoslowaken beispielsweise viele Silos für fermentierten Mais gebraucht, der als Viehfutter verwendet wurde – dafür hat man Mais mit Melasse aus Zuckerrüben gemischt, und nach ein paar Wochen hat man ein gegorenes Produkt erhalten. Unsere Oma Zofia wusste das alles deshalb so genau, weil es auch schon in der Spiritusfabrik des Herrn Liebermann in Stanisławów solche Maisfermentiersilos gegeben hatte, denn Melasse ist eines der Restprodukte bei der sogenannten Rektifikation von Schnaps zu reinem Spiritus. Die Liebermanns haben laut unserer Oma neben der Hefefabrik nicht nur eine Fabrik für Sofa- und Bettenpolster bei Lwów geführt, sondern sie haben im tschechoslowakischen Olomouc auch große Ländereien mit viel Vieh besessen, weshalb sie fermentierten Mais sehr gut gebrauchen konnten, und es wäre eine Verschwendung gewesen, die bei der Spiritusproduktion zurückbleibende Zuckerrübenmelasse einfach wegzukippen.

Unsere Oma Zofia hat uns oft erklärt, wie der Vorgang der Maisfermentation auf dem Gelände der Fabrik ausgesehen hat, denn sie kann sich gut daran erinnern. Und zwar seien drei junge Frauen barfuß in ein solches Fermentationssilo gestiegen, hätten die Schöße ihrer Röcke zusammengerafft und hätten sich an die Wand gestellt. Von oben sei nun erst Mais und dann Melasse geschüttet worden, und daraufhin hätten die drei jungen Frauen angefangen, auf dem Brei herumzustampfen. Das sei eine Weile so gegangen, und dabei hätten sie verschiedene Lieder gesungen, und die Männer hätten ihnen von oben Veräppeleien zugerufen und gelacht, und die jungen Frauen hätten Veräppeleien zurückgerufen. Dann sei ein Signal erklungen, woraufhin sich die drei jungen Frauen zurück an die Wand des Silos gestellt hätten, und die nächste Portion sei herabgedonnert, und das Herumstampfen und das Singen und die Veräppeleien seien von vorne losgegangen.

Unsere Oma Zofia kann sich an die Fabrik deshalb noch so gut erinnern, weil ihr Vater die wichtigste Funktion in dieser Fabrik hatte, weshalb er mit seiner Familie ja auch in der Villa auf dem Gelände der Fabrik wohnen durfte, sodass unsere Oma und ihre Schwester Tyla auf dem Tennisplatz und im Swimmingpool der Liebermanns mit deren Töchtern spielen konnten. Der Vater unserer Oma war sogenannter Hauptkontrolleur der Endqualität, denn die sogenannte Rektifikation von Schnaps zu Spiritus ist ein kompliziertes Verfahren, das betont unsere Oma Zofia immer wieder. Über drei Stockwerke seien an der Außenfassade des Hauptgebäudes der Liebermann'schen Spiritusfabrik die Hochdruckrohre verlaufen. Die Lkws mit dem Schnaps, also dem ersten Gärprodukt, das Herr Liebermann aus kleineren Fabriken der Umgebung geliefert bekommen habe, seien, Heck voraus, in das Gebäude der Spiritusfabrik hineingefahren. Der Schnaps sei per Hochdruck von unten nach oben durch die Rohre gelaufen, wobei eine sogenannte Filtration stattgefunden habe, und am Ende habe der Spiritus aus 96 % Alkohol bestanden, und mit dem seien dann die Lkws wieder vom Fabrikgelände gefahren. Unser Uropa Konstanty habe jeden Nachmittag an einem Hahn, der ganz unten an den Rohren eingelassen gewesen sei, ein Gläschen abgezapft und dieses Gläschen auf den Reinheitsgrad hin getestet, in einem extra zu diesem Zweck eingerichteten Labor. Und weil er eine so wichtige Funktion gehabt habe, habe er, wie gesagt, eine Uniform getragen, und jeder Arbeiter der Fabrik habe ihn mit «Guten Tag, Herr Bobrowski» gegrüßt. Die Uniform sei allerdings später, als die Deutschen nach Stanisławów einmarschiert seien, von Nachteil gewesen, denn die Deutschen hätten nicht nur ein besonderes Interesse an Lehrern, Professoren und Künstlern gehabt, sondern auch an anderen Würdenträgern der Stadt.

Auch nach dem Krieg dachte unsere Oma Zofia oft an Paris. Und später, als ihre Firma weltweit große Erfolge feierte, etwa in der Tschechoslowakei, der DDR und sogar in Algerien, da wurde ihr Traum greifbar, denn inzwischen war die Zeit von Herrn Gomułka angebrochen und unser Opa Jurek zum Direktor des Paradieses in der Krakowska Straße ernannt worden, und als sol-

224

chem war es ihm und seiner Ehefrau erlaubt, einen touristischen Reisepass zu beantragen.

Im Warenhaus Sezam in Warschau kaufte sich unsere Oma Zofia während einer Geschäftsreise mit dem Direktor Herrn Sterczyk in einer Buchhandlung ein Französischwörterbuch, ein rotes Büchlein von 1911, das sie für uns, wenn sie davon erzählt, jedes Mal aus dem Wohnzimmerschrank holt. Es war von einem Priester geschrieben worden, und zwar auf Deutsch, aber aus ihrer Kindheit in Stanisławów, wo sie ein halbes Jahr lang hatte ein deutsches Gymnasium besuchen müssen, kannte sie noch ein paar Worte, beispielsweise sagt sie uns bis heute manchmal ein Gedicht des deutschen Poeten Heinrich Heine auf: «Ich weiß nicht, was soll es bedeuten, dass ich so traurig bin. Ein Märchen aus alten Zeiten, das kommt mir nicht aus dem Sinn.»

Es waren jetzt ganz andere Zeiten angebrochen. Herr Bierut und der mit ihm befreundete und weltberühmte russische Staatsmann mit der weißen Kellnerjacke und dem schwarzen Schnurrbart waren tot, nichts konnte einer Reise nach Paris mehr im Wege stehen, die sogenannte Zukunft hatte begonnen, und das muss eine interessante Zeit gewesen sein, denn nicht nur war ein gewisser Juri Gagarin gerade im Weltall angekommen in einer russischen Blechbüchse, sondern auch in Polen war inzwischen alles wie in der Zukunft, es gab jetzt die Syrena, unsere Oma Zofia bekam einmal im Monat beim Friseur einen Weltraumhelm aufgesetzt, und Herr Gomułka kann, was heute die wenigsten wissen, als Vater der sogenannten ökologischen Revolution angesehen werden, von der in den Ländern auf der anderen Seite der DDR damals noch nie jemand gehört hatte, denn aus Sorge um die Erde, die von den Ländern auf der anderen Seite der DDR immer mehr ausgebeutet wurde, ordnete er an, dass ab sofort die Zeitungen nur noch auf sehr dünnem, durchsichtigem Papier gedruckt und dass überall Sammelstellen für leere Flaschen und für Metall eingerichtet würden, im Sinne des damals noch unbekannten sogenannten Recyclings.

Außerdem waren inzwischen unsere Mutter und unser Onkel Wojtek geboren worden. Und so suchte unsere Oma Zofia jeden Abend, nachdem sie von der Arbeit nach Hause gekommen war und unserem Opa Jurek ein Abendessen serviert und unseren Onkel Wojtek und unsere Mutter ins Bett gebracht und die Wäsche gewaschen und die Küche geputzt und endlich ihr Gesicht eingecremt und noch das Fenster im Schlafzimmer ein letztes Mal für die Nacht geöffnet hatte, fünf französische Wörter aus den Bereichen Musikkonzert, Pralinenkonditorei oder Stadtbesichtigung aus und übte deren Aussprache vor dem Badezimmerspiegel. Sie wusste genau, wie man ein französisches Wort aussprach, in ihrer Kindheit hatte sie eine Französin als Klavierlehrerin gehabt und somit die musikalischste aller Sprachen noch gut im Ohr.

Wie gesagt, es waren neue Zeiten angebrochen, und einer Reise nach Paris konnte eigentlich nichts mehr im Wege stehen. Und deshalb fragte unsere Oma Zofia jedes Jahr unseren Opa Jurek, wann sie endlich nach Paris fahren würden. Aber er sagte: Wir haben kein Geld. Und wenn sie sagte, dass sie eigentlich doch Geld haben müssten, schließlich arbeiteten sie beide, sagte er: Wir haben aber nicht genug Geld.

Und da fingen die Probleme unserer Oma Zofia mit unserem Opa Jurek an. Es war nämlich so, dass er in der Zeit, als er Direktor des Paradieses wurde, mit der Verwirklichung seiner geheimen Pläne begonnen hatte, die er schon seit einigen Jahren schmiedete und die leider bald große Summen an Geld verschlingen sollten. Der Grund dafür waren seine Bauchschmerzen, die er genau genommen schon seit seinem Aufenthalt in Oświęcim

226

hatte, und das seien, wie er uns noch selbst gesagt hat, keine normalen Bauchschmerzen gewesen, sondern es habe sich vielmehr um eine sehr seltene Art von Bauchschmerzen gehandelt, um sogenannte Todesbauchschmerzen.

Bei diesen Bauchschmerzen habe sich der eigene Magen laut unserem Opa so angefühlt, wie wenn man Säure auf ein verrostetes Blechrohr kippt und ein paar Minuten wartet: Dann sind zwar die Roststellen entfernt, aber auch ein paar Löcher in das Rohr gebrannt. Also war das Erste, was unsere Oma Zofia zu tun hatte, wenn sie morgens aufstand, Leinsamen in kochendem Wasser aufzusetzen. Wenn unser Opa Jurek dann rasiert und in seinem Direktorenanzug aus dem Bad kam, trank er noch vor dem Frühstück den inzwischen zu einem Schleim aufgelösten Glasinhalt, und das löchrige Rohr war für den restlichen Tag ausgekleidet. Am Abend vollzog er die Prozedur in umgekehrter Reihenfolge: Nach dem letzten Bissen des Abendbrots trank er ein ganzes Glas mit bräunlichem Schleim, der zwar wie eine Güllegrube stank, ihm aber das Rohr für die Nacht auskleidete und so wenigstens ein bisschen Linderung brachte, indem er dafür sorgte, dass sich das Blechrohr nicht selbst auffraß, unbemerkt, über Nacht, gewissermaßen im Schlaf, und unseren Opa Jurek nicht wieder einmal der Tod ereilte.

In dieser Zeit begann er, die ersten Regale an die Wände des Kellers zu bauen. Den Keller durfte niemand mehr betreten, weder unsere Oma Zofia noch unser Onkel Wojtek, geschweige denn unsere Mutter. In die Regale stellte er Einmachgläser mit Letscho, eingelegten Pfirsichen oder verschiedenen Konfitüren, und jedes Mal, wenn es ihm gelang, in einem Geschäft eine Delikatesse zu kaufen, trug er unserer Oma Zofia auf, sie einzukochen und in Einmachgläser zu füllen.

Können wir unser Geld nicht auch für etwas anderes ausge-

227

ben?, fragte unsere Oma, als er eines Tages mit besonders vielen Delikatessen nach Hause kam.

Inzwischen konnte man durch die Lücken zwischen den Latten der Kellertür sehen, dass der Keller bis zur Decke mit Regalen voller Einmachgläser gefüllt war, und in diesen Gläsern sah man, vergrößert und mit aufgeweichten Konturen, riesige Paprikas, Zwiebeln, Rosenkohl, Kirschen, Erdbeeren und noch vieles mehr. Unser Opa Jurek hatte sogar ein zweites Türschloss kaufen müssen, damit die Nachbarn nicht auf dumme Gedanken kamen.

Wofür willst du es denn zum Beispiel ausgeben?, fragte er.

Zum Beispiel für Paris, sagte unsere Oma.

Unser Opa lachte. Für Paris, sagte er.

Denn er glaubte, dass sie einen Witz gemacht hatte. Schon hob er die Einkaufstaschen an, als Zeichen dafür, dass auf unsere Oma Zofia wieder Arbeit wartete, und er stellte die Taschen in den Flur, hängte seinen Mantel in die Garderobe und setzte sich in den Wohnzimmersessel, mit dem Sportnachrichtenteil aus der *Trybuna Opolska*. Unsere Oma trug die Einkaufstaschen in die Küche und begann, die Delikatessen einzukochen und in Gläser einzumachen, denn unser Opa Jurek tat ihr wegen seiner Bauchschmerzen schon damals sehr leid.

Eines Tages beim Abendessen fragte er sie dann aber zum ersten Mal, warum sie eigentlich immer nur einen einzigen Gang serviere, wenn es ans Abendessen oder auch ans Mittagessen gehe, wo doch bekannt sei, dass eine jede Mahlzeit aus mehreren Gängen bestehe, im Falle des klassischen Mittagessens etwa sowohl aus Suppe als auch aus einem Schnitzel mit Kartoffeln und gebratenem Kraut sowie einem Dessert und keinesfalls aus entweder dem einen oder dem anderen, und Ähnliches gelte schon seit je, seit grauer Vorzeit sozusagen, für ein gesundes Abendessen.

Und auch was die Qualität der von unserer Oma Zofia angebotenen Speisen anbelangte, formulierte unser Opa Jurek als Direktor jetzt den einen oder anderen Kritikpunkt. Zum Vorbild könne sie sich, so sprach er zu ihr, Frau Kasia nehmen, die Köchin in der Kantine des Paradieses. Bei Frau Kasia könne man Pierogi bestellen, in deren Füllung das Verhältnis von Kartoffeln zu Zwiebeln zu Quark zu Pfeffer perfekt sei, und selbst wenn er unserer Oma noch so genau zu erklären versuche, wie sie ihre Pierogi machen solle, werde sie es nie so hinkriegen. Und die Gołąbki erst, die Frau Kasia mit einer Soße aus Sahne und Steinpilzen, frisch aus den Wäldern, serviere und mit gerösteten Speckwürfeln – selbst wenn unsere Oma ihm zu Hause Gołąbki serviere, für die sie einen halben Tag lang die Weißkohlblätter über dem Dampf weich gedünstet habe, so schmeckten sie nie so wie die von Frau Kasia, da könne er noch so lange über das Wichtigste bei Gołąbki sprechen: dass das Schweinefleisch in der Füllung weich sein und auf der Zunge zergehen müsse und dass sowohl Füllung als auch Soße ohne echte Steinpilze aus dem Wald nichts taugten, erst recht nicht, wenn die Steinpilze nicht klein gehackt seien wie die Petersilie. Und an die eigentliche Spezialität von Frau Kasia komme sowieso nichts heran, nämlich an die Dillkartoffeln mit Blumenkohl, Spiegelei, Semmelbröseln und Buttermilch, da könne sich unsere Oma anstrengen, wie sie wolle, und schon im Morgengrauen aus dem Bett springen und in die Küche stellen und den Dill klein hacken, die Blätter vom Blumenkohl zupfen, getrocknetes Weißbrot im Fleischwolf zu Semmelbröseln mahlen und Kartoffeln schälen, denn schon nach der ersten Gabel könne er jedes Mal sagen, was sie hätte besser machen sollen – beispielsweise die Semmelbrösel für den Blumenkohl in etwas mehr zerlaufener Butter anbraten oder in etwas weniger oder so, dass sie goldbrauner oder etwas weniger goldbraun angebraten seien. Und die hohe Kunst im Abpassen des richtigen

229

Bisses beim Kochen einer ganz normalen Kartoffel, die dürfe man eben auch nicht unterschätzen, und wer mit Salz nicht umgehen könne, der solle sich am besten gar nicht erst an ein solches Gericht wagen, denn er kenne sich als Direktor mit der Küche wie mit vielen anderen Dingen bestens aus, und die wichtigste Regel des Kochhandwerks laute: Das scheinbar einfachste Gericht ist in Wahrheit das komplizierteste. Wir glauben unserer Oma Zofia durchaus, wenn sie das erzählt, denn noch bei den mehrgängigen Mittagessen bei unseren Großeltern, die wir selbst erlebt haben, hat unser Opa Jurek ihr gelegentlich den einen oder anderen guten Tipp gegeben.

In jener Zeit begannen auch die merkwürdigen Vorgänge mit den Direktorenanzügen unseres Opas. Die Anzüge begannen nämlich auf einmal einzugehen, sie schrumpften von Tag zu Tag, so schien es, und am Anfang war das noch gar nicht schlimm, denn vorerst spannten sie nur an den Oberarmen und über der Brust und dem Bauch und versuchten sich, wie wenn man sie über Nacht in Wasser gelegt hätte, über den Oberschenkeln festzusaugen, und unser Opa Jurek schaute bald aus wie der muskulöseste Sportler von ganz Opole, wenn nicht sogar von ganz Polen.

Aber schon ein Jahr später hatten die Anzüge ihn vollständig im Griff, sie umklammerten ihn, und er konnte sich nicht mehr richtig vom Sofa in den Fernsehsessel und aus dem Fernsehsessel ins Bad bewegen, geschweige denn sich, auf dem Hocker im Flur sitzend, hinunterbücken, um sich die Schuhe zu binden, ohne dass man Angst haben musste, dass ihm die Direktorenanzüge zwischen den Schulterblättern oder im Schritt oder in den Achselhöhlen aufplatzen würden, und es war für ihn ein großes Geheimnis, was da vor sich ging. Er verwies, als unsere Oma Zofia in seiner Anwesenheit einmal darüber sprach, darauf, dass er sich

230

eigentlich wie ein Vögelchen ernähre, insbesondere bei den Delikatessen probiere er lediglich hier und da einen Bissen, um als Direktor ein Qualitätsurteil abgeben zu können.

Und so gab er zunächst die Anweisung, das Waschmittel zu wechseln. Aber als ausgeschlossen war, dass die Anzüge in der Wäsche eingelaufen waren, und als sie auch nicht aufhörten, weiter von Tag zu Tag zu schrumpfen, wurde sein Verdacht, dass es sich um eine Art absichtliches Schrumpfenlassen der Anzüge durch die Verwendung ihm bisher unbekannter chemischer Mittel handelte, immer stärker, und dieser Verdacht wurde ihm schließlich zur Gewissheit. Und zwar spätestens dann, als unsere Oma Zofia im Wohnzimmer vor anwesenden Freunden ihre eigene Theorie zu den Vorgängen verkündete, aufbauend auf der laut unserem Opa Jurek von Grund auf falschen Vermutung, dass nicht seine Anzüge schrumpften, sondern dass es sich um einen umgekehrten Vorgang bei unserem Opa handle, der angefangen habe zu wachsen oder, wie sie es zu seiner Belustigung nannte, zuzunehmen. Das könne, so sagte er, gar nicht sein, er esse ja so gut wie nichts.

Damals begann unser Opa Jurek, wie unsere Mutter uns einmal erzählt hat, sich an verschiedene Dinge zu erinnern. Zum einen erinnerte er sich an die Zeit, als er mit unserer Oma Zofia, bevor sie verheiratet waren, verschiedene Ausflüge gemacht hatte, beispielsweise auf die Insel Bolko oder später aufs Land, und zwar mit dem Auto, das unsere Oma vom Direktor ihrer Baufirma, Herrn Sterczyk, ausleihen durfte, nachdem sie als erste Frau in Opole den Führerschein gemacht hatte, um unserem Opa zu zeigen, wie angenehm es sein konnte, mit einem Auto zu fahren, vor allem wenn es Sommer war und man über die Felder oder durch Birkenwäldchen oder an einen See fuhr. Diese Erinnerungen sind für unseren Opa Jurek bestimmt schön gewesen, denn

231

sie stammten aus einer Zeit, als unsere Oma Zofia ihm noch nicht bei jedem Mittagessen vorwarf, dass er sein Zimmer nicht aufgeräumt habe oder dass er besonders lange bei einem seiner Bridge-Abende gewesen sei und sich sonst auch nur sehr wenig im Haushalt betätige.

Mit diesen schönen Erinnerungen seien unserer Mutter zufolge aber auch andere Erinnerungen ins Gedächtnis unseres Opas Jurek zurückgekommen, sehr zu seinem Leidwesen. Da er in jenen Tagen besonders viel Zeit in seinem Keller verbrachte, mit den Einmachgläsern, die er jede Woche neu sortierte oder anders beschriftete, und er den Plan zur Einrichtung eines solchen Kellers, so stellen wir es uns vor, bereits während seines Aufenthalts in Oświęcim gefasst hatte, kam mit den Einmachgläsern die Erinnerung an Oświęcim zurück, was, laut unserer Oma Zofia, bald die eine oder andere weniger schöne Folge hatte. Und sie ist jedes Mal sehr traurig, wenn sie uns die folgende Geschichte erzählt, und wir selbst können sie kaum glauben.

Unser Opa Jurek kontrollierte von jetzt an nämlich jeden Abend den Mülleimer in der Küche, denn es musste sichergestellt werden, dass nicht jemand beispielsweise einen Apfel weggeworfen hatte, um dessen Kerngehäuse noch ein Rest Fruchtfleisch übrig war, oder Kartoffelschalen mit noch etwas Kartoffel an den Innenseiten, und falls das der Fall war, dann bat er unsere Oma Zofia, unsere Mutter und unseren Onkel Wojtek in die Küche zu einem Familienabend, und die nächsten paar Stunden konnten sie zu dritt dazu nutzen, in einer Reihe zu stehen und darüber nachzudenken, warum sie da versammelt waren. Und wenn sich einer von ihnen zu unserem Opa Jurek an den Tisch setzen wollte, weil das stundenlange Herumstehen müde oder gar Rückenschmerzen machte, dann gab unser Opa Jurek zu bedenken, dass das leider nicht in Frage komme, solange nicht einem von ihnen einfalle, ob

232

er oder sie möglicherweise etwas falsch gemacht habe, und auch war es bei diesen gemeinsamen Familienabenden nicht gern gesehen, wenn einer von ihnen ein Glas Wasser oder gar Limonade oder Milch trinken wollte, denn schon ein einziger Schluck Wasser, so soll unser Opa Jurek in einer solchen Situation, am Küchentisch sitzend, erklärt haben, könne einen vom konzentrierten Nachdenken ablenken, und dann müssten alle umso länger stehen und überlegen, obwohl vielleicht nicht alle Schuld trügen. Unsere Mutter durfte sich an solchen Abenden dann leider auch nicht mit ihren Freundinnen am Brunnen auf dem Platz vor dem Haus treffen und später auch nicht mit unserem Vater und ihren gemeinsamen Freunden, und unser Onkel Wojtek musste einmal sogar eine ganze Nacht in der Küche stehen und über sein Vergehen nachdenken, bevor er am nächsten Morgen in die Schule durfte, allerdings ohne ein Frühstück, denn dieses habe er am Vorabend ja einfach in den Müll geworfen, also wolle er vielleicht gar keines.

Gelegentlich fragte unsere Oma Zofia unseren Opa Jurek nach einem solchen Familienabend, wenn der Schuldige die Kartoffelschalen geschält oder den Rest des Apfels aufgegessen hatte, warum sie denn so sparen müssten. Und unser Opa erklärte ihr besonders gerne und auch ausführlich, dass sie nur sehr wenig hätten, weshalb das Sparen eine der Grundlagen einer gesunden Haushaltsführung sei, vor allem im Bereich Lebensmittel und Delikatessen. Und als unsere Oma einwandte, dass sie doch gar nicht so wenig hätten, da sagte unser Opa, dass es aber insgesamt zu wenig sei, denn man könne immer noch etwas mehr haben.

Ob man nicht einen Teil des gemeinsamen Gehalts anstatt für Delikatessen lieber für eine Paris-Reise ausgeben könnte, fragte sich unsere Oma, aber sie traute sich nicht mehr, diese Frage zu stellen.

233

Einer der schlimmsten Tage im Leben unserer Oma Zofia war aber dann ein Tag im August, ein Samstag im heißesten Sommer seit Jahrhunderten, der gleichzeitig ein besonders feierliches Datum war.

Unsere Oma Zofia erklärt uns an dieser Stelle stets, dass das alltägliche Leben in Polen damals nicht so einfach gewesen sei. Sie habe nur wenig Zeit gehabt, weshalb die Weltbegebenheiten dieser Jahre, etwa die Probleme in einer kleinen Tierbucht in der Karibik oder die Erschießung eines besonders jungen amerikanischen Präsidenten oder später auch die sogenannte Mondlandung, sie nur wenig interessiert hätten. Solcherlei Dinge hätten, sagt sie, sogar eigentlich niemanden allzu sehr beschäftigt: Man habe nämlich zu viel zu tun gehabt.

Jeden Tag stand unsere Oma um 5.30 Uhr auf und musste zunächst das Frühstück vorbereiten. Dann brachte sie unseren Onkel Wojtek und unsere Mutter zur Schule, und der Weg auf hohen Absätzen durch die Innenstadt und über die grüne Brücke auf die Insel Pasieka bis zu ihrem Büro war nicht gerade unbeschwerlich. Dann folgte der lange Bürotag, und als der vorbei war, musste sie den ganzen Fußweg nach Hause wieder zurück, auf denselben hohen Absätzen, und unterwegs hatte sie die Einkäufe zu erledigen, und wenn sie dann zu Hause war und das Abendessen gekocht und das Mittagessen für den nächsten Tag vorbereitet hatte, stand eigentlich immer noch ein Elternsprechabend an, oder unsere Mutter musste zum Schwimmtraining oder unser Onkel Wojtek zum Klavier- oder Geigeunterricht begleitet werden, und am Abend galt es, noch ein letztes kleines Detail für unseren Opa zum Abendessen zuzubereiten, lediglich zum Probieren. Und schließlich mussten auch noch die Küche aufgeräumt und das Geschirr abgewaschen und die Wäsche gebügelt werden, denn auch dafür hatte unser Opa Jurek als wichtiger Direktor leider keine Zeit.

234

Vor zwölf sei sie damals nicht ins Bett gekommen, wenn sie noch unserem Onkel Wojtek und unserer Mutter bei den Hausaufgaben habe helfen wollen. Und am nächsten Morgen habe sie um 5.30 Uhr wieder aufstehen müssen. Aber all das wäre für sich genommen nicht so schlimm gewesen, wenn nicht dieser eine Samstag gekommen wäre, in einem besonders heißen August. Und so müssen wir zugeben, dass diese Geschichte unseren Opa Jurek tatsächlich in ein merkwürdiges Licht stellt.

Diese Geschichte geht so:

Zusätzlich zu ihren anderen alltäglichen Verpflichtungen war unsere Oma Zofia in dieser Zeit Mitglied des Betriebsrats der Baufirma Budowlanka. Als solches kaufte sie am Vormittag des besagten Samstags einen großen Blumenkranz und fuhr mit zwei anderen Mitarbeitern durch die brennende Hitze auf ein Feld bei Brzeg hinaus, vierzig Kilometer von Opole entfernt, wo noch heute eine hohe graue Wand mit Inschriften in den Himmel ragt. Und an dieser Wand trafen sich die Mitglieder aller Betriebsräte der Woiwodschaft und sangen und hörten sich eine oder zwei oder drei Reden an von Vertretern der Stadt Brzeg, der Woiwodschaft und anderer wichtiger Organisationen, und alle knieten am Ende der Veranstaltung nieder und legten ihren Blumenkranz vor die große graue Wand, wo dicke Dochte in Blumentöpfen zischten. Denn hier waren kurz vor Kriegsende 40 000 russische Soldaten gestorben, während sie aus reiner Freundschaft Polen von den Deutschen befreiten.

Unsere Oma Zofia erinnert sich an diesen Tag, wie sie uns jedes Mal erklärt, deshalb so gut, weil es sehr heiß war und sie, als sie um die Mittagszeit zurück nach Opole kam und noch schnell etwas eingekauft hatte, stark schwitzte und sich auf dem Fußweg nach Hause, mit den schweren Einkäufen in der Hand, schon auf die Entspannung auf dem Sofa freute, denn immerhin war es ein

235

Samstag, und sie hatte eine Mutter-, Ehefrauen- und Sekretärinnenwoche hinter und schon wieder vor sich, und sie war der Meinung, sie habe etwas Ruhe verdient.

Als sie sich dem Wohnhaus in der Pułaskiego Straße näherte, sah sie in einem Fenster im zweiten Stock schon unseren Opa Jurek und im anderen Fenster unseren Onkel Wojtek und unsere Mutter, jeweils auf ein Kissen gestützt, aufgeregt winken, und das habe sie, erzählt sie, im ersten Augenblick sehr gefreut. Bestimmt warte man auf sie mit einem Mittagessen. Man werde sie fragen, wie es ihr gehe, man werde ihr helfen, die Schuhe auszuziehen. Solcherlei Dinge habe sie sich in diesem Moment ausgemalt.

Als sie sich aber mit letzter Kraft die Treppe am Geländer hinaufgezogen und die schweren Einkäufe im Flur abgestellt hatte und dann erfuhr, dass weder unser Opa Jurek noch unser Onkel Wojtek, noch unsere Mutter wenigstens die Kartoffeln geschält hatten, stattdessen unser Opa Jurek ihr aber Vorwürfe machte, dass sie so spät zurückkomme, wie sie sich das vorstelle, wo sie inzwischen doch so hungrig seien, da fing sie vor lauter Erschöpfung an zu weinen und schlug die Tür zum Schlafzimmer hinter sich zu und kam den ganzen Tag nicht mehr heraus.

Diese Geschichte erzählt unsere Oma Zofia uns oft, aber unser Opa Jurek hat darüber nur gelacht. Denn schließlich, so sagte er, habe es in Polen schon damals einmal im Jahr den Tag der Frau gegeben, und an diesem Tag habe er unserer Oma Zofia das Frühstück ans Bett gebracht, mit Rührei und Heringssalat, was ja geradezu beweise, dass er wohl kaum als faul und respektlos bezeichnet werden könne.

Das Schlimmste aber sollte erst noch kommen. Denn am folgenden Montag kam unsere Oma von der Arbeit, und da stand unser Opa Jurek im Flur und verdeckte etwas mit seinem Rücken.

Überraschung, sagte er.

Er trat einen Schritt beiseite, und hinter ihm kam, auf einem Schemel stehend, ein Apparat zum Vorschein, mit komplizierten Röhren und Metallhebeln und Schläuchen und einem Metall-bauch. Es handele sich, wie er unserer Oma Zofia erklärte, um eine moderne Maschine. In diese Maschine könne man Früchte oder Gemüse legen, beispielsweise Äpfel, Birnen, Quitten oder Karotten, mit Schale und Kern und allem Drum und Dran. Und dann müsse man nur noch Zucker hinzugeben und die Maschine auf den Herd stellen, woraufhin sie sich erhitze und eine Stunde lang zittere und rattere und winsele, und am Ende könne un-sere Oma einen Hahn seitlich an der Maschine aufdrehen, und es komme klarer Apfel- oder Birnen- oder Quitten- oder Karotten-saft heraus, ohne dass man überhaupt wisse, was im Inneren der Maschine geschehen sei.

Karottensaft?, fragte unsere Oma Zofia.

Damit du dich nicht die ganze Zeit beschwerst, sagte unser Opa Jurek und hielt ihr die linke Wange hin, damit sie ihre Dank-barkeit mit einem Kuss zum Ausdruck bringen konnte.

Man muss zugeben, dass unser Opa Jurek in dieser Zeit, ent-gegen den Erwartungen unserer Oma Zofia, kein großer Gentle-man gewesen ist. Aber wie sich später noch zeigen sollte, hatte das gute Gründe. Unsere Oma Zofia jedenfalls hatte verständ-licherweise genug. Schon am nächsten Tag ging sie in ihrer Mittagspause zur Bank PKO am Rathausplatz und eröffnete ein Sparbuch. Ihr, wie sie es nannte, geheimes Paris-Sparbuch.

Sehr häufig ist das Paris-Sparbuch unserer Oma Zofia in unserer Familie ein Gesprächsthema gewesen, daran können sogar wir uns noch erinnern. Obwohl das Wort Gesprächsthema vielleicht ein zu großes Wort ist, denn lediglich der Gedanke an das Paris-Sparbuch schwebte im Raum, wenn etwa bei einem gemeinsamen mehrgängigen Mittagessen unser Opa Jurek den ersten oder zweiten oder dritten Nachschlag anforderte, unsere Oma Zofia ihm aber keinen holen wollte, sondern ihm im Gegenteil sagte, dass er sich einen ersten, zweiten oder dritten Nachschlag auch gerne selber holen könne. Woraufhin er lachte, weil er meinte, sie habe einen Witz gemacht. Und uns gleich darauf den Witz über die zwei Irren in der Irrenanstalt erzählte, die in ihrem Zimmer versuchen, einen Nagel in die Wand zu schlagen, oder den von dem eleganten Itzek, der sich zu Ostern die Eierchen bemalt.

Zu der Sache mit dem Paris-Sparbuch muss man wissen, dass unsere Oma Zofia in der Baufirma Budowlanka inzwischen unentbehrlich geworden war. Herr Direktor Sterczyk hatte sie schon drei Jahre nach ihrer Einstellung gefragt, ob sie nicht seine persönliche Sekretärin werden wolle, als die Einzige im Betrieb, die sich mit Getreidesilos wirklich auskenne und die auch noch verschiedene Sprachen spreche. Ab diesem Moment war unsere Oma für das Aufsetzen der Verträge zuständig, die die Baufirma mit internationalen Kunden abschloss, und damit stand ihr auch die eine oder andere Prämie zu.

Weil die Getreidesilos der Budowlanka, wie gesagt, auf der ganzen Welt gekauft wurden, fuhren die Jungs unserer Oma Zofia jedes Jahr woanders hin, um ein Getreidesilo zu bauen, in die Tschechoslowakei, nach Rumänien, in die DDR und sogar bis nach Algerien, das im Austausch gegen ein Getreidesilo Gas nach Gdańsk schickte, mit Schiffen, die auf der Gdańsker Werft gebaut worden waren. Aber die Jungs waren einfache Bauarbeiter. Der Direktor der Firma, Herr Sterczyk, konnte zu einem Empfangsessen mit seinen ausländischen Kunden unmöglich einen von ihnen mitnehmen, denn wann immer einer im Ausland abends ausging, um etwas Spaß zu haben, endete das in einer Schlägerei mit den einheimischen Bauarbeitern, weil die zum

Beispiel der Meinung waren, dass die polnischen Frauen nicht ganz so schön seien wie die ortsansässigen.

Unsere Oma Zofia hingegen war eine richtige Dame. Weil sie in ihrer Jugend so viele Bücher gelesen hatte, kannte sie sich mit der Geschichte Polens und Europas aus, angefangen bei der Legende von der zufälligen Begegnung von Lech, Czech und Rus über die Geschichte vom Herzog Krak und seiner Tochter Wanda, die sich dem deutschen Fürsten Rüdiger um 700 n. Chr. verweigerte und sich während der Belagerung Krakaus in die Wisła stürzte, bis hin zu der einen oder anderen interessanten Episode aus dem Leben Chopins in Paris, mit seiner großen Liebe, der Schriftstellerin George Sand.

Sie kannte sich außerdem in der modernen Literatur aus, denn nach dem Krieg hatte sie festgestellt, dass sie beachtliche Lücken im Bereich der deutschen und angelsächsischen Literatur hatte, und so hatte sie sich für einen dreiwöchigen Kuraufenthalt etwa vorgenommen, das Buch *Ulysses* von James Joyce zu lesen, einem Iren aus Dublin, das man zu dieser Zeit unbedingt gelesen haben musste, denn man sagte, dass selbst eine Blumenverkäuferin auf dem Markt den *Ulysses* lese, weshalb unsere Oma Zofia sich am Meer, während andere Kurgäste sich am Strand sonnten, durch sechshundert Seiten kämpfte, obwohl in diesem Buch eigentlich nichts Interessantes passiert, wenn man von vulgären Dingen wie mehreren Toilettengängen absieht, die Schritt für Schritt beschrieben werden mitsamt den dazugehörigen Gedanken des sich Erleichternden, oder von der Zubereitung und des darauf folgenden Verschlingens einer gebratenen Niere und zahlreichen Szenen des Bierkonsums, die von gelegentlichen, dafür aber umso erschöpfenderen Gesprächen über den englischen Schriftsteller Shakespeare oder das Zeitungsreklamewesen begleitet werden, sodass unsere Oma Zofia abschließend sagen musste, schon bes-

239

sere Bücher gelesen zu haben, obzwar man für die Dauer der Lektüre durchaus den Eindruck habe, an einer Bucht in der irischen Stadt Dublin zu sein, in der ein Meereslüftchen wehe, was man dem Buch wiederum hoch anrechnen müsse, denn so etwas sei bei Büchern nicht selbstverständlich, und sowieso, man habe den Eindruck, ein Stückchen Wirklichkeit zu erleben, Sekunde für Sekunde, Gedanke für Gedanke, weshalb das Buch so ganz wertlos eben doch nicht sei.

Jedenfalls hatte Herr Direktor Sterczyk schon gleich nach der Einstellung unserer Oma Zofia erkannt, was er an ihr hatte, weshalb sie schnell zu seiner persönlichen Sekretärin wurde. Und darum machte sie von da an viele Exportreisen, vor allem in die Tschechoslowakei, etwa nach Usti, wo die Baufirma mehrere Getreidesilos baute, und in diesem Zusammenhang war es zum Beispiel so, dass sie von ihren dortigen Auftraggebern 4000 Kronen bekam, was damals ziemlich viel war, denn ein tschechoslowakischer Bauarbeiter vor Ort bekam nur die Hälfte. 2000 Kronen wurden ihr in Dollar direkt auf ihr Konto überwiesen, für 1000 Kronen durfte sie zollfrei Waren ausführen, sodass sie Schokolade, Damenstrumpfhosen und einmal sogar siebzehn fabrikneue Schafsfellmäntel nach Hause schickte, und für die restlichen 1000 Kronen lebte sie in einer kleinen Wohnung in der Stadtmitte von Usti. Und das war eine gute Zeit, denn in der Nähe stand ein Warenhaus, in dessen oberstem Stockwerk ein Restaurant war, und dort konnte man Nudeln mit Sauerkraut und Schinken essen, ein in Polen nur aus Erzählungen bekanntes Gericht, denn Schinken hatte es in Polen das letzte Mal vor dem Krieg gegeben und später höchstens jeweils ein paar Stunden lang.

Der positive Nebeneffekt all dieser Dinge war aber vor allem, dass unsere Oma Zofia mit jeder Exportreise, die sie in den folgenden Jahren machte, mehr Dollar auf ihrem geheimen Paris-

Sparbuch hatte. Es gab allerdings ein kleines Problem, denn sie durfte das Sparbuch nicht über die Grenze in die Tschechoslowakei mitnehmen, sie musste es also schweren Herzens zu Hause lassen.

Es gibt nur einen Ort in der Wohnung, sagt unsere Oma Zofia noch heute, an dem euer Opa nie in seinem Leben gewesen ist, trotz seiner stadtbekannten Kompetenz auf diesem Gebiet.

Und so versteckte sie ihr Paris-Sparbuch in einem der Küchenschränke, genau genommen hinter dem roten Topf mit einer aufgemalten blauen Blume, den sie bis heute in ihrer Küche im selben Küchenschrank aufbewahrt. Und dieser Topf, den wir mit eigenen Augen bei jedem unserer Besuche anschauen können, erinnert sie noch heute an eine damals in greifbare Nähe gerückte Paris-Reise.

Die Exportreisen unserer Oma Zofia in die Tschechoslowakei gehören zu ihren schönsten Erinnerungen. Von diesen Reisen brachte sie einmal auch eine Möbelgarnitur fürs Wohnzimmer mit, die sie sich schon immer gewünscht hatte, es handelte sich um eine praktische Komplettlösung: eine Schrankwand, einen Esstisch mit vier Stühlen sowie ein Sofa mit zwei Sesseln und einem Sofatischchen, und das alles im modernen Stil, fast wie aus echtem dunklem Holz. Diese Möbel stehen bis heute in ihrem Wohnzimmer, und sie ist sehr stolz darauf. Von einer anderen Exportreise brachte sie das Porzellanservice Basia mit und von einer dritten einen Farbfernseher mit einem schönen dunklen Holzgehäuse, der genau zu der Schränkchenwand im Wohnzimmer passte.

Die Baufirma Budowlanka war irgendwann so erfolgreich, dass sie ihren Angestellten jedes Jahr kostenlos eine organisierte Städtereise in einem Bus anbot, mit einem Reiseführer und mit einem

Mitarbeiter der Stadtverwaltung als Begleitung. Auf diese Weise ist unsere Oma Zofia in Prag, in London und in Helsinki gewesen, außerdem in Straßburg, Brüssel und Kopenhagen sowie in Rotterdam und Amsterdam. Sie hat Kiew besichtigt und ist bis in den Ural gereist, war in Tiblis, Baku, Jerewan und hat das heutige Sankt Petersburg besucht, das damals Leningrad geheißen hat, und natürlich Moskau, das schon immer Moskau geheißen hat, schon im Mittelalter. Am Ende hat sie sogar eine Reise nach Afrika gemacht, nach Algerien. Es ist ein Freundschaftsbesuch gewesen: Sie besichtigte die Weizensilos, die ihre Jungs dort ein paar Jahre zuvor gebaut hatten, und sie wohnte in einer luxuriösen Hotelanlage, in der die Kellner bei den Mahlzeiten rote livrierte Jacketts trugen und französisch sprachen. Und auf den Balkon des Bungalows hingen Datteln, die sie einfach pflücken konnte.

Nur nach Paris konnte sie nicht fahren, denn es wurde keine Reise nach Paris von der Firma Budowlanka angeboten, und eines Tages verkündete Herr Direktor Sterczyk, dass die Reisen eingestellt würden, aufgrund eines kurzfristigen Rückgangs an Gewinneinnahmen. Glücklicherweise gab es zu jener Zeit in Opole schon die Touristikfirma Orbis, und die bot ebenfalls Busreisen an, wenn auch sehr teure, und es war nur eine Frage der Zeit, so wusste unsere Oma Zofia, bis eine dieser Reisen nach Paris gehen würde. Und so hielt sie ihr Geld auf dem Paris-Sparbuch bereit.

Wer denn eigentlich genau diese ihre Jungs seien, haben wir unsere Oma Zofia einmal gefragt, und da hat sie uns erklärt, dass sie die Verantwortung getragen habe für sie, es seien die Arbeiter auf den Baustellen der Firma gewesen. Sie habe ihnen, weil sie oft in der Fremde gewesen seien und nicht jedes Wochenende hätten nach Hause fahren können, interessante Ausflüge organisiert, beispielsweise in die Umgebung von Brno, wo auf einem Berg schon aus der Ferne ein gigantisches Bierfass zu sehen gewesen sei, das sich aus der Nähe als zweistöckiges Gebäude entpuppt habe, und dort habe es dann für jeden ihrer Jungs ein tschechisches Bier zum Probieren gegeben. Oder in eine flugzeughangarähnliche Halle in Bratislava, in deren Innerem es gebrummt habe wie in einem Bienenstock. Dort habe dann jeder ihrer Jungs ein slowakisches Bier zum Probieren bekommen, bezahlt mit den Firmenspesen, die sie verwaltet habe, als persönliche Sekretärin des Herrn Direktor Sterczyk.

Besonders interessant auf ihren Reisen sei Jerewan gewesen. Man müsse sich vorstellen, so erzählt sie uns noch heute, dass die Kultur der Armenier jahrtausendealt sei und die Armenier das Alphabet erfunden hätten, und eines der längsten Bücher der Welt stamme aus Armenien, acht Bände mit jeweils zweitausend Seiten, und überhaupt bestehe eigentlich ganz Jerewan aus Büchern, in jedem Haus gebe es eine Bibliothek und in jeder Bibliothek eine in einer Kammer versteckte Geheimbibliothek, weshalb die Türken und davor die Aserbaidschaner und davor sogar noch die Perser es nie geschafft hätten, die armenische Kultur ganz auszurotten, weil sich immer in irgendeiner Höhle in den Bergen eine armenische Geheimbibliothek erhalten habe oder in einem anderen Land, wo ein Armenier auf der Flucht vor den Mördern seiner Familie mit den geretteten Büchern eine neue Geheimbibliothek angelegt habe.

Das genaue Gegenteil von Jerewan sei Baku. Diese Hauptstadt sei ein einziges Feuer, alles brenne dort, alle Häuser, alle Straßen stünden in Flammen, sogar die Hühner würden mit brennendem Gefieder durch die Gassen rennen, und die im Rinnstein spielenden Kinder seien bis in die Haarspitzen eingeschmiert mit Öl, denn Baku sei ein Königreich in schwarzem Glanz, es sei eine einzige Bohrinsel, kein Buch könne dort überdauern, bei dieser Hitze, bei dieser Entflammbarkeit der Atemluft, unter diesem rot glühenden Himmel. Übrigens hätten Alfred Nobel und seine Brüder ihre Milliarden genau hier gemacht, ohne Baku hätten also Henryk Sienkiewicz und Władysław Reymont niemals den Nobelpreis bekommen und wären niemals weltberühmt geworden, insgesamt sei Baku also doch wieder sehr bücherfreundlich, aber eben nur indirekt, denn der einzelne Bewohner in seinem mit Öl verklebten und brennenden Lehmhaus ahne davon nichts.

Am liebsten aber ist unsere Oma Zofia immer wieder in der Tschechoslowakei gewesen. Allerdings gab es damals in der Tschechoslowakei kein einziges privates Geschäft, geschweige denn einen privaten Bauernhof, weshalb die Tschechoslowaken auch kein Gemüse hatten. In einem Geschäft hat unsere Oma Zofia einmal ein einziges Radieschen am Boden eines Korbs gefunden, aber es ist weiß wie Papier gewesen und weich wie ein Wollknäuel. In einem Blumenladen hat sie mehr Glück gehabt, da sah sie nämlich sogar vier Tulpen, in einer Farbe, die am besten mit Lila verglichen werden kann, wenn auch einer blassen Abart davon, und diese Tulpen ließen ihre Köpfe über den Rand des Kübels hängen. Außerdem gab es keine wirklich guten Handwerker mehr, denn auch die hatte die tschechoslowakische Regierung abgeschafft, und so hat unsere Oma Zofia, als sie einmal ihre Nagelschere schärfen lassen wollte, nach langer Suche nur eine Hutmacherin gefunden, und die hat die Schere dann gegen eine Quittung entgegengenommen und weitergeschickt in ein Altersheim, wo noch ein paar alte Handwerker von vor dem Krieg wohnten, und nach drei Tagen konnte unsere Oma Zofia ihre Schere wieder abholen. Immerhin haben die Tschechoslowaken viele Früchte in ihren Geschäften gehabt, aus Vietnam, Georgien und Algerien, und das jeweils zum Einheitspreis von 14 Kronen das Kilo, egal, ob es Orangen, Ananas oder Bananen waren.

Jedenfalls stand unsere Oma Zofia, wenn sie nicht auf einer Exportreise war, jeden Morgen noch vor allen anderen auf und öffnete, so leise sie konnte, den Küchenschrank, in dem sie den roten Topf verstaute, und sie schaute nach, ob ihr Paris-Sparbuch noch da lag. Und wenn sie auf einer Exportreise war, stellte sie sich beim Frühstück, bevor sie ins Büro aufbrach, oder am Schreibtisch, bevor sie mit der Arbeit begann, vor, wie sie am Bahnhof von Opole in einen Bus der Firma Orbis steigen und einen Tag später am Fuß des Montmartre aussteigen würde, das hell in der Sonne leuchtende Sacré-Cœur über sich, mit den weißen Kuppeln vor dem blauen Himmel.

Mit jedem Monat, der den Tag näher rücken ließ, an dem endlich auch eine Reise nach Paris angeboten werden würde, schaute sie häufiger in den Küchenschrank hinter den roten Topf mit der blauen Blume, und bald wachte sie auch nachts auf und war sich sicher, aus der Küche das Klappern von Töpfen gehört zu haben, und dann schlich sie sich durch die Dunkelheit am Zimmer unseres Opas Jurek vorbei in die Küche und öffnete den Küchenschrank und tastete an die Stelle hinter dem roten Topf, aber stets war das Sparbuch an seinem Platz.

Insgesamt sieben Jahre sparte unsere Oma. Und als es auf einem Prospekt der Firma Orbis eines Tages hieß, dass im April des darauf folgenden Jahres eine Busreise nach Paris angeboten werde, war sie so kurz vor einer Paris-Reise wie noch nie.

DAS PARADIES IN
DER KRAKOWSKA STRASSE

Noch heute steht in der Fußgängerzone der Krakowska Straße das Paradies. Jetzt ist es ein normales Warenhaus, und wir haben es schon oft besucht, auch diesmal, bei einem Spaziergang mit unserer Mutter durch die Innenstadt von Opole. Inzwischen aber erinnert nichts darin mehr an die damalige Zeit.

Wie glücklich war unser Opa Jurek, als man ihm die Stelle als Direktor im Paradies in der Krakowska Straße anbot. Es war kein gewöhnliches Gebäude, denn Herr Gomułka hatte zu Beginn seiner Regierungsjahre in Warschau beschlossen, in Opole ein Gebäude bauen zu lassen, in das genau hundert kleinere Gebäude hineinpassten, und in jedem dieser genau hundert kleineren Gebäude sollte es von nun an alles geben, was das Herz begehrt, und dazu in bester Qualität.

Das wichtigste Geschäft im Paradies war der Delikatessen-Supermarkt im Parterre. Es ist nicht auszudenken, welches Gefühl unseren Opa Jurek befiel, als er die Räumlichkeiten zum ersten Mal betrat und als über ihm die zwei Reihen von Leucht-röhren klackernd angingen, wieder ausgingen, dann wieder an-gingen und endlich ihr zwar grelles, aber auch schönes Licht bis ans Ende des Raums warfen.

Die weißesten Kacheln müssen auf dem Boden verlegt gewe-sen sein. Die Wand zur Fußgängerzone zwischen Hauptbahnhof und Rathausplatz war vollständig verglast, es hatte den Anschein, als ginge der Raum in der Fußgängerzone weiter, und als unser Opa Jurek in diesem Raum ein Wort sagte, dauerte es zehn Sekunden, bis es von der hintersten Wand als Echo zurückgeworfen wurde. Die Menge an Delikatessen, die man hier würde anbieten können, das erkannte unser Opa Jurek sofort, war unendlich, Schaumwein vom Schwarzen Meer, Zitronen aus Vietnam, Schinken aus der Tschechoslowakei, Litschis aus China, alle Spezialitäten würden Platz finden.

Schon bald sah unser Opa Jurek sich als Direktor des Paradieses aber mit der ersten Herausforderung konfrontiert. Und diese erste Herausforderung war nicht etwa organisatorischer, sondern menschlicher Natur. Die Bewohner von Opole waren wählerisch geworden, genauer gesagt, wollten sie eigentlich immer das Falsche, und unser Opa Jurek musste, um des Problems, das wohl jeder Verkäufer kennt, Herr zu werden, eine neue Art des Verkaufens erfinden. Am besten zeigt das die Geschichte mit den Husarenharnischen, die übrigens ganz ähnlich anfängt wie eine kurze Erzählung des berühmten polnischen Schriftstellers Sławomir Mrożek, eines Namensvetters unseres Opas Jurek. Nur endet sie anders, nämlich zwar sehr gut, aber letztlich nicht ganz so gut, was das Berufsleben unseres Opas Jurek anbelangt und damit auch das Leben unserer Großeltern insgesamt.

In jenen Jahren waren viele Innenräume in Polen mit dunklem Holz getäfelt. Und auch wenn unser Vater in diesem Zusammenhang stets behauptet, dass es sich gar nicht um echtes Holz gehandelt habe, muss das sehr nobel ausgesehen haben, das legen jedenfalls die Fotografien aus der Schrankwand im Wohnzimmer unserer Oma Zofia nahe.

So sehen wir das mit dunklem Holz ausgekleidete Wohnzimmer der Wohnung unserer Großeltern in der Domańskiego Straße, in dem unsere Mutter und unser Onkel Wojtek in kurzen

Jeanslatzhosen rücklings auf dem Teppich liegen, jeweils ein Ohr an ein zwischen ihren Köpfen aufgestelltes holzverkleidetes Radiogerät gedrückt.

Wir sehen den mit dunklem Holz ausgekleideten Saal im Standesamt, in dem sich unsere Mutter und unser Vater zum Schreibtisch des auf dem Bild nicht sichtbaren Beamten beugen und ihre Unterschriften auf die Heiratsurkunde setzen. Auf den ebenfalls dunklen Holzstühlen sitzen im Hintergrund die Gäste in ihren Anzügen und geblümten Kleidern, sie tragen die aus Holz gefertigten riesigen und in jenen Jahren in ganz Europa modischen Brillen mit eckigem Gestell, unter ihnen viele Unbekannte, aber beispielsweise auch unser Onkel Edek, damals noch mit langem Haar und mit einem ähnlichen schwarzen Schnurrbart, wie ihn unser Vater hatte, und so jung, dass wir uns nur schwer vorstellen können, dass es tatsächlich unser Onkel Edek ist.

Und wir sehen das mit dunklem Holz ausgekleidete Direktorenbüro unseres Opas Jurek: die dunklen Schrankwände, den großen dunklen Schreibtisch am Fenster und die dunkle Verkleidung des Heizkörpers, vor dem ein junger Mann steht, unser Opa, in einem Direktorenanzug mit Krawatte und mit einem Glas Sekt in der Hand, in die Kamera lächelnd.

Aber nicht nur die Inneneinrichtung des Büros unseres Opas Jurek zeigte seine Wichtigkeit. Wie erfolgreich er als Direktor des Paradieses werden sollte, ließ sich nicht zuletzt daran ablesen, dass in seinem Lieblingsgeschäft im Parterre, dem Delikatessen-Supermarkt, jetzt nicht nur eines, sondern gleich dreißig Regale standen, und das waren sehr schöne weiße Regale in verschiedenen Größen und mit verschiedenen Fächerhöhen, und für frische Brötchen gab es Gitterfächer aus weiß lackiertem Metall, und für frisches Gemüse gab es freistehende Gittertische, und für die erwarteten Liköre aus aller Welt gab es eine abschließbare Glas-

248

vitrine, und es gab eine moderne Kasse, und unser Opa Jurek hatte jetzt neben Frau Krysia noch zwei weitere Angestellte, Frau Danuta und Frau Jola.

Und weil in den ersten Wochen nach der Eröffnung des Paradieses vorerst noch keine Lieferung mit den angekündigten Delikatessen angekommen war, unser Opa Jurek aber die Schlange von Kunden Gott sei Dank nach einer schriftlichen und einer weiteren telefonischen Erkundigung zunächst in der Stadtverwaltung und später in der entsprechenden Organisationsstelle in Warschau hatte beruhigen können, denn jeden Moment sei, wie man ihm gesagt hatte, die erste Lieferung zu erwarten, hatte er glücklicherweise die Zeit, sich auf die ohnehin viel wichtigere Aufgabe der Inneneinrichtung zu konzentrieren, und hier insbesondere, wie das bei jedem neuen Lebensmittelgeschäft wichtig ist, auf die richtige Positionierung der Regale.

Diese erste Zeit im Paradies war also alles in allem eine gute Zeit, und bald konnte unser Opa, weil er ein Direktorengehalt bekam, noch mehr Einmachgläser in die Regale in seinem Keller stellen. Am liebsten wäre er ein Leben lang Direktor des Paradieses und überhaupt Direktor geblieben, sagte er oft, denn es gebe nichts, das besser sei, solcherart wichtige Posten habe es damals nirgends sonst in Europa oder sonst wo auf der Welt gegeben, und später habe es so etwas sowieso nirgends mehr gegeben, auch nicht mehr in Polen, denn später habe sich nicht nur für ihn persönlich alles wieder zum Schlechteren gewendet.

Leider war die erste sorgenfreie Zeit im Paradies aber nach schon fünf Wochen schlagartig vorbei, denn plötzlich stand eine bleiche Frau Krysia vor der Bürotür unseres Opas, mit Todesangst in den Augen. Und nachdem er sie in einen Sessel gedrückt und mit einem Schwarztee mit Zitrone beruhigt hatte, ließ er sich von ihr ins Parterre führen und fand sich einem Mann in einem grauen Arbeitsanzug gegenüber, dessen Anliegen anzuhören er sich gezwungen sah.

Und dieses Anliegen schien verrückt.

Unser Opa Jurek hielt das Ganze daher für einen Witz und lachte nicht schlecht. Aber der Mann in dem Arbeitsanzug lachte nicht mit, sondern er schlug unserem Opa vor, ihm hinauszufolgen, durch die Glastür in die Fußgängerzone und um die Ecke in die Hausdurchfahrt hinein und schließlich in den Hinterhof des Paradieses.

Und tatsächlich, dort im Hof stand, wie unser Opa Jurek es nun mit eigenen Augen sah, mit der Ladefläche zur Rampe des offen stehenden Lagers, ein Lkw, und die Lagerangestellten saßen auf dieser Rampe, einer hatte noch seine Karten in der Hand, der andere ein plattgedrücktes, metallenes Fläschchen, das zur Hälfte in einer Korbummantelung steckte, und ihre Augen waren aufgerissen, und die Münder standen ihnen offen, und ihre Blicke huschten fragend, in einigen Fällen sogar hilfesuchend zwischen unserem Opa Jurek und dem Lkw hin und her, und der eine oder andere zitterte vor Schreck am ganzen Körper.

Auch die Damen unseres Opas waren zu Tode erschrocken, denn sie hatten keine Ahnung, was zu tun war, schließlich kam es in dieser Zeit nicht alle Tage vor, dass in ein Geschäft tatsächlich etwas geliefert wurde, geschweige denn Delikatessen, so gerne man auch davon sprach, dass es eines Tages geschehen werde, aber nur weil man darüber sprach, hieß das noch lange nicht, dass man für einen solchen Extremfall auch ausgebildet, geschweige denn innerlich vorbereitet gewesen wäre. Und so war die Unruhe groß, und einzig unser Opa Jurek behielt in dieser absoluten Ausnahmesituation die Nerven, wieder einmal wusste er als Einziger, was zu tun war. Und so rief er, als wäre es das Normalste auf der Welt: Ausladen und einsortieren!

Man könnte meinen, dass die Sache damit erledigt war. Das wahre Ausmaß des Problems enthüllte sich jedoch erst am Nachmittag. Denn unser Opa war, gleich nachdem er als Direktor das Ganze in die Hand genommen und seine Anweisungen erteilt hatte, zurück ins Büro geeilt, um anderen wichtigen Aufgaben nachzugehen. Aber schon wenige Stunden später klopfte es wieder an seiner Tür, und dort stand eine diesmal rotgesichtige und wild gestikulierende Frau Krysia, die sagte, dass sie kündige. Als er sie endlich mit einer weiteren Tasse Schwarztee mit Zitrone beruhigt hatte, ließ er sich von ihr wieder ins Parterre führen und sich zeigen, was sie derart wütend gemacht hatte, und so stand er kurz darauf neben der Kasse und sah sich der ersten Kundin in der Schlange von Angesicht zu Angesicht gegenüber. Er stand in einer Parfümwolke und blickte in die Augen eines schnaubenden, mit dem Hufe scharrenden Rhinozeros.

Es stellte sich heraus, dass die erste Lieferung an den Delikatessen-Supermarkt alle Erwartungen der in der Schlange Wartenden übertraf. Denn die Lieferung bestand nicht so sehr aus Lebensmitteln, geschweige denn Delikatessen, sondern vielmehr aus etwas viel Besserem, und noch dazu in 600-facher Ausführung. Und so erklärte sich die Wut von Frau Krysia, denn die erste in der Schlange stehende Kundin, Frau Mazowiecka, die Ehefrau des Präsidenten des Verbandes der Zementfabriken Opole, sagte jetzt auch unserem Opa Jurek, dem Direktor des Paradieses, ins Gesicht, dass sie, und nicht nur sie allein, gekommen sei, um die eine oder andere Delikatesse zu kaufen, ganz sicher aber keine Husarenrüstung aus der Zeit Jan Sobieskis III., so schön und originalgetreu diese auch gearbeitet sei. Und darauf drehte sie sich um und mit ihr alle anderen Schlangenteilnehmerinnen, und die gesamte Kundschaft verließ geschlossen den Laden, unter Ausrufen der Empörung und trampelnd wie eine Herde Elefanten.

251

Unser Opa Jurek verschaffte sich sofort einen Überblick über die mit viel Geschick und Verstand in den Regalen und Gitterfächern verstauten metallisch glänzenden Brustharnische, an denen hinten eine Doppelreihe aus Federflügeln befestigt war, und begutachtete auch die in den oberen Regalen aufgereihten Helme mit Visier und Spitz, von denen er wusste, dass sie Zischägge hießen und eine Spezialform des sogenannten Szyszaks darstellten.

Hier liege offensichtlich ein Irrtum vor, sagte Frau Krysia.

Es handle sich nicht gerade um Delikatessen, sagte die Kaugummi kauende Frau Jola.

Das müsse zurück, sagte Frau Danuta.

Niemals!, rief unser Opa Jurek.

Die Damen starrten ihn an.

Eine Lieferung sei eine Lieferung, sagte er. Alles werde aus gutem Grund geliefert und müsse verkauft werden.

Unser Opa wusste nämlich, dass die Verwirklichung der hervorragenden Überlegung von der Gleichheit aller eine Verteilung von allem an alle zur Grundlage hatte. Die entsprechende Stelle in Warschau musste diese komplizierte Verteilung offenbar aber, weil sie so mengenaufwendig war, notgedrungen in Etappen aufteilen, und vermutlich war in diesem Fall zufällig eine für viel später geplante Lieferung in Opole vorgezogen worden, denn man konnte ja nicht alles gleichzeitig an alle verteilen, und während die Bewohner der einen Stadt heute Delikatessen geliefert bekamen, bekamen die Bewohner einer anderen Stadt eben zunächst Husarenrüstungen aus der Zeit von Jan Sobieski III. Deshalb hatte unser Opa sofort erkannt, worin nun die Herausforderung bestand: Er musste die Husarenrüstungen an die Kunden verkaufen, obwohl diese jetzt Delikatessen kaufen wollten und die kluge Vorausschau der entsprechenden Stelle in Warschau überhaupt nicht würdigten, weil sie

252

nicht im Geringsten ahnten, dass sie eines Tages Husarenrüstungen benötigen würden.

Es sei dies eine der größten Herausforderungen gewesen, sagte unser Opa Jurek an dieser Stelle jedes Mal, die ein Verkäufer sich vorstellen könne.

Aber mit gutem Grund ist er Direktor gewesen. Er kann nämlich als Erfinder des sogenannten «advertisement» in Polen gelten, streng genommen kommt die Ehre also nicht erst unserem Vater zu, der diese Errungenschaft später nur noch verfeinern und optimieren sollte.

Hierzu muss man zunächst wissen, was es mit den Husaren auf sich hatte. Die Husaren sind in der Geschichte Europas die wohl am meisten gefürchteten Ritter überhaupt gewesen, es handelte sich bei ihnen genau genommen um eine Elitetruppe für besondere Einsätze, denn sie hatten nicht nur beeindruckende Fähigkeiten beim Schwingen des Husarensäbels und bei der Benutzung der Husarenpistolen, sondern sie hatten auch besonders leichte und manövrierfähige Pferde, Lanzen, die länger waren als die Piken des ihnen sich in den Weg stellenden gegnerischen Fußvolks, und eben auch besondere Rüstungen.

Über dem Brustpanzer trug ein polnischer Husar ein Leopardenfell. Und unter dem Husarenhelm, der wie gesagt kein einfacher Szyszak, sondern eine Zischägge war, trug er eine Haube aus Holz, weil das Metall sonst die Kopfhaut aufgescheuert hätte. In diesem Zusammenhang ist zu erwähnen, dass die charakteristische Zischägge der Husaren zwar auf den ersten Blick an den Szyszak-Helm erinnert, jedoch einen stärkeren Nackenschutz und statt einer spitzen eine runde Kalotte besitzt. An den Seiten sind zwei Drachenflügel aus Stahl angebracht, die die Ohren eines Husarenritters schützen, und dieser Ohrenschutz spielte eine nicht unwichtige Rolle.

Denn das Allerschlimmste an den Husaren war wohl das durch Mark und Bein gehende Fauchen, das sich erhob und jeden taub machte, wenn die Husaria sich in Bewegung setzte. Es wurde verursacht durch den Galoppwind, denn die Besonderheit der Rüstung eines Husaren waren die zwei bereits erwähnten, hinten angebrachten Reihen Federschmuck, wobei das Schmücken eben nicht die einzige Funktion dieser Vorrichtungen war. Der Galoppwind brachte jede einzelne Feder in den Flügeln der Husaren zum Zittern, was wegen der Menge der Flügel in einem Husarenheer jenes ohrenbetäubende Fauchen erzeugte, das jeder Gegner fürchtete.

Die Stärke der Husaria wurde beispielsweise in der Schlacht bei Kłuszyn im Jahr 1610 gegen die Russen bewiesen. Oder in der Schlacht von Ochmatow gegen die Kosaken im Jahr 1655. Und am besten sogar in der Schlacht von Kirchholm gegen die Schweden im Jahr 1605, in der die Husarenarmee des Hetmans Jan Karol Chodkiewicz, die nur 4000 Mann zählte, die 11 000 Mann starke Armee des schwedischen Königs Karl IX. besiegte. Am allerbesten aber wurde sie bewiesen in der Schlacht um Wien im Jahr 1683, bei der König Jan Sobieski III. die Türken aus Europa warf und es ein für alle Mal von ihnen befreite.

Und so ließ unser Opa Jurek schon am Morgen nach der Anlieferung der Husarenrüstungen vom Fassadenmaler Graboszewski zwei Dutzend Tafeln anfertigen, und darauf vollbrachte der Fassadenmaler sein erstes künstlerisches Meisterwerk, denn er hatte nach nur einer Woche auf diese Tafeln die schönste Frau gemalt, mit lockigen roten Haaren. Die Schönheit dieser Frau, die den Betrachter mit einem leicht gesenkten Kopf verführerisch und siegreich anlächelte, wurde noch unterstrichen von dem einzigen Kleidungsstück, das sie trug, denn ein Husarenharnisch aus der Zeit Jan Sobieskis III., das kann man sich vorstellen, hebt die noch so gut versteckte Schönheit einer jeden Frau hervor: Die zwei Flügelreihen auf dem Rücken des Brustharnischs machen aus ihr einen Engel und eine Heldin des Kampfes um Freiheit gegen Russland oder die Schweden oder die Türken zugleich. Und um den Passanten der öffentlichen Plätze diese Tatsache noch besser vor Augen zu führen, hatte unser Opa Jurek auf jede Tafel einen gut überlegten Satz schreiben lassen: «Die schönsten Frauen waren – die Frauen der Husaren.»

Man stelle sich die Drängeleien am Montagmorgen an der Glastür des Paradieses vor – und die Leere in den Büros der Stadt während der ersten Stunden des Vormittags. Nachdem die Tore des Delikatessen-Supermarkts im Paradies geöffnet worden waren, kam Frau Krysia fast nicht hinterher mit dem Eintippen in die Kasse, und das Kassenklingeln war wohl das am häufigsten zu hörende Geräusch des Tages. Sie habe schon längst verschiedene Husarenharnische zu Hause, sagte die erste Kundin in der Schlange, Frau Mazowiecka, die Ehefrau des Präsidenten des Verbandes der Zementfabriken Opole, sie wolle nur eben auch dieses neueste Modell, obwohl sie ihre Husarenharnische üblicherweise in Warschau kaufe. Ja, sie auch, sagte hinter ihr Frau Gonzorowska, die Ehefrau des Direktors der Elektrizitätsgenossenschaft Opole. Sie habe in ihrem Husarenharnisch-Schrank, sagte wiederum Frau Malinowska, die Frau des Sekretärs der Großen Gemeinsamen Partei in Opole, noch einen Platz frei, nur deshalb sei sie hier, und die zwei anderen Exemplare seien für ihre Schwiegertöchter, die vom Land kämen und deshalb keine Ahnung von der neuesten europäischen Großstadtmode hätten. Auch sie, riefen andere Frauen von weiter hinten in der Schlange, seien längst Husarenharnischträgerinnen und nur hier, weil es nie schade, ein zusätzliches Modell für den Winter zu haben.

255

Und so musste unser Opa Jurek bald eine Begrenzung von zwei Husarenharnischen pro Person einführen, aber daraufhin erwischte er drei Schülerinnen dabei, wie sie jeweils zwei Husarenharnische in ihnen nicht passenden Größen kauften, die, wie sich bei einem Verhör im Büro unseres Opas herausstellte, in Wahrheit für Frau Sołtycka waren, die Ehefrau des Leiters des städtischen Komitees des Theater- und Opernwesens in Opole und Lehrerin der drei Mädchen an der Schule Nummer 21. Die Schülerinnen wussten nicht einmal, was ein Husarenharnisch ist, und schon gar nicht, was er mit Delikatessen oder mit der neuesten Mode aus Warschau zu tun hatte.

Innerhalb eines Tages standen im Delikatessen-Supermarkt im Paradies wieder nur die schönen weißen Regale mit den Gitterfächern aus weißem Metall, und bloß hier und da rollte noch, wenn unser Opa Jurek durch die Gänge ging, eine einzelne Metallniete über die Bodenkacheln oder schwebte eine einzige Daunenfeder umher, und selbst Frau Krysia musste, als er schon die Glastür des Paradieses von innen abschloss, zugeben, dass Arbeit nicht so schlimm sei, wie sie zunächst angenommen habe, dass sie in gewisser Weise sogar ein seltsames Gefühl der inneren Zufriedenheit nach sich ziehe.

Und dieses Gefühl wurde bei allen Mitarbeiterinnen unseres Opas und auch bei ihm noch stärker, als sie in den nächsten Wochen durch die Stadt gingen, denn in ganz Opole konnte man, wie er uns berichtet hat, den Eindruck gewinnen, in eine Zeit zurückversetzt zu sein, als polnische Ritter Wien von den Türken befreit haben. In den Straßen und in den Cafés war Geklapper zu hören und hier und da auch ein metallisches Quietschen, und in der Fußgängerzone um den Rathausplatz blinkte es in der Menge, wenn die Sonne herauskam, überall auf.

Quasi über Nacht avancierte unser Opa Jurek also zum besten

Verkaufsdirektor der Stadt. Und auch insgesamt begann jetzt eine vielversprechende Zeit, nämlich wurden neue Kinos eröffnet wie etwa das Kino Kraków in der Katowicka Straße, das es noch heute gibt, und im Stadtteil «Hinter der Oder» entstand die erste Siedlung für junge Familien, in der besonders viele junge Familien besonders eng zusammenwohnen konnten, und in dieser Siedlung gab es einen Kindergarten, eine Schule und einen Supermarkt und noch vieles mehr.

Ein Jahr später bekam unser Opa Jurek sogar eine Gehaltserhöhung. Er ging zu seinem Vorgesetzten in der Genossenschaft der Warenhäuser der Woiwodschaft Opole und verwies auf seine Erfolge, woraufhin dieser Direktoren-Direktor sagte, dass er ihm trotzdem keine Gehaltserhöhung geben werde. Woraufhin unser Opa sagte, dass er, wenn er keine Gehaltserhöhung bekomme, allen seinen Direktorenkollegen der Stadt Opole erzählen werde, er hätte eine bekommen. Woraufhin der Direktor ihm sofort eine gab.

Es war also von da an alles sehr schön, eigentlich sogar perfekt. Unser Opa Jurek kaufte unserer Oma Zofia eine moderne Waschmaschine, eine «Frania». Und eines Tages sagte er zu ihr, dass man nun bald nach Paris fahren könne, wenn sie das unbedingt wolle. Und diese Paris-Reise hätte wohl auch tatsächlich stattgefunden, wenn nicht Frau Danuta gewesen wäre, eine der drei Angestellten im Paradies.

DAS GÄSTEZIMMER UNTER DER ERDE

Die Verkaufswelt sei, das hat unser Opa Jurek uns einmal gesagt, wie das Leben selbst: ein Tunnel, in dem man nicht wenden könne. Und das sei bis heute so, obwohl die Menschen meinten, das Verkaufen sei leichter geworden nach der sogenannten großen Änderung der Weltlage, und nun könne jeder, wie er gerade Lust habe, einen Laden eröffnen und alles, was gerade zur Hand sei, verkaufen.

Dabei laufe das Verkaufen wie das Leben immer nur auf eins hinaus, und da könne man noch so viel Neues erfinden, um den Kunden nicht immer wieder die gleichen Dinge verkaufen zu müssen, die sie irgendwann in genügend Ausführungen zu Hause hätten. Denn am Ende stehe immer das Ende. Im Leben sei das der Tod. Und beim Verkaufen der Neid.

Frau Danuta zeichnete zunächst viel Unproblematisches aus: ihr violett gefärbtes Haar, das sie in Form eines Turms auf dem Kopf trug, oder ihre in einem etwas dunkleren Violett lackierten Fingernägel. Durch eine Sache aber hob sie sich besonders hervor, sie besaß nämlich ein großes Talent. Und zwar schaffte sie es am besten von allen Angestellten unseres Opas Jurek, sich die anstrengende Arbeit des Verkaufens einigermaßen erträglich zu machen. Nie habe man nach Frau Danuta wieder jemanden auf der Welt gesehen, der diese schwierige Kunst derart beherrscht habe wie sie. Im Grunde habe sie sie immer aufs Neue zur Vollendung gebracht, zu jeder Tageszeit, schon von der ersten Morgenstunde im Paradies an, es schien sie darin nichts irritieren zu können.

258

Dieses große Talent von Frau Danuta offenbarte sich täglich folgendermaßen: Um neun Uhr morgens kam sie ins Delikatessengeschäft im Parterre und musste bereits, wenn auch ungern, zugeben, Opfer geworden zu sein einer besonders schrecklichen Erschöpfung, denn es habe auf ihrem Weg zur Arbeit besonders furchtbar geregnet, oder die Sonne habe schon besonders schrecklich grell geschienen, oder das Wetter sei auf ihrem Arbeitsweg irgendwie besonders unangenehm durchschnittlich gewesen. Und weil sie so erschöpft war, schien es nur gerecht, dass Frau Krysia sie für ein paar Minuten an der Kasse vertrat, während sie selbst hinten im Personalraum sich kurz von den Strapazen des Arbeitswegs ausruhte.

Weil Frau Danuta dann ohnehin schon hinten im Personalraum saß, begann sie auch gleich, um die Zeit zu nutzen, sich die Fingernägel zu lackieren, und weil man diese Tätigkeit wiederum nicht einfach unterbrechen kann, da man warten muss, bis der Nagellack getrocknet ist, schloss sie noch ihre erste Teepause an und plauderte, in ihrem Glas Schwarztee plus Zitronenscheibe mit einem Löffelchen klimpernd, mit einer der Putzfrauen, die gerade den Flur wischte. Weswegen Frau Danuta nach ihrer Teepause leider nicht zurück an die Kasse konnte, ohne Abdrücke zu hinterlassen, sodass sie schweren Herzens noch ihre erste Frühstückspause an die Teepause anzuschließen sich gezwungen sah, während derer sie ihr mitgebrachtes Sandwich aß, woraufhin sie eine kleine Zwischenpause für eine kleine Zwischenzigarette einlegen musste, um danach mit einer seit dem Aufstehen inzwischen schon längst wieder fälligen Nachschminkpause den ersten Pausenblock am Morgen vorerst abzuschließen.

Direkt nach diesen Pausen kam sie dann aber voller Tatendrang an die Kasse und löste Frau Krysia ab, die nun wiederum zu ihrer eigentlichen Aufgabe, nämlich dem Sortieren der Delika-

259

tessen in den Regalen, zurückkehren konnte. Hinter der Kasse musste Frau Danuta aber, nachdem sie sich endlich einigermaßen bequem auf dem Stuhl eingerichtet hatte, der nicht einmal gepolstert war, ihre unverschuldet aufkeimende Wut unterdrücken und die Kundin in die Schranken weisen, die als erste in der Schlange an der Reihe war, denn die wollte am liebsten sofort die von ihr ausgewählten Delikatessen bezahlen, dabei hatte Frau Danuta heute noch keinen einzigen Blick in die *Trybuna Opolska* geworfen, geschweige denn in eines der mitgebrachten Modemagazine, und es grenzte an eine Unverschämtheit, an eine persönliche Beleidigung gar, dass diese Kundin sie so drängte, und darum schaute Frau Danuta von ihrer Zeitung auf und sagte, die Augen verdrehend, dass sie gerade ihre wohlverdiente zweite Vormittagspause mache, ob man das nicht sehen könne. Wobei sie ihren nachvollziehbaren Ärger über die schon an eine Zumutung grenzende Störung in Form eines tiefen Seufzers entweichen ließ, um den Ärger nicht an der Kundin auszulassen, auch wenn es ebendiese Kundin gewesen war, die sich so frech an die Kasse gestellt hatte und auch noch bedient werden wollte.

Das große Problem mit Frau Danuta aber lag bei näherer Betrachtung, anders, als man es zunächst angenommen hätte, gar nicht so sehr in ihrer eigenen Person begründet, und wenn, dann höchstens indirekt, als Begleiterscheinung sozusagen. Denn neben dem großen Talent, das sie so auszeichnete, war sie – und das hatte übrigens auch schon bei ihrer Anstellung durch die Stadtverwaltung, wie unser Opa Jurek gemutmaßt hat, eine gewisse Rolle gespielt – die Ehefrau von Anton Michałski, genannt der Polizist, und dieser Anton Michałski, genannt der Polizist, hatte ebenfalls eine besondere Eigenschaft, nämlich war er Polizist. Genau genommen war er Leiter der Abteilung Sicherheit mit Sitz im Grauen Quader gegenüber dem Hauptbahnhof.

Und warum nun ausgerechnet das für unseren Opa zu einem Problem werden sollte, kann man sich heute noch vorstellen, denn in diesem Lichte schauten die Pausen von Frau Danuta oft gar nicht mehr ganz so lang und betriebsschädigend aus, wie es zunächst auf alle Angestellten und auch unseren Opa Jurek den Eindruck gemacht hatte. Außerdem verwandelte sich Frau Danuta, wenn man sich an die Besonderheit ihres Zivilstandes erinnerte, überraschend schnell in eine der am besten qualifizierten und tüchtigsten Angestellten überhaupt, noch qualifizierter und tüchtiger sogar als Frau Krysia, die schon seit Jahren mit unserem Opa zusammenarbeitete. Und so kann auch die auf den ersten Blick überraschende Tatsache erklärt werden, dass Frau Danuta jeden Monat des Jahres durch unseren Opa Jurek als Paradies-Mitarbeiterin des Monats ausgezeichnet wurde – bis auf einen einzigen Monat im Jahr, in dem diese Ehre Frau Krysia zufiel, und das war der Monat, in dem Frau Danuta und ihr Ehemann Anton Michałski, genannt der Polizist, in einem Hotel in Międzywodzie an der Ostsee ihre wohlverdienten Ferien verbrachten. Und merkwürdigerweise war das übrigens auch der Monat der höchsten Umsätze im Delikatessen-Supermarkt und im Paradies insgesamt, und das Überreichen der Auszeichnung war für unseren Opa gerade in diesem Monat besonders angenehm.

Und noch weitere merkwürdige Dinge passierten. So schien es bald, als würde der für die Verteilung der Lieferungen auf die polnischen Städte zuständige Beamte in Warschau unter einer seltenen Krankheit leiden, bei der ein bis dahin unbekannter Defekt in der Fähigkeit zu rechnen auftrat, eine Art Zwang, alle Zahlen beim Eintragen der Liefermengen in die Listen zu verdoppeln, denn nur etwa die Hälfte der Waren, die laut Liste angeblich mit den Lkws im Paradies ankommen sollten, waren später in den Regalen des Delikatessen-Supermarkts tatsächlich zu finden, und so

261

belief sich die Menge der Einnahmen nur deshalb wiederum auf die in Warschau veranschlagte Summe, weil unser Opa Jurek die Preise verdoppelte, was ihm aber jedes Mal das Herz brach.

Abgesehen von dieser Merkwürdigkeit, die noch durch die Tatsache begleitet wurde, dass ausgerechnet an den Tagen der Lieferungen besonders viele Freunde und Bekannte von Frau Danuta ihr am Arbeitsplatz einen Besuch abstatteten und von ihr eine Führung durch die hinteren Teile des Paradieses bis hinein ins Lager bekamen, stellte immer wieder jemand bereits aufgetaute bulgarische Eiscreme zurück in die Gefriertruhe oder verkaufte im Hochsommer Eier, die schon im Winter geliefert worden waren, was einmal zu einer kleinen Magenkrankheit führte, die sich in ganz Opole bis in die Kindergärten ausbreitete, woran sich aber die Mitarbeiter der *Trybuna Opolska* glücklicherweise nicht mehr erinnern konnten, nachdem sie ein geheimes Treffen mit unserem Opa und später auch mit einem Beamten der Stadtverwaltung gehabt hatten.

Aber auch wenn es für alle diese Erscheinungen anfangs keine Erklärung gab, so war unser Opa Jurek doch insgesamt der beste Direktor, und in der Versammlung des PSS schätzte man ihn ebenso wie bei den Versammlungen der Großen Gemeinsamen Partei. Bis er während eines Ansturms auf 400 nagelneue Lavalampen aus China im Delikatessen-Supermarkt Frau Danuta gegenüber die im Nachhinein selbstverständlich falsche Überlegung äußerte, dass sie ihr Stück Cremetorte vielleicht auch in der Mittagspause weiteressen könne, zugunsten ihrer eigentlichen beruflichen Tätigkeit.

Im Nachhinein ist es schwer festzustellen, wer die Lüge über unseren Opa Jurek verbreitet hat, er habe von irgendwem irgendwelche Geldgeschenke angenommen oder irgendwem irgend-

262

etwas geschenkt, das nicht sein Eigentum gewesen sei. Fest steht nur, dass er bis zuletzt sehr hilfsbereit gewesen ist und beispielsweise später, schon zur Zeit von Herrn Jaruzelski, allen Freunden eine Krakauer oder ein Fläschchen Holunderlikör vorbeigebracht hat, ohne dafür je auch nur die geringste Gegenleistung zu wollen.

Es bekümmere ihn außerordentlich, dass gerade er die hervorragende Überlegung zu hinterfragen scheine, sagte zu ihm jedenfalls schon eine Woche nach seiner Unterredung mit Frau Danuta der Mann in dem schwarzen Anzug und mit dem merkwürdigen ausländischen Akzent in der Versammlung des PSS. Er habe dieses Treffen nur sehr ungern einberufen, sagte er weiter, denn gerade in einem Land wie Polen, wo alle das Gleiche hätten und gleich seien, komme es einem Verbrechen nahe, wenn plötzlich die Frage im Raum stehe, ob sich nicht einer dieser Gleichen unter Ausnutzung eines ihm von der Gemeinschaft anvertrauten Amtes auf Kosten dieser wohlwollenden und gerechten Gemeinschaft durch die Annahme des einen oder anderen Geschenks etwas gleicher habe machen wollen. Was unser Opa zu den Vorwürfen zu sagen habe, die anonym im Grauen Quader eingegangen und kurz darauf an das PSS weitergeleitet worden seien – ob er die Freundschaft, die sie alle hier verbinde, nicht retten und sich erklären wolle.

Um was für Geschenke es sich denn konkret handeln solle, fragte unser Opa.

Woraufhin der Mann in dem schönen Anzug und mit dem merkwürdigen ausländischen Akzent lächelte. Er selbst, sagte er, glaube natürlich keine Sekunde an die anonym eingereichten Beschuldigungen gegenüber unserem Opa, den er stets als rechtschaffenen Freund erlebt habe. Auch wenn unser Opa sich bei den Bekundungen dieser gegenseitigen Freundschaft hier und da

263

zurückgehalten habe, etwa unter dem Vorwand der Alkoholabstinenz, weswegen ihn, unter Freunden, aber niemand gleich verurteilen wolle, denn wahre Freundschaft sei ja gerade etwas, das solche Widrigkeiten überwinden könne, ob man nicht darauf mit einem Gläschen französischen Kognaks anstoßen wolle, es gebe allerdings leider ein Gläschen zu wenig.

Weil alle Blicke am Tisch nun auf unseren Opa gerichtet waren, meldete er sich freiwillig, um bei dieser einen Runde Anstoßen auszusetzen, er trinke ja ohnehin keinen Alkohol, sagte er.

Woraufhin der Mann in dem schönen schwarzen Anzug und mit dem merkwürdigen ausländischen Akzent erneut lächelte und nickte und alle am Tisch aufatmeten, und unser Opa Jurek zuckte zusammen, als ihm sein guter Freund Romek Wachykowski von hinten eine Hand auf die Schulter legte, und Romek Wachykowski begrüßte den Verzicht als eine große Aufopferung, als einen feinen Zug von unseres Opas Seite, als einen vernünftigen Zug auch, als einen durch und durch freundschaftlichen Zug sogar.

Ob er also kurz draußen warten wolle, während sie auf die Freundschaft anstoßen und alles Weitere besprechen würden, fragte der Mann in dem schönen schwarzen Anzug und mit dem merkwürdigen ausländischen Akzent.

Unser Opa Jurek hat seinen Direktorenberuf wie gesagt besonders gern ausgeübt, das Paradies war für ihn der schönste Ort in ganz Opole, und so war es für ihn sehr schlimm, als man ihn entließ und plötzlich auch in den Zeitungen stand, er habe Geldgeschenke angenommen von seinen Geschäftspartnern, die im Gegenzug besonders gute Delikatessen von ihm bekommen hätten, noch bevor diese Delikatessen in die weißen Regale im Delikatessen-Supermarkt des Paradieses hätten einsortiert werden können, weshalb er die Preise für die restlichen Delikatessen habe erhöhen müssen.

264

Aber egal, wie gut er anhand von Kontobüchern im Finanzamt und in verschiedenen Gremien in den folgenden Wochen nachwies, dass er keine Geldgeschenke bekommen hatte, glaubte man ihm nicht, und man glaubte ihm so wenig, dass es unnötig war, überhaupt einen Gerichtstermin zu vereinbaren, denn auch für jeden Richter, so meinte man, wäre die Sache sofort ersichtlich und somit die Zeit verschwendet.

Und insgesamt war man nun auch sehr wütend auf unseren Opa, und man zweifelte daran, dass er an die hervorragende Überlegung glaubte, und dieser Zweifel traf ihn besonders, denn an nichts glaubte er in Wahrheit mehr als an diese Überlegung, selbst nach allem, was bereits passiert war.

Besonders traurig war er daher auch, als man ihm zwei Wochen später die Mitgliedschaft in der Großen Gemeinsamen Partei entzog und ihm sogar den Ausweis abnahm. Er war sogar so traurig, das hat uns unsere Oma Zofia erzählt, dass er heimlich in seinem Arbeitszimmer weinte, sie hat es damals selbst gesehen, weshalb sie ihm für alles Folgende eben auch nicht ganz so böse sein konnte.

In dieser Zeit schrieb er viele Briefe an verschiedene Ämter in Warschau, in denen er darauf aufmerksam machte, dass er niemals Geschenke oder andere Aufmerksamkeiten von irgendwem auch nur angeboten bekommen habe. Aber er erhielt als Antwort immer nur zurück, dass das wohl nicht stimmen könne, denn sonst wäre er ja nicht entlassen und aus der Großen Gemeinsamen Partei ausgeschlossen worden. Da er entlassen und ausgeschlossen worden sei, müsse er – in einer Art logischem Rückschluss – Geschenke und andere Aufmerksamkeiten angenommen haben.

Also bat unser Opa Jurek im Gremium des PSS seine Freunde um Hilfe, indem er sich auf ihre gemeinsame Freundschaft berief. Aber der Mann im schönen schwarzen Anzug und mit dem merkwürdigen ausländischen Akzent sagte, dass man so gut ja auch wieder nicht befreundet sein könne, denn immerhin habe er nie mit ihnen angestoßen, und die Schaffellmäntel habe er damals auch nicht teilen wollen, und solche Dinge würden seiner Ansicht nach Freundschaft ausmachen. Das habe mit zu den Gründen gezählt, warum er die Sache mit der Geschenkannahme überhaupt erst an die eine oder andere amtliche Stelle in Warschau weitergeleitet habe, natürlich vorerst, ohne irgendeinen Namen zu nennen, als Verdacht lediglich, aber die ganze Sache, und das könne er sich wohl denken, habe ihm schwer zugesetzt, obwohl er so etwas natürlich schon geahnt habe, von Anfang an, denn warum sonst habe unser Opa mit ihm und jenen, die er jetzt seine Freunde nenne, nie auf die gemeinsamen Erfolge für die Gesellschaft anstoßen wollen, wenn nicht aus einem schlechten Gewissen dieser Gesellschaft gegenüber?

Bald wurde unser Opa Jurek dann von Anton Michałski, genannt der Polizist, zu einem längeren Aufenthalt im Grauen Quader eingeladen. Und die Gespräche, die er dort führte, waren zwar sehr interessant, aber es schien ihm bald, als herrschte im Grauen Quader ein großes Chaos oder als tauschte sich dort keiner der Beamten mit dem anderen aus, denn jeder seiner in den nächsten Wochen häufig wechselnden Gesprächspartner wollte immer wieder von neuem das Gleiche wissen, nämlich ob er Geschenke von verschiedenen seiner Freunde in der Woiwodschaft Opole angenommen habe in der Zeit, in der er Direktor des Paradieses gewesen sei, was, wie unser Opa immer wieder von neuem erklärte, nicht zutreffe. Das wurde dann immerhin nickend und nicht ohne eine gewisse Erleichterung zur Kenntnis genommen und sogar schriftlich vermerkt.

266

Trotzdem zog sich die Dauer seiner Unterbringung im Grauen Quader immer mehr in die Länge, und das verleitete ihn schon bald zu der haarsträubenden Vermutung, dass im Grauen Quader alle miteinander zerstritten waren und er die Folgen dieses Streits auszubaden hatte, indem er länger als notwendig von zu Hause fernbleiben musste, was ihm auch deshalb sehr leidtat, weil jeder seiner Gesprächspartner für sich genommen eigentlich sympathisch war, sogar mit einem gewissen Sinn für Humor ausgestattet, was beispielsweise die Einschätzung der Unterbringungsstandards und etwa auch der miserablen Verpflegung in den Gästeräumlichkeiten im Keller des Grauen Quaders anbelangte, denn allenthalben hieß es: So, Herr Mrożek, wir bringen Sie zurück in Ihr schönes Zimmer. Oder: So, hier kommt ein köstliches Mittagessen, heute leider nur ein Gang.

Während unser Opa in einem Zimmer des Grauen Quaders residierte, brachte unsere Mutter ihm von zu Hause Päckchen mit und darin die besten Delikatessen, denn die Mahlzeiten in seiner vorübergehenden Unterbringung waren in der Tat miserabel, von guter polnischer Küche konnte keine Rede sein, geschweige denn von einem Mittagsmenü, wie es sich eigentlich gehört, mit Suppe als Vorspeise und darauffolgendem Hauptgang und abschließendem Dessert. Gelegentlich kam es sogar vor, dass nicht nur Vor- und Nachspeise ausgelassen wurden, sondern auch der Hauptgang, sodass man streng genommen gar nicht mehr von einem Mittagessen sprechen konnte, und allmählich erinnerte sich unser Opa Jurek an verschiedene Hungerarten, die er in seinem Leben schon kennengelernt hatte.

Umso gefragter waren also jene Päckchen, die unsere Mutter jeden Freitag von zu Hause mitbrachte, bei ihrem Besuch, der aus sogenannten verwaltungstechnischen Gründen nur einmal in der Woche stattfinden durfte. Ein paar Wochen nach der Einquartierung unseres Opas Jurek in seiner vorübergehenden Unterbringung bot einer der Herren im Grauen Quader unserer Mutter an, dass ein solches Päckchen, von denen sie ja schon einige vorbeigebracht habe, an unseren Opa tatsächlich weitergegeben werden könnte, denn immerhin gefalle unsere Mutter dem Herrn sehr gut, sie könne sich ja dann als Gegenleistung mal mit ihm treffen, am besten bei ihm zu Hause, was unsere Mutter freundlich dankend ablehnte, mit der Frage, ob man das Päckchen nicht auch so weitergeben könnte, was der Beamte leider verneinen musste, denn Päckchen dürften die hier zu Gesprächen Eingeladenen und vorübergehend Untergebrachten leider nicht empfangen. Das solle aber nicht heißen, dass sie nicht weiterhin mit Päckchen vorbeikommen könne, immerhin enthielten sie meistens besonders gut schmeckende Dinge, für die er an dieser Stelle im Namen der gesamten Behörde auch gerne ein aufrichtiges Dankeschön aussprechen wolle.

Nach ein paar Wochen bekam auch der Direktor der Baufirma unserer Oma Zofia, Herr Sterczyk, Besuch von einem Beamten des Grauen Quaders, und dieser bat ihn, dass er sein Vorzimmer verkleinere, aus städtischer Geldnot, und dabei könne er gleich und als Erstes auf die Mitarbeit seiner Sekretärin verzichten, unserer Oma Zofia. Aber unsere Oma erklärt uns, wenn sie davon erzählt, noch heute jedes Mal, was Dankbarkeit ist. Denn Herr Direktor Sterczyk habe sofort zu brüllen begonnen, und er habe den Beamten sogar rausschmeißen wollen. Er habe ihm ins Gesicht geschrien, dass unsere Oma Zofia seine wichtigste Mitarbeiterin sei und dass man, wenn man sie entlassen wolle, zuerst ihn entlassen und die ganze Baufirma schließen solle. Woraufhin der Beamte schluckte und sich die Krawatte richtete und dann lachte. Das sei alles nur ein Witz gewesen, sagte er und verabschiedete sich freundlich von Herrn Sterczyk, und auch sagte er sehr freundlich auf Wiedersehen zu unserer Oma Zofia.

Als sie eine Woche später von einem anderen Beamten des Grauen Quaders zu Hause besucht und befragt wurde zu den Vorwürfen gegen unseren Opa, zeigte sie diesem Beamten ihre gemeinsamen Kontoauszüge, und sie führte ihn durch alle Zimmer und wies auf die Möbel und den Fernseher, und sie fragte ihn, ob so jemand wohne, der besonders viele Geldgeschenke bekomme. So wohne so einer nicht, sagte der Beamte. Wo dann das Geld sein solle, das unser Opa angeblich geschenkt bekommen habe, fragte sie. Der Beamte lächelte und holte aus seiner Tasche einen braunen Umschlag, und in diesem Umschlag war ein Foto, und darauf sei, laut unserer Oma Zofia, unser Opa Jurek in seinem schönen schwarzen Direktorenanzug zu sehen gewesen, aber nicht allein. Vielmehr habe er Arm in Arm mit einer schönen brünetten Frau ein Restaurant verlassen und habe gelächelt, und die Frau habe genauso gelächelt und ihn dabei von der Seite angeschaut. Man könne, wie sie sehe, sagte der Beamte, Geld für viele Dinge ausgeben in Polen, nicht nur für Möbel oder moderne Fernseher oder Delikatessen.

Dass dieses Foto gar nicht ihn zeigte, sondern einen anderen Mann in schwarzem Anzug, dem man sein Gesicht aufgeklebt hatte, das hat unser Opa Jurek uns genau erklärt, bis zuletzt und immer wieder, denn schon damals konnte man solche Dinge machen, nicht nur in Agentenfilmen, insbesondere wenn man ein Beamter des Grauen Quaders gewesen ist. Aber das alles änderte nichts daran, dass unsere Oma Zofia von diesem Moment an für einige Jahre glaubte, er habe eine zweite Familie in Głuchołasy, die er ihr verschwiegen habe, in einer zweiten Wohnung, mit einer zweiten Ehefrau und mit anderen Kindern, und dass diese zweite Familie der Grund sei, warum sie niemals genug Geld hät-

269

ten, um eine Reise nach Paris zu machen. Und deshalb ist es verständlich, dass unsere Oma Zofia in diesen Tagen besonders wütend auf ihn war.

In die schlimmste Dunkelheit ist unser Opa Jurek während der nächsten Wochen in seinem Gästezimmer gefallen, im Keller des Grauen Quaders. Ob wir wüssten, fragte er uns einmal, als er uns über diese Zeit in seinem Leben erzählt hat, was die sogenannte Todesdunkelheit sei: es sei nämlich eine besondere Art der Dunkelheit, die mit der bloßen Abwesenheit von Licht nicht ausreichend beschrieben werden könne.

Man könne in einer solchen Dunkelheit nichts sehen, auch sich selbst nicht, und das erinnere zwar an normale Dunkelheit, aber weil man in der Todesdunkelheit lange nichts sehen könne, gebe es bald nichts mehr, die ganze Welt sei nach ein paar Wochen verschwunden, und so zum Beispiel auch die Erinnerungen an die Wohnung in der Domańskiego Straße, an unsere Oma Zofia, unseren Onkel Wojtek und unsere Mutter, keine Spur mehr von alledem. Es gebe eigentlich nur noch zwei Dinge, und das seien die täglichen Gespräche mit den Beamten an einem schönen großen Holzschreibtisch und das Gästezimmer, in dem man nachts schlafe, irgendwo im Keller des Grauen Quaders.

Und so stellen wir uns die Wände des Gästezimmers vor, denn diese Wände seien, erzählte uns unser Opa Jurek, ganz anders als bei einem gewöhnlichen Zimmer gewesen. Zwischen ihnen sei gar nichts gewesen und am wenigsten noch Raum, in den er hineingepasst hätte nachts, diese Wände und auch die Decke hätten ihn, wenn er von den Gesprächen mit den verschiedenen Beamten wieder zurückbegleitet worden sei und sich auf den Boden gelegt habe, von allen Seiten berührt, die eine Wand den Rücken, die andere den Bauch, und die Beine habe er derart anwinkeln und die Knie derart zur Brust ziehen müssen, dass sie ihm gegen das Kinn gedrückt hätten, und die Schultern seien ihm wie in einem Nussknacker zwischen Decke und Boden eingequetscht worden. Das Schlimmste sei aber gewesen, dass sich alles noch permanent verkleinert habe mit jeder Minute, die er nachts in der Todesdunkelheit dieses seines Gästezimmers gelegen habe, dass also sowohl die Wände immer näher zusammengerückt seien von Stunde zu Stunde als auch die Decke und der Boden, weshalb er sich im Verlauf der Nacht immer mehr habe zusammenrollen müssen, sodass er, wie die Beamten dann tags darauf gescherzt hätten, in diesen Nächten gut zu sich selbst habe finden können.

Diese nächtlichen Vorgänge in seinem Zimmer spielten sich zu allem Überfluss tief unter der Erde ab, wobei unser Opa die genaue Anzahl der Stockwerke, ob zehn oder zwanzig oder gar im dreistelligen Bereich, nicht angeben konnte, denn stets führte man ihn nach einem Tag voller Gespräche erst viele Treppen abwärts, dann wieder aufwärts, dann um Ecken, dann wieder abwärts und wieder um mehrere Ecken und letztendlich wieder kurz aufwärts, dann aber besonders lange wieder abwärts, und weil man ihn während dieser Abstiege und Zwischenaufstiege und darauf folgenden Abstiege unter dem Grauen Quader mit aufmunternden Worten, mit Witzeleien, mit Fragen nach seiner Familie und erneuten Witzeleien stets ablenkte, konnte er die Zahl der unterirdischen Stockwerke, die es hinabging, lediglich schätzen, nämlich auf zehn, aber es sind vermutlich viel mehr gewesen.

Todesdunkelheit und Todesenge zusammen, und dazu hundert Meter Erde über einem und erst darüber die Stadt mit ihren Straßen und Gebäuden, so hat es unser Opa Jurek uns erklärt, das halte auf Dauer niemand aus, und erst recht nicht wochenlang, Tag für Tag, Nacht für Nacht.

DIE ZEIT DER URLAUBE UND
DER KAMPF UNSERES OPAS ANDRZEJEK
GEGEN ALLE GESETZE

Am Morgen unseres vorletzten Tages in Opole machen wir gleich nach dem Frühstück alle zusammen einen sogenannten Onkel-Wojtek-Ausflug, bei dem man in der Umgebung von Opole mit dem Renault Clio unseres Onkels herumfährt und nur kurz irgendwo parkt und aussteigt und höchstens hundert Meter geht, um sich eine interessante Sehenswürdigkeit anzuschauen, und dann fährt man weiter, zur nächsten Sehenswürdigkeit und dann zur übernächsten und so fort, bis es Zeit ist, in einem Restaurant einzukehren.

An diesem Morgen fahren wir erst zum Schloss in Moszna, das im 17. Jahrhundert gebaut wurde und in dem später die reiche schlesische Familie Thiele-Winckler wohnte, dann zum Kloster auf dem Berg St. Anna, wo sich die farbige Statue der heiligen Anna bewundern lässt, dann zu dem Denkmal, das an den Aufstand der polnischen Schlesier im Jahr 1921 unter Wojciech Korfanty erinnert, und schließlich in den Wald von Zawada, um, an den Bäumchen der Baumschule entlang, einen Spaziergang zum Bach und wieder zurück zu machen, der aber nicht zu lange dauern darf, denn allmählich, so sagt unser Onkel Wojtek, sei es Zeit fürs Mittagessen, und er kenne am Ufer des Mittleren Sees in Turawa zufällig eine gute Fischbraterei.

Es sei doch wichtig, sagt unsere Oma Zofia auf dem Rückweg, als wir fragen, warum wir auf den sogenannten Onkel-Wojtek-Ausflügen immer nur mit dem Auto führen und niemals eine längere Strecke zu Fuß gingen, dass wir möglichst viel von Opole und seiner Umgebung sähen. Damit wir wüssten, wo wir herkämen und wie sich hier alles in den letzten Jahren verändere.

Am Nachmittag sitzen wir, während unsere Oma Zofia und unsere Mutter ein Nickerchen machen, auf der Bank vor dem Hauseingang, gegenüber dem Mülltonnenhäuschen, unter dem Fenster des ehemaligen Arbeitszimmers unseres Opas Jurek. Und da fragt uns ein gewisser Paweł, ob wir nicht mit ihm, einem gewissen Tomek und einem gewissen Rafał, der immerzu seine Brille am T-Shirt putzt, Krieg spielen wollten. Wir seien die Deutschen, sagt er und zeigt auf das Mülltonnenhäuschen, aus dem es heute besonders stark nach Müll riecht. Das sei ihr polnischer Bunker, und wir müssten sie angreifen.

Warum wir denn die Deutschen seien und sie die Polen, fragen wir. Und welche Waffen wir hätten.

Wir seien die Deutschen, weil wir so komisch Polnisch sprächen, erklärt Paweł. Und weil sie die Polen seien, hätten sie Kalaschnikows, während wir als die Deutschen Panzerfäuste hätten.

Panzerfäuste seien sowieso viel besser als Kalaschnikows, sagen wir ihm. Und Kalaschnikows hätten nur die Russen. Polen hätten Pferde und Säbel und höchstens noch das eine oder andere Vorderladergewehr der Marke Lebel.

Aber daraufhin behauptet dieser Paweł, sie hätten die Kalaschnikows von Russen erbeutet. Sie seien nämlich Partisanen.

Und so müssen wir ihm auch noch sagen, dass Partisanen sich üblicherweise im Wald verstecken würden und keine Bunker hätten. Und erst recht kein Mülltonnenhäuschen. Worauf Paweł eine Weile überlegen muss, während wir warten und ihm beim Nachdenken zusehen, und dann sagt er, dass wir also die Deutschen im Bunker seien und sie die Partisanen, die uns angriffen.

Aber jetzt sagt Rafał, dessen Brille inzwischen zu Ende ge-

putzt ist und in seinem Gesicht sitzt, sodass er plötzlich Riesen-
augen hat, dass er zum Essen hochmüsse. Und dabei deutet er auf
eine Frau, die sich zu einem der Fenster im dritten Stock des
Nachbarblocks herauslehnt und etwas ruft.

Können wir nicht Herr Wołodyjowski und die Schweden spielen?, fragen wir.

Da aber sagt Paweł, der Hof sei ihr Hof. Und wir seien die
Deutschen und sie die polnischen Partisanen. Wir müssten ja
nicht mitspielen, wenn wir nicht wollten. Es stehe jedem frei, ob
er mitspiele oder nicht mitspiele.

Und so spielen wir die Deutschen und sie die Polen.

Nach dem Abendessen sitzen wir zusammen im Wohnzimmer
und sprechen über früher, diesmal über die berühmte Zeit der Urlaube. Um zu verstehen, warum diese Zeit berühmt ist, muss man
sie sich nur einmal vor Augen führen.

Zu Beginn eines Sommers wurde ein Ort an der Ostsee bestimmt, in der Nähe von Międzywodzie, und dort trafen sich alle:
unsere Eltern und wir, unser Opa Andrzejek und unsere Oma
Izabela mit ihren Jugend-Tanzabendfreunden Kasia und Leszek
Bolesławski, unser Opa Jurek, der Bungalows am Strand gemietet
hatte, weil er den Direktor der Feriensiedlung kannte, unsere
Oma Zofia, die mit zahlreichen Reiseführern anreiste und für
jeden Tag einen anderen Tagesausflug in die Umgebung plante,
und unser Onkel Wojtek, der in jenen Jahren bereits in der Baufirma Budowlanka arbeitete und leider schon damals keine Freundin hatte. Wir sehen alles vor uns, zum Beispiel unsere Oma Izabela, wie sie im Bikini und mit Audrey-Hepburn-Sonnenbrille
zwischen den Campingstühlen wie ein Model hin und her geht
und zu unserem Opa Andrzejek Kätzchen sagt. Wir sehen unsere
Eltern, wie sie zu Musik der Pet Shop Boys in unserem Bungalow

274

tanzen. Wir sehen uns selbst mit jeweils einer Kapitänsmütze auf dem Kopf und ohne Badehose am Strand stehen, in einem Sandloch, eine Schaufel in der Hand und umringt von allen unseren Großeltern, die neben uns knien und graben helfen. Wie wir es geliebt haben, in das Wäldchen bei Międzywodzie zu reisen. Wie es hinter den Dünen, in unserer Erinnerung, nach Kiefernzapfen riecht. Und die Mittagshitze im Schatten des Bungalow-Vordachs. Und der Duft des Letscho, das unsere Mutter aus einem Glas in den Topf kratzt und auf dem Campingherd erhitzt. Und wie unser Onkel Edek zwischen Baumstämmen seine Fechtübungen macht, mit einem flachen Sandhering. Wie unser Opa Andrzejek Drinks mit Gin und Gurke mixt. Wie unser Opa Jurek jedem auf den Teller schaut oder den Inhalt der Einkaufstaschen unserer Oma Zofia kontrolliert, die vom Lebensmittelladen an der Promenade zurückkommt.

Unsere Oma Zofia holt, während wir alle um das Wohnzimmertischchen sitzen, aus ihrer Schränkchenwand noch weitere Fotos, darunter eins von unserem Opa Andrzejek, auf einem Fahrrad. Und da erinnern wir uns auch an die Fahrradausflüge, die wir früher von unserer Siedlung ZWM aus auf die Felder und nach Zawada gemacht haben.

Euer Opa Andrzejek konnte vielleicht fluchen, sagt unsere Oma Zofia und lacht laut auf.

Tatsächlich schimpfte unser Opa Andrzejek immer, wenn ein Spaziergang oder ein Fahrradausflug anstand, denn seine Beine taten ihm weh, weil sie voll Wasser gelaufen waren, und das nicht nur bei schlechtem Wetter, und deshalb hasste er es, sich zu bewegen, und tat es nur unserer Oma Izabela zuliebe.

Unser Opa Andrzejek hatte eine Brille mit zwei Gläsern wie Aquarienscheiben, und wenn er sich an seinen Bruder erinnerte, der, wie schon gesagt, gleich am Anfang des Krieges als polnischer

275

Soldat gestorben ist, dann schienen seine Augen zu schwimmen und wirkten hinter den dicken Gläsern noch kleiner, weshalb er uns nie von seinem großen Bruder erzählte. Viel lieber legte er sich, wenn wir bei unseren Großeltern zu Besuch waren und schon gebadet und Zähne geputzt hatten, zu uns ins Bett und berichtete uns von den Abenteuern des Cowboy Limonadka, der so hieß, weil er in jedem Saloon eine Limonade bestellte. Dieser Cowboy rettete verschiedene Witwen vor gefährlichen Banditenbanden und einmal sogar einen ganzen Indianerstamm vor der Kavallerie in blauen Uniformen, und wenn er verfolgt wurde, war er so schlau, dass er an sein Pferd, das übrigens auch Limonadka hieß, einen Ast band, der dann hinter ihnen über den Sand schleifte und die Spuren verwischte. Immer wieder hat unser Opa Andrzejek uns die Geschichten über den Cowboy Limonadka erzählt, und er sagte, dass es einen wie den nicht mehr gebe, auf der ganzen Welt nicht mehr.

Oder wir verzogen uns an einem Nachmittag mit ihm in das ehemalige Zimmer unseres Vaters und unseres Onkels Edek, legten uns aufs Gästesofa, und er berichtete uns vom Krieg und sagte, was für eine furchtbare Zeit das gewesen sei. Als Kind habe er selbst erlebt, wie ein polnisches Flugzeug auf der Wiese direkt vor ihm trotz weggeschossenen Räderwerks notgelandet sei, und obwohl dem Piloten dabei beide Beine weggesäbelt worden seien, habe er die Kabinenluke geöffnet und zu allen Umstehenden freundlich guten Tag gesagt, und erst dann sei er gestorben. Von seinem Bruder aber erzählte unser Opa uns nicht.

Was stinkt hier so?, fragte unser Opa Andrzejek, wenn wir nach einem Sonntagsessen durch den Kiefernwald bei Zawada spazierten und es nach Kiefernnadeln duftete. Ich bin doch nicht verrückt und steige da rein, sagte er am See von Osowiec, wenn unsere Oma Izabela ihn überreden wollte, mit ihr zur Sandbank rauszuschwimmen, und dann drehte er sich auf der Decke zur anderen Seite und zündete sich eine Zigarette an und widmete sich wieder seinen Kreuzworträtseln. Wir redeten ihm ins Gewissen, dass Rauchen ungesund sei, aber er scheuchte uns mit beiden Armen weg – man solle ihn gefälligst in Ruhe lassen, er sei beschäftigt, ob man das nicht sehe. Unser Opa rauchte hundert Sporty Extra am Tag, aber wenn wir einen Ausflug machten, bei dem er ein paar Schritte vom Auto zum Ufer oder woanders hingehen musste, dann rauchte er aus Trotz noch mehr, bestimmt zweihundert.

Unsere beste Erinnerung an unseren Opa Andrzejek bleibt aber diejenige an den einen berühmten Fahrradausflug nach Zawada, denn bei diesem Ausflug sollte er am Ende einen großen Sieg davontragen, und zwar gegen den grundsätzlichsten aller Feinde.

Muss das hier so hügelig sein, hörten wir ihn hinter uns schimpfen, während wir über die Felder auf den Waldrand zufuhren. Unsere Mutter hatte einen Picknickkorb dabei, und unser Vater fuhr vorneweg, er war immer der Schnellste. Unser Opa Andrzejek war der Langsamste, und wir mussten auf ihn warten, das erste Mal schon auf dem Brückchen hinter dem letzten Bauernhof. Es schaute sehr lustig aus, wenn wir zusahen, wie er hin und her schwankte auf seinem Fahrrad, während er in die Pedale trat, und wie es ihm die Haare von der einen Seite des Kopfes auf die andere wehte.

Welcher Idiot hat diesen Feldweg angelegt?, fragte er, als er endlich außer Atem neben uns angekommen war. Unsere Oma Izabela war sehr glücklich, einen Ausflug zu machen, ihre Müdigkeit war wie weggeblasen. Schaut mal, rief sie und zeigte auf einen Fuchs, der aus dem Wald heraus in unsere Richtung schaute, am anderen Ende des Feldes. Unser Opa murmelte etwas in sich hinein, das einige Zischlaute enthielt, dann fragte er, ob wir bald da seien. Dabei waren in der Ferne noch die Blöcke unserer Siedlung zu sehen.

Im Wald angelangt, schimpfte er, weil es so schattig war und weil ein Specht nicht zu hämmern aufhörte. Unser Vater riet ihm davon ab, beim Fahren eine Zigarette zu rauchen, aber unser Opa Andrzejek sagte: Lass mich doch, ich kann auch einhändig fahren. Doch schon ging es auf eine Lichtung zu, mit Pfützen in den Schlaglöchern des Waldwegs, und er wurde langsamer, um den Pfützen einhändig auszuweichen. Mehr Geschwindigkeit, riefen wir ihm zu, denn wir hatten am anderen Ende der Lichtung angehalten und uns auf den Rahmen umgedreht und schauten ihm zu. Mit Schwung durchfahren, rief unser Vater. Aber statt schneller zu werden, wurde unser Opa Andrzejek immer langsamer, und dann war er mitten in einer Pfütze, die sich über den ganzen Weg ausbreitete, eine Überflutung eigentlich. Und das Problem bestand nun darin, dass er inzwischen so langsam geworden war, dass sein Fahrrad genau in der Mitte der Pfütze zum Stehen kam.

Noch nie hat die Welt jemanden so lange auf einem stehenden Fahrrad balancieren gesehen. Minuten hat dieses Kunststück unseres Opas Andrzejek gedauert, und immer wenn er schon fast zu der einen Seite kippte und wir ihn in die Pfütze platschen sahen mit seiner Zigarette im Mundwinkel, schaffte er es, das Lenkrad in letzter Sekunde herumzureißen und das Fahrrad wieder für einen Augenblick ins Gleichgewicht zu bringen, sodass der Balanceakt von neuem begann, bevor das Fahrrad auf die andere Seite kippte, erst langsam, dann schneller, sodass wieder nur eine ruckartige Bewegung unseren Opa vor dem Fall bewahrte. Und wir Wartenden hörten die schönsten Flüche, die in der polnischen Sprache bekannt sind, und waren Zeugen eines großen Aufbegehrens gegen die Kräfte der Natur. Unserem Opa Andrzejek sei

278

es in diesem Moment wahrlich gelungen, so sagte unser Vater später, sich gegen die Zeit und den damit verknüpften Fall der Dinge zu stemmen, einen Fall in den Staub oder eben in eine Pfütze, und er habe dabei das Schicksal mit der einen oder anderen Beleidigung und mit der Zigarette im Mundwinkel verflucht. Das Schönste war es, wie unser Opa Andrzejek eine halbe Stunde später im Biergarten in Zawada über seinem Bier saß und wir ihm unsere trockenen Kleidungsstücke anboten. Unser Vater schlug ihm sogar vor, schnell nach Hause zurückzufahren und ihn mit dem Auto abzuholen. Aber unser Opa winkte ab und sagte: Das bisschen Nässe. Und dann lächelte er und zündete sich eine Zigarette an, die kaum brennen wollte.

DIE REVOLUTIONÄREN SPAZIERGÄNGE
UNSERER OMA IZABELA

Da unser Vater in einem Schreiben an den erschöpften Beamten im Grauen Quader seine Rolle als offizieller Ausstatter des großen Bergsteigers Jacek Strzeliński dargelegt hatte, könnte man meinen, die Geschichte ihrer Gespräche höre an dieser Stelle auf. Aber leider trifft eher das Gegenteil zu, denn genau genommen fängt sie an dieser Stelle überhaupt erst richtig an. Was nun geschehen sollte, hatte aber auch mit unserer Oma Izabela zu tun, sodass man, wenn man alles verstehen will, wieder einmal etwas ausholen muss.

Wie gesagt war Opole dank Herrn Gierek stark verändert. Auf dem Platz der Freiheit und an den Fassaden der Wolkenkratzer am Rondo leuchteten Reklametafeln. Dem Autofahrer im Kreisverkehr oder dem Fußgänger auf dem Bürgersteig hielt etwa eine Hausfrau ein besonders gutes Waschmittel entgegen, und auch die Waschmaschinen der ausländischen Marke AEG schienen empfehlenswert zu sein, genauso die überlebensgroß abgebildeten Spraydosen, in denen sich Rasierschaum befand, das Geheimnis des Erfolgs im Beruf und in zwischenmenschlichen Beziehungen. In ganz Opole gab es mehr Reklametafeln als Produkte. Es war ein guter Trick von Herrn Gierek, sich diese vielen Produkte auszudenken, ausgehend von der Idee, dass die Leute sich schon zufriedener fühlen würden, wenn die bloße Möglichkeit bestünde, die besten Sachen zu kaufen.

Wir haben die vielen Proteste der Arbeiter und Studenten leider nicht selbst erlebt. Wir erinnern uns auch nicht an die Reden von Lech Wałęsa, wir kennen sein Gesicht mit dem woiwodschaftlichen Schnurrbart nur aus Dokumentarfilmen. Die sogenannte Große Revolution der Freiheit hat, wie unser Vater sagt, vor unserer Zeit stattgefunden. Auch an die Ansprachen des Generals erinnern wir uns nicht.

Eines aber wissen wir mit Sicherheit, und zwar, dass die sogenannte Große Revolution und damit auch der spätere sogenannte Wandel der sogenannten Weltlage niemals ohne unsere Oma Izabela stattgefunden hätten. Oder zumindest nicht so schnell. Man kann den Beitrag unserer Oma Izabela in diesem Zusammenhang nicht oft genug würdigen.

Auf einem Foto, das sie uns in ihrer heutigen Wohnung einmal gezeigt hat, ist unsere Oma Izabela am Strand von Międzywodzie zu sehen, Arm in Arm mit unserem Opa Andrzejek, in einem Bikini, mit blonden Locken und mit Ohrringen, die geformt sind wie Goldkäfige, und mit je einem Papagei darin. Wir haben unsere Oma Izabela nie empört erlebt, im Gegenteil, wie gern lachte sie, als unser Opa Andrzejek noch gelebt hat, wie gern freute sie sich über etwas. Aber das muss in der Zeit, als Herrn Gierek das Problem mit den Krediten ereilte und er deshalb auf die Idee kam, die Fleisch- und Wurstpreise zu erhöhen, ganz anders gewesen sein.

In diesen Tagen gingen die Leute laut unserem Vater mit einer leeren Einkaufstasche aus der Wohnung in die Stadt und verbrachten dort viele Stunden, auch im Winter, indem sie von einem Geschäft zum anderen gingen und beim Schlangestehen mit Gleichgesinnten plauderten, stets darauf vorbereitet, dass jeden Moment eine Lieferung bester Delikatessen ankommen würde. Als sie jedoch am Ende nach Hause kamen, waren die Einkaufstaschen noch immer leer, denn beim Einkaufen ging es, wie Herr Gierek seit neuestem im Fernsehen sagte, doch eigentlich, wenn man sich einmal auf das Ursprüngliche besann, nicht in erster Linie um das Eingekaufte wie etwa ein Stück Huhn oder eine Zeitung oder Schuhe, sondern vielmehr um das Einkaufen selbst, um die reine Tätigkeit also und nicht um deren Resultat.

Unsere Oma Izabela war aber nach einigen so in der Stadt verbrachten Wochen plötzlich anderer Meinung. Die ganze Sache begann sie an das gesundheitsfördernde Schlangestehen zur Zeit Herrn Gomułkas und zuvor Herrn Bieruts zu erinnern, und von dieser sogenannten ewigen Wiederkehr des Immergleichen hatte sie nun genug. Und so sagte sie eines Tages in einer Schlange vor dem Warenhaus Opolanin zu einer Mitwartenden, Herr Gierek habe wohl nicht besonders viel Interesse daran, dass jemand außer ihm und seinen guten Freunden in Warschau Delikatessen genießen könne.

Schon im nächsten Augenblick standen zwei gut aussehende junge Männer in etwas zu großen braunen Lederjacken mit weißem Innenfell neben ihr. Und sie erklärten ihr freundlich, dass man so etwas nicht sage, erst recht nicht hinter dem Rücken der gemeinten Person. Und sie luden unsere Oma Izabela zu einer Stadtrundfahrt in ihrem Nysa-Transporter ein, die mehrere Stunden dauerte, und erklärten es ihr während dieser Fahrt noch genauer.

Bereits am nächsten Tag – es war die letzte Winterwoche – nahm unsere Oma Izabela zum ersten Mal an den Spaziergängen teil, die von der Kirche der Leidenden Mutter und des Heiligen Wojciech zum Alten Hauptfriedhof in der Wrocławska Straße führten, unter der Leitung des Priesters Herrn Dr. Grabniok, und sie ging sogar von Haus zu Haus, um weitere Stadtbewohner zu diesen Spaziergängen einzuladen. Und das war der Beginn der großen Umwälzung, und obwohl diese große Umwälzung, die

282

heute wie gesagt als Große Revolution bezeichnet wird, später dem Werftarbeiter aus Danzig zugeschrieben wurde, hat unsere Oma Izabela einen nicht geringen Teil dazu beigetragen, wie die folgenden Begebenheiten zeigen.

Die sogenannte revolutionäre Strategie des Priesters Herrn Dr. Grabniok bestand nämlich darin, den Teilnehmern das Ziel der Spaziergänge nicht zu verraten, ja ihnen im Gegenteil falsche Ziele vorzugaukeln, was man zwar streng genommen für absichtliches Belügen halten kann, einem Priester aber durchaus erlaubt ist, wenn es einem guten Zweck dient, wie ja die gesamte Geschichte der Religion seit dem Mittelalter beweist.

Und so trafen sich die Spaziergänger am Hauptportal der Kirche der Leidenden Mutter und des heiligen Wojciech und gingen los, beieinander eingehakt und Lieder singend und jeder mit einer angezündeten Kerze, und sie durchquerten die Altstadt, gingen am Rathaus vorbei, unter dessen Fenstern die Lieder kurz besonders laut wurden, und überquerten die Brücke über die Oder, und schon am Anfang der Wrocławska Straße fragten die ersten Teilnehmer, ob man bald da sei, und Herr Dr. Grabniok sagte: Ja, man sei bald da.

Aber am Hauptfriedhof angekommen, steuerte er nach einer Runde durch die Gänge zwischen den Grabsteinen wieder den Hauptausgang des Friedhofs an und führte die Spaziergänger zur Oder zurück und auf die Brücke zur Altstadt. Ob man bald da sei, wurde er am Rathausplatz erneut gefragt, und er antwortete: Ja, man sei bald da, es werde nicht mehr lange dauern. Woraufhin er am großen Holzportal der Kirche der Leidenden Mutter und des heiligen Wojciech neue Kerzen austeilte, alle Teilnehmer mit Weihwasser bespritzte und wieder kehrtmachte, um in Richtung Altstadt und Rathausplatz und über die Oder-Brücke zum Alten Hauptfriedhof in der Wrocławska Straße zu gehen.

283

Diese Spaziergänge des Priesters Herrn Dr. Grabniok, deren Ziel immer nur fast, aber niemals vollständig erreicht wurde, waren – so stellen wir es uns vor, obwohl unsere Oma Izabela, die sehr bescheiden ist, uns jedes Mal lachend sagt, dass wir ein bisschen übertreiben – nichts für schwache Gemüter, im Gegenteil: Schon nach dem vierten oder fünften Betreten der Altstadt über die Oder-Brücke auf dem Rückweg vom Hauptfriedhof bogen die ersten Teilnehmer in Richtung Pasieka-Insel ab, weil sie meinten, ein Nachmittag zu Hause, in der Gemütlichkeit eines Hier und Jetzt, sei besser als eine versprochene große Gemütlichkeit, die in einer angeblichen, aber, wie ihnen scheine, unbestimmten und unerreichbaren Zukunft liege. Und schon nach ein paar Tagen war der Zug der Spaziergänger um den Priester Herrn Dr. Grabniok auf die Hälfte reduziert, und einen Monat darauf nochmals um ein Drittel, und zwei Monate darauf waren sie nur noch zu siebt.

Aber gerade in dieser Situation der großen Protestschmelze zeigte sich die Stärke unserer Oma Izabela.

Man muss wissen, dass sie sich damals jedes Jahr am allermeisten auf den Frühling freute, und unser Vater erzählte uns auch einmal, warum. Nach einem langen und grauen Winter treiben die kahlen, schwarz glänzenden Bäume im Frühling nämlich plötzlich Kätzchen aus, und es entfalten sich nach und nach im Grau der Straßen und in den Gesichtern der Passanten Farben, und längst vergessen geglaubte Düfte entströmen den Gärten in den grauen Hinterhöfen, und eine Verkäuferin in einem Delikatessengeschäft lächelt einen an, ohne Grund, und weil die Kastanien am Kanal in genau der gleichen Plötzlichkeit rosa Kerzenblüten austreiben, weiß man, dass für die Jugend von Opole die Abiturzeit bevorsteht, mit vielen Tanzabenden.

In jenem Jahr kam der Frühling in Opole aber nicht mehr. Und schon der Winter war besonders grau gewesen. Man könne dieses Grau heute, so erzählt unser Vater, mit nichts mehr vergleichen. Es sei ein Grau gewesen, das sich von allen natürlich vorkommenden Grautönen abgehoben habe, selbst von dem Grau der unbelebten Gegenstände wie etwa der Hausmauern in den Straßen von Opole, die schon seit Jahrzehnten nicht neu gestrichen worden waren, oder vom Grau der erst ein paar Jahre zuvor errichteten Familiensiedlungen am Stadtrand.

Dieses neue Grau, das sich in jenem Jahr der Spaziergänge in Opole plötzlich breitgemacht habe, sei laut unserem Vater ein Grau gewesen, das statt aus den Gegenständen aus den Menschen gekommen sei. Von heute auf morgen sei es aus den Augen von Hania und Bartek Jakuszyński, den besten Freunden unserer Oma Izabela und unseres Opas Andrzejek, in die Welt gesickert, obwohl man sich eigentlich zu einer Abendparty mit Bridge und Drinks getroffen habe. Genauso aus den Augen von Justyna und Leszek Bączek, mit denen unsere Großeltern einen Spaziergang durch den Wald nach Zawada gemacht hätten. Und auch aus den Augen von Staś Wiernkowski und seiner Frau Danuta, mit denen man an einem Abend ins Kino gegangen sei.

Schon nach wenigen Wochen hatten diese besten ehemaligen Schulfreunde unserer Großeltern keine Lust mehr, sich zu einer Party mit Bridge und Drinks zu treffen oder einen Spaziergang in einem Wald zu machen oder ins Kino zu gehen. Und der Grund für all das war, dass dieses besondere Grau direkt aus den Herzen der Freunde unserer Großeltern in die Welt gekommen sei, wie überhaupt aus den Herzen aller Bewohner von Opole.

Das war die Zeit, in der unsere Oma Izabela wieder ihre Müdigkeit zu spüren begann, und diesmal war es eine Müdigkeit, wie sie sie noch nie zuvor erlebt hatte. Unter anderen Umständen hätte diese Müdigkeit sie sofort in ihre Fänge genommen, viel-

285

leicht sogar für immer. Selbst die Tabletten, die unser Onkel Edek ihr mitbrachte, da er inzwischen im Woiwodschaftskrankenhaus in der Katowicka Straße sein Praktisches Jahr als Chirurg absolvierte, die besten Tabletten, die er schon während seines Studiums in Wrocław beim nächtlichen Lernen ausprobiert hatte, halfen gegen die Müdigkeit unserer Oma Izabela nicht.

Und so gab es nur ein Mittel.

Unsere Oma zog sich, bevor sie zu den Spaziergängen von der Kirche der Leidenden Mutter und des heiligen Wojciech zum Hauptfriedhof aufbrach, einen Jogginganzug und ein Stirnband an. In einem Sportgeschäft hatte sie zwei Skistöcke gekauft. Von diesem Zeitpunkt an stand sie schon mitten in der Nacht auf und schlüpfte in ihren Jogginganzug und zog sich ihr Stirnband an und ging mit ihren Skistöcken in die Nacht hinaus.

Man stelle sich vor, wie das Klacken der Skistockspitzen durch die leeren Altstadtgassen hallte, zwischen der Kirche der Leidenden Mutter und des heiligen Wojciech und dem Rathausplatz. Mit weit nach vorn und nach hinten schwingenden Armen und im Rhythmus von zweimal Einatmen und dreimal Ausatmen spazierte unsere Oma bei Mond- und Laternenlicht ganz allein gegen Herrn Gierek und ihre Müdigkeit an, während alle anderen Revolutionäre und sogar Herr Wałęsa bequem in ihren Betten schliefen.

Willst du nicht lieber im Bett bleiben, Kätzchen?, fragte unser Opa Andrzejek sie, als sie ihn beim Anziehen aus Versehen einmal geweckt hatte.

Wie kann man denn heutzutage ruhig schlafen, Kätzchen?, fragte sie zurück.

Einmal lag unser Opa Andrzejek in der Nacht lange alleine wach, bis er dann doch aufstand und stundenlang mit dem Auto

286

durch die leeren Straßen der Innenstadt fuhr, auf der Suche nach unserer Oma Izabela. Er fuhr sogar aus Opole hinaus und bis zum Großen See in Turawa, so weit war sie manchmal gegen Herrn Gierek anspaziert. Als er sie endlich gefunden hatte, ließ sie sich nur deshalb nach Hause bringen, weil sie bei ihrem Protestspaziergang ganz sicher keinen einzigen Schritt zurückgehen wollte, wie jemand, der am Ende, wenn es ernst wird und einem die Luft auszugehen droht, kneift und zurückrudert und am besten alles zurücknimmt und sich ins Bett legt und der Müdigkeit nachgibt wie alle anderen.

Es ist unser Onkel Edek gewesen, der uns erzählt hat, welche Ausmaße der Protest unserer Oma Izabela angenommen hat. Nämlich die, dass unser Opa Andrzejek eines Tages aus der gemeinsamen Wohnung für ein halbes Jahr ins Hotel Olimpijski in der Nähe des Wasserturms in der Oleska Straße umgezogen ist. Es war für ihn als Direktor der Textilfabrik Opoltex ungünstig, eine Ehefrau zu haben, die man oft mit Kerze und Stirnband auf einem Spaziergang sah, eingehakt bei anderen Spaziergängern, Lieder singend, gleich neben dem Priester Dr. Grabniok. Jedenfalls warf unsere Oma Izabela ihm bei seinem Auszug die Direktorenanzüge durchs Fenster in den Hof hinterher und nannte ihn, wenn er in den folgenden Wochen täglich zum gemeinsamen Mittagessen kam, kein einziges Mal mehr Kätzchen, er sie aber doppelt so oft wie früher.

Ein paar Monate später zog unser Opa Andrzejek jedoch wieder in die Wohnung ein, denn er hatte in der Textilfabrik gekündigt und war von nun an ein moderner Hausmann, noch bevor in den Ländern auf der anderen Seite der DDR dieses Konzept überhaupt bekannt war. Seitdem war er vormittags zu Hause und kochte das Mittagessen, kaufte in der Stadt ein und putzte das Bad. Und auch das hat vermutlich zur Großen Revolution beige-

287

tragen, die plötzlich, im August, losgebrochen ist, in Form einer großen Party in allen Städten Polens. Bei den Freunden Herrn Giereks in Warschau führte sie zu der Überlegung, dass man die Leitung der Großen Regierung allmählich auch wieder jemand anderem überlassen könnte, und man einigte sich, nachdem man es für kurze Zeit und lediglich als Übergangslösung mit einem gewissen Herrn Stanisław Kania probiert hatte, schließlich auf den wichtigen General Jaruzelski. Wobei die Tatsache, dass Herr Jaruzelski der polnischen Armee angehörte, wie man im Fernsehen hören konnte, unter keinen Umständen eine Rolle spielte.

EIN GRÖSSERER BERGSTEIGER
ALS JACEK STRZELIŃSKI

Vor diesem Hintergrund kann man sich auch das nächste Gespräch unseres Vaters mit dem erschöpften Beamten im Grauen Quader erst richtig vorstellen.

Der Beamte begrüßte ihn überschwänglich und gratulierte ihm zu seinem Erfolg. Dann hielt er, wenn auch ein bisschen erschöpft, eine flammende Rede auf den Alpinsport im Allgemeinen und das polnische Bergsteigertum im Speziellen, in dem er ein Symbol sah für den Gipfelsturm der polnischen Nation, die zwar stark kreditbelastet sei durch geliehene sogenannte Devisen bei fremdländischen Investoren, sich aber durch ihre Exportkraft in der Stahl- und Schwerindustrie sowie im Kohlesektor auf dem besten Weg befinde, zur stärksten Wirtschaftsmacht im ganzen Ostblock zu werden, und das könnten nicht einmal die Proteste der sogenannten Solidarischen Gewerkschaft verhindern, die Polen ins Chaos stürzen wolle, sodass Herr Jaruzelski an allen Ecken und Enden allerhand zu tun habe.

Auch der Verkauf eines einzelnen Karabiners könne, sagte er dann in beiläufigem Tonfall, einen Teil zu dieser Auferstehung von den Totgeglaubten beitragen. In diesem besonderen Fall kämen aber noch Fragen der sogenannten inneren Sicherheit hinzu, denn ob das Sortiment im Geschäft unseres Vaters die Jugend der Stadt nicht geradezu auf den Gedanken an Reisen über die Landes- und sogar Gemeinschaftsgrenzen bringe, ja ob es in der Jugend der Stadt nicht sogar aktiv den Wunsch nach solchen Reisen wecke, zumal in der seit neuestem etwas angespannten wirtschaftlichen und auch politischen Lage, das müsse in einem Vorgang, der natürlich eine reine Routineprozedur sei, abermals festgestellt werden. Und da nun mal der große polnische Bergsteiger Jacek Strzeliński in die – man müsse nicht, aber könne es, ganz ohne Wertung, so nennen – Affäre involviert sei, müsse selbstverständlich auch ein besonderes Augenmerk auf die Korrektheit der Untersuchung gelegt werden, es solle schließlich niemand in seinem öffentlichen Ansehen Schaden nehmen. Weshalb unser Vater hoffentlich entschuldigen werde, dass er, ein bescheidener Beamter mit inzwischen vier Töchtern zu Hause, sich das Recht herausgenommen habe, bei dem erwähnten Prominenten nachzufragen. Und so leid es ihm tue, Jacek Strzeliński könne sich an den Kauf eines Karabiners der Firma Hudy im «Yukon» am Theaterplatz 21, sosehr er sich auch anstrenge und guten Willen zeige, nicht erinnern. Und bevor unser Vater nachfrage: Nein, eine Gegenüberstellung sei bedauerlicherweise nicht möglich, da Herr Strzeliński ausgerechnet heute nach Warschau abgereist sei, von wo aus er in genau sieben Tagen für das nächste halbe Jahr in den Himalaya zu reisen beabsichtige, um im Namen der polnischen Nation eine weitere große Gipfelbesteigung zu vollbringen, und zunächst werde er noch im Kulturpalast Gast von Herrn Jaruzelski sein und dem Gala-Empfang der Regierung zur Feier des 36-jährigen Jubiläums des Warschauer Aufstands beiwohnen. Unter den gegebenen Umständen müsse das «Yukon» am Theaterplatz 21 leider vorerst geschlossen werden, zumindest bis zur Rückkehr des großen Bergsteigers, zu viel stehe auf dem Spiel, unser Vater solle doch bloß an die Zeitungen und ans Fernsehen denken, es gehe immerhin um das Ansehen des polnischen Staates in der ganzen Welt und nicht zuletzt auch um die Sicherheit der Jugend, die in diesen Zeiten allzu verführbar sei.

Das Sortiment des «Yukon», ohne dass unser Vater das als ehrbarer Bürger trotz Parteilosigkeit sicher beabsichtigt habe, berge nun mal Gefahren.

Es war spät geworden, und unser Vater sah ein, dass es besser wäre, das Übernachtungsangebot des Beamten anzunehmen, denn die Busse fuhren zu dieser Stunde nicht mehr, und die zwei jungen Männer in den übergroßen braunen Lederjacken mit weißem Innenfell weigerten sich aus unerfindlichen Gründen, ihm anzubieten, ihn mit ihrem Nysa-Transporter nach Hause zu fahren. Und so verbrachte er die Nacht in einem Gästezimmer im Keller auf einer Bank, die so ungemütlich nun auch nicht war. Und weil der Beamte am nächsten Tag noch ein paar Dinge recherchieren musste, entschied sich unser Vater gerne, noch eine weitere Nacht zu bleiben. Und als er dann am Morgen des dritten Tages von dem besonders erschöpften und dennoch freundlichen Beamten verabschiedet wurde mit den Worten «Vielen Dank für das angenehme Gespräch», eilte er zum Theaterplatz 21 und fand das «Yukon» verbarrikadiert vor. Was in ihm, wie er an dieser Stelle jedes Mal feststellen muss, nur umso mehr die Gewissheit genährt habe, dass er vorerst Urlaub nehmen sollte, aus Gründen der Vernunft oder auch aus anderen, privaten Gründen. Er habe jedenfalls gewusst, was zu tun gewesen sei.

Schon am nächsten Morgen, noch bevor es hell war, trat unser Vater in das Zimmer, in dem wir schliefen, um sich zu verabschieden, woran wir uns leider nicht erinnern können. Dann ging er zu Fuß in das verbarrikadierte «Yukon» am Theaterplatz 21 und packte einen Rucksack mit Aluminiumgestell vom Modell «Nanga Parbat» mit den besten Ausrüstungsgegenständen aus dem Produktarsenal der Firma Hudy und stand bereits eine halbe Stunde später am Hauptbahnhof, wo er in den Zug nach Warschau stieg. Er hatte am Vorabend in der Bank die letzten Reser-

291

ven abgehoben, was er unserer Mutter gegenüber zu erwähnen lediglich vergessen hatte.

Warschau muss in dieser Zeit eine ganz andere Stadt gewesen sein als noch in der Kindheit und Jugend unseres Opas Jurek, denn zwar standen die Gebäude um den Bahnhofsplatz wieder, aber die Eintönigkeit der Fassaden und das Schlurfen der Menschen und das Neonlicht hinter den Fenstern der Büros und die Blicke der Verkäuferinnen in den Geschäften, in die unser Vater im Vorbeigehen hineinschaute, und die Pfützen in den Schlaglöchern auf den Fahrbahnen machten ihn nach kürzester Zeit so traurig, dass er mit Wehmut an unser Opole denken musste. Plötzlich erschien es ihm als die schönste Stadt der Welt, noch schöner als Calgary oder Vancouver oder Toronto. In der Milchbar in der Marszałkowska Straße gab es nur Kohlsuppe, und die Zinnlöffel waren an den Plastiktischen angekettet, und auch sonst war in Warschau alles so, wie man es in dem Film *Miś* sehen kann oder auch in dem Film *Was tust du mir, wenn du mich fängst* des Regisseurs Stanisław Bareja. Alles war grau, und sogar auf dem Rathausplatz in der Altstadt war kein Mensch zu sehen.

Andererseits schwebte schon damals über der Innenstadt die Spitze des Kulturpalasts. Der Kulturpalast, das ist weithin bekannt, ist ein Turm mit vierundvierzig Stockwerken, und wie erwähnt, hatte ihn der gute Bekannte Herrn Bieruts mit dem schwarzen Schnurrbart und der weißen Kellnerjacke dem Land Polen zur Erinnerung an die große Freundschaft Russlands geschenkt.

Ein Hotel mit herrlichem Ausblick, dachte unser Vater, als er auf dem Platz vor dem Kulturpalast stand und von den Sockeln zu beiden Seiten einer breiten Treppe steinerne Persönlichkeiten auf ihn hinunterblickten. Ausgerechnet in diesem Jahr, und auch nur für wenige Monate, hatte die Stadtverwaltung von Warschau die dreißig oberen Stockwerke des Kulturpalasts, vielleicht aus einem Irrtum heraus, weshalb das heute, laut unserem Vater, beinahe niemandem mehr geläufig ist, in ein Hotel umfunktioniert. Und als er, den Kopf im Nacken, vor der Glastür stehen blieb und bis hinauf zur Spitze des Gebäudes blickte, sodass er vor lauter Schwindel fast hintenüberfiel, dachte er, dass man von dort oben bestimmt bis nach Moskau schauen könnte, zumindest aber bis nach Opole in Oberschlesien. In dieser Gebäudespitze, im obersten Stockwerk, so vermutete er, müsse der große Bergsteiger residieren.

Es erscheint unserem Vater bis heute als ein Wunder und ein Schicksalswink, dass er ein Zimmer zugewiesen bekam, das genau fünf Stockwerke unter der sogenannten Staatsbesucher-Suite lag, denn wegen der anstehenden Gala war es das letzte freie Zimmer im Hotel, wenn nicht sogar in der ganzen Hauptstadt. Er bezahlte im Voraus und sagte zur Rezeptionistin, dass man in diesem Zimmer ja befürchten müsse, dass sich Jacek Strzeliński nachts zu einem abseile, der Turm sei eine gefundene Herausforderung für einen großen Bergsteiger. Als die Dame in sein Lachen nicht einstimmte und ihn sogar ziemlich verständnislos anschaute, ging er schnell zu den Aufzügen und ließ sich in den 39. Stock fahren, zu den Klängen eines Lieds von Beata Strugacka für eine Ewigkeit eingesperrt in roten Samt, bis es endlich klingelte und er sich in einem langen leeren Gang wiederfand, der mit demselben roten Samt ausgekleidet war und von dem Türen mit goldenen Klinken abgingen.

Als er wenig später das Fenster in seinem Zimmer öffnete und fünf Stockwerke über sich einen Lichtschein erhaschte, heulte der Wind auf, und in der Dunkelheit über ihm, an der Spitze des Turms, klimperte es. Er musste sich gegen das Fenster stemmen,

293

um es wieder zu schließen, erzählt er uns an dieser Stelle jedes Mal, und dabei steht er am Fenster unseres Wohnzimmers und kämpft gegen den Wind, der um den Turm des Warschauer Kulturpalasts pfiff, wie auf einem Berggipfel in den Rocky Mountains. Niemandem hätte er in diesem Moment gewünscht, draußen zu sein, an der Fassade des Gebäudes, in dieser Höhe. Das wäre höchstens, wie der weitere Verlauf der Geschichte ja dann zeigen sollte, etwas für besonders erfahrene und furchtlose Bergsteiger gewesen.

Bevor er sich schlafen legte, setzte er sich nochmals auf die Bettkante und prüfte den Tourenrucksack mit leichtem Aluminiumgestell vom Modell «Nanga Parbat». Er packte alle fabrikneuen Ausrüstungsgegenstände für den Himalaya aus, die er für Jacek Strzeliński mitgebracht hatte: Seil, Steigeisen, Haken und Karabiner, Eispickel sowie Kocher und Gaskartuschen, dazu den Schlafsack «Polar» und die Bergstiefel «Giewont». Er kontrollierte die Sachen auf dem Bett, packte sie zurück in den Rucksack und stellte ihn neben das Nachtschränkchen. Dann legte er sich hin und löschte, an uns denkend, die wir in unseren Betten in Opole bestimmt schon schliefen, das Licht.

Drei Tage verbrachte unser Vater in der Hauptstadt, und in diesen drei Tagen fand die größte Beschattungsaktion der Geschichte statt, nicht einmal übertroffen von den Beschattungsaktionen, die amerikanische und russische Geheimagenten in jener Zeit in verschiedenen Ländern der Welt durchführten.

Am ersten Morgen wartete unser Vater in der Lobby, Zeitung lesend, bis Jacek Strzeliński aus dem Aufzug stieg, und folgte ihm aufs Trottoir, um den Augenblick nicht zu verpassen, da der große polnische Bergsteiger ausnahmsweise einmal nicht von den Männern in schwarzen Anzügen umringt sein würde, denn er

294

wollte ihm den Ausrüstungsrucksack der Firma Hudy überreichen. Er stieg in ein Taxi und ließ den Fahrer der schwarzen Polonez-Limousine hinterherfahren, in der Jacek Strzeliński saß, wartete vor dem Königspalast auf der Insel im Park Warszawskie Łaźnie, wartete auf einer Bank vor dem berühmten Restaurant Kameralna in der Foksal Straße oder fuhr auf dem Touristenschiff Syrena II auf der Wisła mit und beobachtete, wie Jacek Strzeliński auf die Reling stieg und von den Männern in den schwarzen Anzügen wieder heruntergeholt wurde, die ihn festhielten und dabei lachten. Oder er beobachtete, wie Jacek Strzeliński am Nachmittag auf der Terrasse des Hotels Victoria beim Kaffeetrinken eine Dame küsste, die ein gelbes Kleid trug und eine komplizierte Turmfrisur hatte. Nur in den 44. Stock des Kulturpalasts konnte er ihm nicht hinterher, denn dieses letzte Stockwerk war mit dem Aufzug oder über die Treppe nur dann zu erreichen, wenn man einen Schlüssel dafür besaß. Das Wochenende und damit die Gala rückten näher, und schon in drei Tagen würde Jacek Strzeliński in den Himalaya aufbrechen.

Am nächsten Tag begleitete unser Vater ihn in den Zoo, in dem es offenbar seit neuestem einen Elefanten gab, wenn auch nur einen kleinen aus Indien. Jacek Strzeliński ließ sich die Haare schneiden am Rathausplatz und trank dazu ein Glas französischen Kognak, was den Taxifahrer, mit dem unser Vater sich inzwischen angefreundet hatte, zu dem Satz veranlasste: Kognak ist das Getränk der Arbeiterklasse, getrunken durch die Münder ihrer Vertreter.

Außerdem war er dabei, als der große Bergsteiger am Abend mit der Dame im gelben Kleid und mit der Turmfrisur, die ihre Garderobe zugunsten eines schwarzen Kleids und goldener Ohrclips gewechselt hatte, eine Aufführung von *Die lebende Leiche* eines gewissen Leo Tolstoi im Neuen Theater besuchte. Jacek

Strzeliński spazierte durch den Łaźnie-Park und fütterte an einem Teich einen schwarzen Schwan, der aus seinem roten Hals einen Ton schmetterte, der nach einer Posaune klang. Er wurde von einem Kamerateam dabei gefilmt, wie er über das Gelände einer Schuhfabrik schlenderte und sich von einem Mann in einem blauen Kittel die Gebäude erklären ließ. Und einmal folgte unser Vater ihm sogar in ein Delikatessengeschäft in der Straße «Neue Welt», und dann ging er zwischen den Regalen mit den chinesischen Marmeladen und den kandierten Litschis aus Vietnam und den bulgarischen Weinen und dem georgischen Brandy umher, zog ein Glas chinesische Marmelade aus dem Regal und beobachtete jeden Schritt Jacek Strzelińskis durch die entstandene Lücke ganz genau. Aber immer wurde Jacek Strzeliński von den zwei Männern in den schwarzen Anzügen begleitet, sodass unser Vater keine Gelegenheit fand, ihn anzusprechen.

Dafür lernte er Jacek Strzeliński in diesen drei Tagen sehr gut kennen. Zum Beispiel, so erzählt er uns, habe der Bergsteiger während eines Spaziergangs eine Pause an einem Kinderspielplatz gemacht, wo er sich, weil seine Begleiter ihn weiterziehen wollten, an den Zaun geklammert und den Kindern zugewunken habe, ohne dass diese ihn beachtet hätten. Und eine Stunde später habe er sich an einer Straße von den Männern in den schwarzen Anzügen losgemacht und sei auf die Fahrbahn gesprungen, vor einen Bus, und erst in letzter Sekunde habe er von einem der Männer gerettet werden können, der dann wieder lachte und ihm auf die Schulter klopfte. Am selben Abend ließ Jacek Strzeliński sich nach Mitternacht mit der Polonez-Limousine in einen Tanzclub im Stadtteil Mokotow fahren, und dieser Tanzclub schien von außen ein normales Wohnhaus zu sein, aus dem aber laute Musik auf die Straße drang, und unser Vater verbrachte die halbe Nacht mit dem Taxifahrer, der ihm nach dem zweiten Tag einen Freundschaftstarif angeboten hatte, vor dem Gebäude, mit laufendem Motor.

Mit dem Taxifahrer ist unser Vater übrigens bis heute befreundet. Er heißt Romek Paguraczek und ist noch immer Taxifahrer in Warschau, aber inzwischen leitet er das Unternehmen, das Taxi Paguraczek heißt, und fährt nur dann selbst, wenn er darauf Lust hat. Doch eine so gefährliche Tour, die äußerste Vorsicht und die größtmögliche Unauffälligkeit erforderte, ist er kein zweites Mal gefahren. Es sei ein großes Abenteuer gewesen, ein Geheimauftrag gewissermaßen, hat er uns erzählt, als er einmal bei uns in Deutschland zu Besuch gewesen ist.

Und dann war der dritte Nachmittag angebrochen, und Jacek Strzeliński fuhr mit dem Aufzug in den 44. Stock, um sich für die Gala umzuziehen.

Man kann sich die Stunden der größten Verzweiflung unseres Vaters in seinem Zimmer kaum vorstellen. Wie er vor dem Bett hin und her gegangen sein und überlegt haben muss, auf welche Weise er Jacek Strzeliński im Kulturpalast doch noch persönlich sprechen könnte. Zum zehnten Mal schlich er durch den rotsamtigen Flur zum Aufzug und drückte auf den Knopf mit der Nummer 44, ohne dass etwas passierte. Zum zehnten Mal rüttelte er an der Tür zum Treppenhaus, das ins oberste Stockwerk führte. Und dann wieder das Auf und Ab vor dem Bett in seinem Zimmer. Schon sei er davon ausgegangen, dass sein Plan gescheitert sei, schon habe er sich am nächsten Morgen in den Zug nach Opole steigen sehen, schon habe er das «Yukon» ein für alle Mal verloren geglaubt, und er habe sich sogar gefragt, ob er nicht auf unseren Opa Jurek hätte hören sollen, der sich mit der Verkaufswelt offenbar doch besser auskannte als er.

Und dabei sei nur fünf Stockwerke über ihm die Lösung aller seiner Probleme gewesen und habe sich wahrscheinlich gerade rasiert und einen Smoking angezogen und sich den Hemdkragen und die Manschettenknöpfe vor einem Spiegel zugeknöpft.

Bei diesem Gedanken sei der Blick unseres Vaters plötzlich am Rucksack mit dem leichten Aluminiumgestell vom Modell «Nanga Parbat» hängengeblieben. In diesem Rucksack befanden sich Seil, Steigeisen, Haken und Karabiner, Eispickel sowie Kocher und Gaskartuschen, dazu der Schlafsack «Polar» und die Bergstiefel «Giewont», fabrikneu und unter Extrembedingungen getestet, die komplette Ausrüstung für die Besteigung der höchsten Gipfel. Oder der senkrechtesten, glattesten Wand.

Noch nie sei in der damaligen Geschichte des Alpinsports ein Mensch bei solchen Sturmwinden, ausgerüstet nur mit einem Eispickel und einem Seil und einem extraleichten Tourenrucksack mit Aluminiumgestell, eine derartig senkrechte Wand hinaufgestiegen. Eine Geschwindigkeit von über hundert Stundenkilometern müsse dieser Wind gehabt haben. Der Regen habe gepeitscht, der Wind gerüttelt, der russische Beton habe sich gegen jeden Haken gewehrt, er bot weder einen Vorsprung für einen Fuß noch einen Spalt, in dem zwei Finger hätten Halt finden können. Der Turm des Kulturpalastes habe im Wind geschwankt wie eine Tanne, und die Mauervorsprünge und Fenstersimse hätten unter der Eispickelspitze der Firma Hudy geknirscht und unter den Füßen unseres Vaters gebröckelt, die in den Bergstiefeln «Giewont» steckten.

Bei jedem Zentimeter Höhengewinn sah unser Vater sich in die Tiefe stürzen, und nach einer Weile kam es ihm beinahe leichter vor, loszulassen und sich dem Wind zu ergeben, als sich Zentimeter für Zentimeter in Richtung des hell erleuchteten und trotz des Sturms offen stehenden Fensters im 44. Stockwerk des

Gebäudes hinaufzuziehen, gesichert nur über das Seil, das er in seinem Zimmer am Holzfuß des Bettes festgemacht hatte.

Dann war er im 43. Stockwerk angekommen. Und genau da hatte sich der russische Architekt eine Falle überlegt. Dreißig Jahre zuvor hatte er einem ganz bestimmten Bauarbeiter aufgetragen, im Geheimen, genau da, einen Riss in den Fenstersims einzufügen. Einen Spalt, in dem der Regen in dreißig Jahren seine zerstörerische Wirkung entfalten konnte. Wie nur hatte der Architekt damals wissen können, dass unser Vater, dreißig Jahre später, ausgerechnet auf diese Stelle seinen Fuß stellen würde? So groß sei die böse Genialität des weltberühmten Staatsmanns in der weißen Kellnerjacke gewesen, und so lange habe sie noch Bestand gehabt, obwohl er schon seit Jahren nicht mehr gelebt habe.

Fast zehn Meter rutschte unser Vater in die Tiefe, an seinem eigenen Fenster vorbei, und nur der Holzfuß seines Bettes rettete ihn. Ein Glück, dass dieser Holzfuß vom städtischen Betreiber des Hotels am Boden festgeschraubt worden war. Aber kein bisschen schmerzte unseren Vater die Rippengegend, als er gegen einen Steinsims prallte, nachdem ihn der Wind erst von der Wand weg und dann zurück gegen die Wand geschleudert hatte.

Also musste er den Weg ein zweites Mal zurücklegen, und der Wind warf ihn wieder von einer Seite zur anderen und rüttelte an ihm, und der Regen schlug ihm weiter ins Gesicht. Der Kulturpalast schwankte und mit ihm die ganze Welt, und die Tiefe, die in der Dunkelheit lag, drehte sich um sich selbst und wollte ihn sich einverleiben. Es dauerte eine halbe Stunde, bis er endlich im 44. Stockwerk den Rand des Fensterbretts umklammerte, sich durchs Fenster hineinzog und auf dem weichen roten Teppich zu liegen kam.

Zunächst sah unser Vater nur verschwommene Farbflächen und konnte nichts anderes tun als atmen. Aber dann erkannte er nach und nach erste Konturen um sich herum, goldene Girlanden leuchteten an der Decke, das Zimmer strahlte und glitzerte von hundert Kristallen an den Wänden, es gab eine Sofaecke.

Nur – von Jacek Strzeliński gab es keine Spur.

Dafür stand jemand anderes in der Zimmermitte und starrte unseren Vater an. Er dachte im ersten Moment, dass diese Person gleich eine Pistole ziehen würde, aber stattdessen begann der Mann mit den fleischigen Lippen und in der Generalsuniform, die keine polnische, sondern eine ausländische Generalsuniform war, zu applaudieren. Erst zaghaft, dann immer fester, und jetzt fing er auch an zu sprechen, nicht auf Polnisch, sondern in einer Sprache, die unser Vater erst nicht erkannte, dann aber doch erkannte, nämlich als Russisch. Der Mann redete gestikulierend und lachend auf ihn ein, und schon stand er neben ihm, zog ihn auf die Beine und schlug ihm auf die Schulter, umarmte ihn, kniff ihm in die Wange und redete und lachte und strahlte übers ganze Gesicht.

Unser Vater verstand kein Wort, denn sein Russisch hatte er sofort nach der letzten Klasse des Lyzeums wieder vergessen, aber so viel begriff er: Der General sprach von Jacek Strzeliński, er sagte den Namen immer wieder: Jacek Strzeliński, Jacek Strzeliński. Dann zerrte er unseren Vater zu einem Sekretär neben dem Fenster und drückte ihm ein Stück Papier in die Hand und dazu einen Stift, und unser Vater legte beides wieder auf den Sekretär zurück, aber der Mann in der Uniform und mit den fleischigen Lippen drückte sie ihm erneut in die Hand und redete auf ihn ein und wiederholte ohne Unterlass den Namen Jacek Strzeliński, und schließlich nahm er die Hand unseres Vaters und schob ihm den Füller zwischen die Finger und führte die

Hand zu dem Stück Papier auf dem Sekretär und sagte: Jacek Strzeliński.

Da fiel der Blick unseres Vaters auf das Lichtbild eines Ausweises, der zufällig auf dem Sekretär offen vor ihm lag, und er sah das Gesicht des Generals in seiner ganzen Strenge in die Kamera blicken. Und auf einmal ahnte er die Wichtigkeit dieses rotgesichtigen Kindmenschen, der jetzt, an einem Tischchen stehend, zwei Gläser Kirschlikör einschenkte und etwas vor sich hin trällerte, mit kurzen Pausen für den Namen Jacek Strzeliński. Aber in diesem Moment war es zu spät.

Der russische General hatte nämlich das Telefon genommen und ein paar fröhliche Dinge hineingebrüllt, und noch bevor unser Vater die Möglichkeit, wieder aus dem Fenster zu klettern, in all ihren Konsequenzen auch nur hatte überdenken können, klopfte es an der Tür, und es standen weitere Generäle und Korporale und Kapitäne im Zimmer und johlten und applaudierten und pfiffen auf ihren Fingern und schlugen unserem Vater auf die Schulter. Und ehe er wusste, wie ihm geschah, musste er sich mit jedem von ihnen fotografieren lassen, während er einem nach dem anderen die Hand schüttelte, und dann wurde sein Seil betastet und sein Eispickel in den Händen gewogen, und es wurde fachmännisch genickt, und dann wurden Gläschen verteilt, und es wurde angestoßen, und die Generäle überschrien sich gegenseitig, und die Gesichter wurden immer röter, und plötzlich stand einer von ihnen vor unserem Vater und hielt ihm einen Kleiderbügel mit einem schwarzen Smoking vor die Brust, und schon wurde wieder applaudiert und gejohlt, und der General mit den fleischigen Lippen schlug unserem Vater abermals auf die Schulter, die mittlerweile aus einem einzigen blauen Fleck bestand, und sagte: «Dawaj, Tawarisch Strzeliński! Himalaya!» Und man stopfte Seil und Eispickel

301

in den Rucksack und schob unseren Vater zur Tür hinaus zum Aufzug.

Und so saß er eine halbe Stunde später auf der Rückbank einer Polonez-Limousine mit dem General, und dieser flötete ihm Komplimente ins Ohr, die unser Vater beim besten Willen nicht in ihrer ganzen Tragweite verstand. Vielleicht habe der General ihn ja, so bis heute die Vermutung unseres Vaters, in diesem Singsang auch über geheime Pläne im Zusammenhang mit dem russischen Afghanistan-Krieg unterrichtet, oder er habe ihm die Bauanleitung für einen geheimen Atomraketenabwehrschild verraten, oder er habe über die Informationen philosophiert, die er über den Wissensstand des gemeingefährlichen amerikanischen Geheimdienstes besessen habe, aber in diesem Augenblick sei unser Vater nur dazu in der Lage gewesen, die vom General höchstpersönlich um seinen Hals festgezurrte Fliege wieder ein Stück weit zu lockern, und so habe er bloß gelegentlich genickt und «Da, Da» gesagt, um nicht unhöflich zu wirken. Die Limousine sei indes auf den Königspalast zugesteuert, wie unser Vater nach einem Blick durch die getönte Fensterscheibe nach draußen festzustellen nicht umhinkam, und dort vermutete er Herrn Jaruzelski und dessen Freunde und entfernte Bekannte sowie den echten Jacek Strzeliński, obwohl er eigentlich schon seit dem ersten Aufsetzen seines Fußes auf dem Teppich der Staatsbesucher-Suite eine Art schrecklichen Verdacht hegte, nämlich in Bezug auf den wahren nationalen Stellenwert des großen polnischen Bergsteigers, und so drängte sich ihm immer deutlicher die Frage auf, wie denn nun seine eigene Lage – das Gefangensein in der Limousine eines rotgesichtigen russischen Generals, die sich unausweichlich, Straßenecke für Straßenecke, ihrem Ziel näherte – im Lichte der neuesten Entwicklungen zu bewerten sei.

An die Gala selbst hat unser Vater kaum Erinnerungen. Das Einzige, was er noch heute sagen kann, ist: Girlanden, Girlanden, Girlanden. Und dazu roter Samt und ein hell ausgeleuchteter Saal und glitzernde Kronleuchter und alle Männer im Smoking und die Frauen in weißen oder roten Kleidern.

Die Begegnung zwischen ihm und Herrn Jaruzelski ist, wie er sich immerhin erinnern kann, insofern interessant gewesen, als sie beide im Moment dieser Begegnung gar nicht wussten, wen sie vor sich hatten. Denn unser Vater kannte den berühmten und großen Staatschef nur aus dem Fernsehen, und im Fernsehen war General Jaruzelski stets so aufgetreten, wie er war, nämlich als großer Staatsmann. Und deshalb kam unserem Vater nicht in den Sinn, wer das ihm bis zur Brust reichende Männchen mit dem nervösen Augenzucken und der getönten Brille sein konnte, das ihm von seinem neu gewonnenen russischen Fan und dem Rest der Fangemeinde vorgestellt wurde.

Herr Jaruzelski wiederum hat vermutlich, sagt unser Vater, keine Ahnung gehabt, wer der junge Mann mit dem schönen schwarzen Schnurrbart sein sollte, der ihm von dem rotgesichtigen russischen General als der große polnische Bergsteiger Jacek Strzeliński vorgestellt wurde, denn ebendiesen Bergsteiger hatte er vor gerade mal drei Stunden im Kulturpalast in Gewahrsam nehmen und in ein geheimes Räumchen im obersten Stockwerk des Hotels sperren lassen, damit er sich nicht davonmachen konnte vor der großen Himalaya-Kampagne der Regierung und dem eigens für das Fernsehen vorgetäuschten Aufbruch nach Kathmandu.

Unser Vater und Herr Jaruzelski gaben sich also die Hand, der eine so vorsichtig und misstrauisch wie der andere, und unser Vater hebt an diesem Punkt der Erzählung stets hervor, dass er nie zuvor einen so schlaffen Händedruck erlebt habe. Und die krächzende und etwas piepsige Stimme kam ihm der Melodie nach zwar irgendwie bekannt, in einem allgemeineren Sinne aber gänzlich fremd vor. Das Einzige, das ihm in dieser Lage reflexartig einfiel, war, den Rucksack abzustreifen und ihn Herrn Jaruzelski in die Arme zu drücken mit den Worten: Gestatten, der neue Ausstatter von Jacek Strzeliński!

Der russische General lächelte zufrieden, als unser Vater den Namen Jacek Strzeliński ausgesprochen hatte. Er schlug ihm auf die Schulter und nickte nach hinten, zu den anderen russischen Generälen, Korporalen und Kapitänen, und lachte.

Herr Jaruzelski lugte ins Innere des Rucksacks mit Aluminiumgestell der Firma Hudy und sagte: Wir besprechen das am besten nach der Gala, privat.

Von diesem Moment an gab es für unseren Vater auch seitens der Herren in den schwarzen Smokings Schulterklopfer, und er wurde zu einer weiß gedeckten Tafel geschoben, auf der verschiedene silberne Bestecke lagen, deren Funktion er im Einzelnen nicht kannte. Es gab Kaviar aus dem Schwarzen Meer und Schaumwein von der Krim und eingelegte Litschis aus Vietnam, und unserem Vater wurde während der nächsten sieben Stunden immer wieder etwas Neues auf den Teller gelegt, von Kellnern in weißen Fracks, und er musste sich viele Reden anhören von Herrn Jaruzelski, aber auch von anderen Herren, die er nicht kannte, die ihm jedoch auf ähnliche Art und Weise bekannt vorkamen wie Herr Jaruzelski. Und es dauerte noch eine ganze Weile, bis er nach und nach begriff, wo genau er war und neben wem er saß.

Am Ende des Abends brachte man ihn ins Hotel zurück, in einer Limousine, wie es sich gehört für einen Staatsgast, und begleitete ihn sogar in sein Stockwerk und bis zu seiner Zimmertür. Man wartete, bis er aufgeschlossen hatte, und folgte ihm noch ins Zimmer, nur um sicherzugehen, dass es ihm an nichts mangelte.

Danke, sagte unser Vater zu den zwei jungen, besonders gut aussehenden Männern, und diese lächelten und sagten: Aber das ist doch selbstverständlich, Herr Jaruzelski möchte sichergehen, dass Sie sich wohl fühlen.

Einer der jungen, besonders gut aussehenden Männer begann, nachdem er unseren Vater freundlich auf einen Sessel geschoben hatte, ihm die Schuhe auszuziehen.

Das tut ein bisschen weh, sagte unser Vater, als der junge Mann ihm beim Ausziehen des noch nicht vollständig aufgeschnürten Schuhs den Fuß ein Stück in die falsche Richtung drehte.

Bitte entschuldigen Sie, sagte der junge Mann und verdrehte den Fuß aus einem Ausgleichsempfinden heraus in die entgegengesetzte Richtung, und weil es ihm so leidtat, übertrieb er es auch ein bisschen in diese andere Richtung, sodass unser Vater auf interessante neue Weise ein Gefühl für seinen Fuß bekam, gewissermaßen vom Inneren des Fußes her, wie er uns erklärt. Schon war der junge Mann, während der andere sich hinter unseren Vater stellte und ihm freundschaftlich die Schultern massierte, mit dem anderen Schuh beschäftigt, und noch während unser Vater das neue Gefühl im einen Fuß in allen seinen Dimensionen erforschen konnte, hatte der junge Mann es mit der ihm von Herrn Jaruzelski aufgetragenen Freundlichkeit wieder etwas übertrieben, und nun war unserem Vater auch der andere Fuß auf eine neuartige, wenn auch nicht mehr ganz unbekannte Weise gefühlsmäßig präsent.

Die zwei jungen Männer verabschiedeten sich aufs höflichste, wünschten eine gute Nacht und eine gute Nachhausefahrt, und nachdem sie das Zimmer verlassen hatten, beschloss unser Vater, die Entfernung zwischen Sessel und Bett schätzend, im Sessel zu übernachten, denn als Bergsteiger wusste er, dass alle merkwürdigen körperlichen Phänomene, die nach einer Bergtour auftreten, schon am nächsten Morgen meistens wieder verschwunden sind. Und so schlief er nach einem langen Tag in der Überzeugung ein, dass die Schwellungen um seine Fußknöchel von der langen Beschattungsaktion und dem damit verbundenen Fußmarsch durch Warschau stammten und dass am nächsten Tag bestimmt alles wieder besser wäre. Aber am nächsten Morgen war er doch froh, dass der Taxifahrer Romek ihn im Zimmer abholte und ihn, nur zur Sicherheit, ins Krankenhaus fuhr.

DIE SOGENANNTE GRAUE ZEIT

Eigentlich, sagt unser Vater inzwischen, sei unser Leben in Polen gar nicht anders gewesen als das heutige in Deutschland, denn zwar könne man sich jetzt jederzeit die besten Sachen kaufen und sei es möglich, seinen Beruf und seinen Wohnort und sein Hobby selbst auszusuchen, und für dieses Hobby könne man sich sogar die beste Ausrüstung kaufen, aber es ergäben sich daraus Probleme, die es genau so auch in Polen gegeben habe. Zum Beispiel sei es in Deutschland so, dass wir in einem Laden vor einem Regal stünden und die vielen besten Sachen anschauten und alles schon probiert hätten und uns eigentlich wünschten, es gäbe noch mehr beste Sachen, die wir noch nicht probiert hätten. Und wenn man, so wie er in Deutschland, schon einige Berufe wie Spülhilfe oder Putzangestellter gehabt habe, dann wünsche man sich, noch einen weiteren Beruf zu haben oder vielleicht sogar nochmals in eine Schule zu gehen und einen vollkommen neuen Beruf zu erlernen, weshalb man am Ende sagen müsse, dass es in Deutschland zwar aus anderen Gründen, unter dem Strich aber ganz genau so sei wie damals in Polen, nur dass er damals immerhin geglaubt habe, dass es in Kanada besser werden würde, und inzwischen glaube er das nicht mehr, denn in Kanada sei es vermutlich genau so wie in Deutschland und überall anders auf der Welt. Und er könne ja jederzeit nach Kanada reisen, wenn er das wolle, nur würde er dann, wenn er in Kanada angekommen wäre, vermutlich bald wieder von Kanada aus woandershin weiterreisen wollen, und es könne nicht der Hauptantrieb im Leben sein, dass man ständig etwas Neues und unbedingt anderes wolle, da es am Ende eigentlich nur den Schluss zulasse, dass man am besten aufhören solle, überhaupt etwas zu wollen. Und so eine Stelle im Computergeschäft «Neue Welt» sei, selbst wenn man nur selten Urlaub habe und darum nicht mitkommen könne nach Opole, zum Beispiel zu einer Beerdigung, nicht das Schlechteste, immerhin könne man am Nachmittag nach Hause fahren in seinem goldenen Ford Escort, und auf einen warte ein Fernseher mit einem besonders großen Bildschirm, in dem man die besten Wintersportarten live anschauen könne, und dafür müsse man nicht extra nach Kanada reisen, im Gegenteil, vor dem Fernseher könne man an allen interessanten Orten fast gleichzeitig sein, per Knopfdruck, und das sei vielleicht die einzige Sache, die in Deutschland anders sei, dass man nämlich zu Hause dieses Reisegerät habe, in Polen hingegen habe man mit dem Fernseher eigentlich nur wieder nach Polen reisen können, insofern sei es hier jetzt im Großen und Ganzen vielleicht doch ein besseres Leben, wenn auch nur minimal, aber manchmal komme es im Leben auf Kleinigkeiten an, das sollten wir uns merken.

Nach seiner Rückkehr von der großen Gala in Warschau war unser Vater jedenfalls, wenn auch das letzte Mal für lange Zeit, froh, trotz seiner ihm auf neue Weise präsenten Füße, denn zwar konnte er von jetzt an nie wieder in die Berge gehen, aber dafür hatte man dem Bergsteiger Jacek Strzeliński kurz vor dessen Expedition in den Himalaya noch den Rucksack mit den besten Ausrüstungsgegenständen der Firma Hudy übergeben, sodass das «Yukon» am Theaterplatz 21 wiedereröffnet werden und von jetzt an und bis ans Ende aller Tage der offizielle Ausstatter des großen Helden bleiben konnte.

Aber lange hat unser Vater dieses Glück nicht auskosten können, denn obwohl man allenthalben hörte, dass es in den Ländern auf der anderen Seite der DDR jetzt sogar Computer gebe, die sich ein jeder für zu Hause kaufen könne, ging das am Land Polen vorbei, ja Herr Jaruzelski schien sogar alten Zeiten nachzutrauern, denn im August war es wieder so weit: Er erhöhte, einer spontanen Eingebung folgend, die Fleisch- und Wurstwarenpreise, wenn auch wie seine Vorgänger nur um das Dreifache. Trotzdem dachte niemand mehr daran, Bergsteigerausrüstung zu kaufen, ganz abgesehen davon, dass unser Vater bald keine mehr zum Verkauf hatte, denn inzwischen waren in Polen zwar alle Menschen Millionäre, aber die Millionen, die sie besaßen, bestanden nur aus Papierschnipseln, und das wurde in den Wochen, nachdem Herr Jaruzelski die Fleischpreise erhöht hatte, nach und nach allen klar. Die schlitzohrigen Tschechoslowaken und allen voran die Geschäftspartner unseres Vaters der Firma Hudy merkten das als Erste, und deshalb fragten sie zunächst dezent, später auch durchaus freiheraus, ob unser Vater nicht auch in anderen Währungen zahlen könne, sie dächten da an Deutsche Mark, an amerikanische Dollar und im schlimmsten Fall an japanische Yen.

Unser Vater wiederum fragte seine Kunden, ob sie nicht Dollar oder andere Währungen hätten, und die gaben die Frage an ihre Arbeitgeber weiter, und die fragten die volkswirtschaftlichen Experten in den jeweiligen Stadt- oder gar Woiwodschaftsverwaltungen, und am Ende fragten sich alle gegenseitig nach Dollar und anderen Währungen, und das ging eine Weile so im Kreis, sodass in dieser Zeit die beliebtesten Leute eigentlich diejenigen waren, die schnell genug Holzbuden eröffnen konnten, in denen sie Dollars und später auch Deutsche Mark und andere Währungen kauften und verkauften. Bald arbeiteten laut unserer Oma Zofia und unserem Onkel Wojtek die meisten Leute nur noch zum Schein in ihrem jeweiligen Beruf und kauften und verkauften in Wirklichkeit Dollars und andere Währungen, die sie von Verwandten aus anderen Ländern zugeschickt bekamen, was für uns eine lustige Vorstellung ist, denn niemand in Opole kaufte mehr Dinge, wofür Geld doch ursprünglich erfunden worden war, sondern man stand zu dritt oder zu viert auf der Straße, mit aufgestelltem Kragen, und schob sich gegenseitig Banknoten in verschiedenen Farben zu.

Und so hatten unsere Eltern nur Glück, dass unser Opa Jurek in diesem Spiel mit Dollars besonders gut war. Niemand wusste je genau, wie er es machte, aber er kannte stets einen Edek oder eine Frau Ewunia oder einen Zbysio, die gerade diejenige Währung hatten, die am beliebtesten war oder die man gegen eine andere Währung tauschen konnte, und nicht etwa nur Dollar, sondern wesentlich phantastischer gefärbte Währungen aus der ganzen Welt. In dieser Zeit kam unser Opa jede Woche zu uns zu Besuch, während unser Vater tagsüber im «Yukon» war, und brachte unserer Mutter ein paar Dollar und ein paar Einmachgläser aus seinem Keller mit, ohne dass unser Vater davon erfahren durfte. Denn weil unser Vater traurig war, dass das Glöckchen über der Tür des «Yukon» überhaupt nicht mehr schellte, gab unser Opa Jurek ihm als stadtweit anerkannter Experte in diesen Tagen nur wenige Ratschläge im Zusammenhang mit der Verkaufswelt im Allgemeinen und mit der Geschäftsführung im Speziellen.

Diese Zeit muss wohl im Nachhinein als die sogenannte Graue Zeit bezeichnet werden, denn bald habe es laut unseren Eltern und unserer Oma Zofia und unserem Onkel Wojtek überhaupt nichts mehr gegeben. Und wenn es etwas gegeben habe, dann nur für Dollar, aber die habe keiner aus der Hand geben wollen, außer für Dollar.

Nach der Großen Revolution durch die Supergewerkschaft Solidarność waren die Leute anfangs noch gut gelaunt und schlenderten durch die Straßen in Faschingsverkleidungen. Man kann sogar so weit gehen und sagen: In dieser Zeit herrschte auf den Straßen jeder Stadt in Polen ein ausgelassenes Fest, es spielten Rockgruppen, Künstler stellten Plakate aus, und Poeten lasen über ein Mikrophon Gedichte vor. Unsere Oma Izabela fuhr sogar nach Warschau zu einer großen Party, auf der Johannes Paul II. eine Rede hielt, denn er hatte einiges zu sagen, etwa dass der Mensch frei sei, lediglich vor Gott habe er eine gewisse Verantwortung, aber auf politischer Ebene könne er tun und lassen, was er wolle, solange er sich nicht über einen anderen Menschen erhebe, und Polen sei jetzt das Land, in dem die Freiheit zu sich selbst gekommen sei. Wie man in vielen Fernsehdokumentationen sehen kann, hat diese Rede weltweit großen Eindruck gemacht, in allen europäischen Städten und auch in Washington feierten die Menschen damals Partys auf den Straßen, als wären sie in Polen und als spräche der Papst zu ihnen, und das war für Herrn Jaruzelski eine persönliche Niederlage, denn zu seinen Ansprachen kam keiner, und wenn doch jemand kam, dann sah er nur, wie Herr Jaruzelski schwitzte und die getönte Brille am Saum seiner Uniform putzte, weil er nicht wusste, was er sagen sollte.

Und so verlor Herr Jaruzelski verständlicherweise nach einigen Monaten seinen Spaß an den Partys. Kurzerhand verkündete er im Fernsehen wenige Tage vor Weihnachten den Krieg. Und dass man nicht mehr auf die Straße gehen solle, zumindest nicht nachts, etwa ab 23 Uhr, zur eigenen Sicherheit. Es gebe in Polen Leute, die Anschläge auf unschuldige Bürger verüben würden, sogenannte Vaterlandsverräter, mit langen Haaren und mit Plakaten.

Der General argumentierte im Zusammenhang mit seiner

schweren Entscheidung juristisch: Weil er über ganz Polen das sogenannte Kriegsrecht verhängt habe, müssten bestimmte Gesetze befolgt werden, zum Beispiel dürfe nicht mehr jeder dahergelaufene Verbrecher sagen, was er wolle, geschweige denn es aufschreiben und in Form von Zetteln auf der Straße verteilen oder gar in einer der Zeitungen veröffentlichen. Und weil das jetzt nicht mehr jeder dahergelaufene Verbrecher dürfe, so argumentierte er weiter, habe man eine Situation wie im Krieg. Und somit sei es juristisch betrachtet gerechtfertigt, das Kriegsrecht anzuwenden. Weshalb es nur folgerichtig sei, dass er es anwende. Denn er und seine Anwälte könnten sich schließlich nicht alle irren, das Recht sei ein in sich logisch geschlossenes System. Wie der Krieg. Und so sei das alles nur doppelt logisch und rechtens.

Wir fragen uns oft, wie das Leben im sogenannten Kriegszustand gewesen ist. Einmal wurde, wie wir von unserer Oma Zofia wissen, eine Hühnerfarm in Wrzoski bei Opole liquidiert. Wenig später sei ein Nysa-Transporter in unsere Siedlung gekommen, und die Anwohner hätten sich an der Hecktür angestellt, und der Fahrer habe den Laderaum betreten, und der Wagen habe geruckelt, und von innen her habe man ein Gackern und ein Flattern gehört, und dann habe der Fahrer seinen Arm hinausgestreckt, damit der Beifahrer das Huhn greifen und ihm auf einem Campingtisch mit einem Beil den Kopf abschlagen konnte.

So gelang es unserem Onkel Wojtek und unserem Vater an einem einzigen Tag, sieben Hühner auf einmal zu kaufen. Und dann hat unser Onkel Wojtek in der Wohnung unseres Opas Jurek und unserer Oma Zofia im Bad, wegen des nun entstehenden bestialischen Gestanks, bei offenem Fenster über der Badewanne gekniet, und unsere Oma Zofia ist aus der Küche mit einem Topf

312

kochenden Wassers gekommen, das sie über die Hühner gegossen hat, die unser Onkel Wojtek daraufhin rupfen konnte, und unsere Oma Zofia hat sie in die benachbarte Küche gebracht, denn kurze Wege sind bei einem solchen Prozess entscheidend, und dort hat sie ihnen, wiederum bei offenem Fenster, die Innereien entnommen, und das erste der Hühner kochte sie gleich, während man die restlichen bei den Eltern unseres Vaters, die einen Gefrierschrank besaßen, einfrieren konnte, und die Hühner reichten für einen Monat, man hatte dem General ein Schnippchen geschlagen.

Die Partys, wie wiederum unser Onkel Edek uns erzählt hat, waren in dieser Zeit die besten. Denn entweder dauerten sie bis 23 Uhr, sodass jeder pünktlich vor der Stunde, in der die Laternen ausgingen und die Soldaten auf der Straße spazierten, zu Hause sein konnte. Oder aber sie dauerten gleich bis zum nächsten Morgen, wenn die Laternen wieder angingen und die Sicherheitslage es erlaubte, auf die Straße zu treten. Und meistens entschied man sich für die zweite Variante, was zu besonders guter Laune der Partygäste führte, weil sich so auch die Zeit des Anstoßens und des Witze-Erzählens verlängerte.

Da aber dem General die Sicherheit der Bevölkerung noch mehr am Herzen lag als ohnehin schon und er gleichzeitig mit dem heute nur allzu bekannten Phänomen der Jugendarbeitslosigkeit zum ersten Mal in großem Maßstab konfrontiert war, kam er auf die gute Idee, das eine Problem mit dem anderen zu bekämpfen. Und so musste unser Vater – sehr zu seinem Leidwesen – auf dem einen oder anderen Nachhauseweg mitten auf dem Bürgersteig stehen bleiben und seinen Ausweis zeigen, weil zwei Achtzehnjährige ihre Maschinengewehre auf ihn richteten und ihm alle möglichen Fragen stellten, beispielsweise wohin er gehe, wie er heiße, woher er komme, was er hier und dort gemacht habe und so weiter.

Andererseits muss es auch schön gewesen sein zu sehen, dass die Jugend von Opole, die unser Vater aus dem «Yukon» größtenteils noch persönlich und mit Vornamen kannte, nun endlich wieder etwas zu tun hatte, das ihr das Gefühl gab, doch irgendwie wichtig zu sein für die Zukunft des Landes. Und nur gelegentlich kippte dieses Gefühl in die falsche Richtung, nämlich dann, wenn sich die jungen Männer in Uniformen und mit Maschinengewehren, dafür aber ohne richtigen Bartwuchs, ein bisschen zu sehr als wichtige Mitglieder der Gesellschaft fühlten und zur Betonung dieser Wichtigkeit in die Luft schossen. Einmal allerdings, als unser Vater und unsere Mutter zusammen mit unserem Onkel Edek und dessen damaliger Freundin Danuta Balak auf dem Nachhauseweg von einer Party kurz vor 23 Uhr unter einer noch brennenden Laterne angehalten worden waren und sich den Tonfall dieser Jugendlichen nicht gefallen lassen wollten, schossen sie ausnahmsweise einmal nicht in die Luft, sondern in Danuta Balak hinein, die versucht hatte, unseren Onkel Edek zurückzuhalten, als er einem der jungen Männer eine Tracht Prügel androhte. Was im Krankenhaus endete, jedoch passierte Danuta Balak fast nichts, außer dass sie später im Rollstuhl sitzen musste, aber heutzutage gibt es zum Glück in fast jedem Geschäft oder Amt eine Rollstuhlrampe oder einen Aufzug.

Aber auch wenn es solche Zwischenfälle in ganz Polen gegeben haben soll, war der General am Ende sehr zufrieden, denn bald gab es, wie er in einer oft in Dokumentarfilmen vorkommenden Fernsehansprache stolz verkündete, nur noch wenige Hooligans und Landesverräter aus der Großen Gemeinsamen Supergewerkschaft Solidarność, die sich auf der Straße gewalttätig und sachbeschädigend über ausgedachte allgemeine Missstände beschwerten, und noch niedriger war, so teilte er mit, die Zahl der arbeitslosen Jugendlichen, was ihm im Großen und Ganzen viel

314

Respekt verschaffte, vor allem im Fernsehen, wo immer wieder betont wurde, dass er ein hervorragender Staatsmann sei.

Eine andere Möglichkeit, das unerlaubte Sich-Aufhalten auf der Straße nach einer Party zu vermeiden, so fanden unsere Eltern und andere Leute bald heraus, bestand darin, den Aufgang des eigenen Wohnblocks gar nicht erst zu verlassen und eine Party einfach nur unter Nachbarn zu veranstalten, ganz im Privaten also, weshalb das polnische Wort «Prywatka» für Party damals besonders zutreffend war.

Im Fall unseres Vaters war das insofern vorteilhaft, als er sowieso gern bei den Ratajczaks ein Stockwerk tiefer zu Besuch war, vor allem abends, aus Gründen der Mitmenschlichkeit, denn Herr Ratajczak musste als Vertreter für Haushaltsgeräte jeden zweiten Abend in einer anderen Stadt in Polen in einem Hotel übernachten, und Frau Ratajczak fürchtete sich sehr, sobald ihre Kinder eingeschlafen waren.

Unsere Mutter mochte Frau Ratajczak nicht besonders, und wie sie uns heute gelegentlich erklärt, sah sie es nicht gerne, wenn unser Vater seine Abende ein Stockwerk tiefer verbrachte, zumal sie selbst auch nicht gerade schreckfrei war und in unserer Wohnung nur ungern alleine blieb, weswegen sie darauf bestand, so oft es ging dabei zu sein, zusammen mit den Perczuks aus dem Stockwerk über uns und den Gadulas aus dem Parterre, was diese Treffen automatisch zu Partys werden ließ, denn Herr Gadula machte in seinem Keller guten Likör, Frau Perczuk hatte ein Händchen für Bigos oder italienischen Gemüsesalat mit Mayonnaise, und sowieso ergab es wenig Sinn, zu fünft oder zu elft beieinanderzusitzen ohne laute Musik und Zigarettenrauch und Gelächter oder auch mal Diskussionen.

Aber eigentlich ist Party das falsche Wort, denn es handelte sich bei diesen Zusammenkünften um einfache Treffen in unserem Treppenaufgang, und die Stimmung unserer Mutter und unseres Vaters nach ihrer Rückkehr war meistens nicht vergleichbar mit der Stimmung von heimkehrenden Partygästen, und manchmal führten sie die Gespräche, die sie in der Wohnung der Ratajczaks oder der Perczuks oder der Gadulas begonnen hatten, am folgenden Tag weiter, und dann ging es vorzugsweise darum, dass es nicht ganz normal sei, sich so um das Alleinsein einer Frau Ratajczak zu kümmern, die unser Vater Agatha nannte. Oder es wurde den ganzen Tag geschwiegen, aber es war nicht die Art von angenehmem Schweigen, das man aus anderen Zusammenhängen kennt.

Aber dann war es wieder Abend, und in der Wohnung von Frau Ratajczak unter uns fand schon die nächste Prywatka statt. Wir können uns daran zwar nicht erinnern, aber wir haben von unseren Eltern wohl eingeschärft bekommen, dass wir nur unten klingeln dürften, wenn wir aus Versehen die Wohnung unter Wasser gesetzt hätten oder nach einem nächtlichen Aufwachen aus einem besonders schlimmen Albtraum wirklich nicht wieder einschlafen könnten – ob wir denn die Geschichte nicht kennen würden, in der ein Schäfer immer wieder, um Aufmerksamkeit zu erregen, ins Dorf gerannt komme und um Hilfe rufe, weil ein Wolf draußen auf der Weide angeblich eines seiner Schafe angegriffen habe, was erst beim dritten Mal der Wahrheit entspreche, wenn es im Dorf schon längst keiner mehr glaube?

DER KAMPF UNSERER MUTTER
GEGEN ALLE INSTANZEN

Eine Geschichte aus der Grauen Zeit, die immerhin gut ausging, wenn auch nicht ausschließlich gut, ist diejenige über die große Aufopferung unserer Mutter und ihren Sieg über Frau Jadwiga. Sie beginnt, als unsere Mutter noch Sportlehrerin in der Schule Nr. 5 in unserer Siedlung war, und endet, kurz bevor sie es dann nicht mehr war.

Unsere Mutter war als Sportlehrerin so glücklich wie später nie mehr in ihrem Leben. Die Schule Nr. 5, in der sie arbeitete, befand sich neben dem Friedhof, und jeden Morgen musste sie nur aus unserem Hausaufgang treten und um unseren Block herum- und über eine Wiese und am Friedhof vorbeigehen, und schon stand sie vor den flachen Gebäuden, zwischen denen sich der Appellplatz öffnete.

Weil wir unsere Mutter manchmal in der Schule Nr. 5 besucht haben, erinnern wir uns, wie sie, inzwischen mit kurzen, blond gefärbten Haaren, die im Nacken länger waren, da sowohl Madonna als auch der Sänger der Gruppe Depeche Mode und überhaupt alle Menschen in dieser Zeit die Haare so trugen, im Trainingsanzug am Beckenrand des Schulhallenbads stand und Anweisungen rief. Oder wie sie am Rand des Badmintonfeldes in der Turnhalle in ihre Trillerpfeife blies. Unsere Mutter erzählt uns bis heute, wie sie damals die dampfende Luft und den Geruch von Chlor im Hallenbad geliebt hat, die Schreie und die Rufe der Zuschauer bei den Schulmeisterschaften, das Quietschen der Sohlen in der Turnhalle oder den Geruch der Gummimatten. Einmal hat sie sogar gesagt, dass sie eigentlich gern Lehrerin geblieben wäre, weil es nichts Besseres im Leben gebe, als zu sehen, dass man Kindern etwas beigebracht habe, zum Beispiel Schwimmen.

In einigen Fällen konnten diese Kinder dann nicht nur schwimmen, sondern das auch besonders schnell, weshalb sie in die Schulauswahl für 50 Meter Freistil aufgenommen wurden oder für 100 Meter Kraul und von der Schule einen Trainingsanzug bekamen und schließlich sogar ins Ausland reisen durften, etwa nach Heidelberg in Westdeutschland zu den internationalen Schulmeisterschaften im Rahmen der sportlichen Freundschaft aller Länder, die Herrn Gierek, bevor er seinen Posten in Warschau an Herrn Jaruzelski abtreten musste, besonders am Herzen lag, nicht zuletzt deshalb, weil er sich von Westdeutschland etwas Geld geliehen hatte für die modernen polnischen Fabriken und Autos und Waschmaschinen.

Als Trainerin der Schulauswahl fuhr unsere Mutter einmal, schon zu der Zeit des Generals, nach Heidelberg mit. Und das war die interessanteste Reise ihres Lebens, und es war sehr schwer für sie, als sich herausstellen sollte, dass es ihre einzige Reise nach Heidelberg bleiben würde und dass ihre schöne Zeit als Lehrerin dem Ende entgegenging.

Vor allem an ihre Spaziergänge durch die Innenstadt von Heidelberg erinnert sie sich gern. Zwar hatte sie nur 10 Dollar als Taschengeld dabei, aber sie wollte in Heidelberg gar nichts kaufen, eine Auswahl zu treffen wäre sehr schwierig gewesen. Schon damals hat es in Heidelberg und im restlichen Westdeutschland so viele Sachen gegeben wie heutzutage, nur dass es unsere Mutter noch sehr überwältigt hat, weil sie darauf nicht vorbereitet war, denn Herr Jaruzelski hatte im Fernsehen stets betont, dass es in Polen besonders viele Sachen gebe, und nun sah sie, dass es

318

in Heidelberg sogar noch mehr gab – eine Tatsache, die inzwischen weltbekannt ist, damals jedoch nicht. Aber ohnehin interessierte unsere Mutter sich bei ihren Spaziergängen für etwas ganz anderes.

Der männliche Trainer der Schulauswahl, Mirosław Brzerzyński, war zwei Monate vor der Busreise nach Heidelberg noch extra nach Moskau gefahren und hatte insgesamt fünf Tage lang im Zug gesessen, um eine Kette mit walnussgroßen Perlen aus dem Schwarzen Meer zu kaufen, die er dann in Heidelberg weiterverkaufen wollte, denn er hatte sich ausgerechnet, dass er dort das Zehnfache an Dollar bekommen würde und somit in der Lage wäre, verschiedene Dinge wie etwa eine LEGO-Ritterburg, Parfüm oder Damenstrumpfhosen zu kaufen. Noch in Opole hatte er unsere Mutter gebeten, die Perlenkette, solange er keinen Käufer für sie gefunden habe, an ihrem Hals zu tragen, denn eine Perle entfalte erst durch Körperwärme ihre rosa Farbe und eine schöne milchige Tiefe. Und so ging unsere Mutter durch die Straßen in der Altstadt von Heidelberg und schaute sich die vielen Dinge an und trug unter ihrem Pullover die Kette aus walnussgroßen russischen Perlen.

Am liebsten aber stand sie vor einem Geschäft in der Fußgängerzone und tat nur so, als würde sie in das Schaufenster schauen. In Wahrheit schaute sie die Spiegelungen der Passanten im Schaufenster an, die hinter ihr vorbeigingen. Das Interessanteste an diesen Passanten war, dass sie zwar zum Beispiel aus Japan stammten und alles Mögliche fotografierten oder dass sie Englisch sprachen oder Italienisch und natürlich in den meisten Fällen Deutsch. Aber im Grunde genommen sahen sie genauso aus wie Passanten in Opole, was unsere Mutter sehr überraschte.

Sie schaute sich auch das rote Schloss an, das am Hang über

319

der Altstadt liegt, und sie merkte sich alles, damit sie es unserer Oma Zofia erzählen konnte. Sie schaute sich die alten Häuser an und den Fluss, der Neckar heißt, und ihre zehn Dollar gab sie am letzten Tag nur deshalb aus, weil sie sie hatte. Sie kaufte zwei Packungen LEGO, einen Motorradfahrer und eine Baustelle, die sie uns mitbrachte, woran wir uns sogar noch erinnern können. Nach diesem Einkauf stellte sie sich in die Fußgängerzone und schaute sich wieder die Passanten an, aber diesmal die echten, nicht die in den Schaufenstern gespiegelten, und nickte ihnen zu. Guten Tag, sagte der eine oder andere und lächelte.

Zurück in Opole, ging unsere Mutter in die Fußgängerzone in der Krakowska Straße, unweit des Platzes der Freiheit. Sie stellte sich ans Schaufenster des Delikatessen-Supermarkts und beobachtete auch hier die Passanten. Und man wird nicht glauben, was daraufhin passierte: Schon der dritte Passant lächelte. Heute ist so etwas selbstverständlich, denn heute haben die Menschen in Polen wie in ganz Europa gute Laune, aber unsere Mutter hatte das nicht erwartet. Und da habe sie plötzlich gewusst, erzählt sie, dass alle Menschen auf der Welt gleich seien.

Wenn auch leider eben doch nicht alle, wie die Geschichte ihrer großen Aufopferung, die nicht umsonst in der sogenannten Grauen Zeit spielt, noch zeigen sollte.

Zu unserer Mutter muss man wissen, dass sie bis heute viele Erinnerungen an ihre Kindheit hat. Sie erinnert sich an ihr weißes Kommunionskleid und daran, wie die Jungen aus ihrer Klasse am Ostermontag, dem sogenannten Śmigus-dyngus-Tag, sie und ihre Freundinnen mit Eimern voller Wasser durch die Straßen verfolgten. Sie erinnert sich an die Sommerkoloniefahrten nach Masuren, an den Nidzki-See oder an den Lutry-See und an die

Statue des Königs der Kleinen Maränen unter der Brücke in Mikołajki, die man, einem uralten Brauch der dort einst ansässigen Pruzzen folgend, aus dem Boot heraus küssen muss. Sie erinnert sich, wie sie im Flur der Wohnung unserer Großeltern in der Pułaskiego Straße unsere Oma Zofia beim Schüren des Kohleofens beobachtete und wie federleicht die Ascheflocken in die Luft aufstiegen und auf der Metallplatte vor dem Ofen landeten. Oder an ein Volleyballspiel, bei dem unser Opa Jurek als Schiedsrichter auf dem Feld stand, in der kurzen schwarzen Hose und dem schwarz-weiß gestreiften Trikot, und mit den Armen verschiedene Zeichen gab, die Trillerpfeife im Mund.

Auch an ihr tägliches Training im Stadion des OKS Odra, in späteren Jahren, erinnert sie sich. An den Geruch, der von der in der Sonne aufgeweichten Tartanbahn aufstieg, an den Sand in den Schuhen nach dem Verlassen des Weitsprungbeckens, an ihre Freundin Małgorzata Sprzęgłowska, die selbst beim Sprinttraining ihre großen Ohrringe trug wie später die Sprintweltmeisterin Florence Griffith-Joyner. Oder an den Duft der Kiefern und deren Knarren und Rauschen in der Trainingsanlage in Międzyzdroje an der Ostsee, wo sie einmal Herrn Gomułka, der in einem weißen Sommeranzug zu Besuch kam, die Hand schütteln durfte.

Die interessanteste Erinnerung unserer Mutter ist aber wohl die an ihre erste Erfahrung mit der Pädagogik. Denn mit vierzehn traf sie sich gelegentlich, statt zum Training zu gehen, auf dem Platz vor dem damaligen Haus unserer Großeltern mit ihren Freundinnen am Brunnen, und sie sprachen stundenlang über verschiedene Dinge.

Problematisch sei laut unserer Mutter daran gewesen, dass unser Opa Jurek diese Treffen mit den Freundinnen unnötig gefunden habe. Er habe insbesondere die Dinge unnötig gefunden, um die es in den Gesprächen am Brunnen gegangen sei, denn weder hätten sie seiner Ansicht nach etwas mit einem sportlichen Wettkampf auf regionaler geschweige denn nationaler Ebene zu tun gehabt, noch habe es sich in seinen Augen um theoretische Erörterungen der Frage gehandelt, wie auf städtischer oder gar woiwodschaftlicher Ebene eine gute Versorgung des Einzelhandels mit Delikatessen zu erreichen sei. Und so habe unser Opa sich sehr gefreut, unserer Mutter eines Tages beim Mittagessen verkünden zu können, dass er ihre Freizeitbeschäftigungen als unproduktiv eingestuft habe und sie nun anfangen dürfe, der Gesellschaft etwas zurückzugeben, anstatt so zu tun, als sei sie anders als alle anderen und als müsse sie nichts leisten, wo doch bewiesen sei, dass alle gleich seien, auch die sogenannte Jugend, der sie angehöre.

Unsere Mutter hat uns den daraufhin beginnenden Wettkampf zwischen ihnen beiden oft beschrieben, denn er sei, im Nachhinein betrachtet, ziemlich witzig gewesen. Sie erwiderte am Esstisch nämlich, dass sie durchaus anders sei als andere, zum Beispiel anders als er.

Aber unser Opa Jurek habe darüber nur schmunzeln können, denn er war der Ansicht, dass unsere Mutter als gerade erst jugendlich Gewordene noch nicht verstanden habe, dass die Gleichheit aller in einem wesentlich grundsätzlicheren Sinne zu denken sei und dass offensichtliche Unterschiede etwa im Alter oder im Aussehen oder in der Bekleidung dieser universellen Gleichheit nicht widersprächen, im Gegenteil, sie unterstrichen sie sogar, und so freute er sich, die Treffen mit den Freundinnen am Brunnen auf dem Platz vor dem Haus vorerst für beendet zu erklären, schließlich handele es sich bei diesem Brunnen um ein Denkmal und nicht um ein türkisches Kaffeehaus.

Woraufhin unsere Mutter erwiderte, dass sie ihre Treffen mit

322

den Freundinnen fortsetzen werde. Und ob unser Opa noch weitere Überlegungen angestellt habe, die er ihr mitteilen wolle.

Was unser Opa verneinte, aber immerhin fragte er, ob unsere Mutter bei diesen Treffen nicht wenigstens ihre Schuluniform tragen könne, im Rahmen eines Kompromisses.

Mal schauen, sagte sie. Sie glaube aber, eher nicht.

Da nickte unser Opa zufrieden, und sie schüttelten sich die Hand, denn die erste Runde ihres Wettkampfs sei laut unserer Mutter damit zu Ende gewesen.

Aber schon ein paar Tage später habe es unser Opa Jurek fragwürdig gefunden, dass unsere Mutter am Esstisch von einem Mitschüler zu erzählen begonnen habe. Sofort habe er einen vor Augen gehabt, der nachmittags einfach nur auf den Rohren in der Oleska Straße sitze und mit seinen Freunden Zigaretten rauche und zu den Passanten Dinge sage, die er für besonders witzig halte, die aber nur mäßig witzig seien.

Wieder erteilte er unserer Mutter ein Verbot jedweden Kontakts, das sie entschieden ablehnte, aber so leicht gab er diesmal, wie sie uns gegenüber zugeben musste, nicht auf, denn er sah es als seine Pflicht an, unsere Mutter mit Hilfe von modernsten erzieherischen Maßnahmen, deren Erfinder er in Folge sein sollte, zu einem gut funktionierenden Mitglied der sogenannten modernen Gesellschaft zu formen, weshalb die Klärung der Frage nach ihrem Umgang mit anderen jungen Leuten für ihn allerhöchste Priorität genoss.

Zweifelhaft war unser Vater für unseren Opa Jurek nicht zuletzt deshalb, weil sich schon bald herausstellte, wer der Vater unseres Vaters war, nämlich unser Opa Andrzejek, der einige Jahre zuvor auf einer feierlichen Direktorenversammlung der Stadt Opole unserem Opa Jurek gegenüber bekanntlich angedeutet hatte, dass er als Direktor der Textilfabrik Opoltex ein wichtigerer Direktor sei als er, was unser Opa Jurek damals natürlich nur müde belächeln konnte, da die Versorgung der Bevölkerung mit Delikatessen ohne Frage wichtiger war als die Versorgung mit schlechten Hosen und Hemden. Und so schlug er unserer Mutter zu ihrem eigenen Wohl vor, dass sie von nun an in einem im Flur auf der Kommode extra hierfür ausliegenden Büchlein notiere, wann sie die Wohnung verlasse und wann sie abends wieder nach Hause komme. Und dass sie am besten noch stichpunktartig die Aktivitäten festhalte, denen sie sich außer Haus gewidmet habe, denn das würde ihr, so seine Überlegung, helfen, den Umgang mit der eigenen Freizeit besser zu strukturieren, und auf diese Weise die Fertigkeit der Zeitorganisation schulen, eine Grundanforderung in der sogenannten modernen Arbeitswelt.

Aber unsere Mutter lehnte das großzügige Angebot unseres Opas Jurek mit dem Hinweis auf ihre grundsätzliche Abneigung gegen die genaue Protokollierung ihres Lebens ab, was er mit Bedauern zur Kenntnis nahm, und so musste er in seinem Arbeitszimmer, das direkt an die Wohnungstür angrenzte, nachts wach bleiben, um diese Aufgabe für unsere nach Hause kommende Mutter zu übernehmen, in der Hoffnung, dass sie sich bald schon eines Besseren besinnen und die Wichtigkeit eines solchen Protokolls erkennen würde.

Unsere Mutter muss am Ende jedes Mal lachend zugeben, dass sie damals durchaus wütend gewesen sei auf unseren Opa Jurek. Und dass das eine oder andere Gespräch mit ihm über Fragen der Pädagogik und auch im Zusammenhang mit der allgemeinen, von ihm sehr geschätzten Überlegung von der Gleichheit aller in Wahrheit ein Streit gewesen sei.

Man kann also verstehen, warum sie nach ihrem Abitur das Studium der Pädagogik in Wrocław, das ihr von Herrn Gierek angeboten wurde, angenommen hat, obwohl sie zu diesem Zeitpunkt noch gar nicht Lehrerin werden wollte und auch den Sport schon nicht mehr besonders mochte. Fest steht nur, so formulierte sie es, dass die Pädagogik sie aus familiären Gründen zu interessieren begann.

Nach ihrer Rückkehr aus Heidelberg freute sie sich jedenfalls, zurück in unserer Siedlung zu sein und wieder zur Arbeit gehen zu können, denn wie gesagt liebte sie ihren Beruf. Ein Problem war nur, dass, wie gesagt, inzwischen der General die Große Gemeinsame Regierung in Warschau leitete. Und dass wir jetzt allmählich älter wurden.

In dieser Zeit gingen wir in den Genossenschaftskindergarten unserer Siedlung, der sich im Keller von Block Nr. 17 befand. In diesem Kindergarten gab es laut unserer Mutter und wie wir uns auch selbst noch erinnern können, um neun Uhr morgens, nach einem Appell mit verschiedenen Ansprachen der Kindergärtnerinnen, ein zweites gemeinschaftliches Frühstück, und dieses zweite Frühstück bestand nicht nur aus einem Marmeladenbrot, sondern dazu auch aus einem Glas warmer Milch mit Honig.

Niemandem in Polen waren in jenen Jahren die Tücken des Milchtrinkens bekannt, auch unserer Mutter nicht, aber sie hatte längst bemerkt, dass uns Milch anscheinend nicht schmeckte und wir uns nach jedem Glas sofort übergeben mussten. Nach vielen privaten Testreihen – auf Ärzte vertraute unsere Mutter nicht, und zu Recht, wie sich bald zeigen sollte – und nach Konsultationen von Bekannten, mitunter in Betrieben sowohl in der Stadt als auch im Umland, hatte sie bereits Alternativen erschlossen.

Bei den Kindergärtnerinnen des Kindergartens in unserer Siedlung stieß das allerdings auf wenig Verständnis. Vor allem die

325

Direktorin Frau Jadwiga sah in unseren Würgereien und Ohnmachtsanfällen beim zweiten Frühstück Verstöße gegen die Regeln, die das Funktionieren des Kindergartenalltags erst möglich machten und die sie mit selbstloser Strenge verteidigte. Und so war das Trockenmilchgranulat, das unsere Mutter uns täglich mitzugeben begann, für sie das Symbol für den Versuch, die mühsam errungene Verwirklichung einer Gemeinschaft, in der alle das Gleiche hatten und gleich waren, durch das Übel des Egoismus auszuhöhlen.

Frau Jadwiga war vier Jahre jünger als unsere Mutter und gleich nach der Ausbildung Leiterin des Kindergartens in unserer Siedlung geworden. Sie stammte aus Czarnowąsy, einem Dorf in der Nähe von Opole, wo ihre Eltern einen Molkereibetrieb hatten und wo jetzt unser Onkel Wojtek wohnt.

Sie wollen doch nicht etwa behaupten, sagte sie zu unserer Mutter beim Elternsprechabend, mit unserer Dose Trockenmilchgranulat rasselnd, dass ein polnisches Kind keine polnische Milch mag. Sie sollten sich schämen, die Kindheit Ihrer Söhne mit solchen gefährlichen Ideen zu vergiften. Die Kindheit ist das schönste und unschuldigste Lebensalter. Was bleibt uns denn im Leben, wenn nicht unsere Kindheit und die spätere Erinnerung daran. Falls Sie Probleme mit der Gesellschaft unseres Landes haben, sollten Sie in die Politik gehen.

Ich habe kein Problem mit der Gesellschaft unseres Landes, sagte unsere Mutter. Meine Söhne haben Probleme mit Milch.

Und die Tochter von Frau Kowalska, sagte Frau Jadwiga, hat ein Problem mit Kartoffeln. Am besten, wir kochen in der Kindergartenkantine ab jetzt jeden Mittag zusätzlich eine einzelne Portion Buchweizengrütze. Und die Tochter von Frau Siertowska mag keinen lauten Gesang, und deshalb hören wir ab sofort mit dem Morgenappell auf. Wäre das vielleicht nach Ihrem Geschmack?

Von Geschmack kann in diesem Fall möglicherweise gar nicht die Rede sein, antwortete unsere Mutter und versuchte noch eine Weile, das Problem zu erklären. Was sie nicht absehen konnte, waren die Folgen, die dieses Gespräch haben sollte: Schon am nächsten Morgen lag in ihrem Fach im Lehrerzimmer nämlich eine Einladung von der städtischen Verwaltungsstelle für Schul- und Erziehungswesen.

Zwei Tage später trat unsere Mutter mit uns an der Hand vor den Tisch, an dem uns drei Herren und eine Dame erwarteten, und schilderte das Problem. Woraufhin sie um eine Demonstration gebeten wurde, die wir bravourös meisterten, denn wir tranken das fragliche Glas Milch, ohne abzusetzen, aus, und sofort rumorte es für alle deutlich hörbar in unseren Bäuchen, und wir trafen den Plastikeimer sogar aus dem Stand.

Der Plastikeimer schien für die Damen und Herren von der Stadtverwaltung allerdings, wie sich herausstellte, nur eine Requisite zu sein, denn das Credo im Raum war: Alles Theater. Einer Einzelstimme wegen, die das Vorliegen eines medizinischen Problems nicht so schnell ausschließen wollte – es handelte sich um die des Nachbarn unserer Großeltern aus dem dritten Stock, Herrn Gajos, der sich von unserem Opa Jurek zuweilen den Werkzeugkoffer lieh –, wurde die Sache immerhin vor ein Ärztegremium der Universitätsklinik in Krakau gebracht, wo es berühmte Spezialisten für alle Fragen rund um die Medizin gab.

Dort zeigten unsere Eingeweide die gleiche Reaktion auf das uns auf einem glänzenden Tablett servierte Glas warmer Milch, nur diesmal dauerte unser Würgen etwas länger, was die anwesenden Experten der Abteilung für Erziehung der Woiwodschaft Kleinpolen mitsamt den vier hinzugebetenen Kinderärzten zu der Interpretation veranlasste, wir würden uns gegen den Würgreiz wehren, ja es habe den Anschein, formulierte einer der Ärzte –

327

und so lautete dann bald auch die schnell ausgebildete Fachmeinung –, als sei unser kindlicher Organismus eigentlich «recht froh» über die warme Milch, werde jedoch von etwas «Gedanklichem» zu der beobachtbaren Reaktion gezwungen.

Eine Diskussion entbrannte, in der eine Problematik ergründet wurde, die heute, wie unsere Mutter später in einigen medizinischen Büchern herausgefunden hat, unter der Bezeichnung Psychosomatik bekannt ist, aber die Diskussion war im Tonfall eher abfällig, denn die Wissenschaft dieser sogenannten Psychosomatik war damals weltweit noch jung und bei Medizinspezialisten nicht besonders angesehen, insbesondere nicht in Polen, wo noch nie jemand etwas von ihr gehört hatte. Die Diagnose der anwesenden Ärzte lautete deshalb: Alles in Amerika erfunden, wir seien möglicherweise Spione. Woraufhin unsere Mutter zu bedenken gab, dass Kinder keine Spione sein könnten. Woraufhin die Anwesenden entgegneten, dass gerade Kinder Spione sein könnten, sogar besonders gute, weil man so etwas von Kindern am allerwenigsten erwarte.

Allerdings gab es auch in der universitären Kommission eine Gegenstimme, nämlich die von Herrn Dr. Szpachta, der mit unserem Opa Jurek seit den ersten Nachkriegstagen in überregionalen Bridge-Turnieren spielte und von ihm dann und wann eine Packung Damenstrumpfhosen oder eine Flasche Spiritus oder ein paar Dekagramm Hefe bekam, als Dankeschön für die gute Freundschaft, etwa im Zusammenhang mit einer alljährlichen Untersuchung unseres Opas im Krankenhaus in Krakau. Herr Dr. Szpachta brachte die folgende Idee auf: Tatsächlich dürfe nicht gänzlich ausgeschlossen werden, dass hier ein wirkliches medizinisches Problem vorliege, denn zwar sei ein «gedanklicher» Kampf zu beobachten, wie das für Spione im Allgemeinen typisch sei, doch könne man nicht zweifelsfrei und mit Bestimmt-

328

heit sagen, was zuerst da gewesen sei, die Spionageabsicht oder die Milch, und es könne in diesem Sinne sogar sein, dass wir nicht etwa Spione, sondern von einer derart großen Liebe zur Nation und damit auch zu polnischen landwirtschaftlichen Nutzviehpro-dukten beseelt seien, dass gerade diese Liebe die beobachtbare Reaktion auslöse, auf eine sogenannte paradoxe Weise.

Nach einem Moment des Schweigens hätten die Experten am Tisch, wie unsere Mutter an dieser Stelle jedes Mal erzählt, zu nicken begonnen, denn das Phänomen der «paradoxen Weise» sei ihnen gut vertraut gewesen, etwa im Zusammenhang mit der Überlegung von der Gleichheit aller, die sich, wie sie wuss-ten, auf eine solche paradoxe Weise erst über eine zwischenzeit-liche Ungleichheit einiger weniger erreichen lasse. Man habe sich deshalb mit dem Sekretär der Abteilung für Erziehung der Woiwodschaftsverwaltung Kleinpolens auf eine Einberufung eines unabhängigen Gremiums aus Psychiatern, Politikbeauf-tragten und einem Kinderernährungsspezialisten in Warschau geeinigt.

Der nächste Halt auf unserer Tournee war also die Hauptstadt. Wie schön muss es für unsere Mutter gewesen sein, in Warschau aus dem Zug zu steigen, denn sie hatte die ehemalige Heimat-stadt unseres Opas Jurek das letzte Mal in ihrer Studienzeit be-sucht, und auch wir erinnern uns gerne daran, wie es gewesen ist, zwischen all den Wolkenkratzern herumzugehen, an deren Fas-saden Werbeinstallationen hingen und hinter deren Fenstern in den Büros offenbar hervorragend gearbeitet wurde, wie sich das für eine Hauptstadt ja auch gehört.

Schon am ersten Nachmittag der mehrtägigen Gremiensit-zung gelang uns in einem extra hierfür reservierten Raum im Ministerium für Gesundheit wieder eine Glanzleistung, sogar insgesamt achtmal, weil beim ersten Mal der Beauftragte für

Politische Bildung, Herr Bogdan, aufgrund eines kollidierenden Termins zu spät den Raum betrat und danach der berühmte Psychiater Prof. Dr. Jósef Hechelski aus statistischen Gründen auf einer genügend großen Zahl von Wiederholungen bestand. In den darauf folgenden Tagen wurden wir jedenfalls zahlreichen medizinischen und psychologischen Tests unterzogen, beispielsweise dem damals bei polnischen Psychiatern sehr beliebten Test mit drei anstatt nur zwei symmetrischen Tintenklecksen, aber offenbar war die Spionageausbildung so tief in unserem sogenannten Unterbewusstsein verankert worden, wie es sonst nur bei den damals geschicktesten ausländischen Geheimagenten der Fall war. Unsere Spionageabsicht ließ sich nämlich in keinem der durchgeführten psychologischen Experimente eindeutig entlarven, was Prof. Dr. Jósef Hechelski zwar bedauerte, aber aufgrund seines wissenschaftlichen Ehrenkodex bald eingestand.

Die ganze Sache fand aber doch noch eine wissenschaftliche Auflösung, denn bei einem privaten Abendessen mit einem befreundeten Diplomaten, der einige Jahre im sogenannten Bruderstaat China verbracht hatte, hörte der junge Spezialist für Kinderernährungskunde von der Universitätsklinik, Dr. Witold Kochory, zufällig von den Verdauungsbeschwerden der Chinesen im Zusammenhang mit dem Verzehr von Kuhmilchprodukten und erschloss der polnischen Medizin nach der Lektüre von drei grob übersetzten chinesischen Fachartikeln ein heute gut bekanntes Phänomen. Er nannte es «körperliche Unlust auf Milch», aber weil seine ein halbes Jahr später erschienene Publikation von der Fachwelt nicht beachtet wurde, setzte sich diese Bezeichnung zu seiner Enttäuschung niemals durch.

Für unsere Mutter ging das Ganze leider weniger gut aus. Denn auch wenn die Kindergartenleiterin Frau Jadwiga ihr am folgenden Montagmorgen zu dem Erfolg gratulierte und uns ab

330

sofort jeden Morgen das gelbe Milchgranulat trinken ließ, so bemerkte unsere Mutter in den nächsten Wochen immer mehr Veränderungen ihres Alltags.

Beispielsweise hatte sie in ihrem Lehrplan jetzt besonders viele Sportstunden am frühen Abend, und zwar so dicht hintereinander, dass sie es nicht schaffte, nach Hause zu gehen, um uns das Abendessen zuzubereiten. Auch hatte sie jetzt oft die Pausenaufsicht, und traurig war zudem, dass im Lehrerzimmer die meisten Lehrer sich nicht mehr an sie erinnern konnten, weshalb sie sie nicht mehr grüßten, obwohl sie seit drei Jahren in der Schule Nr. 5 arbeitete.

Dann aber grüßten sie nach und nach doch wieder einige Lehrer, und sie wurde von ihnen nach Hause eingeladen, auf Partys oder zu einem Abendessen, und man brachte ihr sogar zu ihrem Geburtstag einen Kuchen mit. Worüber sie sich freute, aber die Freude wurde ihr schon bald wieder verleidet, und das hatte mit der geplanten neuerlichen Fahrt ihrer Schwimmer-Schulauswahl nach Heidelberg zu tun.

Denn leider hatte die Schulleiterin Frau Rogowska, die eine gute Freundin der Kindergartenleiterin Frau Jadwiga und angeblich auch von Herrn Jaruzelski in Warschau höchstpersönlich war, in der ersten Aprilwoche, während draußen der Schnee nur noch in kleinen Häuflein auf dem Rasen lag und in den Bäumen die Kohlmeisen sangen, die Idee, dass man ausgerechnet in der Zeit der Festivitäten in Heidelberg einen schulweiten Sportwettbewerb mit dem Thema «Olympia» durchführen könnte, bei dem sich jeder Schüler in eine weiße Toga kleiden und in den klassischen antiken Disziplinen der ersten Olympiade im antiken Athen mit den anderen Schülern messen sollte. Und für die Durchführung dieser Frühlingsspiele brauchte Frau Rogowska jeden nur verfügbaren Sportlehrer, vor allem aber unsere Mutter, die sie für

331

die beste Sportlehrerin der Schule hielt. Außerdem war jeder Schüler verpflichtet mitzumachen, weshalb die Heidelbergfahrt in diesem Jahr auch für die Schüler ausfiel und, bei einem Erfolg der «Opoleade», ebenso in den Jahren darauf ausfallen würde, was Frau Rogowska sehr bedauerte.

Noch bedenklicher aber war laut unserer Mutter, dass wir jetzt jeden Tag mit merkwürdigen Flecken auf den Unterarmen nach Hause kamen, die wie Pflaumen aussahen. Und als sie sich bei einem Elternabend im Kindergarten in unserer Siedlung informierte, woher die Flecken stammten, antwortete Frau Jadwiga, wir würden uns morgens schämen, dass wir nicht wie alle anderen Kinder beim gemeinsamen zweiten Frühstück nach dem Morgenappell ein Glas Milch trinken könnten, weshalb wir unsere Unterarme sehr fest drückten. Sie habe schon überlegt, uns eine Art Korsett anzulegen, um uns an diesen schrecklichen Selbstverletzungen zu hindern, aber andererseits dürfe man Kinder doch nicht auf derart mittelalterliche Art in der Bewegungsfreiheit einschränken, Kinder müssten sich bewegen dürfen, das sei in der Kindheit das Wichtigste, das sehe unsere Mutter hoffentlich ein.

Aber unsere Mutter ließ sich nicht so leicht hinters Licht führen. Und so befragte sie in dieser Sache uns, woraufhin wir antworteten, dass wir uns aus Scham, beim gemeinsamen Frühstück keine Milch trinken zu können wie die anderen Kinder, die Unterarme sehr fest gedrückt hätten, weshalb wir uns eine Art Korsett wünschten, das uns an diesen schrecklichen Selbstverletzungen hindern würde, aber andererseits dürfe man Kinder doch nicht auf derart mittelalterliche Art in der Bewegungsfreiheit einschränken, Kinder müssten sich bewegen dürfen, das sei in der Kindheit das Wichtigste.

Ob das alles wirklich stimme, fragte unsere Mutter, oder ob

332

wir das nur aus Angst vor Frau Jadwiga so sagten, denn es wirke sehr einstudiert, wenn man etwas genauer hinhöre.

Es stimme wirklich, antworteten wir, und wir würden das nicht aus Angst vor Frau Jadwiga sagen, und dass wir es nicht aus Angst vor Frau Jadwiga sagen würden, würden wir auch nicht aus Angst vor Frau Jadwiga sagen.

Noch am selben Tag beschloss unsere Mutter, sich mit anderen Müttern unserer Siedlung zu treffen und eine Art unabhängige Kinderbetreuung zu organisieren, nicht zuletzt um Frau Jadwiga im genossenschaftlichen Kindergarten unserer Siedlung etwas zu entlasten, da sie ihr überfordert schien. Die Idee fanden auch andere Mütter interessant, und so kam in den nächsten Wochen die Hälfte der Kinder aus der Kindergartengruppe nicht mehr in den Siedlungskindergarten und wurde stattdessen von den sich abwechselnden Müttern in deren jeweiligen Wohnungen willkommen geheißen, und so auch in unserer im zweiten Stock des Blocks Nr. 13 auf der anderen Seite des Spielplatzes, also dem Kindergarten direkt gegenüber. Es wurden Ausflüge in den Zoo oder auf die Insel Bolko gemacht, im Sommer wurde auf dem Platz zwischen den Blöcken 14 und 16 Fußball gespielt, und im Winter gab es auf dem Schutthügel zwischen unserer Siedlung und der benachbarten Siedlung Hilary Minc, sobald Schnee gefallen war, eine Schlittenpiste.

Bald leitete unsere Mutter den alternativen Kindergarten hauptberuflich, denn immer mehr Mütter verzichteten auf einen Platz im genossenschaftlichen Siedlungskindergarten und beteiligten sich an dem neuen Projekt. Niemals hatte sie vorgehabt, sich um die Organisation von Betreuungsmaßnahmen für kleine Kinder zu kümmern, wie sie uns bis heute versichert, selbst wir seien ihr schon zu viel gewesen, denn ein kleines Kind, so erklärt sie uns, sei kein besonders interessanter Gesprächspartner, man könne ihm auch nicht das Schwimmen beibringen, geschweige denn, dass man mit ihm nach Heidelberg fahren könne im Zuge der Völkerverständigung.

Aber andererseits, was sollte unsere Mutter auch tun, sie konnte das Feld nicht Frau Jadwiga überlassen. Und so gab sie, zunächst nur vorübergehend, wie sie glaubte, ihre Stelle an der Schule Nr. 5 auf und führte den Krieg weiter, den sie nicht begonnen hatte. Man könne sich, sagt sie bis heute, den Krieg nicht aussuchen, in dem man zu kämpfen habe.

DAS TRAURIGE SCHICKSAL DES
ERSCHÖPFTEN BEAMTEN

Kurz, die sogenannte Graue Zeit war für unsere Eltern nicht besonders schön, auch wenn sie versuchten, sich darin möglichst gut einzurichten. Für uns hingegen, die wir schon eigene Erinnerungen an sie haben, hatte sie durchaus viele interessante und auch schöne Aspekte. Und will man das Ende der Geschichte von den Gesprächen unseres Vaters mit dem erschöpften Beamten aus dem Grauen Quader verstehen, muss man sich auch diese Aspekte vor Augen führen.

In den letzten Jahren vor unserer sogenannten Auswanderung haben wir mit unseren Eltern viel Zeit im Freien verbracht, vor allem bei Dunkelheit, denn wenn unsere Eltern uns nachts aus dem Bett geholt und mitgenommen haben, dann erlaubte das unserem Vater, sich in eine Schlange vor der Bäckerei hinter dem Block 13 zu stellen, mit vielen anderen Bekannten aus der Siedlung, während unsere Mutter in der Schlange vor der Metzgerei im Durchgang von Block 26 warten konnte.

Während dieses Wartens in der Dunkelheit war uns keineswegs langweilig, im Gegenteil, denn mit uns warteten ja all unsere Nachbarn, und es wurden Thermosflaschen oder durchsichtige Flaschen herumgereicht, und jemand wusste immer noch einen Witz zu erzählen, meistens über Herrn General Jaruzelski oder über den Botschafter Menschikow aus Moskau, der bei einer Konferenz in Washington zu Besuch ist und sich auf die eine oder andere Weise ungeschickt verhält. Und man erfuhr aufschlussreiche Dinge, denn es standen meistens sehr kluge Leute in diesen

335

Schlangen, nicht selten sogar ein Professor, aber auch Ärzte oder Lehrer oder eine Verkäuferin aus dem Opolanin. Einmal lernte unser Vater sogar einen Wissenschaftler kennen, der sich mit der sogenannten Kybernetik besonders gut auskannte, die einige Jahre zuvor von dem berühmten polnischen Schriftsteller Stanisław Lem in zahlreichen Romanen über fremde Planeten und sich menschlich verhaltende Roboter genau beschrieben worden war, mit all ihren Problemen. Von diesem Professor lieh unser Vater sich ein paar Wochen später das erste Computermodell aus, das es in Polen gab, einen Atari 800, und nachdem er diesen in unserem Wohnzimmer an den Fernseher angeschlossen hatte, durften wir *Montezumas Rache* spielen, ein Spiel, bei dem man versuchen muss, in einem Labyrinth unter einer Aztekenpyramide im Dschungel von Mexiko Skeletten auszuweichen und vieles mehr.

Andererseits muss man sagen, dass es in Polen jetzt sogar im Hinblick auf Gesundheitliches immer schwieriger wurde. Deshalb war es für unsere Oma Zofia vorteilhaft, die Sommer an der Ostsee zu verbringen, wegen der guten Luft am Meer, denn sie war plötzlich krank geworden, ihre Schilddrüse hatte den Dienst aufgegeben. Das sei laut unserer Oma Zofia ein häufiges Phänomen gewesen, denn in der Luft habe es – gewissermaßen von heute auf morgen – nicht mehr genug Jod gegeben, das sehr wichtig sei für die Gesundheit, weshalb die Regierung von Herrn Jaruzelski begonnen habe, militärisch geschult, wie sie gewesen sei, an jeden Bürger und vor allem an die Kinder Kapseln auszuteilen mit dem Namen Lugol, die das Problem beheben sollten, aber es habe nicht genügend solcher Kapseln gegeben, weil sofort jemand begonnen habe – Herrn Jaruzelski zufolge seien es Kriminelle von der Großen Gemeinsamen Supergewerkschaft gewesen –, in die Magazine einzubrechen und diese leer zu klauen. Etwa zur gleichen Zeit, und wie sich später herausstellte, hatte das eine mit dem anderen zu tun, riet die Regierung von Herrn Jaruzelski während der Abendnachrichten im Fernsehen davon ab, Pilze und Blaubeeren aus den heimischen Wäldern zu essen. Ein paar Monate später sei dann laut unserer Oma Zofia herausgekommen, dass im Nachbarland Ukraine ein großes Kraftwerk eine Havarie gehabt habe, und bei seinen letzten Seufzern habe es eine Wolke ausgestoßen, die bis nach Polen und sogar hinüber nach Deutschland und in viele andere europäische Länder geweht worden sei durch einen ungünstigen Wind, ohne Rücksicht auf irgendwelche Grenzen.

Insgesamt müsse man sagen, dass es in Polen jetzt richtig grau geworden sei, wie unser Vater uns an dieser Stelle erzählt, wenn auch widerwillig, denn über unsere letzte Zeit in Polen redet er nur ungern. Und dieses Grau sei nicht nur grau im Sinne von regnerisch gewesen und auch nicht zu vergleichen mit dem Grau der dreißig Jahre davor, sondern das neue Grau sei nun kontrastiert worden von den unterschiedlichsten Grautönen in unserer Siedlung, im leerstehenden «Yukon», in der Firma unseres Opas Andrzejek und sogar im Fernsehen, auch wenn der General darin jetzt stets in Farbe zu den Familien gesprochen habe. Es sei die Hochphase des Grau gewesen, so als hätte ein Künstler sich vorgenommen, in seinen Gemälden auf revolutionäre Weise bis an die Grenzen des Möglichen im Bereich der grauen Farbe zu gehen, alle Dimensionen auszuloten, die Einheit des bisher bekannten Grau zu sprengen, der Kunst eine neue Grau-Sprache zu geben, in der Vielschichtigkeit des Lebens das Graue zu enthüllen, eine vollkommen neue Schule der Grau-Malerei ins Leben zu rufen und ihr zu Weltruhm zu verhelfen. Die Leute, sagt unser Vater, hätten nicht einmal mehr Hoffnung auf Hoffnung gehabt.

Die Graue Zeit ist am Ende auch insofern schlimm gewesen, als jetzt einige unserer Nachbarn, wenn man unseren Eltern glau-

337

ben darf, und auch ein paar ihrer Kinder beschlossen haben, sich aus der Situation zu stehlen, indem sie beispielsweise aus dem neunten Stock auf den asphaltierten Spielplatz zwischen Block 14 und Block 16 gesprungen sind. Was der General einerseits verurteilte, andererseits aber für zwar nicht besonders schön, aber leider unvermeidbar hielt, für die gewissermaßen unabwendbare Hinterseite seiner Politik, für das Opfer, das er als großer Politiker erbringen müsse für das Land Polen.

Inzwischen, viele Jahre später, sei laut unserem Vater immerhin endlich bewiesen, dass seinerzeit nicht unser Opa Jurek, sondern er in der Frage des Verkaufens recht gehabt habe. Spätestens nach dem sogenannten Wandel der sogenannten Weltlage habe sich gezeigt, dass gerade derjenige Verkäufer, der ein eigenes Geschäft besitze, das dazu auch noch die größtmögliche Vielfalt an Bergsteigerausrüstung oder anderen Dingen anbiete, den größten Erfolg habe, denn die Menschen kauften lieber in einem Geschäft ein, das viele und auch ausländische Dinge führe, als in einem, das sein Sortiment aus sogenannten gesellschaftlichen oder gar volkswirtschaftlichen Gründen möglichst beschränke.

Auch das traurige Schicksal des erschöpften Beamten aus dem Grauen Quader zeigt das im Übrigen, von dem unser Vater uns immer wieder besonders gern erzählt.

An einem Montagmorgen, während er die leeren Regale des «Yukon» entstaubte, schellte das Glöckchen über der Tür, und die zwei ihm bereits gut bekannten jungen Männer, die inzwischen ein paar Jahre älter aussahen und keine Lederjacken mit weißem Innenfell mehr trugen, sondern bunte Jacken aus Nylon, standen in der Tür, um ihn in den Grauen Quader zu bringen.

Er freue sich außerordentlich, ihn wiederzusehen, sagte der erschöpfte Beamte mit den inzwischen sechs Kindern. Wie es der Gemahlin gehe und dem Nachwuchs, fragte er, was die Eltern machten, die Mutter sei angeblich in Frührente gegangen wegen einer großen Müdigkeit, und überhaupt, was mache der Laden, man sei interessiert, um nicht zu sagen: bekümmert, gerade der Privathandel sei so anfällig, ob unser Vater zufrieden sei, ob er Hilfe benötige, ob er noch ein Tässchen Schwarztee mit Zitrone wünsche. Ach, eine Zitrone könne er diesmal gar nicht anbieten, es gebe in der ganzen Stadt keine Zitronen mehr. Und auch Tee sei ehrlich gesagt schwer zu beschaffen, er behelfe sich derzeit mit kleingeschnittenen Socken, die könne man sehr gut aufbrühen.

Alles bestens, antwortete unser Vater, denn er wollte das Gespräch nicht unnötig in die Länge ziehen. An diesem Tag war ihm nicht danach, die Gastfreundschaft des erschöpften Beamten zu strapazieren oder gar auf die Nacht auszudehnen, obwohl das Angebot auf eine Übernachtung im Keller des Gebäudes sicherlich auch diesmal bestand.

Er sei trotzdem etwas besorgt, sagte der Beamte mit den sechs Kindern und lächelte.

Unser Vater kam nicht umhin, im Gesicht seines Gegenübers die Folgen einer langjährigen Erschöpfung zu entdecken, die noch größer war, als er sie in Erinnerung gehabt hatte.

Ach wissen Sie, sprach der Beamte weiter und schenkte unserem Vater trotzdem eine Tasse Schwarztee ein, ihm sei zu Ohren gekommen, dass er in den letzten zwei Monaten keinen einzigen Artikel habe verkaufen können, und das, obwohl er vor dem sogenannten Karneval der Freiheit und dem sogenannten Kriegszustand eines der am besten laufenden Geschäft in Opole, wenn nicht sogar in der gesamten Woiwodschaft gehabt habe.

Er stieß mit seinem Teeglas gegen das Teeglas unseres Vaters zu einem Toast und nippte daran, bevor er sich zum Fenster umdrehte, das unterhalb der Zimmerdecke in die Wand eingelassen war, sodass man die Beine vorbeigehender Passanten sehen konnte – sein Büro war inzwischen ins Souterrain verlegt worden. Er seufzte lange.

Es sei natürlich so, sagte er dann, dass für das Ausbleiben von Geschäftserfolgen die mannigfaltigsten Gründe in Frage kämen. Zweifellos durchwandere die polnische Gesellschaft derzeit, wirtschaftlich betrachtet, ein Tal, wenn unser Vater die alpine Metaphorik erlaube, das habe man dem verschwenderischen Lebensstil der Vorgängerregierung von Herrn Gierek und vor allem der sogenannten Solidarischen Gewerkschaft zu verdanken. Aber leider müsse er auch, das werde unser Vater hoffentlich verständnisvoll akzeptieren, andere Ursachen ins Auge fassen, gerade weil unser Vater aufgrund seines Sonderstatus als Privathändler die Stütze der polnischen Gesellschaft bilde. Da treffe es den sogenannten Fiskus hart, wenn die Verkaufsausfälle so ohne Ankündigung aufträten, wenn der Umsatz gewissermaßen über Nacht vom Gipfel in den Abgrund stürze, und das auch noch ausgerechnet in dem geschichtsträchtigen Augenblick, in dem die Regierung von Herrn Jaruzelski an den maroden Hinterlassenschaften der verbrecherischen Vorgängerregierung zu zerbrechen drohe. Da müsse man leider, so ungern er das im Falle unseres Vaters tue, denn man kenne und schätze sich gegenseitig schließlich schon seit Jahren, da müsse man dann leider, allein aufgrund des Protokolls, an einen politisch motivierten Akt seitens unseres Vaters denken, ohne dabei freilich den Gebrauch des hierfür üblicherweise verwendeten Wortes auch nur für einen Moment ernsthaft in Erwägung zu ziehen.

Es folgte eine längere Pause im Gespräch, während der unser Vater und sein nun noch erschöpfter wirkendes Gegenüber sich anlächelten, an ihren dampfenden Teegläsern nippten und einander freundlich zunickten.

340

Weil unser Vater den erschöpften Beamten tatsächlich nun schon lange kannte, ja sie sich fast schon vertraut waren, erklärte er direkt am Ende der Gesprächspause, dass er allein deshalb nichts mehr verkaufe, weil die Leute kein Geld mehr hätten, und das sei der Fall, weil das im Umlauf befindliche Geld nichts mehr wert sei.

Der erschöpfte Beamte lächelte erschöpft und erklärte unserem Vater im Gegenzug, dass das Geld nichts mehr wert sei, weil die Leute nichts mehr kauften, und zwar mit Absicht.

Das Geld sei nichts mehr wert, überlegte unser Vater in einer Art Hochstimmung des freien Gedankenaustauschs laut, weil die Regierung die Preise für Lebensmittel bis zu den alpinen Gipfeln hinauf erhöht habe, damit sie von der Bevölkerung mehr Geld einnehmen könne.

Die Regierung, schlug der nun noch etwas erschöpfter wirkende Beamte vor, habe die Preise immer und immer wieder erhöhen müssen, um überhaupt noch etwas einzunehmen, weil die Bevölkerung aus Gründen der Sabotage – jetzt sei das Wort leider doch gefallen – nichts mehr kaufe. Oder weil die Verkäufer, aus ähnlichen Sabotagegründen, nichts mehr verkauften, mit voller und berechnender Absicht.

So drehte das Gespräch sich eine Weile im Kreis, und dann war es doch Nacht geworden, und unser Vater musste wohl oder übel das Übernachtungsangebot des mittlerweile tödlich erschöpft wirkenden Beamten annehmen. Er wurde ins Gästezimmer begleitet, das sich in einem noch tiefer gelegenen Kellergeschoss befand, und der erschöpfte Beamte wünschte ihm eine gute Nacht.

Am nächsten Morgen versuchten unser Vater und der keinesfalls erholt wirkende Beamte noch ein bisschen weiter, das Knäuel der sogenannten volkswirtschaftlichen Situation zu ent-

341

wirren, bis der erschöpfte Beamte sagte: Wir werden das Problem wohl so schnell nicht lösen. Man könne aber gerne noch über andere Aspekte des gesellschaftlichen Handelns unseres Vaters sprechen, gewissermaßen über Hintergrundaspekte. Er denke da an die Verwandtschaft in Deutschland. Bamberg, um genau zu sein. Und noch genauer: Pödeldorf bei Bamberg. Wie oft unser Vater von seiner Tante denn Briefe bekomme. Oder ein Päckchen. Ob sich darin häufig kleine oder größere Mengen an fremdländischen Währungen befänden, zum Beispiel an Deutschen Mark.

Tante?, fragte unser Vater, weil er von diesem spezifischen Hintergrundaspekt seines gesellschaftlichen Handelns bis dahin noch nie etwas gehört hatte.

Die Schwester der Mutter, erklärte der erschöpfte Beamte. Hanna Lenger, geborene Maluchowska, verheiratet mit Kurt Lenger, Versicherungsbeamter in Bamberg, wohnhaft in der Waldbergstraße 14 in Pödeldorf, Ortsteil Neues Dorf. Drei Kinder: Heinz, Marie-Luise und Robert im Alter von 37, 32 und 28 Jahren.

Unser Vater, der diese Tante Hanna für eine Erfindung des überreizten, vielleicht sogar schon seit Tagen schlaflosen Beamten mit den sechs Kindern hielt, schüttelte den Kopf. Er erklärte, dass er nur einen Onkel namens Tadeusz habe, und der wohne in Głuchołasy.

Genau genommen in Konradów bei Głuchołasy, vervollständigte der erschöpfte Beamte mit einem Ausruf der überschwänglichen Freude, für den er sich sofort entschuldigte.

Ihm sei, fuhr unser Vater fort, eine solche Tante in Pödeldorf bei Bamberg nicht bekannt, und Briefe mit irgendwelchen Währungen habe es auch nie gegeben.

Natürlich nicht, sagte der Beamte und nickte, wobei er mit

342

einem Auge mehrmals zwinkerte. Dann flüsterte er, über den Schreibtisch gebeugt und nickend und lächelnd: Natürlich nicht.

Eine ganze Weile kreiste das Gespräch nun, so beschreibt es unser Vater, wie im Strudel eines Waschbeckens um das immergleiche Zentrum. Um ein Zentrum, in dem sich, wie er immerzu beteuerte, nichts befand, woraufhin der Beamte immerzu bestätigend nickte und «Natürlich nicht» sagte und zwinkerte. Aber mit jedem Argument unseres Vaters kehrten auch Falte um Falte, Schatten um Schatten, Augenäderchen um Augenäderchen in das Gesicht des Beamten zurück. Und ab einem gewissen Punkt hörte er auf, zu nicken und «Natürlich nicht» zu sagen und zu zwinkern, und stattdessen versuchte er, die Existenz der Tante in Pödeldorf zu beweisen, indem er weitere Details aus ihrem Leben nannte, Walther zum Beispiel, den Dackelmischling, die täglichen Spaziergänge zum Waldrand, das allfreitägliche Grillfest in der Nachbarschaft, die Marke des Automobils des Ehemanns Kurt oder die Hintergründe der Auswanderung der Tante nach Deutschland am Ende des Krieges. Die Standhaftigkeit unseres Vaters blieb jedoch durch nichts zu erschüttern, und endlich begriff der erschöpfte Beamte, dass unser Vater gar keine Tante in Pödeldorf hatte.

In diesem Moment brach die ganze Erschöpfung aus ihm heraus: Er halte das alles nicht mehr aus!, rief er. So könne man doch nicht leben! Man könne sich so eigentlich nur erhängen! Er stand von seinem Stuhl auf und machte ein paar Schritte durch den Raum, setzte sich wieder und legte den Kopf auf den Tisch, in seine Arme. Schon die ganze Woche über versuche er, Zucker zu bekommen für die Geburtstagstorte seiner jüngsten Tochter, sagte er. Wozu gebe es Beamtenkasinos, wenn es auch dort nichts zu kaufen gebe? Es gebe kein Fleisch, es gebe keine Eier, es gebe kein Brot. Und Zucker habe es in Wahrheit noch nie gegeben.

Unser Vater rutschte unruhig auf seinem Holzhocker herum, aber der erschöpfte Beamte fing erst an, denn jetzt schnäuzte er sich und rieb sich die Augen und blickte im Zimmer umher, als sähe er es zum ersten Mal in seinem Leben. Wenn er im PEWEX ein Matchbox-Auto für seinen jüngsten Sohn kaufen wolle, sagte er, müsse er nicht mehr nur Dollar haben wie früher, sondern dann wolle die Dame hinter der Theke auch noch Marken für Schuhe, weil sie wisse, dass er als Beamter in diesem Monat anstatt seines Lohns welche ausgegeben bekommen habe. Solle er denn ohne Schuhe herumlaufen, damit seine Kinder eine gute Kindheit hätten? Und seine Mutter. Sie habe Nierenkrebs, und was sagten die Ärzte? Dass sie sich besonders für fremdländische Währungen interessieren würden. Das Gleiche in Radom, in Katowice, in Gliwice. Jedes Krankenhaus überfüllt, und alles koste ein bisschen was extra. Dabei lese man ständig von glorreichen neuen Behandlungsmethoden.

Ob er es in Warschau probiert habe, fragte unser Vater und musste schlucken, weil sein Hals plötzlich sehr trocken war.

Der erschöpfte Beamte lachte. Warschau!, rief er.

Und Krakau?, fragte unser Vater.

Krakau!, rief der Beamte und lachte wieder. Dann aber richtete er sich in seinem Sessel auf und strich sein Jackett glatt. Unser Vater könne jetzt gehen, sagte er. Er wünsche ihm viel Glück mit dem Alpinistik-Geschäft.

Aber unser Vater konnte jetzt unmöglich gehen. Es werde bestimmt bald Zucker geben, sagte er.

Der Beamte nickte.

Und seiner Mutter werde sicher bald geholfen.

Der Beamte nickte wieder und starrte jetzt hinauf zum Fensterschacht.

Da hielt unser Vater es nicht mehr aus und sagte: Es stimme, er

344

habe eine deutsche Tante. Und sie schicke jeden Monat Geld in verschiedenen Währungen.

Der erschöpfte Beamte drehte den Kopf und blickte ihn an.

Bitte?, sagte er.

Wie viele Deutsche Mark müsse er zahlen, fragte unser Vater, damit er sein Geschäft weiterführen könne, trotz Sabotage?

Der erschöpfte Beamte schaute ihn an.

An wie viele Deutsche Mark der Beamte gedacht habe?, fragte unser Vater.

Von diesem Tag an bis zu unserer Ausreise nach Deutschland zwei Jahre später schickte unser Vater dem erschöpften Beamten mit den sechs Kindern jeden Monat einen Zwanzig-Mark-Schein und wünschte ihm, seiner Mutter und seinen sechs Kindern alles Gute. Und weil der erschöpfte Beamte zwei Jahre lang glaubte, unser Vater habe tatsächlich eine Tante in Pödeldorf bei Bamberg, legte er am Ende, was den Ausreiseantrag und die Reisepässe anbelangte, ein gutes Wort für uns ein. Dass er tatsächlich eine Tante in Deutschland hatte, erfuhr unser Vater erst viel später. Und sie wohnte nicht in Pödeldorf, sondern ein Dorf weiter, in Naisa, und ihr Ehemann hieß Walther, und einen Dackelmischling mit diesem Namen hatte sie nicht. Und Kinder hatte sie auch nicht.

Der erschöpfte Beamte hat auch heute kein leichtes Leben, das erzählte unser Vater uns nach seinem einzigen Besuch in Opole vor einem Jahr. Er musste dort nämlich ein Schulzeugnis einholen, das er damals, vor unserer sogenannten Auswanderung, nicht hatte einholen können. Und während dieses Besuchs ist er zufällig dem erschöpften Beamten begegnet, der inzwischen nicht mehr erschöpfter Beamter im Grauen Quader, sondern erschöpfter Verkäufer im neuen Elektronikmarkt in der Abteilung Fern-

345

seher und Videoabspielgeräte im Opolanin war, in der es neuerdings die besten ausländischen Marken gab, etwa Grundig oder Sony. Unser Vater stand plötzlich vor ihm, weil er unserer Oma Zofia versprochen hatte, eine neue Kaffeemaschine zu kaufen. Der ehemalige erschöpfte Beamte erinnerte sich, so erzählte unser Vater, natürlich sofort an ihre Gespräche, und er machte ihm sogar ein großes Kompliment, indem er sagte, dass unser Vater einer seiner besten Gesprächspartner gewesen sei, eigentlich habe er sich seitdem nie mehr so herausgefordert gefühlt in seinem Leben, insofern sei es schade, dass er wegen der Auswanderung unseres Vaters auf diese Gespräche habe verzichten müssen. Trotzdem gebe er zu, dass das alles damals in Wahrheit sehr schlimm gewesen sei, es seien eben andere Zeiten gewesen, heute sei die Lage genau umgekehrt. Jetzt sei es unser Vater, der sich in einer stärkeren Ausgangsposition befinde, denn als Verkäufer in der Abteilung Fernseher und Videoabspielgeräte der weltbekannten Marken liege es ihm gezwungenermaßen am Herzen, unseren Vater für eines dieser Geräte zu begeistern, heute sei gewissermaßen er derjenige, der von unseres Vaters Wohlwollen abhängig sei, was die sogenannte Ironie der Geschichte ja nur unterstreiche. Ob unser Vater womöglich schon etwas erspäht habe, was ihn besonders interessiere, womöglich etwas mit sehr großem Bildschirm, man müsse die alten Geschichten endlich ruhen lassen, er bitte unseren Vater, da er hier als Angestellter für den Verkauf eines Gerätes eine Prämie ausgezahlt bekomme und diese im Zusammenhang mit seinen inzwischen sieben Kindern auch durchaus gebrauchen könne, von den uralten Dingen zumindest für die Zeit des Einkaufs abzusehen und dem in ihm unterbewusst sicherlich schlummernden Verlangen nach großflächigen Bildschirmen und modernen Videoabspielgeräten einer weltbekannten Marke freien Lauf zu lassen, denn immerhin lebe man

346

endlich in einem Polen, in dem der Kauf solcher Geräte möglich sei, und dafür hätten sie doch beide, wenn auch auf verschiedenen Seiten, lange genug gekämpft.

So schön seien diese ihre Gespräche aus seiner persönlichen Perspektive eigentlich gar nicht gewesen, entgegnete unser Vater.

Wir sehen das Gesicht des ehemaligen erschöpften Beamten und nun erschöpften Elektronikmarkt-Verkäufers vor uns, das er gemacht haben muss, als unser Vater, der sich auf der Suche nach einer neuen Kaffeemaschine für unsere Oma Zofia nur zufällig in die Abteilung Fernseher und Videogeräte verirrt hatte, am Ende doch den teuersten Fernseher mit einem Bildschirm, der so groß war wie eine Zimmerwand, kaufte und dazu noch ein Videoabspielgerät mit programmierbarer Aufnahmefunktion der Firma Sony, auch wenn er die Geräte ursprünglich ja gar nicht hatte kaufen wollen. Und wie muss der ehemalige erschöpfte Beamte erst geschaut haben, als unser Vater die Kartons dann auch noch selbst aus dem Laden trug, obwohl das mit seinen Füßen ein schwieriges und schwankend gefährliches Unterfangen gewesen sein und lange gedauert haben muss.

Und so kann unser Vater heute jede Übertragung der Olympischen Winterspiele und jeden Bericht über die Wälder und Berge in Kanada in der allerbesten Qualität anschauen, denn der Bildschirm füllt unser halbes Wohnzimmer aus, und das Bild ist gestochen scharf, und der Ton ist so gut, dass man meint, man befinde sich im Inneren eines jeden Bildes und damit auch direkt am Yukon, und man stehe am Rand der Loipe und habe selbst eine dieser Ratschen in der Hand und atme die kalte Schneeluft, und um einen herum türmten sich die Gipfel der Rocky Mountains auf, gegen einen blauen Himmel.

Inzwischen ist unser Vater glücklich, dass er im Computergeschäft «Neue Welt» arbeiten kann, das sich in dem ganz aus Glas gebauten Einkaufszentrum Atrium neben dem Hauptbahnhof von Bamberg befindet. Alle für eine Gesellschaft wichtigen sogenannten Schaltzentralen, sagt er, befänden sich neben einem Hauptbahnhof, nicht nur damals der Graue Quader, sondern jetzt auch das Geschäft «Neue Welt» im zweiten Stock des Atriums, schon fast bei der Rolltreppe zum Parkhausdeck, was für die Kunden sehr praktisch sei, denn so könnten sie einen gekauften Computer ohne große Umwege ins Auto packen und sofort nach Hause bringen.

Und weil unser Vater als wichtigster Verkäufer von Herrn Haberlein, dem Besitzer des Geschäfts «Neue Welt», eine gesellschaftlich derart relevante Position innehat, war er nicht böse, dass er sich für die Beerdigung unseres Opas Jurek nicht hat freinehmen dürfen, denn schließlich ist die Beerdigung auf ein verkaufsoffenes Wochenende gefallen, und da kann Herr Haberlein nicht auf unseren Vater verzichten. Ohnehin, hat unser Vater uns erklärt, müsse man im Leben stets auf die Zukunft hin denken und nicht in die Vergangenheit zurück.

Wie aber die Zukunft sich gestalten wird, hat er uns gezeigt, indem er uns aus dem Laden «Neue Welt» das Strategiespiel *Command & Conquer* mitgebracht hat, das wohl eines der besten je produzierten Computerspiele ist, denn nicht nur lässt sich darin Krieg führen, was unser Vater für einen unangenehmen, aber notwendigen Nebenaspekt eines jeden guten Computerspiels erachtet, sondern man muss auch möglichst viele Tiberium-Kristalle sammeln und nach Erreichen einer bestimmten Zivilisationsstufe sogar selbständig züchten, um sich von den sogenannten Gegebenheiten möglichst unabhängig zu machen. Nur so, sagt unser Vater, könne eine Gesellschaft sich in Konkurrenz zu anderen Gesellschaften eine gewisse Freiheit sichern.

Unabhängigkeit, sagt unser Vater, sei übrigens auch der Schlüssel zu der von ihm vorhergesagten Zukunft der Verkaufswelt. Er prophezeit uns nämlich, dass eines Tages ein jeder Mensch Verkäufer sein werde, mit einem eigenen Geschäft. Und dieses eigene Geschäft werde vielleicht sogar die eigene Wohnung sein, sodass man nicht einmal mehr morgens in die Stadt fahren und abends wieder nach Hause werde zurückkehren müssen und sogar in den Nächten Verkäufer sein werde, denn irgendwo auf der Welt werde ja immer Tag sein. Und dann werde ein jeder Kunde, ganz anders, als das unser Opa Jurek seinerzeit noch gemeint habe, aus einer weltweiten Vielfalt an kaufbaren Dingen auswählen können, was er wirklich wolle, und einem Verkäufer werde niemand sagen, wie er sein Sortiment zu gestalten habe. Das Einzige, was ein Mensch in dieser Zukunft höchstens noch müssen werde, werde das Wollen sein.

DIE STILLE ZWISCHEN DEN VERRIEGELTEN BUNGALOWS

Am letzten Nachmittag vor unserer Rückfahrt nach Hause fragt unsere Oma Zofia uns, ob es uns gefallen habe und ob wir alle Dinge gefunden hätten, die wir hätten kaufen wollen, oder ob wir vielleicht noch ein letztes Mal mit unserer Mutter oder unserem Onkel Wojtek ins Opolanin oder in das Musikgeschäft «Empik» oder in eines der Schuhgeschäfte am Rathausplatz oder gar zum Markt hinter dem Opolanin fahren wollten. Dann zeigt sie uns in der Küche, was sie für unsere Rückreise alles eingekauft hat, aber auch für unseren Vater und für uns zu Hause, damit wir in den nächsten Wochen ein paar gute Sachen haben, die uns an sie und an Opole erinnern.

Während unsere Mutter die Koffer packt, gehen wir zwischen den Blöcken der Siedlung unserer Großeltern spazieren. Wir gehen am Busbahnhof mit den kleinen Geschäften vorbei, an der Mauer der Kaserne entlang und über den Tennisplatz. Wir gehen auch zwischen den Reihen der Garagen umher und über mehrere Spielplätze zwischen den Blöcken.

Später, im Arbeitszimmer unseres Opas Jurek, sitzen wir an dem aus der grünen Schränkchenwand ausklappbaren Schreibtisch und schauen lange die Glasvitrine neben dem Fernseher an. Darin steht der große goldene Pokal mit einem Sockel aus rotem Marmor und einem Schildchen, auf dem unser Opa Jurek als Bridge-Meister der Saison 1961/1962 des Kreises Opole genannt wird. Oder der etwas kleinere silberne Pokal, der ihn als Trainer der Leichtathletikmannschaft der Frauen des OKS Odra in der

350

Saison 1956/1957 ehrt. Und es hängt dort außerdem die Medaille aus Bronze, die er 1959 als Trainer der Boxmannschaft der Herren des OKS Odra gewonnen hat. Neben der Glasvitrine hängen auch ein paar Fotos, und eines davon zeigt unseren Opa Jurek und uns auf dem Sofa im Wohnzimmer, wie wir uns unterhalten.

Und da müssen wir daran denken, wie es gewesen ist, als wir das erste Mal von Deutschland aus nach Opole zu Besuch kamen, nun schon vor ein paar Jahren. Nach vielen Stunden Autofahrt trafen wir am Block unserer Großeltern in der Dambonia-Siedlung ein, und unsere Mutter fuhr direkt vor das Mülltonnenhäuschen unter den Fenstern des Arbeitszimmers unseres Opas Jurek, damit wir die Koffer und die Taschen mit den Geschenken auspacken konnten. Und da sahen wir unseren Opa Jurek auf der Bank neben dem Hauseingang sitzen.

Er sitze nur so hier, sagte er. In der Wohnung sei es nicht auszuhalten, weil unsere Oma Zofia ihm ständig Dinge befehle. Und warum solle man nicht auch mal den ganzen Tag draußen verbringen, es sei schließlich gutes Wetter, wir sollten uns bloß nicht einbilden, dass er auf uns gewartet habe. Dann stand er auf und gab uns die Hand: Er habe in Wahrheit überhaupt nicht gewusst, dass wir kämen, es sei eine gelungene Überraschung. Wie es uns denn gehe?

Uns gehe es gut, sagten wir.

Das freue ihn zu hören, sagte er. Jetzt, da wir schon mal hier seien, könnten wir ja auch mit heraufkommen. Er habe zwar eine Menge zu tun, und das seien alles sehr dringende Angelegenheiten, aber andererseits könne er vielleicht doch die eine oder andere Minute für uns finden, immerhin habe man sich lange nicht gesehen, und wir hätten vielleicht etwas zu erzählen. Wir sollten das Gepäck hochbringen, und unsere Mutter solle das Auto parken.

Oben, während wir alle zusammen im Wohnzimmer saßen, stellte er uns dann Fragen. Wie unsere Freunde hießen und was sie so machten, wie es in der Schule sei, wie unsere Wohnung aussehe, ob wir es irgendwie aushalten würden ohne die guten polnischen Delikatessen, welche Position wir im Basketball spielten und wie oft und gegen welche Mannschaften wir bereits gewonnen hätten.

Und merkwürdigerweise wusste unser Opa schon alles, bevor wir es ihm erzählten. Denn sagten wir zum Beispiel, dass einer unserer Freunde Bernd Döring heiße, dann sagte er, das sei wohl derjenige, der neulich eine Autoantenne abgebrochen habe. Und sagten wir, dass wir mit unserem Basketballverein DJK Don Bosco gegen den Verein FC Baunach gewonnen hätten, dann sagte er, mit 43 zu 41 sei es aber besonders knapp gewesen. Als wir ihn am Ende fragten, woher er das alles so genau wisse, sagte er, dass er bei einem der Telefonate unserer Oma Zofia mit unserer Mutter wohl ein paar Dinge aufgeschnappt habe, aber dass ihn solche Dinge eigentlich kaum interessierten.

Über das Ende der Geschichte von der Zeit unseres Opas Jurek als Direktor des Paradieses sind wir sehr traurig. Aber man kennt unseren Opa schlecht, wenn man meint, er habe angesichts der Todesdunkelheit, in der er sich viele Stockwerke unter der Erde wiederfand, aufgegeben. Das Schöne am Leben sei, so sagte er einmal zu uns, dass man, gerade wenn man im tiefsten und dunkelsten Loch zu sitzen glaube, plötzlich merke, über sich das Universum zu haben und darin Milliarden Sonnen und Planeten. Und dieses Universum habe man in Wahrheit auch in sich, zwischen den Blutkörperchen und in den Gedanken, in jeder seiner Erinnerungen. Und das sei der Grund dafür, dass der Mensch immer alles, was bisher passiert sei an dem Ort, an dem er lebe, in sich trage. Die Menschen in Polen zum Beispiel könnten auf viele schwere Zeiten zurückschauen. Aber nicht einmal die drei Teilungen Polens in den Jahren 1772, 1793 und 1795 und sein Verschwinden von der Landkarte für mehr als hundert Jahre hätten ihnen etwas anhaben können. Und von den großen Freiheitskämpfern wie Tadeusz Kościuszko oder Herrn Wołodyjowski oder General Dąbrowski habe er uns ja bereits erzählt.

Glücklicherweise wurden die Anschuldigungen gegen unseren Opa Jurek aus Mangel an Beweisen bald fallen gelassen, und er durfte den Grauen Quader wieder verlassen. Aber damit sollten die Probleme in seinem Leben nicht etwa aufhören.

Weil er jetzt keine Stelle mehr hatte, musste er mit unserer Oma Zofia, unserem Onkel Wojtek und unserer Mutter in eine Einzimmerwohnung in der Ozimska Straße umziehen, direkt über der Metzgerei von Kamil Mazurowski, aus der es täglich nach Innereien stank und über deren Fensterscheiben grüne Fliegen krabbelten. Und er musste seine Einmachgläser, in Ermangelung eines neuen Kellerabteils, an seine Freunde beim Gremium PSS und in den diversen Sportklubs verschenken, was für ihn fast das Schlimmste war. Und obwohl für Polen ja nun die gute Zeit von Herrn Gierek anbrechen sollte und andere sich einen ausländischen Fernseher und ausländische Zigaretten oder Getränke leisten konnten oder sogar ein ausländisches Automodell und gelegentlich auch einen Flug mit der neuen Fluggesellschaft LOT nach London, Stockholm und selbst New York, waren für unseren Opa Jurek die ersten drei Jahre nach seiner Entlassung besonders schwer.

Dann fand er mit Hilfe eines Freundes wieder eine Stelle, aber nur jeweils für die Sommermonate, nämlich als Direktor der Ferienkolonie von Bungalows am Mittleren See in Turawa, in der dann immerhin unsere Oma Zofia, unser Onkel Wojtek und unsere Mutter jeden Sommer Ferien machen konnten, in dem Kiefernwäldchen, das wir aus späteren Jahren kennen. Vom See her duftete es nach gebratenem Zander, und auf Metallgestellen lagen umgedrehte Kajaks und Jollen, zu deren Kettenschloss nur unser Opa Jurek den Schlüssel besaß, und jeden Donnerstagabend veranstaltete er im zentralen Gemeinschaftsgebäude für die Urlauber einen Kinoabend, mit einem Zeichentrick-Vorfilm für die Kinder und einem Hauptfilm für Erwachsene, etwa von dem englischen Regisseur Alfred Hitchcock.

Alle Bungalowmöbel pflegte unser Opa mit der durchsichtigen Pflegetinktur der in ganz Polen bekannten Firma «Barlinek», und mit blauer Farbe zog er die Schrift auf dem Schild über dem Fischgrillhäuschen an der Uferpromenade nach, auf dem die frischesten Seeköstlichkeiten vom Grill angepriesen wurden, und während im Winter die Fensterläden im Wind klapperten, zimmerte er neue Zäunchen, verschloss die Risse in den Booten mit einem in Teer getauchten Pinsel, schliffte die Tische des Siedlungsrestaurants ab und behandelte sie mit neuem Pflegelack, er lieh sich von seinem guten Freund Herrn Mietek, der in der städtischen Mülldeponie arbeitete, sogar einen Setra-Lkw und säuberte die zentrale Klärgrube der Siedlung. Unsere Oma Zofia macht noch heute Witze darüber, dass unser Opa Jurek streng genommen nicht Direktor, sondern Hausmeister der Feriensiedlung war, worüber aber unser Opa, als er noch lebte, nicht besonders lachen konnte.

Was versuchte er nicht alles, um wieder in die Große Gemeinsame Partei aufgenommen zu werden. Er hatte in seiner Laufbahn als Direktor des Paradieses eine große Zahl von Versammlungen in Opole besucht, und zwar genau 1583, und auf vielen hatte er eine Rede gehalten. An Versammlungen aller Organisationen, in denen er Mitglied gewesen war, hatte er teilgenom-

354

men, er hatte zu allen wichtigen Themen gesprochen, im Winter, wenn man im Mantel im Versammlungssaal fror, und im Sommer, wenn man im Direktorenanzug schwitzte.

Nun ging er zu den Versammlungen der städtischen Mitglieder der Großen Gemeinsamen Partei, ohne im Speziellen dazu eingeladen worden zu sein, und klatschte nach einer Rede von jemand anderem sehr laut mit, bis er entdeckt und aus dem Raum gebeten wurde, wegen Platzmangel. Er schrieb daraufhin viele Briefe nach Warschau, und einen schrieb er sogar an Herrn Gierek höchstpersönlich, der allerdings nicht antworten konnte, da er sehr beschäftigt war mit der für ihn noch neuen Tätigkeit des Regierens.

Also konzentrierte er sich nun voll und ganz auf die Ferienanlage. Im Keller des zentral gelegenen Gemeinschaftshauses räumte er einen Raum leer und konnte in die auf diese Weise frei gewordenen Regale endlich wieder seine Einmachgläser stellen. Immer öfter übernachtete er in seinem Direktoren- und Hausmeisterhäuschen, und er blieb, erzählt uns unsere Oma Zofia, auch an den Wochenenden dort. Er kochte in großen Töpfen Marmeladen und Paprika ein und setzte in bauchigen Glasbehältern verschiedene Liköre an, zum Beispiel aus wildem Holunder, den er im Sommer an einer Lichtung im Wald hinter Turawa gesammelt hatte. Und bald wollte er nichts mehr von seiner alten Direktorenstelle und von der Großen Gemeinsamen Partei und seinen Freunden vom PSS wissen, denn im Winter war es angenehm still zwischen den verriegelten Bungalows und den in Planen eingepackten Jollen und Kajaks auf den Ständern, und hinter dem Wäldchen rauschte nur vereinzelt ein Auto auf der Straße in Richtung Osowiec vorbei. Manchmal wohnte er wochenlang in seinem Direktoren- und Hausmeisterbungalow und reparierte tagsüber Stühle für die Kantine oder strich den Zaun um das Gelände, und abends legte er Patiencen oder spielte Bridge gegen sich selbst oder hörte im Radio die Übertragung eines Fußballspiels oder eines Boxkampfs oder die Zusammenfassung eines Wettkampftags bei der Winterolympiade in Innsbruck in Österreich, und er wollte am liebsten nie mehr in die Stadt zurück, solange dort noch ein einziger Russe oder ein Freund eines Russen das Sagen hatte.

In genau dieser Zeit holte unsere Oma Zofia zu Hause ihr Paris-Sparbuch aus dem Küchenschrank, von hinter dem roten Topf mit der blauen Blume, um den Ausfall des Direktorengehalts durch Bargeld auszugleichen. Aber sie konnte unserem Opa Jurek auch damals schon, wie sie uns erzählt, nicht böse sein.

UNSER OPA JUREK IN DER UNTERWELT

Obwohl unser Opa Jurek also keinen richtigen Beruf und kein Direktorengehalt mehr hatte, fand er bald einen neuen Weg, an Delikatessen heranzukommen, und sogar noch einen viel besseren. Und von den vielen Geschichten, die es aus seiner Zeit als Händler gibt, handelt die spannendste davon, wie er mit nur einer Flasche Holunderlikör aus seinem Keller morgens von zu Hause aufbrach und am Abend nicht mehr wiederkam, weil seine Odyssee begonnen hatte.

Die Geschichte spielt in der Zeit, da Herr Gierek längst von Herrn Jaruzelski abgelöst worden war und auch die sogenannte Große Revolution der Supergewerkschaft Solidarität von Herrn Wałęsa schon der Vergangenheit angehörte. In dieser Zeit wusste man, wenn man morgens zum Einkaufen aus dem Haus trat, nie, was es in der Stadt zu kaufen geben würde. Und so ahnte unser Opa Jurek an jenem Tag, als er zu unserer Oma Zofia «Bis heute Abend» sagte, nicht im Geringsten, dass er zum Abendessen nicht zu Hause sein würde, geschweige denn dass drei Tage später die Polizei in ganz Polen nach ihm suchen sollte, in der Annahme, er sei entführt worden oder noch Schlimmeres.

Mit der genauen Anweisung unserer Oma Zofia, ja nicht ohne Suppengemüse nach Hause zurückzukommen, insbesondere nicht ohne frische Petersilie, und mit einer der letzten Flaschen seiner im Sommer produzierten Aufguss-Spezialität aus Holunder verließ er nach einer Tasse Kaffee und im ersten Morgenlicht die Wohnung und stand eine halbe Stunde später auf dem Platz der Roten Armee vor dem Blechhäuschen von Edek Baumann, der

357

viele Jahre zuvor Kapitän des OKS Odra gewesen war und inzwischen das Gemüse seiner Eltern aus Krapkowice verkaufte.

Edek Baumann, der, seitdem unser Opa Jurek damals dafür gesorgt hatte, dass er den Kapitänsposten in der Mannschaft bekam, ein alter Freund und Bridge-Partner von ihm war, bedauerte sehr, dass er an diesem Morgen leider überhaupt nichts anzubieten habe, nicht einmal Suppengemüse. Und dass er also nur der Form halber hier am leeren Marktstand stehe, gewissermaßen als Repräsentant des Betriebs seiner Eltern.

Nachdem er das verkündet hatte, begann er hinter der Theke seines Standes Kniebeugen zu machen, dann rannte er auf der Stelle, zuerst Knie zum Kinn, dann Fersen zum Gesäß. Er trug einen blauen Dress mit zwei weißen Streifen, die sich seitlich am Körper von den Knöcheln bis zu den Achselhöhlen zogen und, statt dort aufzuhören, an der Innenseite der Ärmel weiter zu den Handgelenken führten, und man konnte die Jacke bis zum Kinn mit einem Reißverschluss schließen, bei Bedarf aber auch wieder öffnen.

Nur ganz nebenbei erwähnte er, dass er gehört habe, wie eine Frau namens Krapczyńska, deren Stand sich in einem Parallelgang zwischen den anderen Ständen befinde, erst vorhin einer anderen Frau erzählt habe, sie sei im Besitz von fünf Metern Jeansstoff, den gegen etwas Interessantes zu tauschen sie durchaus bereit sei.

Blauen Jeansstoff?, fragte unser Opa Jurek, der als hervorragender Händler sofort hellhörig wurde.

Das Gespräch, das er belauscht habe, sagte Edek Baumann, sei noch gar nicht lange her, und es sei geführt worden zwischen besagter Frau Krapczyńska und einer gewissen Frau Ratkowska, die zwei Stände weiter in einer Blechhütte mit frischen Schnittblumen sitze, und diese Frau Ratkowska habe laut darüber lamen-

358

tiert, nichts Interessantes als Gegenwert zu besitzen außer frischen Schnittblumen, zumindest im Moment, denn ihr Sohn sei gerade im Begriff, in Wrocław das Geschäft seines Lebens abzuschließen. Dabei gehe es, ohne dass sie zu viel verraten wolle, um einen Koffer mit Babywindeln einer modernen weltbekannten Marke, und wenn Frau Krapczyńska, gewissermaßen auf Vorschuss, einen guten Preis erzielen wolle, dann sei sie, Frau Ratkowska, gerne bereit, den Jeansstoff jetzt schon, im Sinne eines Kommissionsgeschäfts, entgegenzunehmen, man helfe sich gegenseitig, das sei doch Händlerinnen-Ehrensache. Was aber Frau Krapczyńska, sagte Edek Baumann, freundlich abgelehnt habe oder, besser gesagt: unfreundlich, denn die Krapczyńska sei, wie alle in der Stadt wüssten, vieles, nur nicht freundlich. Und abgelehnt habe sie das Angebot deshalb, weil es in Wahrheit nur eine einzige Währung gebe, die ihr das Händlerinnenrot in die Wangen steigen lasse, und diese Währung pendle in der Nylontasche unseres Opas Jurek gegen dessen Knie, wenn er den physikalischen Vorgang am Bein unseres Opas richtig deute.

In dem Moment wusste unser Opa Jurek, dass es ein guter Tag werden würde, woraufhin er pfeifend Edek Baumanns Stand verließ und in den Parallelgang hinüberschlenderte, wo er in aller Ruhe noch die Auslagen der Stände von Marcin Perczyński und Dorota Bieguń studierte. Beide kannte er von gelegentlichen Bridge-Turnieren, und er begrüßte sie mit einem seiner besten Händlerwitze, der davon handelt, dass der größte Feind des Händlers der Händler selbst sei. Und während er sich dem Stand von Frau Krapczyńska näherte, rechnete er im Kopf aus, was er unserer Oma Zofia alles mitbringen würde, wenn er erst den blauen Jeansstoff als Kapital in der Tasche hätte, nach dem sich die Bauern auf dem Russenmarkt hinter dem Opolanin bekanntlich die Finger leckten, und er spürte auch schon das angenehme

Gefühl im Magen, als er an das folglich zu erwartende mehrgängige Mittagessen dachte, und er konnte sogar den würzigen Duft der Bouillon riechen und des darin ausgekochten Huhns, das er unserer Oma Zofia, in Zeitung eingewickelt, präsentieren würde, zusammen mit einem Fläschchen ihres Lieblingsparfüms Poem. Dass aber diese Vorfreude verfrüht war, sollte sich auf die unschönste Art zeigen, denn es stellte sich im nächsten Augenblick heraus, dass er am Stand von Frau Krapczyńska nicht der einzige Kunde war.

Im Halbdunkel des Marktbüdchens kniete dort nämlich, den Jeansstoff unter der leeren Ladentheke befühlend, der alte Bekannte unseres Opas, T., der inzwischen Direktor des neu im Stadtteil «Hinter der Oder» gebauten ZDH war, eines mit dem Paradies in keiner Weise vergleichbaren Warenhauses mit im Parterre untergebrachtem Delikatessen-Supermarkt.

Die Gespräche auf dem Platz erstarben. Selbst die Autos auf der Kreuzung vor der roten Brauerei der Deutschen blieben stehen, und man hörte nur noch einen kurzen Windstoß, der die Blumen am Blumenstand nebenan rascheln ließ. Dann war es still wie um die Mittagszeit.

So sieht man sich wieder, sagte T.

In der Tat, sagte unser Opa Jurek.

Dieser T. war dabei, ihm das Geschäft seines Lebens zu vermasseln, was unseren Opa instinktiv an den Gürtel greifen ließ, wo früher der Colt genau für solche Fälle gesteckt hatte. Aber inzwischen waren über dreißig Jahre vergangen, und es war nicht mehr üblich, eine Schusswaffe mit sich zu führen, denn der gute Freund von Herrn Bierut mit der weißen Kellnerjacke und dem schwarzen Schnurrbart war tot, und die Russen waren aus ihren Kasernen am Stadtrand abgezogen, und selbst der Krieg der Russen in Afghanistan war vorbei, allen ging es gut, und wo es

360

Waschmaschinen gibt und Fernseher und Pkws oder wo sie zumindest schon versprochen sind, da braucht es in der Regel keine Waffen. Und so konnte unser Opa T. nicht sofort in einem Duell erschießen, was sich als ein großes Glück herausstellen sollte, und bald sollte sich auch zeigen, warum.

Unser Opa Jurek grüßte freundlich, und Frau Krapczyńska grüßte, wie es ihre in der ganzen Stadt bekannte Art war, unfreundlich zurück, und T. richtete sich auf, und als sich sein Blick und der unseres Opas trafen, stand die Zeit immer noch still, und zwar nicht nur, wie wir es zehn Jahre später annehmen würden, lediglich auf dem Platz der Roten Armee zwischen den Blechbuden, wo jemand gerade Gemüseabfälle in den Gulli spülte, und auch nicht nur auf der Kreuzung vor der backsteinroten deutschen Brauerei, sondern auch in ganz Opole, wo die Leute entweder bei der Arbeit waren oder vor einem Geschäft anstanden, und sogar in ganz Polen und auf der ganzen Welt, und in diesem einen, eine Ewigkeit dauernden Moment gab es nur diesen Stand von Frau Krapczyńska und unseren Opa Jurek und den guten blauen Jeansstoff, dessen Bezahlung er als Gewicht in seiner Nylontasche gegen das Knie baumeln spürte, und es gab T., dessen Hand noch immer unter der ansonsten leeren Auslage von Frau Krapczyńskas Stand auf dem Qualitätsprodukt ruhte und keine Anstalten machte, sich von ihrer weichen Lagerstatt freiwillig zurückzuziehen, weshalb die Situation auf den ersten Blick und in Anbetracht der Abwesenheit auch nur der einzigsten Schusswaffe eigentlich ausweglos erschien.

So trifft man sich wieder, sagte T. noch einmal.

Unser Opa Jurek nickte, wobei er sein Gegenüber keine Sekunde aus den Augen ließ.

Scheint so, als hätte sich das Blatt neu verteilt, sagte T.

Das Blatt kann sich nicht von selbst verteilen, sagte unser Opa, dem man als Mitglied im Bridge-Verein auf diesem Gebiet nichts vormachen konnte.

Bitte?, fragte T. Dann lächelte er, als hätte er das natürlich selber gewusst und als wäre es lediglich unter seinem Niveau gewesen, es auf eine richtige Weise zu formulieren, und als hätte er das gewissermaßen mit Absicht so gesagt, und zwar aus Gründen, die unser Opa Jurek als ehemaliger Direktor nicht verstehen würde.

Ob sie etwas bei ihr kaufen oder gleich vor Ort heiraten wollten, fragte Frau Krapczyńska, und nach einer Pause, als würde es nicht mehr zum gerade gesprochenen Satz gehören, sondern zu einem viel allgemeineren Gedankengang, setzte sie ein «kurwa jego mać» hintendran, einen Fluch, der die Mutter von jemandem, der nicht näher benannt wird, als Prostituierte bezeichnet, alles in allem also kein schöner Fluch, selbst wenn man im Augenblick seiner Verwendung meint, alles Recht der Welt zu besitzen, ihn auszusprechen, was Frau Krapczyńska eigentlich am Ende fast jeden Satzes meinte.

Dieses feine Stöffchen würde mich interessieren, sagte T. und klopfte mit der Hand auf das Bündel unter der Lade.

Mich ebenfalls, sagte unser Opa Jurek.

Ich biete hunderttausend Złoty, sagte T., der als Direktor über das entsprechende Gehalt verfügte, einen unliebsamen Kontrahenten auszustechen, mit einer Summe, bei der Frau Krapczyńskas immer an einem unsichtbaren Bissen kauender Mund für einen Moment in seiner Kaubewegung innehielt.

Hunderttausend Złoty?, fragte sie, und schon sah unser Opa Jurek in ihren Augen, die aus dem Halbdunkel der Blechbude herausblickten, den Händlerinnenflackerschein aufleuchten, und dahinter, in der Tiefe dieser Augen, sah er, dass sie eine Rechnung aufstellte, die für sie die einzig richtige war, eine Rechnung, die auf der entscheidenden Seite des Ist-Gleich-Zeichens eine bestimmte Anzahl von braunen Schaumweinflaschen mit georgisch-schlank geschwungenem Hals stehen hatte, die es nur im Delikatessengeschäft im untersten Stockwerk des erst kürzlich gebauten Warenhauses Opolanin in der Ozimska Straße gab.

Und Frau Krapczyńska sah schon vor sich, dass es ein guter Nachmittag werden würde, auch wenn das Opolanin einen respektablen Fußmarsch vom Platz der Roten Armee entfernt war. Genau genommen musste man zunächst den ganzen Platz überqueren mit all seinen Tücken, die sich einem in Gestalt von Bekannten und damit auch Genusskameradinnen in den Weg stellen würden zwischen den Ständen, bevor man über die Żeromskiego Straße und durch den Hausdurchgang und über den Hinterhof mit seinen stinkenden Mülltonnen und am Folklore-Laden vorbei um die Ecke zum Theaterplatz eilte, um endlich am Ort des Glücks anzukommen.

Hunderttausend Złoty waren hunderttausend Złoty und nicht etwa zehn- oder fünfzigtausend, und darum glaubte Frau Krapczyńska, die in ihrem Leben laut unserem Opa Jurek schon alles gesehen hatte, dass er als Konkurrent ausgestochen war, weshalb sie einen Schritt vortrat und sich neben T. stellte und sagte: Aber in bar.

Schon trällerte T. unserem Opa ein «Aber selbstverständlich, gnädige Frau» entgegen und waren die Scheinchen, so knatterig fest wie mehrere Lagen Tageszeitungspapier, gezückt, und Frau Krapczyńska streckte die Hand danach aus.

Da stellte unser Opa Jurek die Flasche Holunderlikör auf die Lade und sagte: Oder Sie gönnen sich gleich ein Schlückchen, bester Schwarzer Holunder, August '84, Osowiec bei Turawa.

Und was im nächsten Augenblick geschah, beschrieb unser Opa uns besonders gern. Frau Krapczyńska schaute nämlich abwechselnd das Bündel der Hunderttausend-Złoty-Scheine und die etikettlose Flasche mit der dunkelschwarzen Flüssigkeit an, und ihr Mund hatte wieder begonnen, am unsichtbaren Bissen zu kauen, denn die Flasche hatte den Geldscheinen gegenüber einen entscheidenden Vorteil: Der Weg vom Markt auf dem Platz der Roten Armee zum Opolanin schien ihr angesichts der hier an Ort und Stelle stehenden Flasche, auch wenn diese sehr einzeln wirkte in Anbetracht der vielen Flaschen des georgischen Schaumweins, die sich mit hunderttausend Złoty im Opolanin kaufen lassen würden, plötzlich besonders lang, geradezu unüberwindbar.

Schon zwei Minuten später stand unser Opa Jurek mit dem himmelblauen Jeansbündel unter dem Arm am Stand von Edek Baumann, und über den Platz donnerten die Beschimpfungen, die T. ihm hinterherrief, mit denen er die anwesenden Händler an ihren Ständen vor Korruption, illegalem Schnapshandel und dergleichen mehr zu warnen versuchte, als offizieller Direktor des Kaufhauses ZDH im Stadtteil «Hinter der Oder» und damit als angesehener Bürger der Stadt, wesentlich angesehener als irgendein dahergelaufener, mittelmäßiger ehemaliger Direktor des sogenannten Paradieses, man solle am besten sofort die Polizei holen und Fingerabdrücke sichern und eine Gefängniszelle vorbereiten, ein nationaler Skandal sei das.

Unser Opa Jurek sah seine glorreiche Rückkehr und den Empfang durch unsere Oma Zofia, unseren Onkel Wojtek und unsere Mutter im Flur der Wohnung bereits vor sich, und er hörte schon die Begeisterungsausrufe angesichts der Delikatessen, die er an den exklusivsten Orten der Stadt gegen die fünf Meter blauen Jeansstoffs eingetauscht haben würde, um sie zu Hause aus seiner Nylontasche herauszuholen, eine nach der anderen, und sie an die

Staunenden zu übergeben. Noch nie in der Geschichte Polens hatte jemand einen solchen Coup gelandet.

Doch die Odyssee unseres Opas Jurek hatte in Wahrheit gerade erst begonnen.

Denn am Stand von Edek Baumann erfuhr er ein noch größeres Geheimnis, nämlich erwähnte Edek Baumann ein Gerücht, und dieses Gerücht handelte von einem Metzger in Krakau, der am Nachmittag eine Lieferung frisches Kalbfleisch erwarte, aus dem eine gute Hausfrau wohl das beste Schnitzel werde klopfen können. Und dieses Gerücht sei gar keines, sondern vielmehr ein sicherer Tipp von einem seiner Söhne, sagte Edek Baumann, der zurzeit in Krakau eine Lehre als Schlosser mache, und man müsse eigentlich nur nach Krakau fahren und ein paar Kilo abholen, schließlich sei allgemein bekannt, dass Metzger, vor allem die aus Krakau, sich besonders für blaue Jeansstoffe interessierten, insofern sei der blaue Jeansstoff, über den unser Opa Jurek nun verfüge, die beste Verhandlungsgrundlage, der Zug fahre, wie der Zufall es wolle, in einer Stunde in Opole ab, er selbst verlange für diesen Geheimtipp lediglich ein Viertel vom Gewinn.

Er werde zum Mittagessen erwartet, gab unser Opa Jurek bedauernd zur Antwort.

Bestes Kalbfleisch, sagte Edek Baumann, während er ein paar Rumpfbeugen machte, und murmelte dann, wenn auch eher zu sich selbst, dass Mittagessen jeden Tag stattfänden, eine Kalbfleischlieferung hingegen nur sehr selten, wenn nicht nie. Oder ob sich unser Opa an ein Gegenbeispiel erinnern könne, spontan und aus dem Stand, und wahrscheinlich stimme das mit der Kalbfleischlieferung auch gar nicht, warum sollte ausgerechnet heute und ausgerechnet in Krakau eine solche Lieferung ankommen, das klinge alles, wenn er länger darüber nachdenke, wie erfunden.

365

Keinesfalls, musste unser Opa Jurek nun widersprechen, denn als ehemaliger Direktor des Paradieses in der Krakowska Straße kannte er sich mit den verschlungenen Wegen von Lebensmittellieferungen bestens aus.

Unser Opa wusste, dass hier ein gutes Geschäft wartete, denn was würde er in Opole für ein paar Kilo Kalbfleisch nicht alles bekommen, einschließlich neuer Schuhe für unsere Mutter und für unseren Onkel Wojtek und des blauen Pariskleids mit den silbrig glitzernden Streifen aus modernem Polyester, das unsere Oma Zofia in einem Schaufenster am Rathausplatz immer wieder gerne anschaute, ohne ihren Wunsch, es zu besitzen, ihm gegenüber zuzugeben, da das Geld derzeit besonders knapp war. Und auch wenn er nun das Mittagessen verpassen würde, wäre er, so rechnete er schnell aus, spätestens zum Abendessen wieder zu Hause, und dann würde es anstatt Bouillon saftiges Schnitzel geben, paniert nach Wiener Art.

Und so eilte unser Opa zum Bahnsteig und machte vorher nur einen letzten kurzen Abstecher in die Ozimska Straße, weil er vor dem Bahnhofsgebäude seinem guten Freund Marek Rogal in die Arme gelaufen war und der ihm von einer Lieferung Trockenhefe im Laden von Zdzisław Perczyński erzählte hatte, und als er dort eintraf und für seinen Jeansstoff fünfhundert Gramm Trockenhefe bekam, erfuhr er, dass am Hauptbahnhof ein Zigeuner aus Kielce offenbar Radiogeräte verkaufte, und nachdem er die fünfhundert Gramm Trockenhefe am Hauptbahnhof gegen zwei fabrikneue Radios der Marke Menuet und diese dann, gleich daneben, gegen fünf Meter blauen Jeansstoff von bester Qualität getauscht hatte, ganz ähnlich dem blauen Jeansstoff von Frau Krapczyńska, erwischte er in letzter Sekunde seinen Zug und fuhr drei Stunden später bereits in Krakau ein, die fünf Meter Jeansstoff zu einem flachen Bündel gefaltet unter seiner Jacke, und ließ sich vom Gedränge der Ankommenden auf den Bahnhofsvorplatz und über die große Kreuzung und an den Ständen mit den touristischen Angeboten vorbei in die Planty und durch diesen grünen Parkring und das Florentinische Tor hindurch in die Gassen der dahinter liegenden Altstadt schieben, immer eine Hand auf dem weichen Polster über seinem Bauch, und nachdem er den einen oder anderen Passanten befragt hatte und dreimal kreuz und quer über den Marktplatz geschickt worden war, hatte er endlich in der Bracka Straße in einem Kellerraum, der sich über eine schmale Außentreppe erreichen ließ, jene Metzgerei ausfindig gemacht, die gar nicht als solche ausgeschildert war, was ihm die Richtigkeit der Angaben von Edek Baumann und dessen Sohn nur bestätigte.

Als er aber durch die Glastür trat, begleitet vom Schellen einer mehrstufigen Glockenkomposition, erfuhr er von einem Jungen hinter der Theke, dass dessen Vater außer Haus sei, nämlich irgendwo auf einem der Märkte der Stadt, denn angeblich sei am Morgen eine Lieferung Kernseife aus China angekommen, nur wisse man nicht so genau, wo. Von Kalbfleisch habe er nichts gehört, und auch sonst gebe es in der Metzgerei, wie unser Opa Jurek sehen könne, nichts, es sei denn, er selbst habe etwas Interessantes mitgebracht, beispielsweise ein oder zwei russische Radiogeräte oder Trockenhefe, dann könne es durchaus sein, dass es doch noch etwas gebe, hinten im Lager.

Also verließ unser Opa Jurek die Metzgerei und fragte sich von einem Markt zum nächsten durch. Er fand sich zwischendurch sogar auf einer Auktion für gebrauchte Traktoren und Zubehör wieder, aber von chinesischer Kernseife, geschweige denn von einer Lieferung Kalbfleisch, wollte keiner etwas gehört haben. Und als es allmählich Nachmittag geworden war und die Sonne immer niedriger über den Türmen der Altstadt von Krakau stand,

367

war unser Opa so müde, dass er sich auf eine Parkbank in den Planty setzte, direkt vor die mittelalterliche Stadtmauer, und er hatte nur den blauen Jeansstoff auf den Knien, und da erfasste ihn eine große Enttäuschung.

Aber gerade in dem Moment, da er ein paar Minuten später wieder am Bahnhof stand und den Geschäftstag schon verloren gegeben hatte, bereit, nach Opole zurückzufahren, wurde er Zeuge eines Gesprächs, und zwar zwischen zwei Ungarn, einem alten und einem jungen, die er nur verstehen konnte, weil er als Geschäftsmann auch fließend Ungarisch beherrschte. Und in diesem Gespräch beklagte sich der alte Ungar, der ein Glupschauge und ein zugekniffenes Auge hatte, bei dem jungen, der zwei vollkommen normale Augen hatte, darüber, dass es in Budapest derzeit vor allem an Textilien mangele, dafür aber ein gewisser Überfluss an Spirituosen und Delikatessen aller Art bestehe, inklusive frischesten Fleisch- und Wurstwaren.

Und unser Opa dachte bei sich, dass er wenigstens mit der einen oder anderen Delikatesse nach Hause kommen wollte, wenn es schon kein Kalbfleisch gab, und wie der Zufall es wollte, fuhr in diesem Augenblick der zischende und hupende Zug nach Budapest ein, der fünf Minuten später abfahren sollte, und da brauchte unser Opa Jurek als Geschäftsmann von Welt nicht lange zu überlegen, denn schnell hatte er überschlagen, dass er zwar zu Hause das anstehende Abendessen verpassen, dafür aber spätestens zum morgigen Abendessen mit den besten ungarischen Delikatessen in der Tür stehen würde, sodass sich ihm alle, unsere Oma Zofia eingeschlossen, um den Hals werfen würden, voller Bewunderung für seinen Geschäftssinn und sein Verhandlungsgeschick auch im fernen Ausland, wo es nun mal die besten Delikatessen gab, viel bessere als in Polen, was im ganzen Land bekannt war.

Und so bestieg unser Opa den Zug nach Budapest und dachte nicht eine Sekunde daran, dass er keinen Pass dabeihatte. Kaum hatte er sich in seinem Waggon, den er mit drei Ungarn teilte, die sofort damit anfingen, von Schmalz und Zuckerguss triefende, flach bis hauchdünn ausgezogene Backwaren in ihre Münder zu stopfen, auf eine der Liegepritschen gelegt, fiel er in einen tiefen Schlaf und wurde, da er wohl wie ein Stein aussah, sowohl vom polnischen als auch vom tschechoslowakischen und in den frühen Morgenstunden schließlich auch vom ungarischen Zöllner übersehen, und er wachte erst auf, als die Ungarn in ihren Kojen schnarchten, als ginge es zusammen mit Vlad Ţepeş, dem Pfähler, in die letzte Schlacht. Und als sich hinter dem Fenster ein rosa Strich am Himmel zeigte und tief unten im Tal ein dunkler Strom sichtbar wurde, auf dem noch Nebel lag und der sich durch eine Landschaft aus Weiden und Wäldchen und kurz darauf auch aus Weinbergen wand, da erkannte unser Opa Jurek an den roten Dächern und der auf einer Weide hier und da angepflockten Kuh, in welchem Land er war, und eine Stunde später huschten auch schon die ersten Häuschen in dichteren Abständen direkt am Fenster vorbei und wurden bald abgelöst von herrschaftlichen Hausfassaden mit hohen Palastfenstern, und die Ungarn im Waggon waren aufgewacht und machten fein säuberlich ihre Betten und rasierten, über eine gemeinsame Schüssel gebeugt, ihre Bärte mit viel Schaum, sodass ihre Gesichter kurz darauf weiß in der Morgensonne glänzten. Inzwischen war man unter das mächtige und taubenbevölkerte Kuppeldach aus grünspangeschmückten Stahlträgern eingefahren, das unseren Opa Jurek an Paris-Postkarten erinnerte, die unsere Oma Zofia sammelte, und dann stand man auf dem Bahnsteig, und die Mitreisenden, die bereits wieder die Andeutung eines dunklen Schimmers auf ihren Wangen hatten, verabschiedeten sich, und unser Opa Jurek ließ sich vom

369

Strom der Ankommenden erneut durch eine Haupthalle auf einen Bahnhofsvorplatz hinausschieben, eine Hand stets am weich gepolsterten Jackenbauch. Und da stand er auch schon zwischen den aus Blech und Holz gezimmerten Buden und den Transportern rumänischer, ungarischer, türkischer und sogar georgischer Bauart, aus denen ihm Frauen und Männer ihre besten Angebote entgegenriefen. Allerdings ging es, das musste unser Opa leider bereits nach einer Stunde und einem Rundgang im Gedränge der Marktbesucher um den Bahnhofsplatz feststellen, hauptsächlich um Textilien, Delikatessen schienen eher Mangelware zu sein, von georgischen Likören oder türkischen Pralinen war nirgends die Rede, geschweige denn von zartestem Kalbfleisch. Was es hingegen am häufigsten gab, in großen Mengen, Meter um Meter auf großen Rollen, war modischer blauer Jeansstoff.

Auf der Welt gebe es, so hat unser Opa Jurek stets gesagt, zwei Arten von Menschen, denn in jedem Land, in jeder Stadt, in jedem noch so kleinen Dorf und sogar in einem Zimmer wie dem eigenen Wohnzimmer, während eines mehrgängigen Mittagessens, ließen sich die Menschen in zwei Gruppen einteilen, nämlich in diejenigen, die gute, geradezu hervorragende Händler seien, und in die anderen. Und was die erste Gruppe auszeichne, sei nicht notwendigerweise die Tatsache, dass deren Vertreter hervorragende Erfolge erzielten, wenn es darum gehe, etwa blauen Jeansstoff gegen die besten Delikatessen zu tauschen. Vielmehr sei die Haupteigenschaft eines guten Händlers, dass er merke, wenn der Markt mit einem Produkt wie blauem Jeansstoff übersättigt sei.

Im selben Moment, als in den ersten Morgenstunden des neuen Tages unsere Oma Zofia in Opole das Polizeipräsidium betrat, um eine Vermisstenanzeige aufzugeben, verließ unser Opa

Jurek also den Markt und tauchte in das Gewimmel der Straßen und Gassen um den Bahnhof von Budapest ein. Nachdem er einen Passanten gefragt hatte, in welcher Richtung wohl die besten Delikatessengeschäfte zu finden sein würden, fragte er sich auch in verschiedenen kleinen Läden durch, deren Besitzer zwar laut Ladenbeschilderung «Csemege» führten, in Wahrheit aber allesamt nur noch eine vage Erinnerung an eine Zeit zu haben schienen, in der es in ihren Auslagen Delikatessen gegeben hatte, und bald hegte unser Opa sogar den Verdacht, dass es sich dabei um die Vorkriegszeit gehandelt haben könnte.

Und da sich alle Straßen und Gassen und kleinen Geschäfte und die sich hier und da öffnenden hübschen Plätze in jenem Viertel zwischen dem Bahnhof und der Donau sehr ähnelten und unser Opa Jurek mal nach rechts, mal nach links abbog und immer tiefer in das Viertel eintauchte, wusste er bald nicht mehr, wo er sich befand. Außerdem waren nach ein paar weiteren Minuten weit und breit keine Passanten mehr zu sehen, und das einzige Geräusch stellte nach weiteren Minuten ein sich gemütlich auf den Dächern ausruhendes Grundrauschen der Stadt dar, in das sich nur selten das Aufknattern eines Automotors mischte, eine Hupe, ein entferntes Schiffshornsignal, der Ruf einer Mutter aus einem Küchenfenster, das Klopfen eines Teppichklopfers gegen einen Teppich auf einer Teppichklopfstange in einem der Innenhöfe und natürlich das kollektive Gurren und gelegentliche Aufflattern der sogenannten Geißel von Budapest. Nach einer Stunde Herumirrens war unser Opa Jurek davon überzeugt, dass es in ganz Budapest keine einzige Delikatesse gab, schon seit Jahren nicht mehr, dass Budapest überhaupt eigentlich noch nie eine einzige Delikatesse gesehen hatte und dass die Nacht in einem Schlafwagen, die er eingepfercht mit drei schnarchenden Ungarn hatte verbringen müssen, ganz umsonst durchlitten war.

371

Eher zufällig und eigentlich schon ohne jede Hoffnung bog er in eine Passage ein, die sich in einem hoch aufragenden Haus mit einer weiblichen Galionsfigur an der Fassadenecke öffnete, und fand sich in einem Innenhof mit schwarz-weiß kariertem Marmorboden wieder, einem lichtdurchfluteten Plätzchen, in dessen Mitte ein auf einen Quadratmeter zurechtgestutzter Dschungel die Fühler zum fünf Stockwerke höher gespannten Glasdach hinaufstreckte. In den vom Gurren der Budapester Geißel erfüllten Seitengängen glaubte unser Opa plötzlich Geschäfte mit riesigen Schaufensterscheiben und aus Holz geschnitzten Eingangsportalen zu erkennen.

Und unser Opa traute seinen Augen nicht. Auch nicht, als er in dieses schattige Gewirr von Gängen eintauchte, denn in den Auslagen sah er georgischen Feigenlikör, Schaumwein von der Krim, armenischen Kirschgeist und kubanischen Rum. Auf Hügeln aus gehacktem Eis streckten rosige, langbärtige Hummer aus dem Schwarzen Meer ihre Glieder und Antennen von sich, auf Himmelbetten aus grünem Salat ruhten sich auf Tomatenscheibchenkissen köstliche Ćevapčići-Röllchen aus. Es gab eine Schaufensterauslage voller goldbrauner, honigfeuchter Gebäckstückchen mit pistaziengrünem Feinstreusel, wie Goldbarren gestapelt.

Er erreichte eine Treppe, die nach unten führte. Und je tiefer er sich in das Labyrinth aus Geschäften und Marmorhöfen und weiteren Etagen hinabwagte, desto erstaunlicher und exotischer und exquisiter waren die Delikatessen, die er in den Auslagen der Einzelhändler entdeckte. Und je mehr er von diesen Köstlichkeiten aus aller Herren Länder zu sehen bekam, desto weiter in den Hintergrund rückte für ihn die Erinnerung an die morgendliche Ankunft in der Welthauptstadt der Delikatessen, an sein Herumirren in den Gassen um den Bahnhof und schließlich an das Hin-

372

einschlüpfen durch das oberirdische Portal dieser im Verborgenen schlummernden unterirdischen Geheimwelt. Bald war unser Opa der festen Überzeugung, dass er schon immer hier gewesen war, schon von Geburt an.

Und so setzte er sich im fünften Untergeschoss auf ein Bänkchen, das in einem lichtdurchfluteten und vom Plätschern eines Wasserspiels erfüllten Marmorpatio zwischen zwei in mächtige Tonbottiche eingepflanzte Palmen eingepasst war, und hätte seine Beine verschenkt, wenn sie ein Vorbeikommender gewollt hätte, so sehr genügte ihm dieses Sitzen und Staunen und Einatmen der herrlichen Düfte aus dem Kaukasus, dem Orient, dem Ural, und eigentlich, so sagte er oft zu uns und musste selber darüber lachen, wollte er für immer dort bleiben, sein Zuhause in Opole, wo unsere Oma Zofia im Wagen der Miliz gerade von Geschäft zu Geschäft und von Marktstand zu Marktstand fuhr, spielte für ihn keine Rolle mehr, denn es war seiner Erinnerung entschwunden, er befand sich im Zustand, das hat er uns an dieser Stelle stets genau erklärt, der vollständigen Erinnerungslosigkeit: Es hatte keinen letzten August in Zielonka gegeben und auch keinen Krieg, er war nie in Oświęcim gewesen, und danach hatten ihm die Russen in Opole nicht das Leben schwer gemacht und seinen Beruf weggenommen. Es gab kein Polen und kein Deutschland und kein Russland mehr. Es gab nur noch dieses schönste Universaldelikatessenreich unter der Erde, und unser Opa Jurek ahnte, dass das die Zukunft der Welt war, und nie mehr wollte er diese Welt verlassen. Wieder einmal hatte ihn der Tod ereilt, und der Tod, das war in diesem Augenblick das eigentliche Paradies.

Die Idee der zwei ungarischen Polizisten, deren er gewahr wurde, nachdem er durch einen wiederholten unangenehmen Druck gegen sein linkes Knie aus seinem nach innen gewandten Bei-sich-Sein gerissen worden war, fand unser Opa Jurek dann allerdings auch nicht ganz unüberzeugend.

Die zwei Polizisten, die ihn mit einem schwarzen Gummistock antippten und übrigens in einer etwas altertümlichen Aufmachung steckten – sie trugen geometrisch aufwendig gestaltete Mützen, dunkelblaue Pelerinen und mit phantastischen Orden behängte Uniformen –, sinnierten nämlich laut über die Frage, ob es vom Grundsatz her nicht besser wäre, die Einkaufspassage zu verlassen, wenn man nicht gerade vorhabe, in einem der Geschäfte tatsächlich etwas zu kaufen.

Er habe sich bisher, so erklärte unser Opa in bestem Ungarisch, nur noch nicht entscheiden können, wo er mit dem Kaufvorgang oder, besser gesagt, mit der geplanten Reihe verschiedener aufeinanderfolgender Kaufvorgänge beginnen solle, und dabei klopfte er sich zur Beruhigung der beiden freundlichen Herren auf den gepolsterten Bauch, der sich unter seiner Jacke wölbte, denn in ihrem Blick hatte er als Menschenkenner so etwas wie Sorge entdeckt, eine Sorge, die er als Geschäftsmann aus Opole nur zu gut kannte und die sich im Großen und Ganzen auf die Geschäftsfähigkeit eines potenziellen Geschäftspartners bezog, genauer: auf dessen sogenannte Liquidität.

Die beiden schauten einander an, dann musterten sie wieder unseren Opa Jurek und schüttelten die Köpfe, schlurften dann aber weiter und stellten sich auf der anderen Seite des Innenhofs so auf, dass sie ihn im Auge behalten konnten. Und darum erhob sich unser Opa schweren Herzens von der Bank, die er im Geist schon seine Bank nannte, und steuerte eine der sternförmig vom Marmorpatio abgehenden Passagen an, um wieder in die unterirdische Vielfalt der Wunder an globaler Delikatessenraffinesse einzutauchen.

Da sah er in einem Schaufenster, hinter dem in Mahagoni-kisten gelagerte Zigarrenröllchen angeboten wurden, sein eigenes Spiegelbild, und mit einem Mal wurde ihm bewusst, was er die ganze Zeit schon als irgendwie merkwürdig empfunden hatte, ohne dass er es hätte konkret benennen können: Er war der ein-zige Mensch hier unten, wenn er von den zwei Polizisten mit ihren seltsamen Mützen und Uniformen absah.

Als Geschäftsmann ahnte unser Opa Jurek sofort, was das bedeutete, und es muss ein richtiger Schock gewesen sein, ob-wohl er an dieser Stelle beim Erzählen jedes Mal lachen musste, denn das unumstößliche Gesetz des Handels gelte, so erklärte er uns mit erhobenem Zeigefinger, überall auf der Welt, nämlich die mathematische Unumstößlichkeit der Beziehung zwischen der Menge der Dinge, die zum Verkauf stünden, und dem Interesse, das an diesen Dingen bestehe. Er wusste: Diese Beziehung schlägt sich am Ende im Preis der Dinge nieder, und nur durch besonders kluge und geschickte Welthandelsdirigenten, wie es Herr Gierek und vor ihm noch Herr Gomułka und Herr Bierut gewesen waren, lässt sich dieser Preis beeinflussen. Und so war das Bauchgefühl unseres Opas kein gutes, als er durch die erste Tür zu seiner Rechten trat und sich, unter Girlanden aus Knob-lauch und umringt von aufgestapelten und nach Rauch duften-den rötlich glänzenden Schinkenbeinen und Schweinsköpfen, in deren Rücken Orangen mit Holzstäbchen gepikt waren, einer Dame gegenüberfand, die ihn auf Ungarisch begrüßte und ihn schon im nächsten Augenblick auf die weltweit alles bestim-mende sogenannte Liquidität hin von oben bis unten prüfte, mit einer hochgezogenen Augenbraue und einem Blick, der unserem Opa das Blut in den Adern gefrieren ließ, als wäre er in den Kar-paten.

375

Drei weitere Geschäfte betrat unser Opa Jurek noch in dieser Delikatessenunterwelt, und jedes Mal machte er den Reißverschluss seiner Jacke ein kleines Stück auf und sagte: Bester blauer Jeansstoff. Aber jedes Mal schüttelten die Verkäufer den Kopf und antworteten mit einem englischen, weltweit bekannten Wort, denn sie interessierten sich nur für eine einzige Währung.

Und am Ende, als unser Opa Jurek endlich wieder an die Oberfläche fand und in ein grelles Licht stolperte und plötzlich frische Luft atmete und Vogelgezwitscher hörte und vor sich, nach beinahe einer Minute des Geblendetseins, die taghelle Straße und über sich Giebel und Erker und den blauen Himmel sah, da hatte er ein Gefühl, das wir nicht einmal im Ansatz kennen, nämlich: dem Tod entkommen, der Welt noch einmal zurückgegeben worden zu sein, eine zweite Chance zu bekommen, eine Wiedergeburt erlebt zu haben. Und als ihm in diesem Augenblick einfiel, dass er spätestens am Abend zum Essen zu Hause sein musste, um einem größeren Vortrag unserer Oma Zofia über Verabredungen und Pünktlichkeit zu entgehen, spurtete er in Richtung Bahnhof los, dessen Lage ihm nun auf unerklärliche Weise bekannt war, und trat nach einigen falschen, durch eine Mauer oder eine überraschend und städteplanerisch kaum nachvollziehbar positionierte Hausfassade erzwungenen Abzweigungen auf den Bahnhofsvorplatz, auf dem jetzt eine große Buden- und Transporterleere herrschte – an den geschäftigen Vormittag erinnerten nur ein paar Zeitungsseiten, die im Wind über das Pflaster raschelnd tanzten, und ein letzter, noch nicht abgebauter Stand hinter der offenen Seitenschiebetür eines polnischen Nysa-Transporters. Unser Opa tippte sich an den Hut und sagte zu dem Mann, der in der Fahrertür saß und an einem Sandwich roch, das so groß war, dass es mit einem Zahnstocher zusammengehalten werden musste: Guten Tag.

Halber Preis, sagte der Mann, mit dem Daumen über die Schulter in den Laderaum des Transporters deutend, und er sagte es in einem Ungarisch, in dem ein unüberhörbarer und nur allzu vertrauter Akzent unserem Opa das Herz aufgehen ließ. Beste Damenstrumpfhosen, sagte der Mann und führte das Sandwich schon halb zum Mund.

Ob er beabsichtige, das Sandwich zu essen, fragte unser Opa Jurek auf Polnisch und klopfte sich gegen den Bauch, der unter der Jacke durch den blauen Jeansstoff weich gepolstert war. Und ob er auf seinem Rückweg zufällig an Opole vorbeifahre.

DIE GROSSE RACHE
UNSERES OPAS JUREK

Viele Geschichten gibt es, wie gesagt, aus der Zeit unseres Opas Jurek als Händler, und er hat nicht selten große Mengen an Delikatessen nach Hause mitgebracht, und auf seinen Reisen kam er noch in viele andere Länder wie etwa nach Rumänien oder in die Tschechoslowakei oder auch nach Bulgarien und sogar nach Finnland, aber erstens würde es Jahre in Anspruch nehmen, von all diesen händlerischen Erfolgen zu berichten, und zweitens halfen sie am Ende alle nichts.

Denn ungeachtet seiner Erfolge als Direktor der Feriensiedlung in Turawa und als Geschäftsmann im Bereich privater Einzelhandel wurde unser Opa jetzt immer trauriger. Und so schrieb er noch eine Weile Briefe an den General in Warschau, aber das Ausbleiben der Antwort machte ihn nur noch trauriger, sodass der Anzug, den er von dem deutschen Direktor in den Ruinen des Nachkriegs-Opole ausgeliehen hatte und den er aus Gründen der Sparsamkeit noch immer täglich trug, wieder begann, ihm zu groß und zu flatterig zu werden.

Am schlimmsten an der ganzen Situation war für unseren Opa jedoch, dass ihm verwehrt worden war, die hervorragendste aller Überlegungen in die Tat umzusetzen, in unserem Opole also daran beteiligt zu sein, eine Gesellschaft von gleichen Menschen zu schaffen, eine ganz neue Welt, die wesentlich besser sein würde, als die Welt es bisher gewesen war, inklusive solcher Einrichtungen wie Oświęcim, an das unser Opa mit jedem neuen Tag jetzt wieder häufiger denken musste, wenn er beispielsweise in seinen

Keller hinunterstieg, den er ein Jahr zuvor von einem der Nachbarn angemietet hatte, und die neuerdings wieder leeren Regale um sich herum betrachtete. Und so fragte er sich jetzt endgültig, ob die Überlegung von der Gleichheit aller nicht vielleicht doch weniger hervorragend sei, als er lange, und vielleicht schon zu lange, angenommen hatte, zumal er sie jetzt mit einer grundlegend anderen Überlegung verglich, die seit längerem schon in den Ländern auf der anderen Seite der DDR einen gewissen Erfolg feierte.

Diese andere Überlegung, die heute von der Weltmenschheit mit wenigen Ausnahmen als die bessere anerkannt ist, besagte laut unserem Opa Jurek, dass jeder das haben solle, das er sich selber verdient habe. Es gehe bei dieser Überlegung zwar auch um die Gleichheit aller, allerdings nur in Bezug auf die Möglichkeiten, die einem jeden offenstünden. Alles solle nicht zu gleichen Teilen allen gehören, sondern lediglich allen gleich möglich sein. Was natürlich nicht heiße, dass jeder, dem etwas Bestimmtes möglich sei, es dann auch tatsächlich tun oder bekommen oder erreichen werde, sondern im Gegenteil: Stets gebe es den Fall, wie unser Opa es uns an dieser Stelle bis zuletzt erklärte, dass einer das Mögliche besser oder schneller oder vollständiger erreiche als ein anderer, je nachdem, welche Ausgangsbedingungen er gehabt habe, etwa familiärer Natur, oder wie er sich darauf aufbauend anstrenge. Jedenfalls sei diese andere Überlegung eine mindestens genauso gute wie die, dass alle gleich sein und das Gleiche haben sollten, denn während sich im Falle der Gleichheit aller, wie unser Opa damals allmählich zu merken begann, bald das Problem stelle, dass einer unter diesen Gleichen plötzlich doch etwas anderes sein oder sogar mehr und etwas Besseres haben wolle, so werde im anderen Fall die Problematik auf der Ebene der Ausgangsbedingungen sichtbar, die über den Grad der Ausschöpfung des für alle potenziell gleich Möglichen maßgeblich mitentschieden, und hier sei auch noch die finanzielle Ausgangslage zu nennen, und beispielsweise auch Talent, Klugheit und Glück.

Und so hatte unser Opa, wie er uns erzählte, das große Geheimnis endlich begriffen: Denn zwar habe man damals an zwei unterschiedliche Arten der Gleichheit geglaubt, aber in Wirklichkeit seien die Menschen in beiden Fällen trotzdem sehr ungleich gewesen, und da habe man genau abwägen müssen, welche Form der Ungleichheit besser sei, weshalb nicht nur sein Leben, sondern auch die gesamte Geschichte der letzten fünfzig Jahre so kompliziert gewesen seien und es zum Beispiel mehrmals beinahe zum Abfeuern von Atomraketen von dem einen oder anderen amerikanischen oder russischen U-Boot aus gekommen wäre.

Im Grunde genommen habe es sich bei der Geschichte der letzten fünfzig Jahre, im Nachhinein betrachtet, um eine Art weltweites Experiment gehandelt, bei dem die eine gegen die andere Überlegung angetreten sei. Dieses Experiment habe aber, neben seinen zahlreichen schlimmen Aspekten für das Leben Einzelner, wie etwa seines, auch seine guten Seiten gehabt, denn zum Beispiel hätten wir in einem Land gewohnt, das es so auf der anderen Seite der DDR kein zweites Mal gegeben habe. Nur habe man das lange nicht gewusst, weil wir nicht aus diesem Land hätten ausreisen und nur wenige in unser Land hätten einreisen können, wegen der sogenannten Grenzproblematik, die Teil des Experiments gewesen sei, denn es habe sich bei der damaligen, quer durch Europa verlaufenden Grenze um eine Art sogenannte selektiv durchlässige Membran zwischen zwei Aquarien gehandelt. Und in diesen beiden Aquarien seien zwei vollständig unterschiedliche Kulissen für die Fische aufgebaut gewesen, nämlich im ersten Fall abenteuerliche Höhlensysteme und Schiffswracks mit Schätzen an Bord und Seegras und feinster weißer Sand und aus einem Filter blubbernder Sauerstoff und im zweiten Fall ein Unterschlupf, bestehend aus einer Betonplatte, die auf zwei weiteren Betonplatten aufliege, und das Ganze auf grauem Kieselgrund. Und immer wenn er versucht habe, vor dem Unterschlupf aus Betonplatten ein Seegrasbüschel einzupflanzen oder eine Schatztruhe aufzustellen, dann sei von oben eine Hand eingetaucht und habe das Seegrasbüschel ausgerupft und die Schatztruhe aus dem Sand gehoben und nach Moskau abtransportiert.

Diese Hand hat unseren Opa Jurek verständlicherweise sehr wütend gemacht. Und so gab es nur eine Geschichte aus seinem Leben, die ihn tröstete und an die er in den letzten Jahren besonders oft gedacht hat. Sie hatte sich lange vor seiner Verhaftung zugetragen, sogar noch vor seiner Ernennung zum Direktor des Paradieses, nämlich genau genommen zur Zeit Herrn Bieruts, also schon wenige Jahre nach dem Krieg. Und bis zuletzt hat sie ihn, wenn er sich an sie erinnert hat, sein damaliges Leben in Polen in einem besseren Licht sehen lassen, und er wirkte, während er sie uns erzählte, besonders stolz, weshalb sie auch zu unseren Lieblingsgeschichten unseres Opas Jurek gehört und an dieser Stelle unbedingt noch nachgetragen werden muss.

Wie erwähnt war unser Opa Jurek nicht nur in seiner Jugend vor dem Krieg, sondern auch nach seiner Ankunft in Opole ein großer Liebhaber von Sport. Neben seinen zahlreichen Tätigkeiten als Schiedsrichter im Volleyball-Verband Schlesien und im Bridge-Verein Opole und als Mitglied der Segler-Vereinigung Turawa war er auch ein großer Unterstützer des Fußballs. Besonders wichtig war ihm der Fußballverein OKS Odra Opole, den er nach dem Krieg mitgegründet hatte. Er hatte das allererste Spiel des OKS Odra organisiert, gegen eine Auswahl von Spielern aus der Lagersiedlung der italienischen Kriegsgefangenen, und als

Vorstandsmitglied war er es auch gewesen, der dem Verein zwei Jahre später, in seiner Funktion als Mitglied des Gremiums PSS, die ersten Trikots zur Verfügung stellte, ein Geschenk der Regierung von Herrn Bierut aus Warschau.

Sein größter Erfolg ist es aber gewesen, in der Stadtverwaltung einen ganz bestimmten Satz zu sagen, und zwar: «Ich gehe hier erst weg, wenn das Stadion ausgebaut wird.» Denn unser Opa Jurek war damals der Meinung, dass man erst dann richtig Fußball spielen könne, auf internationalem Niveau, wenn das Vereinsstadion nicht bloß provisorische Tribünen habe, und eine Flutlichtanlage dürfe auch nicht fehlen. Was der zuständige Beamte in der Stadtverwaltung jedoch viele Jahre lang nicht verstand, egal, wie oft unser Opa es ihm erklärte. Erst musste Herr Gierek in Warschau die Amtsgeschäfte übernehmen und es dem Beamten verständlich machen, bevor der endlich sagte: Warum bauen wir nicht das Stadion für unseren OKS Odra aus, mit richtigen Tribünen und einer Flutlichtanlage? Leider gibt es bis heute keine richtige Tribüne und erst recht keine Flutlichtanlage, aus sogenannten finanziellen Gründen, aber immerhin steht der Plan eines solchen Ausbaus bereits, und so ist es nur noch eine Frage der Zeit. Dass aber die Idee eines Stadionausbaus ursprünglich von unserem Opa Jurek stammte und er sie schon kurz nach dem Krieg hatte, das erwähnt heute keiner mehr.

Als Mitglied des Vereinsvorstands hat unser Opa sich jedenfalls schon in der Zeit von Herrn Bierut jedes Spiel des OKS Odra im Stadion unter dem Wasserturm angeschaut. Und so war es eine schlimme Nachricht, als Edek Baumann eines Tages die Idee vorbrachte, dass man doch den russischen Club RD Oryol zu einem Freundschaftsspiel einladen könnte.

Besser gesagt, habe der Club sich bereits selbst eingeladen, ergänzte Edek Baumann. Oder noch besser gesagt, sei dem Club ans Herz gelegt worden, sich selbst einzuladen, denn der Vorsitzende der Abteilung für Sport der Stadt Oryol habe den Vorsitzenden der Abteilung für Sport der Stadt Opole um die Einladung gebeten, nachdem ihm ein Freund aus Moskau beteuert habe, dass er eine solche Einladung für eine sehr gute Idee halte, und nicht nur dieser Freund habe das beteuert, sondern auch andere Freunde in Moskau, zumal sowohl der OKS Odra als auch der RD Oryol in einer wichtigen Liga ihres Landes spielten und man auf diese Weise, wenn auch auf rein freundschaftlicher Ebene, die beiden Länder vergleichen könne. Politisch sei das Ganze natürlich nicht aufzufassen, sondern, wie gesagt, freundschaftlich, denn Freundschaft habe nichts mit Politik zu tun, fügte Edek Baumann am Ende noch hinzu.

Entsprechend genau wusste unser Opa Jurek also bereits vor der Partie, wie er uns erzählte, um was für eine Art Freundschaftsspiel es sich handelte, er kannte das sogenannte Wesen der Russen ja nur zu gut. Deshalb war er nicht überrascht, auf welche Weise sie schon eine Woche später angereist kamen, in einem fabrikneuen schneeweißen Ikarus-Autocar, jeder Spieler bestens ausgeschlafen, in Anzug, Hemd und mit Krawatte, ein lächerlicher Trick, um aus einem Kolchosenbauern einen Gentleman, einen Herrn von Welt zu machen. Und dann fuhren sie erst einmal ins Hotel Bristol am Freiheitsplatz, zur Massage.

Weil aber unser Opa Jurek sofort durchschaute, was die Hand aus Moskau im Aquarium vorhatte, entschloss er sich dazu, die Mannschaft zusammenzurufen, inklusive Trainer, unter Ausschluss der Öffentlichkeit. Und in einer geheimen Rede in der Umkleidekabine hinter der Tribüne machte er den Spielern des OKS Odra klar, was der Vereinsvorstand, dessen Mitglied er war, von ihnen allen erwarte – auch wenn er zuvor vielleicht nicht jedes einzelne Vorstandsmitglied von seinem Vorhaben unterrichtet habe, wie er zugab. Und am Abend darauf stattete er dem Schiedsrichter Dr. Szymański einen Besuch ab, und auch in den Würstchenbuden hinter der Tribüne Süd wählte er deutliche Worte, denn die Russen, so prophezeite er, würden auch noch Busladungen eigener sogenannter Fans mitbringen, allesamt finstere Mörder aus dem Kaukasus, die es vor allem auf die polnischen Wurstwaren und Frauen abgesehen hätten.

Das Spiel fand an einem Samstag statt, bei herrlichstem Winterwetter, es war Februar, und alles war eigentlich wie immer, das hat unser Opa Jurek bis zuletzt beteuert. Hinter den Kartenhäuschen, unter der Tribüne, die wie eine umgedrehte Treppenklippe über den Köpfen der hereinströmenden Besuchermassen hing, breitete sich Bier- und Würstchenduft aus, die Opolaner Fans trugen über ihren Mänteln rot-weiße Schals, im Stadion wummerte Musik, und wenn man sich endlich durch einen der Aufgänge hinaufgezwängt hatte und auf die Tribüne geschoben worden war, konnte man unter sich auf dem Rasen eine Gruppe von Schülern der Grundschule Nr. 2 sehen, die Tanzübungen mit blauen und weißen Krepppapierbändern vollführten, den Farben der gegnerischen Freunde.

Alles begann, wie von unserem Opa Jurek geplant, drüben im Vereinshaus, wo sich die zwei Trainer die Hand gaben und sich umarmten, als wären sie seit Jahrzehnten gemeinsam durch alle Schwierigkeiten des Lebens gegangen, als Freunde. Jacek Kukułka, der Trainer unseres OKS Odra, war ein kleiner dicker Mann, der in seiner Jugend, vor dem Krieg, beim Warschauer Club Lech gespielt hatte. Beim Sprechen hatte er die Eigenart, über die eigenen Sätze zu stolpern und bestimmte Silben mehrere Male zu wiederholen, weshalb er in Opole gemeinhin nur der Wiederholer genannt wurde.

Jetzt strahlte er über das ganze Gesicht und sagte seinem sowjetischen Kollegen Sergej Pluchin, dem großen Nationalspieler der dreißiger Jahre, dem er nur bis zum Ellenbogen reichte, bis ins Detail genau das, was unser Opa Jurek ihm vorher in der geheimen Besprechung aufgetragen hatte, nämlich wie sehr er sich freue und was für eine Ehre es für ihn sei, einer solchen Legende des sowjetischen Profi-Fußballs begegnen zu dürfen. Er beteuerte aus tiefstem Herzen, wie erwartungsvoll er einem fairen Freundschaftsspiel entgegenblicke, Fairness sei das Allerwichtigste, wenn es um Freundschaft gehe.

Und dann verschwanden sie gemeinsam im Trainerhaus, wo Herr Kukułka für Herrn Pluchin ein kleines Buffet vorbereitet hatte und wo sie sich noch ein bisschen über die alten Zeiten unterhalten konnten, denn Sergej Pluchin, der große Held der damals noch jungen Sowjetunion, so sagte es Herr Kukułka, habe sicher viel Faszinierendes zu erzählen, und auch wenn ihre zwei Länder damals bis aufs Blut verfeindet gewesen seien, so könne man heute endlich von Freund zu Freund und von Fußballer zu Fußballer sprechen.

Derweil blieben die Spieler in der Kabine und beäugten sich misstrauisch. Schließlich überwand sich der Kapitän Edek Baumann und trat vor den russischen Kapitän, gab ihm die Hand und sagte: Wir freuen uns sehr, dass ihr hier seid, Freunde. Er sagte es in seinem besten Tolstoi- und Puschkin-Russisch, woraufhin der Kapitän Aljoscha Pratkin seine Mannschaftskameraden ansah und diese unseren lächelnden und freundschaftlich-offenherzig dreinblickenden Opolaner Spielern mürrisch zunickten. Er freue sich auf ein faires Spiel, sagte Edek Baumann, Fairness sei das Allerwichtigste, wenn es um Freundschaft gehe. Der ganze Abend stehe von nun an im Zeichen der Fairness.

Im Stadion wurden bereits kräftig Würstchen und Becher mit

Bier gekauft, und die extra zum Spiel angereisten Fans des RD Oryol sahen sich voller Überraschung polnischen Fans gegenüber, die ihnen allenthalben zulächelten und ihnen den Weg zur Auswärtigentribüne oder zum Toilettenhäuschen zeigten und ihnen sogar Ketchup zu den Würstchen empfahlen und ihnen freundschaftlich auf die Schultern klopften, sodass in ihren Herzen allmählich ein erster Zweifel darüber aufkeimte, ob diese Polen tatsächlich jenes verachtenswürdige und bedeutungslose Völkchen zwischen ihnen und Deutschland seien und nicht vielmehr freundliche und aufgeschlossene Gastgeber, die sie an Intelligenz und Humor weit übertrafen.

Sogar um das Schmücken des Stadions hatte sich unser Opa Jurek gekümmert. Die Tribünen waren mit blau-weißen Fahnen behängt, auf dem Mast neben der Weitsprunggrube knatterten blau-weiße Wimpel im Wind, und auf dem Rasen führten, während aus den Lautsprechern die Hymne des RD Oryol erscholl, die schon erwähnten Zweitklässer der Grundschule Nr. 2 eine Choreographie in blau-weißen Kleidern mit blau-weißen Kreppbändern vor. Die blau-weißen Kreppbänder schwirrten durch die Lüfte, und im Stadion herrschte eine ausgelassene Stimmung, die von Kaliningrad bis zur Kamtschatka reichte, und die polnischen Fans stimmten die glorreiche Hymne des Bruderlandes an, um ihre Fairness und ihre Freundschaft zum Ausdruck zu bringen.

Endlich betraten die Spieler den Rasen. Es folgten der Pfiff und der erste dumpfe Tritt gegen den Ball, ausgeführt vom Kapitän der Blau-Weißen, Aljoscha Pratkin. Die Blau-Weißen und die Rot-Weißen verteilten sich über das Spielfeld, und eine ganze Weile, so berichtete uns unser Opa Jurek, bestand das Spiel eines jeden Spielers darin, den Ball ja nicht zu lange bei sich zu führen, und deshalb rollte er mal auf die eine, mal auf die andere Seite des Feldes, und nur selten atmete das Publikum erschrocken ein, wenn ein kurzer Sprint begann, und atmete dann aus einem Mund wieder aus, sobald Ruhe in das Passspiel zurückgekehrt war.

Beinahe die gesamte erste Hälfte des Spiels verstrich ohne nennenswerte Torchancen, die Torwarte hätten auch im Vereinshaus an der Bar stehen und auf einen Anruf warten können, auf den hin sie nochmals miteinander hätten anstoßen und dann allmählich zum Tor zurückschlendern können, um dann immer noch genug Zeit zu haben, sich die Handschuhe überzustreifen und ein paar Sprünge in die Luft zu machen und dann einen sicheren Stand einzunehmen und schließlich den Ball zu fangen.

Aber das änderte sich schlagartig in der letzten Minute der ersten Halbzeit. Da nämlich bekam der Kapitän in Rot-Weiß, Edek Baumann, den Ball von seinem linken Verteidiger Jurek Mazowiecki auf die linke Flanke vorgelegt und befand sich plötzlich ganz allein auf einer langen Geraden, an deren Ende er in einem Bogen um den blau-weißen Verteidiger Ilja Rastamov, einen Kasachen aus Baikonur, herumdribbelte und direkt aufs Tor zusprintete.

Wie stockte dem Publikum der Atem. Und unser Opa hat uns genau erklärt, warum. Denn zu dieser Zeit war es nicht üblich, dass ein polnischer Spieler frei vor dem russischen Tor steht. Er hatte nämlich dafür zu sorgen, dass ein russischer Verteidiger es schafft, ihm noch vorher den Ball abzunehmen. Ein Fußballspiel zwischen Polen und Russland hatte in dieser damaligen Zeit umgekehrte Regeln, zumindest für die polnische Seite.

Da stand also Edek Baumann vor dem Torwart Michail Timoschenko und ließ den Ball, einfach an ihm vorbei, hinter die Torlinie rollen!

Eine Todesstille herrschte auf einmal im Stadion, siebentausend Münder standen offen. Der Würstchenverkäufer Jacek Bieguń ließ ein gerade vom Grill genommenes Würstchen auf den Boden fallen, und aus dem Zapfhahn des Bierverkäufers Marian Sandacz lief das Bier, weil seine Hand auf dem Hahnhebel wie eingefroren war.

Der Ball rollte so gemütlich über die Torlinie, dass wieder Bekanntschaften an der Bar hätten geschlossen werden können, echte Freundschaften sogar, und er blieb, ohne das Netz berührt zu haben, liegen.

Jahrhunderte vergingen, ohne dass jemand im Publikum auch nur zu atmen wagte. Im Stadion, so erzählte uns unser Opa, war es jetzt so still wie ein Jahr zuvor nach dem Tod des großen russischen Staatsmanns in der weißen Kellnerjacke und mit dem schwarzen Schnurrbart. Dann geriet alles langsam wieder in Bewegung. Der Kapitän Edek Baumann drehte sich wie in Zeitlupe zur Tribüne und hob kurz den Arm, dann holte er den Ball aus dem Tor und ging die ganze Strecke über den Rasen zur Spielfeldmitte zurück, durch drückende Stille und von vierzehntausend Augen beobachtet, bevor er seinen Mitspielern, die ihn angsterfüllt anstarrten, kurz zunickte. Er legte den Ball auf den weißen Punkt im Zentrum des Anstoßkreises und stellte sich auf die Kreislinie.

Der Rest der Geschichte ist schnell erzählt. Nach dem Beginn der zweiten Halbzeit hatten die Blau-Weißen keine Chancen mehr. Die Rot-Weißen vom OKS Odra legten sich die Bälle vor, passten so schnell, dass die jeweiligen Verteidiger vom RD Oryol mit ihren Stollenschuhen nur das Erdreich unter dem Rasen aufpflügten, ohne die Bälle zu erwischen, sie schossen Flanken von einer Seite des Strafraums zur anderen, sie spielten dem Gegner zwischen den Beinen hindurch und machten vor dem Tor Fallrückzieher, Übersteiger und Kopfbälle, und das alles so federleicht wie beim Ballett.

388

Und während die Stille im Publikum anfangs noch groß gewesen war, so brach es schon nach dem zweiten Tor, das vom rotweißen Verteidiger Leszek Bieguński durch einen Hackentritt nach einem Eckstoß erzielt wurde, von den Tribünen los, der Jubel war kaum zu halten, und bald wurden Lieder angestimmt, Tränen wurden geweint, und Männer lagen sich gegenseitig in den Armen. So eine Lautstärke hatten unser Opa Jurek und seine Freunde auf der Tribüne noch nie in ihrem Leben gehört. So, wie die Stille zuvor eine Todesstille gewesen sei, habe es sich jetzt um eine Art Lebenslautstärke gehandelt.

Der Endstand von neun zu null war für den Vorstand des OKS Odra – der auf eine Empfehlung der Stadtverwaltung hin, die wiederum eine Empfehlung von Herrn Bierut aus Warschau erhalten hatte, der wiederum zu dieser Empfehlung von einem Anrufer aus Moskau überredet worden war, bereits am selben Abend im Vereinshaus tagte – gar nicht mehr so entscheidend. Der Vorschlag, unser Opa könnte doch sein Engagement für den Opolaner Fußball für eine Weile einstellen und sich anderen Sportarten oder auch gar keiner Sportart mehr widmen, wäre auch bei einem eins zu null an ihn gerichtet worden. Man versprach ihm lediglich, aus Dankbarkeit für seine Funktionärstätigkeit und vor allem für den Aufbau des Vereins nach dem Krieg, auf bestimmte Vokabeln in der schriftlichen Begründung seiner Pflichtniederlegung zu verzichten, etwa auf das Wörtchen Sabotage.

Dann reichte ihm sein guter Freund Staszek Szczypiorski die Hand und sagte: Es tue ihm sehr leid. Und unser Opa musste den Vereinspavillon verlassen und wurde nach Hause gefahren, wo schon zwei Herren auf ihn warteten, die ganz anderes mit ihm zu besprechen hatten: seine Ansichten im Zusammenhang mit der hervorragenden Überlegung und überhaupt seine Ansichten und ob er nicht mit ihnen mitkommen möchte, zu einigen Gesprä-

389

chen mit verschiedenen Sachbearbeitern, bei denen ein paar geringfügige Fragen aufgekommen seien.

Dass unser Opa Jurek vor dem Freundschaftsspiel aber allen gesagt hatte, sie sollten sich möglichst freundschaftlich verhalten, die Würstchenverkäufer sollten den russischen Fans die besten Würstchen verkaufen und am Ketchup nicht sparen, auch wenn sie es mit gemeingefährlichen Hooligans zu tun hätten, die Bierverkäufer sollten die russischen Pappbecher bis oben hin vollschenken und mit der schönsten Schaumkrone zieren, der Trainer Jacek Kukułka, genannt der Wiederholer, solle seinem russischen Trainerkollegen Sergej Pluchin gut zureden, möglichst in seinem besten Schulrussisch, und die Spieler sollten kein einziges Foul begehen, auch wenn die Russen ihnen mit echten Sensen die Füße wegmähen würden, als wären diese das Gras einer sibirischen Kolchosenwiese, und dass sie lediglich versuchen sollten, das beste Spiel ihres Lebens zu spielen und zu gewinnen, nicht ohne dabei jedoch fair zu bleiben, woraufhin ihn die Spieler erschrocken angestarrt und gefragt hätten, ob er einen Witz mache, weshalb er ihnen habe versichern müssen, dass er keinen Witz mache, sondern dass sie so gut spielen sollten, wie man vor dem Krieg bei einem Fußballspiel gespielt habe, woraufhin die Spieler ihn gefragt hätten, ob sie vielleicht so tun sollten, als würden sie besonders gut spielen, wie man das üblicherweise mache, wenn man gegen die Russen spiele, sodass er nochmals habe erklären müssen, dass sie wirklich so gut spielen sollten, wie sie könnten, und versuchen sollten zu gewinnen – das gab unser Opa Jurek jedes Mal erst ganz am Ende seiner Erzählung zu, mit einer gewissen Traurigkeit in der Stimme, aber auch ein bisschen stolz.

EIN GEWISSES HÜNGERCHEN UND DIE ERFINDUNG DER UMGEKEHRTEN HUMORISTIK

An die Geschichte vom Spiel des OKS Odra gegen den RD Oryol erinnerte sich unser Opa Jurek, wie gesagt, besonders gern, und während er sie uns erzählte, lachte er viel, und einmal stand er sogar auf und zeigte uns, wie Edek Baumann das erste Tor erzielte oder wie die russischen Spieler den Ball verfehlten, indem er durch den Raum tänzelte, mit einem unsichtbaren Ball.

Und so war er über das Ende seiner Zeit als Direktor des Paradieses und über die folgenden schweren Jahre als einziger Arbeitsloser in Polen zwar sehr unglücklich, aber andererseits hat er uns während der mehrgängigen Essen unserer Oma Zofia über diese Zeit auch den einen oder anderen Witz erzählt, wie etwa den über den schon erwähnten russischen Botschafter Menschikow beim Empfang zu Ehren der englischen Königin in Washington, und dieser Witz geht so:

Beim Empfang zu Ehren der englischen Königin in Washington sitzen alle Botschafter um eine Festtafel. Plötzlich lässt die englische Königin eine sogenannte Flatulenz entweichen. Ein peinliches Schweigen breitet sich im Saal aus, alle schauen sich an. Bis endlich der amerikanische Botschafter aufsteht und sagt: Ich muss mich entschuldigen, es ist mir so herausgerutscht. Alle atmen auf, und die Gespräche gehen weiter. Aber dann entfleucht der englischen Königin wieder ein Lüftchen. Daraufhin steht der westdeutsche Botschafter auf und verbeugt sich vielmals

391

und zeigt sich untröstlich über seinen Fauxpas. Woraufhin wieder alle erleichtert weiterreden. Aber dann pfeift es nach kurzer Zeit ein drittes Mal vom Sitzplatz des Ehrengasts. Da springt der russische Botschafter Menschikow auf, salutiert und ruft: Den dritten Furz der englischen Königin nimmt die glorreiche Sowjetunion auf ihre Kappe.

Man sieht daran, dass seine Entlassung unserem Opa Jurek vielleicht doch nicht so viel anhaben konnte. Umso trauriger ist dann aber, dass ganz am Ende etwas anderes ihm Probleme zu bereiten begann, und diesmal endgültig, sodass es schließlich zum letzten Tod unseres Opas führen sollte.

In der Zeit von Herrn Jaruzelski empfand er nämlich zum ersten Mal eine große Wut. Er musste jetzt immer häufiger daran zurückdenken, wie es in Oświęcim gewesen war, und im Nachhinein musste er sagen, dass man es alles andere als angenehm bezeichnen konnte, im Gegenteil. Weswegen es unsere Oma Zofia bis heute nur gerecht findet, dass die Deutschen, nicht zuletzt durch das gute Beispiel ihres Bundeskanzlers Herrn Brandt, aus dem Bedürfnis heraus, sich zu entschuldigen, auf die Idee gekommen waren, an alle ehemaligen Oświęcim-Mitarbeiter eine Rente zu zahlen. Und da unser Opa Jurek nach seiner Entlassung aus dem Paradies in der Krakowska Straße gewissermaßen schon in Rente war, fand sie es, zur Zeit Herrn Jaruzelskis, langsam, aber sicher angebracht, dass auch er eine deutsche Rente bekam. Also schlug sie ihm eines Tages vor, er solle doch in das entsprechende Büro in der Stadtverwaltung gehen und eine solche Rente beantragen.

Er wolle das lieber nicht tun, entgegnete unser Opa. Schließlich sei es in Oświęcim so sehr schlimm nun auch wieder nicht gewesen.

Es sei immerhin ziemlich schlimm gewesen, sagte unsere Oma. Er sei doch fast gestorben.

392

Er sei dann aber doch nicht gestorben, sagte unser Opa. Insofern sei es nicht so schlimm gewesen. Nur für diejenigen, die wirklich gestorben seien, sei Oświęcim wirklich schlimm gewesen.

Unsere Oma sagte, dass man den einen oder anderen Złoty durchaus gebrauchen könne. Ob er nicht vielleicht trotzdem bei der Behörde vorsprechen wolle, auch wenn das alles angeblich doch nicht so schlimm gewesen sei.

Da willigte unser Opa widerstrebend ein.

Aber was dann passierte, lief unserer Oma Zofia zufolge ähnlich ab wie in dem Witz über den Mann, der bei einem Nachbarn eine Heckenschere ausleihen will. Als unser Opa Jurek nämlich am nächsten Tag das Wartezimmer der Behörde für Oświęcim-Mitarbeiter betreten habe, mit seiner Entlassungsurkunde in der Tasche, da habe er sich schon nach ein paar Minuten im Wartezimmer, in dem ältere Herren und Damen in Rollstühlen gesessen hätten, vorstellen müssen, was einige Minuten später am Schalter der Behörde eintreten würde:

Er sei also, würde der Beamte zu ihm sagen, eher am Anfang des Krieges in Oświęcim gewesen.

Unser Opa Jurek würde nicken.

Noch bevor die Wohnblöcke der zweiten Oświęcim-Siedlung hinter dem Wäldchen gebaut worden und die vielen Menschen in Oświęcim gestorben seien, würde der Beamte nachhaken.

Unser Opa Jurek würde nicken.

Als es also noch gar nicht so schlimm gewesen sei in Oświęcim, würde der Beamte schlussfolgern.

Es sei durchaus schon damals schlimm gewesen, würde unser Opa sagen.

Aber nicht so schlimm wie später, würde der Beamte entgegnen. Und er sei ja auch nicht wirklich gestorben.

393

Aber es sei schlimm genug gewesen, würde unser Opa Jurek sagen. Und man könne auch sterben, ohne wirklich zu sterben.

Aber sterben, ohne wirklich zu sterben, würde der Beamte zu bedenken geben, sei nicht so schlimm, wie wirklich zu sterben. Wie das vielen Leuten zu späteren Zeitpunkten in Oświęcim passiert sei.

Ja, ganz so schlimm sei es nicht, würde unser Opa Jurek dem Beamten zustimmen müssen.

Eben, würde der Beamte resümieren. Ob er also die Rente immer noch beantragen wolle, in Anbetracht der nun geklärten Umstände.

Und während unser Opa Jurek sich im Wartezimmer der Behörde das Gespräch vorstellte, da tippte ihn einer der Herren im Rollstuhl an. Er hatte keine Nase, sondern stattdessen nur einen schwarzen Tunnel, der in sein Gesicht hineinführte, und er fragte, ob unser Opa Jurek auch in Oświęcim gewesen sei.

Ja, sagte unser Opa.

Und der Herr sagte: Man könne sich glücklich schätzen, dort nicht gestorben zu sein.

Und unser Opa Jurek sagte: Ja, das stimmt.

Er selbst zum Beispiel, sagte der Herr, habe Mutter, Vater und zwei Schwestern direkt bei der Ankunft in Oświęcim verabschieden müssen, sie seien sofort von ihm weggeführt worden.

Und was, so fragt unsere Oma Zofia uns an dieser Stelle der Erzählung jedes Mal, habe der Mann, der sich von seinem Nachbarn eine Heckenschere habe ausleihen wollen, getan, nachdem er, auf dem Gartenmäuerchen vor dem Haus des Nachbarn sitzend, in seiner Vorstellung viele verschiedene Gesprächssituationen durchgespielt habe? Er habe bei seinem Nachbarn geklingelt und habe gesagt: Ihre Heckenschere können Sie sich sonst wohin stecken!

394

Und so sagte unser Opa Jurek, als er an der Reihe war, zu dem Beamten am Schalter, dass er gar nicht in Oświęcim gewesen sei, und er behielt auch seine Entlassungsurkunde in der Tasche. Stattdessen fragte er, ob er sich im Bereich der Betreuung der Oświęcim-Opfer ehrenamtlich für die Gesellschaft engagieren könne. Auch wenn er, wie gesagt, niemals in Oświęcim gewesen sei und sein Schicksal also nicht als besonders schlimm bezeichnet werden könne.

Als unsere Oma am Nachmittag dieses Tages von dem Gespräch erfuhr, habe sie sich sehr geärgert, das versichert sie uns noch heute. Aber sie habe sich, weil unser Opa kurz darauf im Wohnzimmer angefangen habe zu weinen, vor ihren Augen, nicht lange geärgert, im Gegenteil, sie sei schnell sehr traurig geworden und habe ihm nicht mehr böse sein können, und sie habe ihm sogar das beste Abendessen gekocht, mit mehreren Gängen.

In den Wochen darauf erhielt unser Opa Jurek die Aufgabe, die Antragsteller für die deutsche Oświęcim-Rente in ihren Wohnungen zu besuchen und deren Wohn- und Lebensverhältnisse zu überprüfen, denn gelegentlich kam es vor, dass jemand in seinem Antragsformular, das zugegeben sehr klein gedruckt war, aus Versehen hundert Złoty Wohnungsmiete oder eine körperliche Versehrtheit zu viel angab und daraufhin einen falschen Endbetrag errechnete, was im Großen und Ganzen dazu führte, dass andere Bedürftige weniger ausgezahlt bekamen, als ihnen eigentlich zustand. Denn richtig exzessiv seien die Deutschen bei ihrer Entschuldigung laut unserer Oma Zofia nicht gerade gewesen, und der Gesamtrentenkörper sei, verglichen mit dem Grad, in dem der Aufenthalt in Oświęcim unangenehm und belastend gewesen sei, relativ zierlich, um nicht zu sagen: grazil gewesen. Da es sich um eine ehrenamtliche Funktion handelte, bekam unser Opa für seine Tätigkeit leider kein Gehalt, sodass unsere Oma bald eine zusätzliche Stelle als Putzfrau in einem Molkerei-Betrieb in Gosławice annehmen musste. Aber immerhin hatte er jetzt wieder eine Aufgabe, und so zog er seinen schönen schwarzen Direktorenanzug an und ging wieder besonders gern durch die Straßen.

Allerdings füllte er diesen Direktorenanzug jetzt immer besser aus, und das machte unserer Oma bald ein bisschen Sorgen, nicht zuletzt deshalb, weil unser Opa nun auch oft ein halb kitzelndes, halb drückendes Gefühl auf der rechten Bauchseite hatte, und eigentlich hätte sie ihm nach einer Weile gerne verboten, bei den mehrgängigen Mittagessen den dritten, spätestens aber den vierten Nachschlag zu probieren, aber auf der anderen Seite war sie froh, dass ihm ihre Gerichte schmeckten oder für ihn zumindest nicht die schlimmste aller Zumutungen darstellten, und so war die Warnung des Herrn Professor Doktor Zabrzycki, zu dem sie unseren Opa nach einem solchen Mittagessen – und den daraus resultierenden Momenten auf dem Wohnzimmerboden in einer zusammengerollten Haltung – unter Androhung von Gewalt geschickt hatte, vermutlich nicht allzu ernst zu nehmen. Was sollten die ganze Schlechtmacherei der traditionellen polnischen und ukrainischen Küche, die angeblich besonders schwer verdaulich sei, und das ganze Gerede von sogenannten inneren Körperwerten denn bitte schön bedeuten?, so hat unser Opa Jurek uns bis zuletzt gefragt. Man habe schließlich jahrhundertelang so gegessen, ohne dass man davon krank geworden sei, und der Druck, den er gelegentlich in der rechten Seite spüre, sei wahrscheinlich nur das beste Anzeichen dafür, dass er nach einem Mittagessen angenehm gesättigt sei, ein Gefühl, das er in anderen Abschnitten seines Lebens selten genug gehabt habe und jetzt endlich genießen wolle, ohne dass es ihm die eigene Ehefrau oder irgendein dahergelaufener Professor in einem Krankenhaus, in dem früher die Russen ihre Kaserne gehabt hätten, verderbe, schließlich sei er einmal Direktor gewesen und dürfe seiner Ansicht nach machen, was er wolle.

Am liebsten hat unser Opa Jurek in dieser Zeit, und daran erinnern sogar wir uns noch genau, Kaszanka gehabt, eine mit Kasza, also Buchweizengrieß, vermischte Blutwurst, die unsere Oma Zofia als Ganzes oder in ein paar handliche Taler zerschnitten und mit Zwiebelringen in der Pfanne anbraten konnte, man musste nichts anderes dazu essen, höchstens etwas Brot. Nichts Praktischeres auf der Welt gibt es als Kaszanka, eine komplette Mahlzeit in einer einzigen Darmhaut, weshalb sie laut unserem Opa schon im Krieg die beliebteste Delikatesse gewesen sei, über die es deshalb viele Lieder gebe, und er habe sich an die Kaszanka auch in Oświęcim gerne erinnert, wenn die Verpflegungssituation dort mal wieder ihren Tiefpunkt erreicht habe.

Neben Kaszanka, die sonst niemand zu Hause mochte, sodass unsere Oma Zofia sie exklusiv für unseren Opa zubereitete, liebte er auch alle anderen Mahlzeiten mit Kasza, beispielsweise Spiegelei mit Kasza, Spinat mit Kasza, Ungarisches Gulasch mit Kasza, Suppenhuhn mit Kasza oder auch einfach nur Kasza mit Buttermilch und einem zusätzlichen Löffel Kasza. Aber er lehnte auch viele andere Gerichte nicht ab, beispielsweise Gołąbki, die unsere Oma Zofia mit einer Tomaten- oder Pilzsoße servierte, wie es schon ihre Mutter aus Stanisławów gemacht hatte, ebenfalls mit Kasza, mindestens aber mit Kartoffeln.

Außerdem gab es noch viele andere Dinge, die unser Opa damals und eigentlich noch bis kurz vor seinem letzten Mittagessen in seinem Zimmer in der Katowicka Straße liebte, und zu diesen Lieblingsspeisen gehörten auch Schnitzel, Bigos, Pierogi, Rote-

Bete-Suppe, Kuttelnsuppe, die unsere Oma Zofia ihm in einem Topf zweimal die Woche ans Krankenbett schmuggeln musste, aber auch Karpfen in Aspik, den es normalerweise nur zu Ostern gibt. Und natürlich die berühmte Hasenpastete unseres Onkels Wojtek, ganz zu schweigen von verschiedenen Nachtischen wie etwa der berühmten Kaffeetorte unserer Oma Zofia oder dem Schokoladenkuchen Mazurek mit diversem Trockenobst oder der Kutja unserer Oma Izabela und noch vielen anderen Dingen, die selbst unsere Mutter unserem Opa am Ende verbot, nachdem man ihm unüberlegterweise verschiedene, für die Verdauung dieser etwas anspruchsvolleren Delikatessen notwendige innere Organe herausgeschnitten hatte, worüber unser Opa an gegebener Stelle als Direktor Klage einreichen wollte, damit die Ärzteschaft nur nicht dachte, dass sie damit davonkommen würde. Denn wie sinnvoll war es, ihm zuerst zu erklären, dass all die Organe bei seiner Ernährungsweise mit der Arbeit nicht mehr nachkämen und deshalb, sollte er seinen Lebenswandel nicht ändern, herausgeschnitten werden müssten, und sie dann, nur aus dem Grund, weil sie angeblich angefangen hätten, unkontrolliert und auf eine unordentliche, gefährliche Weise zu wachsen, tatsächlich herauszuschneiden, obwohl sie doch angeblich für die Verdauung so wichtig waren?

Unser Opa erzählte den Ärzten im Krankenhaus dann auch, dass er sich sein Leben lang vorbildlich gesund ernährt habe, dass er vom Land stamme, aus Zielonka bei Warschau, um genauer zu sein, und dass sie ihm nicht zu erklären brauchten, was gesunde Ernährung sei, denn auf dem Land habe man sich nur von Obst und Gemüse ernährt, hauptsächlich von Äpfeln und Kartoffeln, und was gebe es Gesünderes als Äpfel und Kartoffeln? Schnitzel oder Kutteln oder Schinken oder Kaszanka dagegen habe er nur gelegentlich, und auch bloß, um den Geschmack auf die Zunge zu bekommen, an Ostern oder Weihnachten in kleinen Dosen probiert, als Direktor habe er schließlich die Qualität der von seiner Ehefrau gekochten mehrgängigen Mittag- und Abendessen ständig kontrollieren müssen, um das Schlimmste zu verhindern. Was könne er denn dafür, dass ihn seine Ehefrau ein Leben lang mit ihren Kochexperimenten zu vergiften versucht habe, trotz seiner immer wieder geäußerten Bedenken hinsichtlich der Bekömmlichkeit der schwerverdaulichen Gerichte auf dem Wochenspeiseplan, vor dem es leider kein Entkommen gegeben habe, was wiederholt gescheiterte Versuche seinerseits durchaus belegen könnten, er habe dafür jede Menge Zeugen.

In dieser Zeit wurde schließlich auch eine Erfindung unseres Opas Jurek für ihn besonders wichtig, die er viele Jahre zuvor gemacht hatte, nämlich die sogenannte Umgekehrte Humoristik.
Die theoretischen Grundlagen der Umgekehrten Humoristik sowie ihre praktischen Implikationen sind schnell erklärt: Man stelle sich eine Party vor, im Kreis interessanter und geistreicher Gesprächspartner sitzt man am Tisch, der Direktor des städtischen Theaters ist anwesend sowie dessen Gattin, weiterhin der Direktor der Abteilung Energie der Stadtverwaltung und einige andere intelligente Personen der Stadt Opole, das Niveau der Unterhaltung ist hoch. Da stolpert von draußen eine Person durch die Eingangstür und bricht vor den Augen aller auf dem Boden zusammen, denn sie ist kurz davor zu sterben. Aber bevor sie im Kreis der Gesellschaft ihren letzten Atemzug aushaucht, sagt sie nicht etwa: Hilfe, ich sterbe, sondern sie sagt: Weckt mich, wenn das Hauptgericht serviert wird! Es sei denn, es gibt Leber.
Der Vertreter der Umgekehrten Humoristik, wie man am Bei-

399

spiel dieser Person schnell erkennen kann, hat keinen leichten Stand bei seinem Publikum, denn schon in diesem harmlosen Fall spürt man am eigenen Leib, welche Reaktion seine Worte aufseiten der Umsitzenden auslösen können und in den allermeisten Fällen – etwa auf einer Cocktailparty oder bei einem offiziellen Empfang – auch auslösen werden: ein kuhhaftes, sprachloses Dreinblicken.

Unser Opa Jurek hat bis zuletzt das eiserne Grundgesetz der Umgekehrten Humoristik bedauert. Dass nämlich die Größe des Umgekehrten Humoristen stets unentdeckt bleiben wird. Dass sich sein Triumph nur ihm selbst offenbart. Dass überhaupt nur er das Witzige an seinem umgekehrten Witz begreift.

Sein ganzes Leben lang sei er, so sagte unser Opa uns, zwar auf den höchsten geistigen Höhen des Humors gewandelt, aber eben nur für sich selbst. Das habe schon in Oświęcim begonnen, in den Gesprächen über die allgemeinen Missstände. Es sei dann weitergegangen in den Gesprächen, die er mit verschiedenen Beamten des Grauen Quaders in Opole geführt habe, während seiner Residenz in dem Gästezimmer im Keller. Und das habe nie aufgehört, auch nicht in den Gesprächen mit dem ach so intelligenten Professor Dr. Oberchirurg Zabrzycki.

Denn keinesfalls habe es sich bei den körperlichen Symptomen, die er gezeigt habe, um Schmerzen gehandelt. Schmerzen seien üblicherweise mit einem unangenehmen Gefühl verbunden, das wisse doch jedes Kind, das Stechen unter den Rippen auf der rechten Bauchseite jedoch, das nach dem dritten oder vierten Nachschlag eines mehrgängigen Mittagessens zu bemerken gewesen sei, habe in Wahrheit nichts Unangenehmes an sich gehabt, im Gegenteil, es habe sich dabei um die überaus angenehme Begleiterscheinung des Sattseins gehandelt, wobei Sattsein eigentlich das falsche Wort sei, denn richtig satt sei er nach dem dritten oder vierten Nachschlag des mehrgängigen Mittagessens nicht gewesen. Von den Portionen, die unsere Oma Zofia ihm gegönnt habe, wäre nicht einmal ein Kind satt geworden, nicht einmal eine Fee wäre davon satt geworden, und genau genommen seien die von ihr servierten Portionen bei einem mehrgängigen Mittagessen sogar Beleidigungen gewesen, selbst in Oświęcim habe es größere Portionen gegeben, es habe sich nicht einmal gelohnt, mit diesen von ihr servierten Portionen den Teller schmutzig zu machen, und von diesen Portionen habe man satt werden sollen? Da habe unsere Oma Zofia sich nicht wundern müssen, wenn er auch noch nach dem vierten oder fünften Nachschlag ein Stechen in der Bauchgegend gehabt habe, denn es habe sich dabei ganz einfach um ein Phänomen gehandelt, das überall auf der Welt als der gemeine Hunger bekannt sei. Sie habe ihn systematisch ausgehungert, und da habe sie sich nicht wundern müssen, wenn ein inneres Organ nach dem anderen in seinem Körper seine Arbeit aufgegeben habe. Grund dafür sei nicht eine Über-, sondern eine Unterforderung seiner inneren Organe gewesen.

Nach dieser Erklärung, so erzählte uns unser Opa weiter, habe sich dann immerhin der Arzt zufriedengegeben. Er habe gesagt: Wenn Sie meinen, dann machen Sie so weiter! Aber selbst das habe unsere Oma Zofia nicht beruhigt, wie er im Krankenhaus mit Erschrecken habe feststellen müssen. Sie habe sogar behauptet, dass der Arzt seine Aussage ganz anders gemeint habe, nämlich umgekehrt humoristisch. Woraufhin er unsere Oma habe belehren müssen, dass der Arzt inzwischen – wie übrigens auch er selbst – offensichtlich einen Schritt weitergekommen sei in der hohen Kunst der Humoristik, denn die Aussage des Arztes dürfe man nicht im Sinne der inzwischen handelsüblichen Umgekehrten Humoristik verstehen, die ein alter Hut sei, sondern im Sinne

401

der etwas komplizierteren Umgekehrt-Umgekehrten Humoristik, die er ihr gerne bei Gelegenheit etwas ausführlicher erklären könne.

Weil unsere Oma sich für das Ende ihres Paris-Traums rächen wollte, wie unser Opa Jurek später in seinem letzten Zimmer in der Katowicka Straße zumindest behauptete, und weil sie nun endlich ihre Chance zu dieser großen Rache witterte, hörte sie auf, unserem Opa die Delikatessen in Form von mehrgängigen Mittagessen mit der Möglichkeit zum dreifachen oder vierfachen Nachschlag zu servieren, und dünstete ihm stattdessen nur noch etwas Blumenkohl oder Bohnen oder Weißkohl an, und das Ganze ohne Semmelbrösel, die in zerlaufener Butter goldbraun gebraten waren, und ohne Kartoffeln und Spiegelei und ohne auch nur das kleinste Stück Kaszanka oder den geringsten Schluck Kuttelnsuppe.

Und so musste unser Opa Jurek, der mit solchen Engpässen seit Oświęcim vertraut war, zwischen den vielen Gläsern in seinen Regalen im Keller Delikatessen verstecken, damit er nach jedem Mittagessen, das er, um jedweden Verdacht zu zerstreuen, in höchsten Tönen gerade für seine gesundheitsfördernde Bekömmlichkeit gelobt hatte, unter dem Vorwand einer längst fälligen Vorratsinventur oder etwaiger anderer Umräumarbeiten in den Keller steigen konnte, um dort den besten und rosigsten Schinken oder einen oder zwei duftende Krakauerringe zu probieren, ohne dass gleich die Gesundheits-Gestapo kam.

Und wenn er nachts aus den schlimmsten Albträumen aufwachte oder ohnehin schon vor Hunger wach lag und plötzlich die erzieherische Pflicht verspürte, das für den nächsten Tag für etwaige Gäste geplante und bereits von unserer Oma Zofia am Abend vorgekochte Mittagessen auf seinen Geschmack und seine Vollwertigkeit hin zu kontrollieren, dann schleppte er sich schwach

402

und wacklig in die Küche und kostete hier und da, und die Vorwürfe, die dann am nächsten Morgen gegen ihn erhoben wurden, konnte er eigentlich jedes Mal entkräften, denn er hatte ja nur kurz probiert, irgendjemand musste schließlich kontrollieren, was unsere Oma Zofia uns und unseren Eltern vorsetzte, und so konnte der jeweilige Kriminalfall im Kühlschrank nichts mit ihm und er nichts mit diesem jeweiligen Kriminalfall zu tun haben, und er sah sich bald sogar gezwungen, die Vermutung zu äußern, dass unsere Oma Zofia sich inzwischen einbilde, am Vorabend ein Mittagessen bereits vorgekocht zu haben, genauso wie sie sich ja auch allerlei andere haarsträubende Dinge schon seit Jahren einbilde, wie etwa, dass er aus reiner Gehässigkeit nicht mit ihr nach Paris fahren wolle oder gar jahrelang eine zweite Frau gehabt habe in Głuchołasy. Es sei für unseren Opa an einem Morgen, da er mit solchen haarsträubenden Vorwürfen konfrontiert worden sei, offensichtlich gewesen, dass unsere Oma Zofia wieder einmal versucht habe, ihm eine Wahnvorstellung einzureden, damit auch er an diesen ganzen Unsinn von verschwundenen Mittagessen zu glauben beginne.

Und die Verschwörung rund um die angeblich in bedenkliche Höhen schießenden Blutwerte und die dadurch unabdingbar gewordene Todesdiät könne eigentlich, so erklärte unser Opa Jurek uns noch in seinem Bett in seinem letzten Zimmer in der Katowicka Straße, ebenfalls nur im Zusammenhang dieses großangelegten Angriffs auf sein psychisches und physisches Wohlbefinden gesehen werden, sodass ihm nun immer deutlicher geworden sei, bis zu welchem Ausmaß unsere Oma Zofia und dieser Dr. Prof. Zabrzycki unter ein und derselben Decke steckten, um ihm den Garaus zu machen und ihn, da Oświęcim und Grauer Quader es nicht geschafft hätten, auf diese wesentlich perfidere Art und Weise unter die Erde zu bringen.

403

Aber ein halbes Jahr später, als man ihm ein für die Verdauung besonders wichtiges inneres Organ herausgeschnitten hatte, weil es, wie es hieß, nicht mehr funktionierte, obwohl es klein war und nichts weiter zu tun gehabt hatte, als eine Art grüne Flüssigkeit zu produzieren, hatte unser Opa Jurek dann plötzlich auf kein Essen der Welt mehr Appetit. Und als unsere Oma Zofia und unsere Mutter aus dem Esszimmer in die Küche gingen, um nach einem mehrgängigen Mittagessen das Geschirr abzuwaschen und den Kaffee und die Moccatorte und andere Nachtische zu holen, saß er auf dem Sofa und schaute aus dem Fenster, schweigend, und er wollte auch nicht mehr wissen, wie das mehrgängige Mittagessen geschmeckt hatte, noch nicht einmal, ob gut oder schlecht.

Und wenn es dann den Kaffee und die Moccatorte und andere Nachtische gab und wir alle im Wohnzimmer beisammensaßen, stemmte er sich aus dem Sofa hoch und ging wie in Zeitlupe in sein Zimmer, wobei er sich an der Wand oder an der Kommode oder am Schemel oder an der Garderobe festhielt, und dann schloss er die Glastür zu seinem Zimmer hinter sich, und blaues Licht flackerte hinter dem Glas, und wir konnten die Schemen unseres Opas in seinem Sessel erkennen, denn er schaute sich einen Western an oder auf Eurosport ein Fußballspiel von Bayern München gegen Real Madrid.

Eines Tages soll er, wie unsere Mutter uns nach einem Telefongespräch mit unserer Oma Zofia erzählte, sogar im Bad umgefallen sein. Und weil es schon Mitternacht war, wollte unsere Oma nicht unseren Onkel Wojtek anrufen, worum unser auf dem Rücken liegender Opa sehr bat. Unsere Oma versuchte stattdessen, ihn dazu zu bringen, sein Gesäß anzuheben, denn sie wollte einen Teppich unter ihn schieben, um ihn in den Flur hinauszuziehen, wo sie ihn hätte auf die Seite drehen können. Aber er schaffte das nicht, so schwach war er.

Am Ende hat unser Opa Jurek nur 38 Kilo gewogen, wie schon einmal in seinem Leben, denn Herr Dr. Prof. Zabrzycki hatte ihm viele Organe herausgeschnitten und so auch den Magen, der aber ohnehin schon löchrig wie ein Metallrohr gewesen war. Und so wurde er nach wenigen Wochen dann sehr schlank. Aber es war ja noch immer unser Opa Jurek, der uns von seinem Bett aus je eine kühle Hand auf den Unterarm legte.

Wir sind deshalb sehr froh, dass wir ihn noch rechtzeitig besuchen konnten, ein letztes Mal, auch wenn er behauptete, dass er gewisse Personen sehe, die nachts an sein Bett kämen und die gar nicht da sein konnten wie etwa der Mann mit dem schönen schwarzen Anzug und dem merkwürdigen ausländischen Akzent oder der deutsche Soldat mit dem eher undeutschen Namen Adam, und auch wenn er unsere Oma Zofia kurzzeitig für jemand anderes hielt, beispielsweise für seine Cousine Janka mit der Augenklappe, und auch wenn er uns merkwürdige Versionen über seine Flucht aus Oświęcim erzählte oder darüber, dass er den Ukrainer Bryla in der Holzwerkstatt doch umgebracht habe, wegen des Radieschens. Uns hat er am Ende immer noch erkannt, und er hat sich sogar von uns verabschiedet und wir uns von ihm.

DIE POLNISCHE KIEFER

Am Tag unserer Rückkehr nach Deutschland fragt unsere Oma Zofia uns, unten vor dem Mülltonnenhäuschen, beim Einladen unseres Gepäcks, ob es uns in Opole gefallen habe. Falls ja, dann sollten wir sie wieder besuchen kommen, am besten bald.

Erst einmal sollten wir uns nicht verfahren, sagt unser Onkel Wojtek. Ob wir wüssten, wie das mit dem Außenminister Skubiszewski gewesen sei, der mit dem Auto nach Hannover in Deutschland habe fahren wollen. Es sei so gewesen, dass er ganz woanders rausgekommen sei, nämlich in Odessa in der Ukraine.

Wir versprechen unserer Oma Zofia, dass wir uns spätestens zu Weihnachten wiedersehen würden. Sie solle am besten schon mal mit dem Pierogi-Kleben beginnen.

Unsere Oma lacht, dann umarmt sie uns, und wir fahren los. Durch die Heckscheibe sehen wir sie und unseren Onkel Wojtek noch neben dem Mülltonnenhäuschen stehen und winken, selbst als wir schon am Tennisplatz vorbeirollen.

Über uns scheint die Sonne, gelbe Blätter segeln durch die Luft, aber der Himmel ist blau, ohne eine einzige Wolke. Unsere Mutter schaltet das Radio ein, wir sehen den Friedhof und die Nysa-Transporter mit ihren Blumenkranzauslagen an uns vorbeiziehen, und schon fahren wir aus der Stadt und durch Dörfer, erst durch Wrzoski, kurz darauf durch Dąbrowa Niemodlińska und noch durch einige weitere.

Und wir denken, dass es schön ist, zur Beerdigung unseres Opas Jurek in Opole gewesen zu sein und uns an alles erinnert zu haben. Es gäbe noch viele Geschichten zu erzählen, zum Beispiel von unserem Onkel Edek, der in seiner Schulzeit sehr verliebt gewesen ist in seine große Liebe Marysia Hechelska, heute aber allein in seinem Refugium am Berg wohnt, oder über die Fahrradausflüge im Wald von Zawada oder über unsere Urlaube am See von Głębinów und über vieles andere mehr.

Als wir schon auf der Autobahn sind, fällt uns ein Gedicht ein, das unsere Oma Izabela uns einmal in ihrer Wohnung in Deutschland vorgetragen hat, nachdem sie uns von ihrer Jugend mit unserem Opa Andrzejek und von ihrer gemeinsamen Maturazeit und den Tanzabenden erzählt hat. Es ist das Lieblingsgedicht von Johannes Paul II. gewesen und trägt den Titel «An die polnische Kiefer in der Fremde»:

Wo Weinberge, wo duftende Orangen wachsen,
stehst Du, mein Primitivling, Du meine Kiefer aus der Tatra,
der Mutter, den Schwestern des Geschlechts entrissen,
Du Waise, inmitten eines fremden Gartens.

Welch ein lieber Gast bist Du meinem Auge,
da uns das gleiche Urteil ausgesprochen,
auch mich hat eine weite Pilgerreise hinausgetrieben,
auch mir zerrinnt die Lebenszeit in fremdem Boden.

Endlich, nach Stunden, beginnen die Hügel des Bayrischen Vogtlands, und bald darauf öffnet sich unter uns das Tal, und in der Ebene sind schon erste Kirchtürme und Dächer zu sehen. Opole liegt jetzt weit hinter uns, und uns kommt es auf einmal so vor, als wären wir gar nicht dort gewesen, sondern kämen von einem Ausflug ins Umland zurück nach Hause, in unsere Wohnung, in der unser Vater schon auf uns wartet.

QUELLENVERZEICHNIS

WILLIAM BLAKE: *Milton: A Poem in Two Books*, zitiert aus Czesław Miłosz: *Das Land Ulro*, Kiepenheuer & Witsch, Köln 1982, aus dem Polnischen von Jeannine Łuczak-Wild – auf Seite 5.

HEINRICH HEINE: *Das Loreleylied*. Historisch-kritische Gesamtausgabe der Werke. Hrsg. v. Manfred Windfuhr, Bd. I/2: Buch der Lieder. Hoffmann und Campe, Hamburg 1975 – auf Seite 225.

ADAM MICKIEWICZ: *W imionniku (Nad morzem Baltyckiem)*. In: *Poezye Adama Mickiewicza. T. 1.*, Księgarnia G. Gebethnera, Kraków 1899, aus dem Polnischen von Matthias Nawrat – auf Seite 8.

SŁAWOMIR MROŻEK: *Półpancerze praktyczne*, in: *Półpancerze praktyczne*, Wydawnictwo Literackie, Kraków 1953 – auf den Seiten 247 ff.

RAINER MARIA RILKE: *Tagebücher aus der Frühzeit 1899–1910*. Hrsg. v. Ruth Sieber-Rilke und Carl Sieber. Insel, Frankfurt am Main 1973 – auf Seite 5.

STEFAN WITWICKI: *Do sosny polskiej na obczyźnie*. In: *Księga wierszy polskich XIX wieku*. Hrsg. Julian Tuwim, P. I. W., Warszawa 1956, aus dem Polnischen von Matthias Nawrat – auf Seite 407.

DANK

Dank vor allem an meine Familie.

Dank an Ulrike Schieder für ihre Genauigkeit, selbst noch auf den letzten Metern. Dank an Katja Sämann für die richtigen Fragen in einem frühen Stadium. Dank an alle im Rowohlt Verlag, für die Begeisterung und Unterstützung.

Dank an Uwe Heldt für unsere Gespräche zu ganz anderen Themen. Ich vermisse seinen Humor und seine Ruhe.

Dank an Maruan Paschen, besser spät als nie und manchmal sogar besser spät.

Dank an die Robert Bosch Stiftung. Dank an das Literarische Colloquium Berlin. Dank an das Heinrich-Heine-Haus in Lüneburg.

Dank an Lorena Simmel für geradezu Übermenschliches.

INHALT

MATTHIAS NAWRAT

UNTERNEHMER

Zwischen Utzenfeld und Schönau, der Ravenna-Schlucht und der Ruinenstadt Staufen sind sie unterwegs - der Vater, die 13-jährige Lipa und der einarmige Berti, ihr kleiner Bruder -, unterwegs zu den verlassenen Fabriken der ehemals boomenden Region. Sie suchen nach Magnetspulenherzen, rattrigen, summenden, um sie bei dem Mann mit den Öllappenhänden in Klimpergeld zu verwandeln. Doch die Nachfrage sinkt, und so wagen die drei Unternehmer einen besonders gefährlichen Beutezug mit ungewissem Ausgang.

«Ein poetisch dichter, auf den Leib rückender Roman.»
(FRANKFURTER ALLGEMEINE ZEITUNG)

«Lustig und zärtlich und trotzdem eines der bösesten und traurigsten Bücher über unsere Tage. »
(FRANKFURTER RUNDSCHAU)

Taschenbuch, 144 Seiten
rororo, ISBN 978 3 499 26980 6